Pour nos fantômes

DU MÊME AUTEUR :

- *Perdu avenue Montaigne Vierge Marie* (2008), chez Stéphane Million éditeur
- *Un chien qui hurle* (2011), Chez Stéphane Million éditeur
- *Wuull* (2011), StoryLab édition
- *Grand Chasseur Blanc* (2014), chez Robert Laffont
- *Sanguinaires* (2016), chez Robert Laffont
- *Chroniques de Marie, pleine de grâce* (2017), chez Louisiane éditions

Denis Parent

Pour nos fantômes

roman

JLB

ISBN : 978-2-9701686-1-4

À ma famille, À Nenenn et Cloclo

« J'ai plus de souvenirs que si j'avais mille ans »

Charles Baudelaire

« Dès qu'une femme ne querelle plus son mari, le minotaure est assis dans un fauteuil au coin de la cheminée de la chambre à coucher, et il tracasse avec le bout de sa canne ses bottes vernies. »

Honoré de Balzac

« J'aimerais mieux être le premier dans un village que le second à Rome »

Jules César

« Dabo convivium in honorem, Ego dico poeticum illud »

Loana

Brumaire

— On se connaît, non ? annonça un type, en face, dans le sens de la marche.

Dorian Layeul le regarda droit entre les yeux, il avait remarqué que ça les désarçonnait. Mais l'autre, un quinquagénaire bronzé et musculeux, les épaules à conduire des engins de chantier, n'avait pas l'air d'en démordre.

— Je suis sûr qu'on se connaît.

Les passagers qui somnolaient sur leurs sudokus et leurs *Marie-Claire*, le dévisagèrent par en-dessous, dans l'espoir qu'il acquiesce. Ce « on » gênait. Refuser la réciprocité passerait pour une offense. Non, répondit-il pourtant, non.

— On se connaît pas.

Une femme avec une fausse bouche, jolie toutefois, *gorgeous* aurait-on dit outre-Manche, émit un joyeux sourire et affirma qu'elle l'avait vu dans le journal, y en avait toute une page et même une photo grande comme ça. Un syndicaliste ou un élu, quoi.

— Vous êtes de gauche non ?

Dorian grimaça poliment, il était capable de rougir aussi mais s'en abstint. Maintenant, ils le mataient tous, y compris de l'autre côté de l'allée. Le galopin avec la casquette de travers et le tatouage *phase terminale* qui souhaitait attirer l'attention de grande bouche, s'esclaffa :

— T'étais dans Koh Lanta ? L'année dernière, hein ? C'est toi qui mangeais les scorpions !

Tous ces regards, tous ces oublis, Dorian secoua la tête. Il n'arrivait tout simplement pas à parler.

— Pourquoi vous dites rien ? Tout le monde vous a vu quelque part, vous êtes recherché ?

Cette fois, c'était le monsieur à la chevelure argentée, au costume de prix, cravaté bien sûr, qui n'avait cessé de faire crépiter son ordinateur, un pli compétent au milieu du front. Le concernant, Dorian aurait pronostiqué un avocat, s'il avait fallu jouer au jeu du coupable.

— Mais enfin, laissez cet homme tranquille, protestait une dame replète en robe à fleurs, même s'il était dans les journaux, il a le droit à l'oubli. C'est un monde quand même !

D'un geste navré, elle chercha son approbation.

Lui-même s'apercevait dans le reflet de la vitre sale. Avec la cinquantaine, il lui restait une belle gueule. Peut-être aurait-il dû se refaire le nez. Et la bouche. Et les paupières. Comme l'alouette, se plumer. Ou peut-être qu'ils auraient dû aller se faire foutre, tous.

Le TGV s'ébroua, faisant défiler un quai, la pancarte SODHAURE passa dans son champ de vision, sa gare arrivait comme la cavalerie. Le premier des curieux avait encore une interjection en travers de la gorge quand Dorian se leva, attrapa son sac et s'éloigna. Il se sentait accompagné par une curiosité soupçonneuse, tu ne veux pas reconnaître qu'on t'a reconnu, ça cache quoi ? Le train crissa, les passagers s'entrechoquèrent, et les quilles descendirent pour s'acheminer sur le quai. Processions de gens le long des trains, voix de haut-parleur, gabians occupés à tournoyer au-dessus, tout cela ne présageait rien de bon. Quand Dorian sortit de la gare pour se retrouver sur ce parking, parmi ces voyageurs dispersés et face au Balto où il avait tant claqué de parties de flipper, un poids lui tomba sur l'estomac.

Une ombre crasseuse, des dreadlocks plein la barbe, vaticinait le long du mur en ricanant : « Tous sodomites ! Tous ! "Personne n'avait l'air de s'en offusquer, personne, à dire vrai, ne le voyait.

— Monsieur, monsieur !

C'était un quinquagénaire, aux cheveux blancs, bel homme, qui venait vers lui, main tendue. Dorian la serra sans savoir. Le type la garda prisonnière et la couvrit de sa gauche, lui pompant la manche avec ferveur.

— J'ai écrit à votre bureau ! À Paris, il aurait fallu prévenir que vous arriviez, j'aurais envoyé une voiture ! Je suis Serge Leton, le maire ! Vous êtes là longtemps ?
Dorian fit non de la tête, non juste de passage…

— Une petite journée, je repars ce soir…
— Allons, il faut qu'on fasse une interview, qu'on raconte l'enfant du pays, hein, je m'occupe de ça. Tenez, appelez-moi, je dois me sauver.

Il griffonna au dos d'une carte professionnelle et s'esquiva. Un homme affairé.

Sur le petit bout de carton, un seul mot manuscrit : *chiche* ?

— Chiche de quoi ? cria Dorian.
L'autre était déjà loin.

Il leva les yeux. Il y avait un stratus en forme de *D* qui flottait dans le ciel automnal et, plus loin, un nuage d'argent. Déjà, il avait envie de repartir…

Avenue Marcel-Cachin, rue Rol-Tanguy, passage Vendémiaire, place Maurice-Thorez, il connaissait encore bien les lieux, et flânait comme un touriste, dans son passé. L'académie de billard avait fermé, le salon de thé avait été remplacé par un vendeur de vaporettes et le cinéma, où, à la faveur de l'obscurité, il avait roulé sa première pelle, s'était transformé en solderie géante, *discount ! marques dégriffées !* Derrière lui, quelqu'un trottinait, marmonnant des prières lubriques.

— T'es belle tu sais, t'as un beau cul. Je t'emmène au bal, dimanche ?

Il se retourna d'un bloc et affronta du regard le mendiant, toujours le même. On dit « SDF » comme s'ils avaient une caravane. La rue rend fou, l'errance vous déchire le foie. Mais Layeul avait la compassion variable. L'autre le regardait en se balançant d'une basket sur l'autre, plus de lacets. Plus de boutons à sa braguette, plus de fermeture éclair non plus à la parka. Peut-être n'avait-il plus de cœur non plus. Ses yeux étaient venimeux, il s'y trouvait toute la haine que procure l'envie, toute l'aigreur de la solitude. Dorian eut envie de le frapper. Il fit pire : il lui jeta dix euros, en boule, par terre.

— Merci ma chérie, murmura le rasta, mon nom c'est Adam, tu vas te marier l'an prochain. Et je sais que tu n'es pas vierge.

À cet instant, la cloche de l'église sonna deux, trois fois, rythme lent, torpeur. Même les voitures semblèrent ralentir. Adam tendit un doigt vers le ciel :

— Un mort qui entre, un mort qui sort !

Puis le pouilleux s'agenouilla avec peine, déplia le billet et le lécha, l'argent a du goût, faute d'odeur ; il se releva et partit vers n'importe où. En se grattant le cul.

Le caveau familial était allée D, emplacement P54. Là, trois générations des siens attendaient le Jugement Dernier. *Famille Layeul* lisait-on au-dessus du manteau de pierre. La grille de métal oxydée s'ouvrit en grinçant, comme dans un film gothique. Dorian venait vérifier qu'ils étaient bien tous là. Les catafalques se superposaient deux par deux, comme des tiroirs de la morgue. Six personnes avec, par ordre d'apparition, de bas en haut et de gauche à droite :

Gaston (1904-1957), le grand-père, tué en Algérie « par les fellouzes » comme disait papa ;

son épouse Simone, la mémé-gâteau (1915-2005) dont il portait toujours autour du cou la pépite d'or fétiche.

À l'étage intermédiaire, ses parents :

Aimé (1936-2016) et Marina (1937-2016).

L'étage inférieur était prévu pour lui et sa femme. Mais il les avait légués à sa sœur Sandrine et Diep, son compagnon du moment, volatilisés dans l'attentat du métro de Marseille, trois ans auparavant. Lui était bouddhiste comme la plupart des *Viets* et Sandie était de toutes les religions, pourvu qu'on la baise bien. Dans ces deux tiroirs reposaient des bribes de corps ramassés à la petite cuillère dont l'ADN correspondait, paraît-il. Ils n'en étaient pas moins morts, même si Dorian avait toujours leurs numéros de téléphone en mémoire, ainsi que les derniers textos échangés avec la frangine. « Tu joues Hamlet comme une fiotte », à quoi il avait répondu « tu fais chier, morue », sans imaginer alors que ce serait son oraison funèbre. Du coup, dans la maison Layeul, morts et fils, il n'y avait plus de place pour lui. Pas qu'il s'en souciât, il n'avait aucun projet posthume. Quant à son ex, en se tirant avec un artiste contemporain qui n'exposait qu'à Pôle Emploi, elle avait perdu tout droit à pourrir en leurs murs.

Il déposa un bouquet de glaïeuls qui lui avait coulé dessus, on aurait dit qu'il s'était pissé. Il offrait toujours des glaïeuls en référence à son patronyme et prétendait que chez lui ils ne fanaient jamais.

Après quoi, il pria. Pardon, je vous ai tués, pardon. Des mois dans leur maison de vieux, sans aller les voir. Des coups de fils raréfiés. Pardon.

Profitant d'un rayon de soleil venu réchauffer les défunts, il se prit en photo devant les pierres des gisants. Un selfie de famille.

Il envisageait de l'envoyer à Laura mais, par superstition, il renonça. Plus tard, c'est elle qui lui envoya un message alors qu'au tabac du coin, il grattait un Keno.

Mon astre, j'ai pas de vraie permission avant au moins trois mois. On fait une sortie quotidienne en ce moment. Mais j'irai passer un gros week-end à Dubaï pour Noël. J'ai hâte de me voiler, ahaha.

Suivaient une dizaine d'*émoticœurs* qui s'envolaient sur l'écran. Laura était sa chance : il venait de gagner mille euros, juste en se noircissant l'ongle. Son nom s'afficherait prochainement dans le débit de tabac-boisson-PMU du bourg comme un heureux gagnant local. En attendant, c'était mieux qu'une place au cimetière. Il se manifesta auprès du cafetier qui lui fit remplir son formulaire. À ses côtés, une blonde mal décolorée le dévisageait avec la même intensité incrédule que les gens du train. Il feignit de l'ignorer bien qu'elle eût de gros seins amicaux.

— Vous êtes Dorian Layeul, affirma-t-elle d'une voix trop petite pour son gabarit.

Elle venait faire valider un ticket à quatre-vingts euros seulement, son coup de chance à elle était de tomber sur lui.

— On se connaît ?

Elle se collait à lui. Encore ce « on ».

— Je suis Patricia, la fille de madame Chontelle, vous vous souvenez ?

Elle ne devait pas avoir plus de douze ans les dernières fois qu'il l'avait vue. Les Chontelle habitaient de l'autre côté de la rue, à cinquante mètres de la maison familiale, papa s'était pris la tête avec eux pour une histoire de noyer coupé ou pas, comment pouvait-on s'engueuler pour un arbre ? En plus, ils étaient communistes.

— Non, vous devez confondre, il mentit distraitement. Puis sortit du bar, enrichi.

*

Cela grésillait quand il descendit du bus. Le froid le saisit à la gorge. L'abri n'avait pas changé, avec son vieux banc de bois et son auvent en tôle ondulée. De là, il faisait du stop, déjà, pour partir au lycée, quand les gros cars jaunes tardaient à paraître. Il y avait fumé de délicieuses cigarettes et embrassé pour la première fois cette petite aux cheveux frisés dont il avait oublié le nom, Cathy ? Marie-Claude ? Evelyne ? Il traversa au feu et s'engagea dans la cité pavillonnaire. Son école primaire n'était pas loin, le groupe scolaire Irène et Joliot-Curie avec ses marronniers et ses rangées de fenêtres obscures où résonnaient à perpétuité les voix d'enfances dispersées aux quatre vents. Il remonta la rue de Stalingrad, « tombeau des armées allemandes » lisait-on sur les plaques, c'était une commune communiste à l'époque. Son IPhone lui envoyait Otis dans les oreilles, le vent lui balayait le visage portant les sons de l'hiver, un chien méchant aboyait à son passage et le craquement du verglas sous ses pas. Il pensait à Laura. Il n'osait pas regarder ses photos en accordéon dans le portefeuille ; en CM2, les couettes ; au lycée, la queue de cheval ; en prépa, le chignon ; à l'école de l'air, le cheveu ras comme un mec. Il l'avait vue nue, juste avant qu'elle ne parte en mission, brève apparition entre deux portes, longue, blanche et rose. Il avait baissé les yeux, confus, coupable. Elle n'avait aucune gêne, ils avaient toujours déambulé dans le plus simple appareil mais l'époque était lourde de soupçons. Et maintenant il songeait à ce corps qui avait à endurer toutes les prédations de leur temps.

Il remonta la rue Paul-Valéry, pas loin de la maison. La rue du pain et des bonbons qu'il allait acheter à la boulangerie, les boules de coco, les carambars et le croûton de la baguette, bien cuite s'il vous plaît. Jadis, il connaissait tous les noms des riverains. Juste après le virage, le grand saule pleureur était toujours là, il arriva devant la maison où il avait vécu entre six et dix-huit ans, une belle bâtisse en meulière. La clôture grillagée et le portail en métal étaient toujours là, sur lesquels papa appliquait son minium afin de ralentir les feux de la rouille. On pouvait lire sur un des poteaux de ciment : « Docteur Henri Morteil. Diplômé de la faculté de médecine de Paris. Consultation sur rendez-vous ». Il resta planté là, levant les yeux sur la fenêtre de sa chambre au premier. Il imaginait celle de Sandie, *sois gentil avec ta sœur*, qui donnait derrière, sur le jardin. Les parents couchaient au rez-de-chaussée, dans une chambre plus grande. Il n'y était jamais revenu. Même au moment des obsèques des parents qui, une bougie après l'autre, s'étaient éteints, à trois mois d'intervalle, dans leur centre gériatrique. Avant, on disait maison de retraite, les mots changeaient, on pensait toujours pareil : mouroir. Il restait là, planté, à rêver sa maison. Qu'est-ce qu'il foutait là ?

Le portail grinça à l'identique, trois notes, quand il pénétra dans le jardin. Il y avait sept pas à faire et sonner à la porte, le carillon n'avait pas changé, *ding dong*. Un vieil homme en salopette, des cheveux blancs très longs, un mètre pliant à la main, un stéthoscope autour du cou, lui ouvrit et le dévisagea avec cette expression des gens qui vous connaissent, mais d'où ?

— Bonjour, pardon de vous déranger, j'ai habité ici il y a longtemps…

Une petite dame bien mise, cheveux courts teints au henné, avec des créoles aux oreilles, portant longue jupe grise, corsage rose à fleurs grenat et gilet fuchsia, pointa son museau.

Madame camaïeux lança un oui interrogatif avec un sourire méfiant :

— C'est pour quoi ?

Le vieux se retourna vers la vieille et la contempla avec une affection amusée.

— Tu sais pas qui c'est ?

L'haleine de la maison fuyait par la porte, ça sentait le jasmin, l'encens, le shampoing antipelliculaire, la javel et les corps fourbus. Dorian allait s'excuser et se barrer quand le vieil homme lui ouvrit grand la porte en grognant qu'il était heureux de le voir :

— T'aurais pu appeler depuis le temps. Ta mère se faisait du mauvais sang.

Dorian allait protester que non, désolé, il n'était pas le fils de la maison quand la petite dame s'éclaircit de toutes ses rides, fit rouler quelques larmes et s'empara de sa main.

— Comme tu as rajeuni ma belle, je vois que tu vis au soleil, tu as bonne mine. Et ton aura est éclatante, orange et mordorée…
— Je suis désolé madame, mais vous devez confondre…

Derrière la haie, chez le voisin, quelqu'un ricana, un rire mâle autant que malveillant.

Malgré ses protestations, les vieux firent entrer Dorian, usant d'aimables chantages de pas de porte. Allez, après toutes ces années, l'enfant prodigue avait bien cinq minutes pour prendre un thé à la menthe.

— Je prépare deux sucres comme tu aimes et de la fleur d'oranger.

Il entra dans ce lieu qui l'avait vu grandir, et le trouva profané. D'abord, ces buffets et tables campagnards, du rustique où l'on peut planter le couteau. Un grand fauteuil en osier, celui d'Emmanuelle, trônait dans un coin alors qu'au mur paradaient des encadrements de tapisserie d'une redoutable laideur, représentant Claude François, John Lennon et Charles de Gaulle, ainsi que des tas de lithographies façon Warhol, des posters d'Angela Davis, de Betty Davis, coiffures afro. Il s'y trouvait aussi un tirage grand format de l'inévitable photo de James Dean, baguenaudant à Times Square, cigarette au bec, les pieds dans une flaque d'eau. Février 1955, se souvint Dorian. Ne manquait qu'un poster du Che. Des milliers de disques vinyles, et des centaines de livres mangeaient les murs et montaient jusqu'au plafond. Un grand cadre, sur un buffet bariolé indonésien ou peut-être mexicain, montrait le mariage des proprios à une époque lointaine, les années soixante-dix si l'on en jugeait par la coiffure de la mariée. Vieux, ils ne se ressemblaient plus, ils avaient été un beau couple, la vieillesse les avait trahis, lui voûté, sec et couperosé, toujours baraqué pourtant, elle, goitreuse et courte, comme un tonnelet, avec des seins énormes. La pièce était familière mais seuls les interrupteurs et la cheminée dans un coin du salon rappelaient à Dorian ses années d'insouciance. La disposition des lieux aussi, avec cette porte-fenêtre qui donnait sur un jardin tout en longueur où jadis son père bêchait à tout rompre. Et, tout au fond, le haut mur de pierres blanches qui donnait sur le parc du manoir de Sodhaure.

La vieille fit le thé, babillant et échangeant soupirs et silences avec son vieux mari. Un sapin clignotait déjà dans un angle de la pièce, chargé de boules au mercure qui avaient survécu aux Trente Glorieuses et d'une guirlande lumineuse aux fils suffisamment dégarnis pour électrocuter un bœuf. Et la crèche, avec santons, bien sûr, le papier *maronnasse* pour simuler la terre, la Sainte Famille agenouillée et pas encore de bébé-Christ. Sans doute encore en gestation, dans un tiroir. Il restait quelques semaines avant Noël, mais comme aurait dit maman « ce qui est fait n'est plus à faire ». Un silence opaque s'était installé alors qu'il contemplait les lieux, là, papa lui avait collé une dérouillée mémorable pour son redoublement de sixième alors que maman criait : « pas si fort, Aimé ! ».

Ça remontait à une quarantaine d'années et Dorian sentait encore l'odeur de transpiration du vieux. La cérémonie du thé avait commencé et les nouveaux occupants de la maison, avachis au fond de leur canapé, l'observaient d'un air absent. On aurait dit une scène du musée Grévin, la vie de famille fin du XXe siècle, on notera les équipements hippies d'un confort moderne largement dépassés pourtant bien plus fiables que ceux de l'ère de « l'obsolescence programmée ». La télé diffusait un soap et une rousse aux cheveux cascadant pleurait en portugais, l'actrice souffreteuse et mal synchronisée lui faisait dire « il m'avait dit que j'étais l'éternité… L'éternité, tu te rends compte ? ».

— Je savais bien que tu finirais par venir demander pardon à ta mère, Isabelle… reprocha le maître de maison.

La vieille, toujours figée, alors que son homme était subitement sorti de sa transe, semblait avoir le cerveau qui savonnait. Diverses expressions passaient sur son visage, soufflées par un vent qui ressemblait à l'effroi.

— Écoutez monsieur, c'est un malentendu, je ne suis pas Isabelle, s'entendit répondre Dorian.

Il leur expliqua en quelques phrases qui il était, pourquoi il se trouvait là, citant le nom de ses parents : monsieur et madame Aimé Layeul. C'était sans doute à eux qu'ils avaient acheté la maison…

— Je l'avoue, dit le vieux, j'aurais pas dû te gifler et t'enfermer dans ta chambre, je me suis excusé. Mais tu nous avais piqué un sachet de Skunk. Et puis tu avais fait du mal à ton ami Adam. Je te rappelle qu'il a eu un trauma crânien et huit points de suture. Tu séchais les cours et tu fuguais tout le temps, j'aurais rien dû faire ?

Il s'ensuivit une litanie de reproches que Dorian endura, abasourdi.

Les mauvais résultats à l'école, le manque de féminité, le débraillé, le laisser-aller, le mutisme, l'impolitesse en public, le fait de n'avoir pas été une « vraie gonzesse ». Dans un grand cadre posé sur le buffet il pouvait la découvrir, la vraie gonzesse, pas très jolie, bien jeune encore, quinze ou seize ans peut-être. Elle le regardait, ne le quittait pas des yeux même, faisant sa Joconde. Dorian la fixait lui aussi, elle était là, il en était sûr, emprisonnée par un sortilège dans sa photo. Il l'entendait chuchoter entre ses tempes qu'elle n'était pas cette femme dont les parents parlaient, qu'ils avaient cru vivre avec une autre, elle disait que s'il cassait le cadre, que s'il brisait le verre, elle pourrait devenir enfin la fille du dehors, celle des rues, des cinémas, des transports en commun.

— Ta mère, la chère Adrienne…

— Moi c'est Judith, Adrienne c'était ma mère à moi… releva la vieille avant de replonger dans sa torpeur. Elle égrenait un chapelet aux billes d'olivier et formulait des choses en silence.

— Peu importe chérie… Tu dois savoir Isabelle que ta mère a pleuré tous les jours pendant toutes ces années.

Dorian restait interdit. Il se faisait engueuler dans une dimension parallèle par des vieillards hébétés, et en éprouvait un trouble singulier, bousculé par le Jugement Dernier, avant même d'être mort.

En plus, on le prenait pour une fille.

Il fallait mettre les bouts : il se leva pour débarrasser et porta les tasses dans la cuisine. C'était la même qu'avant, les cuisines n'ont pas beaucoup de préférences socio-culturelles. On avait juste posé une plaque de cuisson en vitrocéramique. La pendule égrenait sans fin quel temps de cuisson depuis la dernière fois ? Le vieux surgit et postillonna. Car il parlait fort et à mi-voix à la fois. Il expliqua que tant d'années d'absence sans un signe, sans une fleur, sans une carte postale, sans même une insulte et maintenant regarde-toi…

— Tu reviens ici maquillée comme une voiture volée, pour nous narguer avec ton petit tailleur, tes talons aiguilles et ta réussite sociale, tu pues le capitalisme.

— Je suis un homme, je ne suis pas votre fille, gronda Dorian, vous êtes aveugles ou quoi ? Ou alors vous avez fumé ?

Le vieux qui, déjà, levait sur lui une main grande comme une raquette s'interrompit et se mit à rire, à fou rire presque, de la gelée de larmes lui coulait des rides.

— Tu veux un oinj, c'est ça ? J'ai de la beuh et un bout d'afghan noir, à l'ancienne.

Dorian déclina l'offre. Il dit merci et embrassa le vieux comme aurait fait une bonne fille, peu importe que papa n'ait plus que de la confiture de groseille entre les tempes. Le prochain train pour Paris était à 18 h 12.

— Pardonne-moi, minauda-t-il. J'aurais juste voulu revoir ma chambre et je ne vous dérangerai plus.

Déjà la vieille déboulait, une pile de draps et serviettes dans les bras. Tout à coup ça sentait la lavande et le mal séché.

— Ma chérie, bien sûr, tu vas t'installer, c'est chez toi…

Les vieux époux l'accompagnèrent jusqu'à *la* chambre qui était restée en l'état, disaient-ils. C'était presque vrai. Sous les combles, la même tanière, avec, pour plafond, son plan incliné recouvert de lambris. Il découvrit le lit avec une couverture rouge tissée sous Clémenceau, et des posters de U2, Blondie et des Stranglers, en pleine débandade. Le petit bureau était un jumeau du sien, là où stagnaient des équations du second degré, et où, les après-midis de pluie, un numéro de *Play-boy* piqué au tabac de la gare lui avait procuré quelque réconfort. Les rideaux pendouillaient, la moquette bleue ne se foulait plus guère.

Une chambre de fille et Dorian pouvait deviner les vestiges de la sienne en-dessous. Comme les restaurateurs en peinture exhument une toile sous la toile. Comme les archéologues découvrent une cité antique sous la mégalopole. Laquelle conserver ? L'antique ou la moderne ? Mais il n'y avait aucun avenir dans cet endroit, le passé y avait fait long feu. Dorian fut tenté de dormir là, se refaire une santé, c'était pourtant à peine mieux qu'une clinique de désintoxication.

— *Apportez la plus belle robe et l'en revêtez ; et mettez-lui un anneau au doigt et des souliers aux pieds ; et amenez un veau gras et le tuez ; mangeons et réjouissons-nous ; parce que mon fils que voici était mort, et il est revenu à la vie ; il était perdu, mais il est retrouvé*, glapit la maman, extatique.

— Je ne suis ni le fils prodigue, ni votre fille, expliqua Dorian avec patience. La petite dame caressait son visage et le dévorait des yeux.
— Isabelle, Isabelle, murmurait-elle, bienvenue chez toi...

Il lui prit les mains et les embrassa, il jouait sa propre gentillesse, la pluie punaisait les carreaux. Sauf que ça n'était pas chez lui. Et il avait encore raté un train.

*

Judith a aimé ce moment. Le temps est passé vite. D'ailleurs, quand son homme lui a dit qu'il faisait nuit tellement tôt, on ne savait jamais quelle heure il était, elle a regardé l'horloge dans la cuisine et a répondu 6 h 20.

En ce moment elle avait des problèmes avec les chiffres, même les additions. Quand elle faisait les comptes, elle ne savait plus où elle avait fourré la retenue.

Elle a préparé le repas, un grand moment de bonheur, prenons et mangeons-en tous. Elle a utilisé le minuteur, pour son riz cantonais, *tic tac*. A fait sauter des crevettes, de la citronnelle, elle avait plus de gingembre tant pis. Elle a mis une jolie table, avec une nappe japonaise blanche imprimée de petits temples rouges, des dessous de verre, sorti les verres écarlate et or de Murano.

Isabelle la suivait partout, prête à aider. Elle avait changé de parfum, c'était moins fleuri, elle sentait plus fort la femme qu'avant. Elle a même mis la table, ce qu'elle n'avait jamais fait. Et allumé des bougies. Ils ont parlé de tout, comme une famille, ils ont parlé de quoi... Ça n'a pas d'importance, leurs yeux se cherchaient. Il y avait les bonnes vibrations. L'harmonie. Elle admirait un sublime arc-en-ciel d'auras, que des couleurs pastel. Qu'avait-elle fait à manger déjà ?

*

Tout en grignotant, Henri voyait bien que sa fille avait la tête ailleurs. Elle était là et pas là, il trouvait ça pas très cool. Mais il était resté patient, même quand elle avait dit qu'elle allait devoir partir au dernier train pour Paris, 22 h 03. Elle était désolée, elle avait des rendez-vous cette semaine. T'as rendez-vous avec ta mère, petite conne, des années de rendez-vous manqués, pas de sorties aux champignons, pas de films regardés ensemble, pas de fleurs le jour où elle était sortie de l'hosto après ses histoires de fibromes. Sale gosse égocentrique, boutonneuse, et capricieuse.

Il se souvenait quand ils avaient fait une course d'escargots au fond du jardin, quand il lui avait offert son arbre magique ou quand elle le coiffait le dimanche matin. Mais, en ce soir de retrouvailles, il avait gardé sa colère pour lui. Ils avaient parlé de la pluie et du beau temps, elle a rien dit si au moins elle travaillait et où. Juste qu'elle habitait Paris, ah donc ! elle avait les moyens. Elle l'énervait, comme avant, depuis qu'elle avait cessé d'être une gosse. Après douze ans, à peu près, quand elle avait refusé d'être une fille malgré ses règles et les vagues seins qui lui venaient. C'était plus la même. Il avait fait un gros travail sur lui, beaucoup moins emporté qu'avant, même s'il fallait toujours pas le chercher. Grâce à la méditation, Judith l'avait beaucoup conseillé sur la méditation. Au début il trouvait ça idiot, à peu près comme les massages ayurvédiques, sa faculté lui avait appris la rigueur de la science et le mépris des charlatans. Tous ces tantriques l'avaient longtemps fait chier. Maintenant, il savait plus.

Plus tard, tout le monde s'en est allé pisser, se laver les dents, se coucher, éteindre la lumière. Sous l'édredon, Père et Mère se prirent la main pour être sûrs de s'endormir d'un commun accord.

— Elle est à nouveau là. Elle ne repartira plus, je te le jure. Tu es heureuse chérie ?
— Je suis vieille.

*

Dorian mit du temps à s'endormir. Dehors le réverbère jaune diffusait la même lumière que quand il était ado. Ça nimbait la chambre d'une rassurante lueur résiduelle. Cette Isabelle, qu'était-elle devenue ?

Sur les quelques photos encadrées qui traînaient partout dans la maison, l'une montrait une gamine ingrate déguisée en clown, une autre une adolescente plate qui dévisageait l'objectif comme s'il était un reptile, une tierce montrait une jeune femme qui ne ressemblait à rien : mal foutue, pas maquillée, habillée « comme l'as de pique » comme disait maman. Petit à petit, il sentit son corps s'anesthésier.

Il écoutait le temps.

Les yeux fermés, il laissait infuser sa nostalgie, ne tolérait aucun souvenir de peur d'avoir à se laisser envahir. Il tentait d'être cet autre lui, qui avait tant dormi ici. Paris était loin mais il ne fallait pas rester, il devait reprendre le cours de sa vie, d'autres maisons, d'autres lieux, d'autres songes. C'était quoi, cette régression ?

Il dormait qu'il ne le savait pas encore. Il songeait à cette productrice, une maîtresse intermittente, comme tout ce qui fait spectacle ; et puis un autre visage, et maman, et Sandie qui riait trop fort. Ses traits devinrent flous, elle parlait, il n'entendait rien, c'était une autre. Une autre voix dans le même lieu qui disait : *cet endroit s'appelle « Wapassou »*. Le sommeil lui faisait bonneteau, il retournait les femmes de ses pensées.

Au milieu de la nuit, il entendit sonner la cloche de l'église. « Un mort qui entre, un mort qui sort ». Quelque chose grattait à la porte de la chambre. Une trouille lui vint. La confusion aussi, il se croyait encore chez lui, là-bas dans sa capitale. Mais non, il était ici, dans le nid de son enfance. Et l'on raclait la porte, convulsivement, on eût dit un assassin aveugle qui s'arrachait les ongles.

Il se leva, défaillant dans l'obscurité totale. Il crut toucher une robe, celle en crêpe de soie beige de son ex-épouse, la robe de mariée. Il marcha à tâtons dans la chambre. Dorian connaissait depuis son plus jeune âge les onze pas jusqu'à la porte. Un temps où la pluie martelait le toit, où l'angoisse de ne pas savoir la deuxième déclinaison le réveillait, un temps où la salope de prof de latin qui n'ôtait jamais son manteau gris l'humiliait devant une classe hilare.

— Qui c'est ? murmura-t-il.

Le silence. Il ouvrit, alluma le couloir et sursauta. Sa sœur Sandrine était assise contre la porte de sa chambre, genoux relevés, exhibant sa culotte blanche, gonflée en bas des cuisses, comme un ballon rempli de talc. Les yeux fermés, elle grattait la tête de leur chat Zarbeul qui dormait debout. En bas, maman claironnait « à table ! la soupe boit le pain »... Non, ce n'était pas eux, Zarbeul avait épuisé ses vies depuis longtemps, et sa sœur n'en avait eu droit qu'à une seule, assassinée par un gamin de quinze ans qui, à une bonne virée en skate, avait préféré se faire exploser dans un métro. Sandie se releva, lui fit un doigt d'honneur et entra dans sa chambre suivie par le chat.

Il l'entendit distinctement chuchoter dans l'obscurité :

— Tu joues le Misanthrope comme une fiotte...

Sandrine, je t'ai jamais dit que je t'aimais, mais tu le savais, est-ce que c'est grave de l'avoir toujours tu, est-ce que ça aura privé notre relation de morceaux de toi, de bribes de moi, n'était-il pas conforme de rester un peu derrière le garde-fou et ne pas basculer dans l'affection ? Il osa tendre la main vers la porte qui s'ouvrit toute seule, on l'attirait à l'intérieur. Il trouva l'interrupteur à droite, papa l'avait posé à l'envers. La lumière jaune tomba d'une ampoule qui pendait d'un simple fil électrique au plafond. Les volets étaient fermés, cela sentait le renfermé, l'âcre parfum de décennies révolues.

C'était devenu un débarras. Des cartons, des vieux meubles, des équipements de médecine. Une ou deux machines antédiluviennes pour mesurer on ne sait quoi, la taille d'un cœur ?

Peser le poids d'une âme, évaluer la vibration cosmique du point d'orgue féminin ? Sandrine était assise au pied d'un appareil à roulettes, il pensa à un défibrillateur, peut-être qu'il suffirait de le brancher et d'appliquer les deux fers à repasser sur son fantôme pour qu'elle revienne. Elle avait les yeux clos, les genoux relevés, toujours impudique. Dans cette chambre, le dernier souvenir qu'il avait d'elle, remontait à une après-midi de février à la fin des années 1970, elle avait des seins déjà. Des fois, il se mettait à plat ventre à l'orée de la chambre pour la voir sortir de sa douche.

Mais cet après-midi-là, ils jouaient encore comme des enfants, assis à même le plancher. Et le vent soufflait fort, un norois qui venait de la côte faisait frémir la charpente, claquer portes et volets.

Ils jouaient au Mikado.

Accroupis sur le plancher, à tenir la poignée de baguettes, lâcher tout, et puis remettre de l'ordre dans ce chaos. Puis ils tournaient autour de cet enchevêtrement, à quatre pattes, comme des prédateurs cernant un feu de camp. Il voyait ses yeux gourmands, il voyait la langue rouge qu'elle sortait quand elle appuyait l'index sur la pointe d'un bâtonnet gisant sur un tas d'autres. Y aura-t-il des survivants sous les décombres ? Elle était précise et chirurgicale, elle faisait dresser la tige puis la prenait entre le pouce et l'index de sa main droite – elle était gauchère – et l'exfiltrait en lieu sûr, sans réveiller les morts. Lui gagnait rarement. Il rêvassait dans ses rêves guerriers et voyait des lances dans ces bâtonnets bariolés. Quand il en tenait une poignée à la verticale, il imaginait une chevauchée de samouraïs serrés les uns contre les autres, émergeant d'un vallon et chargeant sur une ville de bois et de fumée.

La dernière fois qu'ils avaient joué, il avait prématurément mis fin à la partie. Il avait fait sauter une baguette qui, en retombant, avait roulé et s'était perdue entre deux lattes du plancher. Inaccessible. Papa avait dit qu'il la récupérerait, ce qu'il n'avait jamais fait, entre-temps les deux adolescents étaient devenus adultes. Ils n'avaient plus jamais joué au Mikado.

Dorian alluma la torche de son smartphone et, le nez au ras du plancher, se mit à explorer les interstices. Il entendait bouillonner son cœur dans sa poitrine et sentait l'amertume de son souffle, fébrile comme un profanateur de tombe. Longtemps, il traîna son nez dans la poussière. Il aperçut, dans son filet de lumière, le reflet argenté d'une pièce de monnaie – ce devait être un franc – puis un bouton, un trombone, il devait y avoir aussi des restes de Sandrine, de la peau, des ongles, de quoi extraire de l'ADN ? L'idée lui vint que, comme dans un film de science-fiction, il serait possible un jour de ressusciter sa sœur, à partir d'un cheveu ou d'un ongle, justement. Dans la poussière qui retourne à la poussière. Soudain, il y eut un bruit, quelque part dans la maison.

Il frissonna, sur le qui-vive, à écouter de toutes ses oreilles. Synchrone, quelqu'un s'était immobilisé et attendait. Ce devait être Sandrine qui était descendue. Il l'avait vue, il aurait pu en jurer. Mais que valaient ses serments ? Peut-être avait-il suffit qu'il pensât si fort à elle pour qu'elle revînt. Il voulait croire à l'au-delà. Il renonçait à se le représenter, il pensait que c'était, tout simplement : c'était.

Non Dorian, il n'y avait personne à rôder quelque part dans la maison, ce n'était que le tumulte de ton corps affolé et cette quête imbécile dans laquelle tu t'étais lancé. Il allait renoncer, il sentait le sommeil monter en lui, celui qui obscurcit tout et paralyse le guetteur, quand il découvrit la baguette. C'était un « samouraï » avec des bandes de couleur jaune. Elle était enchâssée au fond d'une ravine particulièrement large, entre deux lattes dont l'une était cassée et hérissée d'échardes. Impossible à attraper avec les doigts. Il lui fallait un outil.

L'escalier dévalait la pénombre. Un courant d'air glacé montait du rez-de-chaussée. La porte-fenêtre de la salle à manger était ouverte, et une silhouette s'éloignait vivement dans la nuit. Ça sentait la merde givrée. Il sortit sur la terrasse en caleçon et en tee-shirt, l'univers était une chambre froide.

— Sandie ? C'est toi ?

En quelques secondes, il frissonna puis trembla, alors il rentra. Ferma la porte et inspecta le rez-de-chaussée. Les vieux ronflaient, deux bienheureux tubas. La porte de leur salle de bain était ouverte et la lumière allumée. Il s'avança pour gerber ou pisser, il ne savait pas par quel bout se vider.

Un étron jaune flottait dans cuvette.

Y avait-il un intrus dans la maison, ou les vieux avaient-ils oublié de refermer les portes, laissant entrer un froid polaire ? J'ai trop bu, pensa Dorian, je vois des fantômes partout. Il tira la chasse puis dégotta une pince à épiler avec laquelle il monta récupérer le samouraï. Puis il se remit au lit, faisant rouler la baguette dans sa main. Il ne parvenait à se remémorer le visage de Sandrine que quand elle se moquait de lui. Elle restait narquoise même de l'autre côté.

La plus désespérante des oraisons funèbres est cette consolante que s'échangent les gens : « elle restera vivante dans notre souvenir ». Certes, Dorian pensait que « ceux qui restent » étaient les derniers témoins de l'existence des « chers disparus » et qu'à ce titre nous en étions un peu les dépositaires. Mais on s'épuisait à traquer la mémoire des disparus, ils s'érodaient.

Judith lui apporta le petit-déjeuner au lit à neuf heures tapantes.

— Isabelle, je dois te parler.

Elle posa une fesse sur le rebord et l'entreprit sur la nécessité de reprendre ses études car, même si elle ne souhaitait pas suivre la voie paternelle, moucher des gosses, soulager des prostates, planifier des ménopauses, annoncer à des pauvres gens qu'il leur restait un an, il faudrait bien qu'elle fasse quelque chose de sa vie. Comprenait-elle, la chérie ?

— On doit vraiment penser à ton avenir, nous ne serons pas là éternellement.

Dorian dégustait de délicieux toasts au beurre salé baignés de miel qu'il trempait dans un café noir. Il avait le même arôme que celui de maman ou alors sa mémoire olfactive lui voulait du bien. Judith fit une pause embarrassée puis, lui ayant pris la main, étudia sa paume et entreprit d'en lire les secrets. Il y aurait bientôt un homme, un homme connu qui plus est, un homme quasi célèbre dont elle tomberait amoureuse éperdument, une mère sait ces choses-là. Elle disait et promenait son index noueux tout au long de sa ligne de vie, ça chatouillait. Elle poursuivit d'une voix embuée d'émotion qu'elle n'aurait jamais cru devoir dire ça, mais que peut-être, ma délicieuse Isabelle, au vu de tes faibles capacités intellectuelles :

— Il vaudrait peut-être mieux finalement que tu épouses un mari fortuné.

Dorian aurait voulu récupérer sa main avant que le café ne fût froid mais la vieille ne lâchait rien. Il se souvint tout à coup qu'il avait dissimulé jadis dans la soupente quelques trésors d'enfance oubliés là, dans les combles, juste au-dessus de la lampe. Il se demanda s'ils y étaient encore.

— En attendant l'arrivée du Prince Charmant, ça peut prendre encore deux à trois ans, tu sais que le pédiatre Puérot, à la sortie de la ville, sur la route de Brantes, a passé la main à son fils ? Et, crois-moi, ça ne désemplit pas. Tu te rappelles d'Hervé Puérot comme il tournait autour de toi quand tu avais quinze ans ? Il ne décrochait pas les yeux de tes seins et pourtant le Grand Bouddha sait à quel point ils étaient creux.

— J'ai déjà un métier, je suis comédien, objecta Dorian pour couper court à ses amours adolescentes.

Et il récupéra sa main, le café était à peine tiède.

— Comédienne ? tu n'as aucune mémoire ma chérie, tu te souviens ? Et tu n'es pas très photogénique, même si tu t'es arrangée avec le temps. C'est un métier trop dur, en plus, on ne connaît personne qui pourrait te pistonner. Tu devrais appeler Hervé, il est toujours célibataire.

Dorian pensa qu'il était urgent de consulter l'horaire des trains.

Sur la fin, Aimé et Marina, ses propres parents, dormaient beaucoup. Ils faisaient même de grasses, très grasses matinées. Le besoin de récupérer, pour papa en tout cas, trois levers dans la nuit avec pipi parcimonieux entre deux états semi-comateux où les rêves parlaient d'un temps où il pissait à deux mètres. Puis ils se levaient et reproduisaient les sempiternels gestes d'une vie en commun. Ils avaient passé près de cinquante-cinq ans ensemble, Dorian avait fait la multiplication : ça voulait dire plus de 20 000 levers. Vingt mille ! Le café, le lait, la radio à allumer, le pain à griller, le miel pour papa, la confiture pour maman ; les informations de sept heures, France Inter toujours, pas de pub ! L'hiver, le chauffage à monter, l'été, les fenêtres à ouvrir grand, et la porte pour laisser entrer le chat, bon alors, tu rentres ou tu sors imbécile, tu as bien dormi, chéri ? le beurre est trop dur, il faudra penser à payer l'assurance, tu m'as pas dit ce qu'avait répondu ton patron… C'était vrai dans cette maison, c'était vrai dans la suivante, au bord de l'océan, ça l'était moins dans la maison de retraite, en colonie de sénescence. Et puis, Sandrine était morte et avec elle le goût du café, du petit matin, l'éphéméride à la radio. Dorian les avait peu vus ses vieux, il n'avait pas fait le voyage, il les avait laissés mourir à petit feu. Ils n'avaient pas survécu longtemps à la disparition de leur fille, ils étaient morts à quelques semaines d'intervalle. Sans toi, sans moi.

Les nouveaux habitants de la maison à une demi-génération près, plus intellos, plus audacieux, suivaient le même protocole.

Il prit une douche dans la cabine exiguë de l'étage, mon Dieu !, la canalisation vibrait encore, fit son lit, récupéra ses affaires et les porta dans l'entrée. Les vieux étaient « partis faire leur toilette ». Avant de prendre congé, il sortit sur la terrasse et s'aventura dans le potager où le givre avait ensucré les arbres et les allées. Il était trop peu vêtu et frissonnait, il s'avança pourtant dans l'allée centrale. Le jardin était clos à droite et à gauche de grillages qui donnaient sur ceux des voisins. Toutes les maisons de la rue voyaient leur propriété limitée au fond du jardin par un haut mur, qui délimitait le parc d'un château.

Dorian était précédé de son haleine dont il amplifiait le panache en soufflant bien fort, comme quand, sur le trajet de l'école, il jouait à cloper. Fumer, c'était la promesse d'un âge adulte où l'on serait libre de tout, conduire des voitures et passer les vitesses, avoir un briquet en or qui claquait quand on le refermait, un étui à cigarette, toucher les seins des filles sous la fine étoffe transparente, aller au cinéma tard le soir, pour voir des films qui font peur. Aux deux tiers du jardin qui faisaient deux cent quatre pas, comptés l'année 1977, celle de sa communion solennelle, il perçut un mouvement sur sa droite. Un type, velu comme un ogre, l'observait du potager voisin appuyé sur sa bêche.

— Te revoilà, Peau d'hareng, miaula-t-il avec la voix d'un homme qui aurait perdu la moitié de ses cordes vocales. Dorian salua d'un mouvement de tête et continua son chemin.

— C'est ça, la vedette ne parle pas au bétail. Qu'est-ce que t'es revenu foutre ici ? Ou alors, c'est pour piquer l'argenterie des beatniks ? Dis bonjour à monsieur Chanfarien.

Lui casser la gueule avait longtemps été le vœu le plus cher de Dorian. Papa avait jamais osé, papa s'était dégonflé. Chanfarien, le monstre d'à-côté, le salaud de la copropriété à qui maman avait un jour dit, plantée sous son menton, qu'il était un goujat et un mal élevé. Toujours là, toujours vivant, quasi centenaire, jamais renversé par une voiture, jamais victime d'un caillot. Quand Dorian était gosse, le vieux salaud lui avait confisqué tous les ballons qui atterrissaient dans son jardin. On osait même pas aller lui réclamer. Il tirait les oreilles des gamins, les arrachait presque. Avec des pognes de gorille. Un ancien commando, un de l'Algérie française, tatoué des trois points des taulards, on prétendait qu'il avait buté quelqu'un.

— Le vieux Chanfarien ? C'est vous ? On vous a exhumé ?
— Tais-toi sale faux derche, t'es qu'un pédé de ton cul, Peau d'hareng.
— Bonne journée, monsieur le prix Nobel !

L'autre lui jeta une pierre qui le frappa à la cuisse. La douleur irradia, moins que la haine qui se leva en lui et remontait à loin.

*

Henri sortit de la salle de bain et il la vit qui attendait dans l'entrée, son manteau sur le dos. Il fonça jusqu'à elle, sa hanche lui faisait mal, il faudrait qu'il passe à l'ostéodensitomètre, en attendant il emmerdait l'arthrose, il voyait ça comme un rat avec de la poudre d'os dans les moustaches. Des rats dorés, il en avait toute une colonie entre les genoux et la taille.

— Isabelle, tu t'en vas pas ?

Pourquoi chevrotait-il hein, pas peur d'elle quand même. C'était encore lui qui décidait, surtout après toutes ces années. Elle recommença, comme avant, à minauder, allons, allons papa, à tourner autour du pot, elle avait des courses à faire à Paris, c'est vrai elle habitait Paris. Peut-être avec un type, les femmes trouvent des amants, elles les maraboutent. Il lui fallait un prétexte pour partir.

— Ma fille, tu peux pas faire ça, ta mère a déjà failli mourir à cause de toi. Tu dois rester. C'est bientôt Noël, c'est peut-être le dernier de ta mère.

Il allait quand même pas la supplier. Il était pas si vieux. Il haussa le ton. Avant, c'était elle qui avait peur. Malgré ses conneries de fugues, et tous ses branleurs d'amis, il lui faisait baisser les yeux. Judith disait souvent tu es trop sévère, tu gueules, nous devons trouver le point de karma dans notre famille. Je vois ton aura elle rougit, elle noircit, si tu le voulais tu pourrais devenir un vrai catalyseur d'harmonie.

Maintenant, Isabelle, avec son sourire empêché, s'approchait de la sortie, elle allait se barrer, il faudrait la gifler, non, lui dire qu'il l'aimait peut-être ce serait utile, ou alors parler d'argent. L'héritage. Elle allait toucher bonbon un jour. Il se mit entre elle et la porte. Sa hanche émit un son de métal corrodé. Il ferma à double tour et mit la clé dans sa poche. Elle avait grandi par rapport à son dernier souvenir, elle lui arrivait à la bouche. Il la prit contre lui, il aurait voulu l'étouffer, mais voilà qu'il se mit à pleurer comme un gosse.

— Monsieur, ne faites pas ça... disait sa fille.

Monsieur ? Il l'embrassa, sur les cheveux, elle sentait bon une crème de jeune fille, et le creux de son cou. Il pleurait, pour un homme c'est étranger de pleurer, presque autant que se voir saigner.

*

Il s'était mis à pleuvoir des seaux. Des gouttes et des glaçons. Dorian voyait les grêlons rebondir sur la terrasse et, au-delà, piqueter la terre noire du potager. Les nuages noirs comme des cendres tombaient si bas qu'il décida de rester jusqu'à la fin de l'averse. À sentir contre lui la carcasse du vieux secouée de sanglots, il avait un peu mauvaise conscience mais, même en imposture, il n'avait guère de compassion à offrir. Dès que papy et mamie auraient tourné le dos, il s'esquiverait.

Oui, mais il plut toute la journée.

*

Pendant la matinée, Judith, tout en regardant la télé, découpa des vieux magazines. Des *Télérama*, des *Elle*, des *Studio* et aussi des *Points de vue* qui avaient quarante ans. Il y avait même des magazines un peu polissons. Judith était assise dans le fauteuil d'Emmanuelle et la pile des journaux atteignait ses genoux. Certains avaient jauni. La vieille détourait les photos ou, au contraire, respectait le cadre ou le tirage, parfois elle taillait à angles aigus pour donner un effet exclamatif. Dorian s'aperçut bientôt qu'elle travaillait à une œuvre ultime : l'association visuelle des généalogies. Elle jouait au jeu des familles d'acteurs. Ils se ressemblent hein, c'est mignon disait-elle parfois.

— Les acteurs, c'est comme les boulangers, de père en fils…

Elle travaillait la souche Gainsbourg-Birkin-Charlotte-Bambou-Lulu, ramifiée par recomposition à Lou Doillon. La souche Brasseur, Pierre, Claude et le petit comment il s'appelle déjà. Parmi les plus récents elle avait isolé l'éprouvette Depp-Paradis avec en bout de lignée la jolie petite Lily Rose. Elle les collait sur des grands montants de carton-plume, ses mains tremblaient un peu trop pour aligner les photos.

Sur le coup de 11 h 30, elle planta tout pour aller faire « à manger ».

Entre-temps, Dorian avait aidé Henri à faire du feu dans la cheminée. Le vieux trimballait des bûches plus grosses que ses cuisses, soufflant comme un phoque. Bientôt les flammes dansèrent, tout crépita joyeusement. Comme dans une famille heureuse. D'ailleurs, le sapin clignotait en rouge, en argent et en bleu. Dorian croyait qu'il agoniserait d'ennui, la matinée, pourtant, se déroula sans souffrance. Ce fut même un moment musical quand le vieil homme entreprit de l'initier à la grandeur cachée des sixties et des seventies.

Il descendait de son perchoir, une pochette à la main, exhumait un vinyle et le posait sur la platine. Le bras tombait entre les sillons avec la douceur d'une plume, alors les grandes enceintes JBL exhalaient un contact puis un roulis impressionnant. Et, tout à coup, du disque noir sortait une rumeur, un souffle, la musique de gens qui avaient été jeunes, créatifs et défoncés cinquante ans auparavant. Comme Samson, leur force était dans leurs longs cheveux.

C'était une vieille platine Thorens, au plateau lourd comme une station spatiale. Henri oubliait régulièrement un album dessus. *Tac, tac* disaient les enceintes et c'était reparti pour un tour. Papa jadis avait un vieil « électrophone stéréo » mais il écoutait Brassens, Yves Montand et Carmen.

Petit, Dorian s'accroupissait pour regarder au ras du 33 tours obscur et observer les sillons qui lui rappelaient les trajectoires des planètes et le trou central autour duquel tout gravitait. Et puis, cette belle étiquette, portant les couleurs des labels, sur laquelle il découvrait tous les titres imprimés.

Henri souffrait toujours des craquements du vinyle, ça se voyait. Il s'en trouvait presque l'âme scarifiée et radotait qu'écouter des trente centimètres, c'était comme la vie, il y avait érosion constante. La mémoire intégrait l'accident sonore, elle le mixait avec le reste, mais ça n'en finissait jamais, on avait beau prendre toutes ses précautions, nettoyer les microsillons, manipuler la galette comme la couronne du Roi Soleil, il arrivait toujours un moment où survenait une nouvelle cicatrice. Avec les vinyles, il n'y avait que des premières fois et puis on renonçait à écouter, on laissait la pochette au musée des autres. Le vieillard soupira que de toute façon, quoiqu'on fît, le vinyle était une œuvre instable.

— Ça craque toujours au meilleur moment.

Dorian, assis près du feu, voyait danser les flammes et le bois gémissait. Il ne pouvait détourner ses yeux.

— Alvin Lee était un guitariste très sous-estimé à l'époque, on ne parlait que de sa vitesse d'exécution.

C'était là, devant la cheminée, que maman déposait les cadeaux le soir de Noël, là qu'il en avait ouvert tant, là qu'il s'était cru élu par le bonheur.

Dans la nuit, Laura lui avait expédié des GIF avec des baisers voyageurs et des cœurs qui s'envolaient tels des ballons. Elle lui avait aussi envoyé sa *play-list,* Lady Gaga, London Grammar, ainsi qu'un rappeur qui avait un nom de lessive. Ils ne partageaient pas les mêmes goûts, le savaient mais la petite restait prosélyte. « Pour toi mon astre, écoute ! », écrivait-elle.

Ils passèrent à table, midi pétante. La télé babillait, elle était toujours plus ou moins allumée, le vieux coupant le son quand il mettait de la musique. Henri avait débouché un Côte-Rôtie de vingt ans mais qui avait dû voyager en auto- tamponneuse.

Dorian goûta, la main en suspension, fit tourner le vin, huma le bouquet et déglutit. Il avait la sensation que s'il ne sacrifiait pas au rituel, il mettrait sa vie en danger, comme parfois, dans de lointaines tribus on fait un geste anodin et, dans une ambiance subitement congelée, on apprend qu'au plan local, ça veut dire d'aller foutre sa mère.

— Il est bon, hein ? dit papy en attaquant son onglet brûlé aux échalotes.

Pendant ce second repas, Dorian allait comprendre que, chez eux, tout était « bon », au simple fait que c'était d'ici, le lieu de l'harmonie. Le fromage il est bon, le gâteau il est bon, le jambon il est bon. Surtout quand c'était une production de leur potager. Chez eux, même le cochon poussait. La conversation glissa entre deux mastications sur l'époque, enfin la leur, celle qui les avait gravés dans le marbre. Tu te souviens Frisco 69 ? Dorian opinait sur tout, la météo, les écolos, le combat des Lip, et le meurtre d'Overney par les milices du patronat. Et puis Judith qui s'était longtemps tue annonça que c'était décidé, qu'elle venait enfin de « réserver la concession ». Funéraire, s'entend. Ce qui fit ricaner le vieux.

— Elle prend ses dispositions pour voyager en première.
Dorian calma le jeu :
— Vous avez plein de jolies choses à vivre encore…

Tout en mastiquant, Henri hocha une tête circonspecte, certes Judith avait été malade du cœur, certes ils avaient cent cinquante ans à deux, mais enfin ils avaient encore quelques mardis devant eux. Dorian ne sut pourquoi un mardi plutôt qu'un jeudi.

— C'est bon hein ?
— Délicieux.

Là-dessus, le débat, technique, roula sur ceux qu'on incinère et ceux qu'on inhume. La meilleure copine de Judith avait réservé, elle insistait pour qu'ils prissent des concessions côte à côte. Elle tenait à connaître ses voisins. Henri visiblement s'en foutait, cendre ou poussière, c'était un pragmatique, tiens faut que je repeigne le caisson de la pompe à air.

— Comment, tu veux pas reposer à côté de moi ? glapit Judith, subitement courroucée.

Avant d'ajouter entre deux bouchées :

— Manquerait plus qu'il aille draguer la tombe d'en face.
— C'est fini tout ça, chou, hyperplasie, j'ai la prostate en chou-fleur et j'ai déposé le bilan hormonal.

Elle s'esclaffa avec une mimique de rosière et des yeux dérobés. L'espace d'une seconde, Dorian vit la jeune femme mutine qui, les yeux brûlants, invitait les hommes à l'empoigner. Puis elle reprit le cours de la conversation :

— Je suis allée à la mairie la semaine dernière, on a choisi l'emplacement au cimetière. C'est un très joli coin avec une belle vue. On a pris une concession pour trente ans, ça devrait suffire. Après ça, on est allés chez le marbrier et on a choisi un caveau en marbre rose de l'Himalaya, c'est très doux comme ton.

Seraient-ils inhumés loin des siens ? À quelques années d'écart, les Layeul et les Morteil avaient vécu sous le même toit, peut-être pourraient-il passer l'éternité à mourir parmi les mêmes dédales.

Sans cesser de mastiquer, le vieillard alla poser Velvet Underground sur la platine. En se rasseyant il commenta, tranquille :

— Les tombes, c'est bon pour ceux qui restent, nous de toute façon on aura plus de conversation.

Et, tout en sirotant le vin et en déglutissant des bouchées grosses comme le poing, il commenta la fameuse sortie « des copines » au magasin des pompes funèbres.

— C'était pire que le premier jour des soldes, les deux folles hystériques devant les promos sur le cercueil et le petit angelot gratuit si tu prends la croix dorée.

— Tais-toi Henri, c'est phallocrate de se moquer des mortes. Isabelle tu sais, on nous a dit qu'on ne pouvait avoir un tombeau à deux que si on en prenait un à quatre. Donc si tu veux, il te restera une place.

Dorian n'avait plus de place dans le caveau familial mais voilà que dans l'au-delà il s'était trouvé une famille d'accueil.

Au moment du dessert, Henri était pompette, Dorian flageolait. La conversation roula alors, sur le fait qu'Isabelle mangeait peu quand elle était petite.

— Maintenant elle a un sacré coup de fourchette, hein chérie ?

— Elle abhorrait le persil, je l'ai vue vomir parce que j'avais mis du persil dans ses haricots verts.

Judith s'appliquait à dire : AAAbhorait.

— Elle ne pouvait pas blairer les petits pois non plus, ce qu'on a pu en baver avec elle, je me souviens l'avoir obligée à manger une assiette de petits pois en rajoutant du persil.

Ils rirent comme de malicieux parents. Quel bon souvenir. Dorian n'aimait pas non plus les petits pois et le persil encore moins, c'était l'Isabelle qui sommeillait en lui. Il observait qu'ici aussi, comme jadis entre les mêmes murs, les adultes parlaient de l'enfant à la troisième personne. « Il » faisait cela, « il » disait ceci, « il » n'est pas si sage, hein. Dorian n'admettait pas qu'on pût débiner quelqu'un en sa présence, comme s'il était un tiers. A fortiori un enfant. Du temps de son mariage il s'était toujours efforcé, quand des amis étaient là, d'appeler Laura, « Laura » et pas « elle ».

La petite, de toute façon, ne se serait pas laissé faire. Il lui revint qu'un jour, lors d'une interminable promenade dans un jardin public, sa femme, le beau- frère – un marchand de maroquin hanté par le pognon – regardaient Laura faire une série de roues. Elle devait avoir une douzaine d'années à l'époque, portait un petit short rose et tonton avait commenté : « elle a les jambes bien maigres ».

Laura avait fait un saut périlleux, un rétablissement puis regardé son oncle droit dans les yeux avant de lui dire : « Il a toujours des rouleaux de billets dans ses poches ? »

— C'est propre chez Thiriez. Tu sais, le nouveau Thiriez dans la zone industrielle ? l'interpella subitement Henri.

Visiblement, après les pompes funèbres, ils étaient revenus enthousiastes du nouveau magasin de surgelés. Ils pourraient aussi bien se prendre une concession surgelée, qui sait si un jour on n'allait pas les remettre en service ? Mais le passionnant débat sur les obsèques n'en était pas fini pour autant. Papy considérait qu'une concession perpétuelle était une dépense ridicule :

— Déjà qu'on va pas sur la tombe des défunts.

C'est alors que la glace à la fraise terminée, il dégoupilla la cloche à fromage et se servit en Maroilles. Dorian était abasourdi par leur art de mettre de l'ordre en tout, y compris dans leur disparition. Quand enfin le repas prit fin, il osa lâcher sa bombe :

— Je vais prendre le train de 15 h 32.

Dans le silence sépulcral qui s'ensuivit et, pour une ultime concession :

— Papa, ce serait sympa si tu pouvais m'amener à la gare.

Rien n'advint. Que des bruits d'assiettes, encore un peu de mastication, et là-bas, traînant sur la platine, Buffy Sainte-Marie qui chantait *Burry my heart at wounded Knee,* en sourdine. Enfin, Judith s'anima :

— Ah, mais papa fait une *braserade* à dîner pour toi, ce soir.

— Je n'ai jamais voulu qu'elle m'appelle papa, c'est quoi ce comportement bourgeois ?

Dorian prit alors conscience de la menace : s'il refusait de rester encore un peu, ils pourraient l'enterrer dans le jardin et jamais on ne le retrouverait.

Après déjeuner, papy s'installa dans le lit tibétain parsemé de coussins du salon télé. Là, il prit huit comprimés et trois gélules, les fit passer d'une gorgée de Laphroaig, puis se prit la tension. Il pompa sur la poire et fit saillir ses veines. Son bras était raviné, tout en creux de nerfs et en bosses de veines. Il observa, en dégonflant la baudruche, le cadran du tensiomètre et sembla s'estimer heureux.

— Pour un mec qui vient de bouffer, je dis bravo Henri.

Puis, enfilant sur ses oreilles le stéthoscope qui ne le quittait jamais, il écouta son cœur avec la mine interloquée de l'homme qui ouvre une lettre anonyme. Le pavillon du stéthoscope avait visiblement trempé dans la moutarde, il était d'un jaune d'or.

Là-dessus, il s'empara d'une boîte en bois de santal sculpté qui sentait bon le Népal. Il en tira du papier Riz la Croix et entreprit de se façonner un trois- feuilles. Il répartit habilement, dans le lit de son joint, une herbe vert émeraude – laquelle embauma instantanément la rue entière – puis, d'un coup de langue expert, humecta le truc qu'il referma avec précision, avant de tire-bouchonner le sommet du cône. On sentait qu'il avait pratiqué ces gestes rituels depuis des décennies, à peu près aussi souvent qu'il s'était lavé les dents. Un parfait pétard qui aurait remporté un prix au festival des amis du cannabis d'Amsterdam. Après quoi il alluma ce bon vieux joint. Ça sentait la broussaille, la fumée des tipis, ça sentait le Viêt-Cong et les shiloms de marbre.

— T'en veux ? dit-il, tendant le calumet à Dorian. Les lois de l'hospitalité impliquant le partage de l'ivresse, il tira une *tafounette*. Bien sûr il s'était déjà défoncé. Il y avait même eu cette soirée où, suite à une infusion de shit, il avait joué Scapin à l'Atelier, complètement *stoned*. « Dorian Layeul joue un Scapin mémorable sous coke » avaient titré les *Inrocks* dans leurs pages culture. Mais c'était une année sans, après, il s'était détourné de la came. Si l'on veut durer il faut choisir. Il préférait la défonce vinicole. Il faut dire aussi que, sur la fin, ses soirées fumettes étaient chargées en paranoïa. Aux heures indues il entendait penser ses amis et n'aimait pas ça. Parfois, il avait même dû changer d'amis.

— Ça me donne des bourdonnements.

Le vieux regarda Dorian fixement. Il avait un œil ici, un autre là-bas. Dorian se demanda ce qu'il voyait.

— Isabelle, je t'ai tellement aimée, on avait nos petits secrets depuis toujours, hein ?

Il souriait avec des dents trop neuves pour sa bouche, un sourire d'hier recarrossé aujourd'hui. Et l'haleine lourde qui sentait la marie-jeanne et ses intérieurs, estomac, vésicule. La fumée lui sortait du nez et de la bouche, les volutes l'environnaient comme s'il était un diable.

— Tu étais boudeuse, têtue, renfermée... Des jours sans parler. Mais tu étais ma petite chenille, je venais le matin t'enrouler dans ta couette et je faisais ramper la chenille. Tu te rappelles je t'appelais Wapassou, la vilaine squaw ?

Il s'esclaffa, cela fit du bruit et des projections humides. Il s'approcha et posa sa main sur la cuisse de Dorian. Il le pinça et dit d'une voix rauque :

— Tu voulais que je te traîne dans l'escalier, ta mère s'arrachait les cheveux, tu vas la tuer, lui casser les reins, moi je disais non, elle a un cocon énorme.

Dorian recula un peu, mais la poigne de l'ogre lui emprisonnait la cuisse.

— Tu étais si moche ma pauvre Isabelle, on en parlait souvent avec ta mère, et ça s'est pas arrangé avec l'adolescence, qui aurait voulu de toi ? Heureusement, je vois que tu as fait une belle rhinoplastie, ce nez est trop droit pour être honnête...

Il expliqua, la bouche pâteuse, qu'il avait été là pour lui donner de la force, le soir ne venait-il pas s'endormir avec elle ? Il s'avança encore, Dorian était coincé contre le dossier de son fauteuil, il ne pouvait plus reculer. Puis le vieux lui prit la main. Dorian la retira.

— Tu n'étais pas ce qui est arrivé de mieux dans ma vie, mon vilain petit canard. Tu étais le prix à payer pour avoir eu une femme si belle. Mais à l'arrivée, regarde-toi...

L'ancêtre brandit son téléphone et prit une photo de Dorian. Ils se penchèrent sur le résultat. C'était bien lui, il en fut presque soulagé, il s'attendait à voir une vieille fille ingrate. Dorian affichait une drôle de tête, où la surprise le disputait à l'ennui. Peut-être était-ce dû à un léger flou, et, en arrière-plan, à ce contre-jour qui le nimbait d'une aura mystérieuse. C'était une très belle photo attrapée au vol avec une douce lumière. On voyait par-dessus son épaule d'intrigants reflets dans la baie vitrée. Et une forme ? Une silhouette ?

— Regarde, tu es devenue une femme pleine de prestance, tu avais les seins creux et maintenant, cette majestueuse poitrine.

Dorian attrapa le téléphone et, en ouvrant les doigts sur l'écran tactile, agrandit l'image. Dans la baie vitrée on distinguait nettement le reflet de maman, passant l'aspirateur, comme tant de fois il l'avait vue faire dans ce salon. Elle aurait dû se trouver juste derrière : Dorian se retourna, il n'y avait personne bien sûr. C'était comme ces ombres découvertes sur la planète Mars qui ressemblaient à une créature courant sur une crête.

Il pleuvait toujours, il dormit une partie de l'après-midi.

*

Dans sa chambre, Judith pleurait en lotus sur son gros édredon. Les larmes coulaient sur ses joues, quelques bonnes grosses mères lestées de sel et de souffrance. Elles tombaient sur sa poitrine et s'écrasaient lourdement sur l'étoffe de son sari.

Maintenant qu'Isabelle était revenue, ses pensées étaient mieux ordonnées. Sa fille lui redonnait une lucidité, une méthode.

Elle entendit brailler les corneilles dehors, à moins que ce ne fût ce vieil animal de Chanfarien. L'aura du voisin était noire et acier bleuté, il était tout empreint de diablerie. Et cela la perturbait alors qu'elle aurait dû jouir d'une nouvelle aurore de sérénité. C'était lui, avec son mauvais œil, qui la ramenait à ce jour où Isabelle avait disparu.

On était un samedi, il y avait eu des lampions et des torchères, plus de soixante invités à la maison. Chanfarien était parti comme chaque fin d'année, une aubaine. Ils avaient pu jouer de la musique dans le jardin, sous une grande tente chauffée. Les hommes faisaient des merguez au barbecue, elle avait mitonné un couscous géant. Puis ils avaient dansé. Son homme avait fait le DJ, roulé les pétards, et disséminé un peu de poudre en des endroits tactiques, connus des seuls membres du club. Isabelle s'était dégoté un petit copain, elle paraissait heureuse. Ils s'étaient tous cotisé pour offrir une Fender à Henri. À l'époque il jouait bien. Il l'avait inauguré le soir même en jouant *Brown Sugar*, sous les vivats… Henri ? C'était qui Henri déjà ? Bref ils s'étaient vraiment éclatés. Que d'amour ils avaient échangé cette nuit-là. Le lendemain, Isabelle n'était pas dans son lit, pas sous la douche, pas dans le jardin, nulle part. Isabelle s'était volatilisée.

*

Henri regardait sa fille grignoter, il était clair qu'elle s'était aussi fait refaire les seins. Il devinait les mammoplasties au premier coup d'œil. Elle n'avait pas de soutif sous son débardeur, il voyait la masse gélatineuse rester de marbre, ouais un de ces silicones cohésifs qu'on faisait maintenant. Il se souvenait de la poitrine somptueuse de Judith la première fois qu'elle avait ôté son tee-shirt et, dans la cambrure du dos, la saillie des épaules révélant ces deux fruits roulants sous la pluie. Après ça, ils avaient baisé pour la première fois sous le combi Volkswagen de Jeffrey le Canadien, c'était Jeffrey ou Joseph ? À ce moment-là, Joan Baez chantait. Ou alors c'était Janis ? Il y avait pas beaucoup de place mais ils étaient un peu planqués, à voir des milliers de pieds passer autour d'eux, et ils en étaient sortis au petit jour, couverts de cambouis, à poil, ce que c'était bon. C'était dans ce bled américain là, à Stonestock.

*

Judith pensa que sa fille ne faisait pas assez l'amour, ça se voyait. Isabelle n'avait pas fait de son corps le temple de son moi, il faudrait qu'elle l'amène à ses cours de yoga, le mardi, non, le jeudi. Depuis quand elle y était pas allée ? Depuis avril, elle en était sûre, après, elle avait eu cette mauvaise grippe. On était en quoi ?

Demain elle appellerait pour inscrire Isabelle, faire ça ensemble, ce serait tellement sensoriel. En plus, sa fille mangeait trop, elle boulotait, elle avait un trou à combler, un trou béant.

*

La soirée se traîna à regarder un obscur western avec John Wayne. Les vieux avaient chacun leur casque sur les oreilles et n'avaient rien proposé à Dorian qui, du coup, observait un film muet. Mère fredonnait la musique, Père somnolait. Elle le réveillait en sursaut par des commentaires à cent décibels « c'est celui qui a tué le fils ! », « ils sont cachés derrière la grange ! », « il les a enterrés dans la mine d'or ! ». « Salaud ! » grommelait-il. L'invective d'Henri visait Wayne dont il avait dit pendant le générique de début que c'était un « bon acteur mais un salaud de fasciste ».

Vers vingt-trois heures, Dorian s'esquiva sans savoir si le peuple sioux avait recouvré tous ses droits. Il se brossa les dents en cherchant des yeux cette Isabelle qui s'était regardée là, s'y était brossé des cheveux ternes et filasses et fait saillir ses pauvres seins avant de baisser les yeux de honte. Est-ce que les glaces gardent le souvenir de nos reflets ? Il s'assit dans le lit et rit tout seul d'être encore là, pris en otage par des « personnes âgées ». Il frissonnait dans la chambre froide et les draps glacés. Le radiateur émettait des sons de digestion métallique, épuisé de tiédeur. Il fut réveillé par la vibration de son téléphone.

Laura
mon astre je te fais un baiser à la violette et au kérosène

Dorian
Un blast de bisous ma douce. Quelle heure il est chez toi ?

Laura
Lolligator, deux heures de plus, tu sais pas encore ? 1 h 34.

Dorian
t'es à la base ?

Laura
non, dans un trou à Aden, une goutte de whisky dans du thé

Dorian
tu m'inquiètes.

Laura
meuh non. On est une dizaine et tout le monde est armé.
Je viens de réaliser que je suis au royaume de Saba.

Dorian
ma douceur, gaffe à Salomon.

Laura
MDR de mortadelle, je suis vaguement tombée amoureuse
d'un yankee. Un pilote de drone texan, il est là…

Et une photo s'afficha, cadrée de biais, avec des Bud plein la table : Laura-Lorelei, hilare et visiblement éméchée, en tenue sable avec ses insignes et son nom sur le sein : Lt Layeul et, tempe contre tempe, un gaillard de l'Air Force, la mâchoire indubitablement américaine, un peu dégarni et l'air horriblement sympa.

Dorian
Lau ma reine, fais gaffe…

Laura
TKT mon astre, tu sais c'est aussi le pays de Rimbaud…

Dorian
ben oui mais il est revenu avec une jambe gangrenée...

Laura
Peut-être un soir m'attend
Où je boirai tranquille
En quelque vieille ville
Et mourrai plus content
Puisque je suis patient !

Dorian
t'es en perm quand ?

Laura
attends ! ça vient de péter là. Missile.
Un vieux scud des rebelles, ils tirent au hasard.

Dorian
Loreleï ????

Là, elle lui envoya un GIF avec une fille à gros nichons qui tirait à la mitrailleuse façon Rambo et des douilles brûlantes qui atterrissaient au fond du col entre les seins.

Et puis, le silence.

Les yeux grands ouverts dans le noir, Dorian écoutait passer au loin des voitures avec des gens dedans qui ne s'aimaient peut-être plus, un gosse renversé sur la banquette arrière, apercevant des étoiles par-delà l'arche de la fenêtre. Son cœur battait et charriait sa peur de n'avoir plus rien en propre, pas même sa Laura. Il la voyait en maternelle, chantant fièrement « le coquelicot tient comme un œuf à la coque sur le dos du coq ».

Il était couché sur le dos, nu, la queue absente, qui pendouillait entre ses cuisses comme un poulpe mort. Judith et Henri s'étaient mis au lit pour une nuit de plus. La maison était coite, elle l'observait. Elle ne l'avait pas reconnu.

Il se leva et s'habilla sans bruit. Il récupéra à tâtons son sac puis il ouvrit délicatement la fenêtre et les volets, franchissant le mur du froid. Il enjamba l'appui et, doucement, se laissa couler sur l'auvent de la porte d'entrée. Il jeta le sac sur la pelouse qui craquait de gelée blanche. Accroupi et le souffle court, il retrouvait les gestes de l'adolescence, lorsqu'il faisait le mur. D'une impulsion, il sauta. Bien sûr, il se fit mal en réception et crut que ses chevilles allaient lui remonter dans le bassin.

Deux heures du mat' passées, il marcha sur l'avenue Waldeck Rochet. Les réverbères jaunes coulaient, scintillants de grésil, quelques fenêtres restaient allumées. Des gens dans les affres, certains qui songeaient à s'aimer, à griller une cigarette ou regarder de froides télés. Dorian ne sentait déjà plus ses orteils dans ses boots. Il n'avait pas cru à l'hiver, il ne pensait s'éloigner de Paris que 48 ou 72 heures, il n'avait pas su que le destin lui tendrait une embuscade. Il n'y avait plus de train, plus de cars, il fallait qu'il sortît de la petite ville pour attraper la bretelle de la quatre voies et faire du stop. En attendant, quand passait un rare véhicule, il levait le pouce. Une bande de gamins en bordée dans une Twingo le doubla, ils lui balancèrent une canette de bière…

— Pédé de ta mère !

Peut-être avaient-ils cru qu'il les *likait*. La bouteille rebondit et heurta son genou. Sortant de la portière avant, il vit poindre un doigt d'honneur.

Eh bien, petits cons, que vous creviez désarticulés dans un fossé, les quatre roues en l'air. Et il leur fit les cornes.

Marcher, marcher, ne penser à rien, la retraite de Russie, souviens-toi. La cloche de la basilique se mit à sonner, au rythme de ses pas, c'était peut-être le glas qui sonnait dans sa tête. « Un mort qui sort, un mort qui entre ».

Il quitta les faubourgs et s'engagea sur la bretelle. Le froid déployait des drapés de pénombre. Un grand halo d'or s'élevait de la chaussée à grande vitesse, en contrebas. Une Twingo était sortie de la route après avoir enfilé le toboggan, elle était passée par-dessus la glissière de sécurité qu'elle avait pliée en partie. De la fumée sortait de la carcasse. Quelqu'un pleurait, quelqu'un appelait. Dorian se précipita en dérapant sur le bas-côté et s'approcha du véhicule qui puait l'essence et la mort. Il se jeta à plat ventre et vit le visage livide d'une jeune fille…

On lui avait dit qu'il ne fallait surtout pas toucher un blessé, juste le couvrir, lui prodiguer des encouragements, mais comment on fait pour une gamine prisonnière d'une carcasse de métal ? Une gamine qui hurlait pour qu'on la sortît de là.

— Ils sont tous morts, ça va cramer, je vous en supplie…

On entendait des claquements et des soupirs de moteur. La caisse reposait les roues en l'air, un phare était resté allumé. Un cyclope fumant. Mais la musique continuait haut et clair, comme si de rien n'était. Un type vociférait avec l'accent étranger du rappeur grandi en infra-France…

…j'ai mal à ma pute, ras la fouf, j'crois que j'vais devenir ouf…

Des mains sanglantes se tendaient hors de la portière arrière, dont la vitre était brisée. Dorian s'accroupit, il empoigna les poignets, eut la sensation qu'on l'attirait, à croire que le malin avait surgi. Il s'arc-bouta et extirpa le corps supplicié, je vais l'achever, une perforation des poumons par les côtes brisées. Dorian la ramena au monde dans une signature écarlate. La môme, désarticulée, le dévisageait de ses yeux verts, toute de noir vêtue, un clou dans le nez et le corps en verre brisé.

— Je vous ai vu à la télé…

Et ça lui fit mousser un sourire écarlate. Est-ce qu'après ça elle pouvait mourir, à dix-huit ans, dans le verglas, jupe troussée, du sang sur son collant déchiré ? Dorian la tira loin de l'épave, heureusement le sol était une patinoire. Il se dit qu'il devait appeler les pompiers, les flics, quelqu'un. Le 11 ? Le 13, ou le 22, ou le 115 ? Il couvrit de son manteau le corps qui gémissait encore. Puis chercha son smartphone dans toutes ses poches, partout, sa machine à mille euros, qui pouvait géolocaliser la mort… Quand il le trouva enfin, il était vide, batterie à plat.

Quoi faire ? Personne n'était jamais mort dans ses bras, il ne souhaitait pas qu'on mourût en sa présence.

Quoi faire, bordel ?

Prier peut-être, mais ça n'avait jamais marché pour lui, foncer plutôt sur la quatre voies et arrêter les rares voitures qui passaient, fuyant vers l'avenir. Ou extraire les moribonds ou ce qu'il en restait.

Heureusement, les pompiers surgirent, tout en gyrophares, sortis de nulle part, un, deux, trois camions. Des grands types l'écartèrent, le rudoyèrent.

— Vous l'avez touchée ? Elle respire ? Vous êtes blessé ?

Enfin, l'un d'entre eux l'enveloppa d'une couverture, il ressemblait à un ver luisant. Alentour, c'était plein de sauveteurs, des anges de cuir, la cavalerie du Tout-Puissant. Dorian aurait voulu les embrasser. Deux grosses larmes coulèrent sur ses joues bleuies, elle va s'en sortir la petite, les autres, je m'en fous.

On a évacué la gamine sur une civière, on a désincarcéré les copains, ça pleurait, ça suppliait, puis le type athlétique qui interrogeait Dorian s'éloigna pour prêter main forte aux collègues. C'est alors qu'une grosse bagnole pleine de phares vint se garer derrière les camions de pompiers. Un type en sortit et déboula. Dorian le reconnut tout de suite à sa façon de se mouvoir : un plantigrade arthritique. Et cette lourde robe de chambre polaire par-dessus le saroual. Le vieux l'avait repéré lui aussi, malgré la chapka aux couleurs de l'armée soviétique qui lui descendait jusqu'en-dessous les sourcils.

— Tu es folle ! Sortir en pleine nuit par ce froid et avec n'importe qui ! Maintenant, tu rentres ! Ta mère ne vit plus.
— Henri, vous pouvez aider, allez voir, pour les premiers soins.

Le vieux sortit son stéthoscope des profondeurs de son poitrail et ausculta Dorian.

— Henri, pas moi ! EUX !

Le vieux posa ses yeux sur la scène de crime. Il mit le pavillon du stéthoscope dans sa bouche et le téta, on aurait dit un plongeur sous-marin avec un respirateur. Il semblait sur le point de vouloir exprimer un droit de retrait.

— Il est médecin ! Il peut aider ! hurla Dorian.
Un pompier se tourna vers eux et avisa le vieux, sa silhouette et son accoutrement. Et le tuyau dans sa bouche.

— On devrait s'en sortir. Rentrez vous coucher, vous allez attraper la mort !
— Comment tu parles à ma fille, toi, dit Henri en glaviotant sa tétine.

Et tandis que les pompiers chargeaient un corps silencieux dans l'ambulance, papy prit Dorian par le bras et l'entraîna dans sa grosse bagnole dont les feux puissants éclairaient la zone du crash, comme s'il s'agissait d'un tournage, extérieur/

nuit. Dorian voulut y retourner, mais ravala un gros sanglot quand il vit la bâche qu'on jetait sur un corps. Il monta dans la voiture, tremblant comme une feuille. C'était une antique Ford Mustang qui sentait bon le cuir longtemps tanné et l'huile chaude. Henri recula à toute blinde. Il était furieux, tapait sur le volant. Il repartit dans l'autre sens en violentant les rapports.

— Ça va pas recommencer ces virées ? Des pompiers maintenant ? Quand c'est pas des moins que rien qui savent pas conduire et rentrent à pas d'heure !

— Mais j'étais pas dans la voiture !

— Une fille qui se balade en plein hiver à la merci de tous les prédateurs, de tous les violeurs, tu prends ta pilule au moins ?

— Je suis pas une fille, bordel de merde !

— Oui ! Des fois, je me demande quand je vois comment tu t'habilles ! Un vrai sac !

Une grande fatigue s'abattit sur Dorian. Il grelottait, la petite l'avait vu à la télé, maintenant il avait sur les mains son sang qui commençait à brunir. Elle était à peine plus jeune que Laura, c'était peut-être un message de l'au-delà. S'il faut en prendre une, prenez cette môme là, mais pas la mienne. Pendant ce temps, Henri vitupérait contre le monde occidental qui, décidément, ne tournait plus rond. Il s'engagea sur le rond-point où il fit un tour complet : il avait raté la sortie.

— Tout est brouillé, la folie est contagieuse, c'est pour quand la révolution ? Et il répéta plusieurs fois sa révolution, révolution, révolution, il tournait, tournait, trop vite, la Mustang gitait. Dorian s'en mêla :

— La prochaine, c'est la prochaine !

Mais le vieux rata encore la prochaine, celle qui ramenait vers la maison. Et d'un brusque coup de volant s'engagea sur la suivante.

— Je sais encore où j'habite, *I'm going home*...

L'antique lecteur de K7 envoya les premières mesures de *All right now* de Free. Ce qui est bien avec le rock, c'est qu'il a le sens du théâtre, le bon titre tombe toujours au bon moment pour étoffer la bande-son de la vie. La Mustang descendit à grande vitesse la rampe d'accès à la quatre voies. De l'autre côté, les gyrophares bleutés dansaient où vacillaient les âmes des suicidés.

Dorian se retourna pour voir le sabbat s'éloigner sur l'autre voie. Sur l'autre voie ? C'est alors que deux phares blancs illuminèrent l'habitacle de la grosse américaine.

— Salaud de routier ! Ce con roule à gauche... Cela me rappelle ce titre de Zappa sur *200 motels*... grogna le vieux qui conduisait d'une main, l'autre reposant, en majesté, sur le levier de vitesse.

Pendant une éternelle seconde, le cerveau engourdi de Dorian enregistra de terrifiantes informations : Henri, qui roulait à 150 km/h, reprenait d'une voix graillonnante le refrain *baby it's all right now* et multipliait les appels de phare ; un 32 tonnes arrivait plein vent, droit sur eux ; la barrière de sécurité défilait à leur droite.

— On est à contre-sens, bordel ! hurla-t-il.
— Isabelle, quand j'avais ton âge, ta mère et moi nous avons fait beaucoup de conneries. C'est pour ça que je t'ai élevée avec rigueur !

Face à eux, le camion grossissait à vue d'œil, il hésitait sur la voie à libérer, droite, gauche, et klaxonnait en continu. La trompette du jugement dernier. Subitement, dans les faisceaux de ses appels de phares, la neige se mit à tomber très drue, des flocons énormes, fleurs de pissenlit.

— Regarde-moi cet abruti, les routiers sont sympas, mon cul, oui ! Ils croient conduire leur chibre !

Dorian, mutique, restait collé au siège, il était trop tard pour une prière. Dans les instants qui précédèrent leur anéantissement, le semi-remorque et la Mustang se livrèrent à un envoûtant petit tango, droite, gauche, et puis, comme un matador, le vieux esquiva le monstre d'un coup de volant. La montagne passa en hurlant, freins bloqués, la remorque se rabattit derrière eux, telle une porte claquée. Ils étaient passés.

Le vieil homme riait. Dorian faisait quasiment sous lui.

— Tu veux la conduire ? Tu es une grande fille maintenant, hein et si je me souviens bien t'as préféré passer ton permis plutôt que ton bac ?

Ils s'arrêtèrent sur la bande d'arrêt d'urgence, Dorian reprit le volant et fit demi-tour. Le vieux ne parut pas s'en rendre compte, il sommeillait déjà, l'heure légale semblait dépassée. Tenant exagérément sa droite, Dorian revint vers la sortie, il avait senti le vent du boulet et tressaillait sans pouvoir se contrôler. Un instant, il fut tenté d'expulser le vieux à hauteur des pompiers pour qu'ils le prissent en charge. Mais il rentra gentiment à la maison. Judith attendait en se tordant les mains, de profonds cernes sous les yeux. Ma fille, pourquoi toutes ces fugues...

— Tu as pourtant tout ce qu'il faut ici.

Dorian dut s'asseoir sur le lit indien, le ventre tordu par une irrépressible colique. Papy s'agenouilla devant lui, l'ausculta par-dessus le manteau, lui tâta les ganglions et lui souleva les paupières pour lui étudier le blanc de l'œil.

— Qu'est-ce qu'elle a chéri ? Elle a pris du crack ?

— Non, non, ça se plaint du ventre...

Henri se pencha vers Dorian et lui caressa le front, doucement. Il avait la gravité professionnelle et puis un peu de cette compassion dont font preuve les médecins quand ça les ramène à leur vie privée.

— Isabelle, ça doit être tes ovaires. Il faudrait pratiquer un toucher vaginal pour identifier l'origine de la douleur.

La victime fit signe que non, aux dernières nouvelles il n'était toujours pas doté de vagin et une envie de pisser terrible lui rappelait qu'il avait une verge.

— Demain on ira voir mon collègue gynéco, je suis sûr que c'est génital.

*

Judith soutint sa fille pour monter l'escalier. C'était sa chair, née d'elle, embryon, elle l'avait façonnée, fœtus, elle l'avait générée de ses sucs, de ses flux, et puis elle avait voulu la retenir mais elle était sortie si fort, si volontaire, à lui déchirer la vulve et hurler sa joie d'être une créature de Dieu. Elle se souvint des seins géants qu'elle lui offrait avec ces pointes télescopiques, elle se souvint du lait cristallin qu'elle lui distillait et de la petite bouche gloutonne qui lui arrachait des plaintes. Les larmes lui coulèrent, ah ! comme elle était pleine de cette enfant, comme elle l'aimait à la mordre et, maintenant, l'envie lui montait de faire un autre bébé. Elle se sentait éperdument mère, des centaines de gens mouraient à chaque instant et si elle s'offrait, là, à la semence, dans le cosmos matriciel, un puissant courant viendrait réincarner en elle une vie de la vie dans la vie. Judith, en pénétrant dans la chambre, sentit son corps vibrer dans l'attente de l'illumination fécondatrice.

Elle aida Isabelle à se déshabiller, se tourna quand elle urina dans le petit cabinet de toilette, quel jet puissant. Puis elle la borda et lui chanta une comptine comme elle le faisait l'année précédente ou dix ans auparavant ou au siècle ultérieur.

« Le coq scie la branche
Elle dit non la coccinelle
Bon Dieu je suis bête

Le coquelicot tient
Comme un œuf à la coque
Sur le dos du coq... »

Isabelle la regardait avec ses grands yeux émerveillés, le pouce dans la bouche, émouvante malgré ses boutons d'acné et ce teint blafard qui était le sien, elle ne bronzait même pas au soleil, elle rougissait.

Alors la Mère se pencha vers elle et lui susurra :

— Jure sur ta vie que tu ne partiras plus jamais.
— Je le jure sur ma vie, dit la petite fille.

Puis Judith éteignit la lumière, dors bien mon petit monstre, et elle descendit, impatiente de faire l'amour.

Frimaire

Dorian fut réveillé par la vibration de son téléphone. C'était Laura qui textotait, vivante, Dieu merci.

Laura
Astre mien, pas de mission aujourd'hui.
Des livres, des livres pour moi ! J'ai commencé à bosser
sur la reine de Saba. Ça fait couleur locale.
Donc j'attaque une monographie personnelle sur la question.
Un baiser circonflexe.

Dorian soupira, il avait dormi tout au fond, sans l'ombre d'une réminiscence. Quand les enfants font des métiers dangereux, c'est dans les moments de calme qu'on dort mal. Il avait toujours dans son portefeuille sa première photo. Une ombre échographique. On avait cru longtemps que c'était un mâle.

Dorian revoyait le cabinet chic, à deux pas du parc Monceau. Il avait regardé par la fenêtre et découvert un arc-en-ciel immobile. L'émerveillement pur, il en avait eu les larmes aux yeux. Le gynéco, promenant son balai-brosse sur le ventre proéminent de la mère, faisait des commentaires, il portait un maillot de l'OM sous sa blouse.

— C'est son pied que vous voyez là, il le détend, là son coude, on dirait qu'il cherche à faire un contrôle orienté, mais il sait pas que le ballon est autour de lui.

Dorian, lui, ne voyait qu'un sac aux zones fluorescentes. Son fils apparaissait en gris et blanc et, franchement, à ce point d'émotion, on ne voyait que ce qu'on voulait bien voir. Quid des entrailles de la mère et des membres du fils ? On comprenait pourquoi il fallait dix ans d'études pour en arriver là. Ils souriaient, les gentils parents, à deviner quelque chose dans le brouillard, une allégorie de l'épreuve qui les attendait. Ils avaient commis leur première erreur, croyant qu'il suffisait d'agglomérer leurs cellules pour engendrer quelque chose qui fût eux. Le garçon tant espéré était une fille et le médecin entraîneur avait cru voir une virgule quand il n'y avait qu'un point d'exclamation. Pendant des semaines, tendrement penchés sur ce nombril, Dorian et sa femme avaient parlé doucement au petit garçon, en lui comptant des histoires, expliquant papa et maman et le monde qui n'était pas un cadeau mais dont ils taisaient les effrois. À la fin, ils l'appelaient même par son prénom : Laurent, le gentil baigneur.

Un matin, on tendit une tente kaki autour de ce ventre, et la mère allongée, tenant la main du père assis à ses côtés, attendit que les hommes masqués, penchés sur elle, ait ouvert son ventre sur dix centimètres pour en extraire le petit monstre plein de mucus, brandi par les pieds comme un lapin de garenne, encore connecté à l'autre monde par un volumineux cordon.

— Oh mais c'est une groupie des vestiaires ! avait osé le médecin derrière son masque.

À cet instant, Laurent était mort quand naissait Laura. Elle avait cette jolie conque qui ferme les cuisses des femmes, et braillait à tout rompre.

Dans l'exigu cabinet de toilette, Dorian se regarda dans la glace et se trouva une tête de second rôle. En se brossant les dents, il se fit des grimaces épouvantables comme jadis, huit heures tapantes, quand il fallait partir en cours. Il se demanda si le « lycée d'Etat mixte Pablo Picasso » était toujours là. Jadis, ses parents hurlaient dans l'escalier parce qu'il allait être en retard, maintenant, c'est comme s'il était assigné à résidence.

Il aurait sans doute été facile de préparer plus habilement son évasion, sachant que les proprios étaient égarés dans leur propre maison. Mais il n'en était plus là, désormais, il éprouvait un singulier attrait pour la situation. Comme si on lui avait offert quelques vacances dans le meublé de son histoire. Ailleurs, personne ne l'attendait. Laura était encore en mission pour de longs mois ; son agent, après avoir gueulé quotidiennement, avait désormais la guerre lasse. Ses copains acteurs se comportaient comme des copains acteurs : ils n'étaient là que pour les remises des prix. Enfin, il s'avoua qu'il trouvait un attrait à ce rôle qu'on lui faisait jouer : la fille de la maison. À l'exception d'une adaptation de *Tootsie* qu'il avait interprétée au théâtre trois ans auparavant, il n'avait jamais sauté la barrière du sexe. Il fallait qu'il en sache plus sur cette Isabelle, qui depuis longtemps avait pris la clé des champs. Au moins ce serait une bonne thérapie pour les vieux parents qui ne pouvaient voir qu'ELLE. Bien sûr, un jour, il lui faudrait partir et leur refaire le coup de la séparation. S'il avait du pot, ils auraient, à ce moment, perdu jusqu'à leur dernier souvenir. Peut-être pouvait-il juste assurer l'intérim ?

En bas, ça sentait le café bouillu et la vaisselle pas faite. Dehors, le brouillard s'était installé, on aurait tendu la main par la fenêtre qu'on l'aurait perdue. Ils s'embrassèrent, bonjour, bien dormi. Il attendit qu'Henri aille vaquer à d'obscures occupations et, alors qu'il trempait ses lèvres dans du café au lait, (dans un bol cannelé marqué « Isa »), il commença à bosser son personnage :

— Judith, tu sais où elle est ta fille, maintenant ?

La vieille, accroupie, réglait son four sur 200 °C, elle mit quarante secondes à se relever et lui répondit d'une bienveillante inquiétude :

— Mais qu'est-ce tu racontes ma chérie ? Tu es là et bien là !

Dorian s'insulta intérieurement, pauvre con d'amateur, il était Isabelle bien sûr, il faisait tout pour ça.

— Tu ne sais pas où j'habite ?

— Tu t'en souviens vraiment pas ? Tu devrais consulter, tu as peut-être une tumeur au cerveau, ça s'opère très bien de nos jours. Moi j'ai eu deux AVC et un arrêt cardiaque. Déjà trois vies, j'en suis très fière. Et puis cinquante ans de méditation et de baume du tigre, ça aide...

— Vous n'avez pas de nouvelles de moi depuis quand ?

Dorian vit les yeux de Mère qui se penchait sur lui, un vaste océan et des galions engloutis, un lieu sans repère, pas même des étoiles, il découvrit ce que c'était qu'avoir égaré sa propre vie. Toutes ces larmes qui n'avaient pas été versées. Il lui prit les mains, les vieilles mains ridées, mangées par les bagues, aux ongles de corne plutôt que de vernis. Et le regard de la vieille dame se remplit d'oiseaux rares et de mammifères marins, les yeux de Mère se rallumèrent. Elle s'assit à la table de la cuisine, aux côtés de sa fille et passa son bras autour de ses épaules.

— Tu te souviens du bug de l'an 2000 ? Tout devait s'arrêter, les avions tomber, les missiles partir dans tous les sens et les enfants naître aveugles. On avait fait une fête à tout casser avec les amis, tout le monde défoncé. Il y avait eu cette tempête. La cheminée des voisins d'en face est tombée du toit et a détruit leur voiture, une Mercedes, le christ avait dû les montrer du doigt. Tu ne te souviens pas ? Tu étais déguisée en squaw, Wapassou/Lac d'argent on t'appelait, papa était en Jimi Hendrix, je lui avais fait un visage charbonneux, au matin on aurait dit Lavilliers. Mais nous on a eu droit au bug familial. Parce qu'à cette fête, tu as disparu. Ça fait combien, deux ou trois ans ?

Non madame, pensa Dorian, dix-sept ans. 17 ans.

— Vous m'avez pas cherchée ?

— Tu étais majeure et à cette époque il y avait une aura noire autour de toi. Plus maintenant, elle est jolie ton aura, elle est parme avec des tons violets… Papa a dû faire des démarches, je m'en souviens plus… Il était content que tu te casses en fait.

Du bout des doigts, elle lui effleura l'aura à quelques centimètres de la tête, cela fit une décharge d'électricité statique, il eut la bizarre sensation d'être dans un salon de toilettage pour chien.

Ils entendirent papy pester dans le salon parce qu'il avait trouvé la pochette de *Thirty seconds over hinterland* de Jefferson Airplane vide et qu'un sagouin avait rangé le vinyle dans une autre pochette :

— C'est cet enculé de boucher, je suis sûr, cet enculé !

Il revint en maugréant pour continuer à se plaindre. Personne n'avait fait de brioche grillée, ça sentait le café, bouillu, café foutu, ce con de boucher joue de la basse et sait toujours pas lire une gamme de *fa*. Dorian débarrassa et rinça assiettes et bols avant de les aligner dans le lave-vaisselle.

C'est alors que le téléphone sonna. Dorian s'en empara vivement d'une main humide gantée de plastique rose. Et la machine lui échappa, telle une savonnette, fit un harmonieux looping, avant de tomber dans le grille-pain où chauffaient les toasts. Ils poussèrent tous de hauts cris, cela crépita, fuma et les plombs sautèrent. Henri hennit et, d'une pince en bois, parvint à extraire le smartphone qui sortit brûlant de l'épreuve, l'écran de verre étoilé comme si une araignée venait d'y tisser une toile.

C'était un objet de luxe, le dernier de sa génération.

Dorian ne le traitait pas comme tous les gens du show business, il ne prenait pas son portable pour un guide spirituel. C'était juste un objet dont il se servait simplement pour téléphoner, textoter, à la limite surfer, pour trouver la réponse à des questions essentielles : qui était le guitariste de U2, où se trouve Oulan-Bator, peut-on mettre de la coriandre dans la soupe au potiron ?

La plupart du temps, le truc restait sagement dans une poche ou sur un meuble et, à tous les coups, Dorian le cherchait. On le textotait beaucoup, il répondait par quelques mots d'une lasse politesse. Mais quand il avait besoin de penser, il préférait envoyer des lettres écrites à l'encre. Il ne textotait longuement qu'à Laura. Des narquois lui avaient dit qu'il était un homme du passé et il l'avait pris pour un compliment.

Après qu'il eut failli foutre le feu à la maison, Dorian laissa reposer le portable sur l'appui de fenêtre. Puis, quand il fut froid, tenta de le réactiver.

Rien. Judith passa sa main dessus sans ressentir de « vibes ». Elle lui dit, sous cape :

— Si t'es gentille, papa t'en offrira un autre…

L'ustensile semblait cassé. C'est alors que Dorian le prit en affection. Les objets, quand ils perdent leur fonction utilitaire deviennent soudain, et bien des artistes contemporains en ont fait leur miel, des êtres réussis.

L'écran resta obscur longtemps. Dorian mit son pauvre smartphone en charge et passa la matinée à le veiller. Il appuyait sur le bouton du bas, sur celui du haut, sur les deux en même temps. Il le secouait, le cognait un peu, comme avec les mourants que la colère nous donne parfois envie d'achever, parce qu'ils nous abandonnent. Il fallut six heures à l'objet sous perfusion pour sortir du coma. Le soir même, à l'heure du dîner, alors que Mère terminait une daube de veau aux oignons, la pomme apparut sur l'écran. Fébrile, Dorian entra son code et pria pour que toutes les données fussent là. Elles y étaient. N'était son pare-brise morcelé, la machine semblait fonctionner normalement. Hélas, ce n'était qu'une illusion, l'avenir allait se charger de le lui montrer. En attendant, il décida de baptiser le miraculé :

« Muezzin » était né.

Ainsi s'écoula pour Dorian un nouveau jour de captivité. Et il commençait à manquer de linge. Après tout, il n'était parti que pour une journée, deux tout au plus. Heureusement, il s'aperçut que Mère, dans son dos, avait évacué chemises, caleçons, et chaussettes pour les laver, un geste aussi mécanique que le passage matinal des bennes à ordures.

Alors, comme il n'avait plus de projet d'évasion, il traîna en sortie de bain, sous l'œil attendri du paternel :

— Elle est bien jolie ta robe.

Dehors il gelait, le brouillard divaguait sans fin et des particules d'outre-tombe tombaient du ciel. Henri fit du feu, mit *Mad dogs and Englishmen* par Joe Cocker et entreprit de démonter l'aspirateur. La montée d'escalier était chargée de livres de poche. L'un d'entre eux était tombé sur une marche. Dorian le ramassa et passa la matinée à le relire. C'était *L'aiguille creuse* de Maurice Leblanc, qu'il avait découvert un été, quand il avait dix ou douze ans. Tu ferais mieux de profiter de la plage plutôt que de t'enfermer, avait bougonné maman. À l'époque, il était resté à l'ombre, avec les livres.

Le midi, ils mangèrent en silence, le vieux couple était de nouveau aux abonnés absents, appliqués à compter leurs douzaines de cachets et gélules. Dorian débarrassa puis fit la vaisselle. Quand il revint dans le salon, le vieux programmait un DVD. Sur l'écran apparurent des grappes de gamins à cheveux longs.

— Encore Woodstock ! grommela Mère et elle partit faire la sieste en traînant de l'espadrille.

Henri passa l'après-midi à autopsier son aspirateur. Quand ce fut fini, la machine se mit à bramer deux fois plus fort et vibrer de toutes ses pièces, couvrant le son de *Soul sacrifice* que Carlos Santana, à la télé, jouait en léger différé de quarante-huit ans.

Lorsque l'aspirateur consentit à la fermer, Arsène Lupin mettait la main sur le trésor caché à l'intérieur de l'aiguille creuse d'Étretat. De ce côté-ci de la réalité, après avoir ressuscité l'aspirateur, le Paternel sembla se réveiller d'une longue méditation. Il faut dire qu'il s'était affalé dans le fauteuil d'Emmanuelle et venait de s'allumer une pipe à eau qui glougloutait, pareille à des mucosités dans un tuba. Il se pencha vers l'écran et posa son doigt dessus.

— On est là. Juste là.

Là, c'était sur un plan large, un lieu à gauche de la scène. Sous l'index d'Henri, il devait se trouver au bas mot une trentaine de personnes. Le plan changea pour revenir sur le jeune batteur qui se démenait derrière ses fûts et ses cymbales.

— C'était le chaos, personne imaginait qu'il y aurait autant de chevelus pour aller voir jouer d'autres chevelus, 500 000 personnes. Une fourmilière ! New York en rideau !

C'est là qu'Henri avait rencontré Judith.

Elle marchait avec un petit sac en bandoulière, son chemisier rouge à pois blancs attaché avec un nœud, il revoyait ses hanches au-dessus de son short en jean, ça balançait, on aurait dit une caravelle découvrant l'Amérique. Elle chantait *You make me feel…* Henri s'y est mis aussi, Aretha Franklin était sa déesse. Ils ne se sont pas parlé au premier regard, ils se sont chanté.

> « *'Cause you make me feel*
> *You make me feel*
> *You make me feel like*
> *A natural woman* »

Henri releva les longs cheveux blancs qui lui masquaient le visage, mutique pendant des heures et maintenant qui semblait ne plus pouvoir s'arrêter. On entendait la vieille tousser dans la chambre et soliloquer. En arrivant sur le site du festival, il avait égaré la jolie fille dans la foule...

— Perdue à jamais...

Pendant un long moment, le vieux ne dit rien puis s'empara de la zapette et accéléra le temps. La nuit tomba sur Woodstock ce 16 août 1969. L'image défilait à grande vitesse, les heures s'engouffraient dans un vortex et, sans musique, les hippies n'y étaient plus que les personnages d'un film d'animation. On eût aussi bien pu voir passer Charlot et Daffy Duck.

Puis Janis vint, qui chantait *To love somebody*. Au beau milieu de la nuit. Ivre, *stoned*, coagulée dans une tunique bleue.

— Il y avait une humidité, t'imagines même pas. Mais on était des rois, murmura Henri.

Un peu paumé, il avait quitté les abords de la scène. Partout des corps sous les bombardements des guitares et les tirs des batteries. Ce jeune Henri-là avait faim, lesté de son sac à dos et son duvet roulé, il cherchait aussi un endroit sec pour dormir. Il avait cette petite radio portative à la main et écoutait les infos. On disait que l'offensive du Têt avait été une victoire et que Da Nang croulait sous les bombes. Les B52 avaient fait une sortie sur le Nord Viêtnam et bombardé des objectifs militaires.

Le *French boy* aux longs cheveux avait erré, comme ça, sur son champ de bataille parcimonieusement éclairé. Loin de la scène, les cadavres se clairsemaient, on avait monté des tentes, et les phares de voiture révélaient un peuple d'ombres. Il pleuvait par intermittence. Henri avait fini par échanger sa radio contre un pack de Budweiser, deux pommes et des paquets de gâteaux. Et une invitation d'Italiens à partager leur feu.

— Chaque fois que je vois des flammes, j'entends Janis...

Dans sa propre histoire, Dorian voyait sa sœur Sandie accroupie devant le foyer et grillant des châtaignes. À la télé passait *Amicalement vôtre* avec Roger Moore et Tony Curtis.

— J'ai partagé la bière et les biscuits. Un malin avait jeté de l'essence sur les flammes, elles étaient longues et bleues, ça sentait les charbons du Mékong.

Combien y avait-il de chances pour qu'il retombe sur *French girl* ? C'est arrivé pourtant, l'obscurité et soudain ce feu de joie où elle dansait sur *Piece of my heart*. Des foulards indiens attachés à ses poignets, des bracelets à ses chevilles, comme une faiseuse de pluie, à tourner autour du brasier où flambaient des madriers. C'était la reine de Saba. Torse nu avec cette poitrine si énorme sur ce corps mince.

— J'aurais pu prendre une de ses fesses dans mes mains. Pas comme toi qui as toujours eu le fessier un peu large, l'héritage de ma mère...

Judith avait fini complètement à poil, avec son triangle d'ombre. Elle avait vingt-trois ans, sentait les bâtons de cannelle, tout le monde la regardait, tout le monde la voulait. Et Woodstock était comme une plage de naufragés devant un mur de son.

— On était tous échoués là, des milliers d'Adam et Eve, une génération entière qui s'étaient réveillés adultes l'avant-veille.

Judith était la plus belle.

Défoncée à tout. Ce qui se boit, s'ingère, s'injecte, se sniffe. Pas mieux que la fille sur la scène là-bas dans son trou de lumière. Elle dansait en laissant flotter ses cheveux, une Camel aux lèvres, écrivant de ses longs doigts des arabesques sur la nuit. Il s'est approché de ce corps nu, d'autres hommes faisaient comme lui, certains tendaient la main. Touchaient un flanc, un sein. Elle s'esquivait. Un cercle d'hommes autour d'elle et du feu. Comme des insectes autour d'un fanal. Il y en avait à poil aussi comme ce grand noir et sa queue longue comme un avant-bras qui cognait sur sa cuisse. Henri s'était approché plus près, il la voulait pour lui. Elle était la comète qui ne passerait qu'une fois dans son ciel, il le savait. Elle l'a toisé, il ne savait pas si elle voyait par ses yeux, si elle le voyait lui, si elle se voyait elle, ou si elle voyait demain, hier et tous les autres jours. Puis elle a *titubé*, elle est partie en arrière, vers le feu qui ronflait comme un grizzly. Il l'a attrapée par le bras, la taille, il a senti sa chair et l'a ramenée vers l'ombre. Le black est venu, l'œil mauvais, et un rital avec un tatouage autour du cou, des fils de fer barbelés. Elle les a arrêtés, *cool man*, elle s'est plantée devant lui *French boy*, elle l'a dit en français, « mon petit Français »...

— Tu chausses du combien ?

Il a trouvé ça absurde, Henri. Elle l'évaluait d'outre-monde de ses yeux outremer.

— C'était absurde, je croyais qu'elle voulait m'emprunter mes chaussures... J'ai répondu, sans réfléchir.

Il a répondu qu'il faisait du 43. Alors elle a jeté sa clope à ses pieds et a dit :

— Écrase.

Ils ont tous ri, les blacks, les Ricains, les Italiens, *make love not war*. Du coup, Henri s'est appliqué à l'écraser, la clope, dans l'argile humide. Il était pieds nus et il a pris sa part de feu, il a étouffé le brandon, en la regardant juste là, entre les sourcils, sans mater ses seins, sans ressentir le poids de ses hanches, les chemins de ses longues jambes et la crinière qui l'enveloppait. La foudre lui a transpercé la jambe et il n'est allé s'asseoir que quand elle a baissé les yeux. Il fallait ça, qu'il s'immole. Elle ne l'a plus regardé pendant une partie de la nuit, le temps que le feu se cendre doucement.

Chacun a regagné sa tente ou sa bagnole. Elle s'est camée encore, il voyait ses yeux, la pupille évaporée et le sommeil qui venait. Vers le matin, elle s'est assise, le dos à un arbre, à peine rhabillée. À ce moment, il est allé la couvrir avec sa couverture. Elle oscillait et chantonnait. Il lui a demandé si elle avait une tente ou un abri dans une voiture. Elle a levé les yeux vers lui et a dit « la Mustang » et elle a ri. Il n'y avait pas de Mustang mais le car VW, et il était plein, premier défoncé, premier couché. Cinq types enchevêtrés dont un qui laissait sortir ses jambes et risquait qu'on lui pique ses bottes mexicaines. Elle s'est levée et a marché jusqu'au fourgon puis s'est glissée dessous. Dans l'obscurité, elle demanda s'il était là.

— Elle m'a dit tu viens ou t'arrives ? C'était drôle comme expression.

Il y est allé, il a rampé, ça sentait la graisse et l'essence. Il se sont enroulés dans son sac de couchage à lui. Et dans la nuit, elle a pris sa queue pour l'amener jusqu'en elle.

— Elle a voulu qu'on fasse l'amour, tu comprends. Elle m'a dit de la rafraîchir.

Ils ont brûlé.

Là, Henri, s'est mis à fredonner :

Looking out on the morning rain
I used to feel so uninspired
And when I knew I had to face another day
Lord, it made me feel so tired
Before the day I met you, life was so unkind
But you're the key to my peace of mind

— Tu comprends, je venais de rencontrer la femme éternelle, susurra Henri, dans un sourire pour toujours incrédule.

La femme éternelle entra dans le salon, décoiffée, deux centimètres de racines blanches avant le henné. Elle marchait, pied droit nu, l'autre dans une basket sans lacets. La robe indienne bâillait, laissant voir une mamelle tavelée qui pendait, pareille à un thon au bout d'une ligne. Elle embrassa Dorian sur le front et se tapa le front.

— J'ai des pétards qui font que claquer dans ma tempe.

Henri se leva en grinçant et lui plaça son stéthoscope sur la tempe, le cou, sous le thon. Elle l'étudiait de ses grands yeux interrogatifs.

— Elle fait des AVC pour me taquiner, sans cesse. On casse ses petits élastiques ? Ma douce ?

Judith sourit et lui tapa la main. Henri observa ses pupilles puis la fit marcher, petit pas, petit pas, traînant la semelle. Enfin il l'assit doucement dans un fauteuil. Il ralluma un pétard et en revint à Woodstock.

— Le lendemain, elle avait la plante des pieds tout brûlés. J'ai trouvé de la pommade à un poste de la Croix-Rouge. Des cloques, elle pouvait plus marcher mais faire l'amour, oui.

Alors il l'a prise sur ses épaules et l'a trimballée partout parmi les réfugiés. Ils ont écouté Joe Cocker puis Ten Years After. Judith haussa les épaules et fit une moue.

— Il baisait trop vite, en grognant comme un sanglier. Je lui ai jamais dit qu'il avait une petite bite par rapport à Steve. Steve, c'était comme ça…

La vieille dame indigne écarta les paumes et signifia un généreux trente centimètres.

— Tais-toi chérie, Isabelle n'est pas intéressée par ce détail. Elle ne sait pas encore grand-chose de la sexualité. Tu te souviens, je ne t'ai demandé comment tu t'appelais que le lendemain.

Judith le dévisagea longuement pour tenter de reconnaître le jeune et maigre chien fou qui ne pouvait se rassasier de son corps somptueux. Il était si mignon, ce jour-là, elle avait fait plusieurs dizaines de photos de lui. Elle lui avait offert sa bouche. Son mec. Dans la journée maussade et pluvieuse, ils avaient fini par s'apprendre.

— Je m'appelle Judith, d'où tu sors ?
— De Paris, je suis interne en médecine, mes premières vacances depuis huit ans.
— Et pour moi, tu ferais quoi ?
— Une vie, rien que toi et moi...
— C'est cher payé... T'as de l'acide ?
— Tu ferais quoi toi ?
— L'amour, la baise, les trips, du rock et comprendre...
— Comprendre quoi ?
— T'es complètement défoncé et moi aussi, faut en profiter pour faire promesse avant qu'on oublie ? On comprendra après...
— Juste toi et moi.
— Tu veux pas de gosses ?
— Pour quoi faire ?
— Juste toi et moi, alors. Tu jures ?
— Je jure.

En 1969, la musique s'était arrêtée, Johnny Winter avait bafouillé quelque chose, *hey man, hello everybody*. En 2017, le brouillard rôdait le long de la porte-fenêtre, on entendait craquer le feu et rien d'autre. Sur l'écran, c'était toujours Woodstock, ce serait toujours Woodstock. Henri avait coupé le son et regardait encore et toujours le public, comme s'il les cherchait encore. Judith se moucha et haussa les épaules.

— En fait, quand j'ai couché avec lui, j'étais raide, je croyais que c'était Steve. Je lui ai jamais dit. J'ai dit oui à Steve. Mais c'était mieux comme ça, mon karma c'était Henri, je savais même pas son prénom. Ton père ; je l'ai aimé par hasard, c'est le Très-Haut qui l'a choisi pour moi. Hein Steve, je te l'ai jamais dit ?

— Je suis Henri, chérie…

— Oui je sais, je le sais depuis toute ma vie…

*

Le lendemain, en lisant *L'Armoroise Triomphante*, le quotidien régional, feuille de chou truffée de pompiers hilares, de fête du troisième âge au club d'aïkido, et de rumeurs sur les méfaits du charançon rouge, Dorian vit en *Une* la photo d'une voiture retournée.

« TROIS JEUNES SODHAURITES SE TUENT DANS UN TERRIBLE ACCIDENT DE LA ROUTE » .

L'article expliquait dans un français aléatoire que cinq jeunes visiblement alcoolisés et « imprégnés » de cannabis, avaient subi une « dramatique sortie de route ».

Trois jeunes vies s'en sont allées sur la RN44 bis, à la sortie nord de la radiale contournant la commune de Sodhaure. Les jeunes gens, dont un cuisinier maghrébin ont décéder, l'un d'entre eux pendant leur transport par les secours dépêché sur place. Les noms des victimes dont une était mineure au moment des faits n'ont pas été communiqués. Seuls survivants la jeune Loana, tatoueuse à Sodhaure, serait dans un coma dépassé et son compagnon, le cuisinier marocain répondant au prénom de Kader lequel aurait éclaté sa rate. Leur pronostic vital est engagé.

Dorian vit Laura, aux commandes de son Tigre de six tonnes, lancée dans la nuit, volant en rase-motte à une vitesse de 300 km/heure. Dans la voiture, ils étaient quatre garçons et une jeune fille. Lui n'avait vu que la petite. Dorian se demanda s'ils se l'étaient tapés à quatre et eut honte. L'article expliquait que les victimes étaient hospitalisées à la Sainte-Constellation-de-l'Archange-Fourbu et que, pour l'heure, leur état ne leur permettait pas d'être transférés au CHU de Nantes. Manière de dire que la Constellation brillait par son incurie.

L'après-midi même, il saisit l'occasion : alors que Judith et Henri faisaient une sieste et atteignaient 7 sur l'échelle de Richter du ronflement, il s'esquiva. Sodhaure était toujours noyée dans le coton, un nuage haut comme une montagne s'y était échoué. On ne savait pas bien dans quel sens voyageaient les flocons. Malgré le froid polaire, Dorian enfin libre exultait.

Il fut tenté de filer à la gare mais Paris le repoussait. Il n'en avait pas fini avec sa cure de féminitude. Surtout, il voulait voir la petite Loana avant qu'elle ne se recroquevillât en une vie intérieure. Il était aussi superstitieux que pouvait l'être un saltimbanque et se souvenait que ce soir-là, juste avant l'accident, il leur avait jeté un sort. Mais c'était pour rire, n'est-ce pas ?

Il prit le bus sur la place du marché, en compagnie d'usagers fanés. Pas bien jeunes pour la plupart, quelques mères de familles, un ou deux poivrots, une femme voilée, toute de noir vêtue avec tout en haut, de gros yeux bleus. En lui disant bonjour, elle s'assit à côté de Dorian. Qui répondit du bout des lèvres. Elle gloussa sous le tissu. Quand le car s'ébranla, il se demanda quoi penser de cette femme murée dans sa pénombre qui, pourtant, exigeait qu'on la vît. La vérité était que ça le répugnait. Ça le répugnait d'avoir à y penser, d'avoir à prendre la pose. Cette créature emmaillotée était une question. Elle exigeait qu'on y répondît. Lui revendiquait le droit de s'en foutre.

Et, malgré lui, Dorian voyait se superposer des images : Laura avec ses gants, son casque, ses écussons sur sa tenue de vol, qui survolait un enfer, en quête de démons ; le visage de Sandie aussi et celui de son mec qu'on avait tués par désinvolture comme quand on sélectionne des poulets dans la basse-cour.

La jeune femme dont la peau, pour ce qu'on en voyait, était très blanche, avait dû être saisie par la grâce du Levant alors qu'elle menait une vie taciturne. Peut-être était-ce un amour impératif qui l'avait habillée de deuil. Enfin, c'est ce qu'on racontait des convertis dans les journaux. Sait-on si l'on choisit l'au-delà ou si c'est lui qui vous contemple ? La campagne défilait, champs glacés, forêts déchirées de brouillards et les corneilles comme de noirs feux d'artifices. Les arbres de l'hiver souffraient en silence, les rafales les faisaient grincer. Le car avançait prudemment, parfois ses roues chassaient.

Elle textotait, la voisine. Habile de ses pouces, sur un téléphone ultraplat et doré. Il l'entendait rire sous le coton, à moins que ce ne soit de la soie ? Son propre smartphone lui vibra sur le cœur, une nouvelle application pacemaker ? Une seconde, il fantasma que sa voisine lui avait envoyé une photo cochonne comme il en volait par milliers, de par les airs, invisibles nudités.

Le SMS venait de Laura :

Mon astre tu m'aimeras toujours quand j'aurai tué ?

C'est de virginité qu'elle parlait. Celle de la femme était partie, pas celle de son âme. Pourquoi princesse avais-tu, bordel, choisi de chevaucher un dragon ? Il répondit dans un ballet de pouces :

Toujours, c'est le mot important

Il reçut une avalanche de cœurs et de *love* roses. Puis, une photo, en très gros plan, les yeux cernés, prunelles outremer, les ridules autour des paupières en rayon de soleil et sur sa jolie tête blonde cette casquette militaire avec un chat noir stylisé, feulant de tous ses crocs. L'insigne de son escadrille. La voisine regardait la photo en biais, il sentait les nanoparticules de sa curiosité, c'était comme si les deux femmes se toisaient.

Laura
On a shooté deux missiles Hot sur une colonne cette nuit.
Les dégâts sont en cours d'évaluation.
Les salafs avaient allumé un de mes potes hier.

Puis un autre SMS, bousculant le précédent :

J'ai pas pleuré. Dedans seulement.
Mon astre, tu me manques, prends soin de toi.

Parfois il se sentait glacé dans ses draps tièdes. Il pensait à Laura, il y pensait tout le temps, mais la nuit carnivore rôdait avec la peur comme tribut. Les parties d'échec où elle gagnait toujours, les démonstrations d'art martiaux où elle l'envoyait régulièrement au tapis, le stylo qu'elle plantait dans un chignon improbable sur sa tête, c'était pour la journée. Mais, avec l'obscurité, il la voyait dans sa machine fantôme. Lors de son instruction, elle lui avait appris que certains de ses missiles, elle disait *mes* missiles comme si elle les avait apprivoisés, étaient des « feux de l'enfer ». *Hellfire*. Pour une jeune fille qui était sortie major de sa promotion en connaissant par cœur deux cents poèmes ; une gravure de mode blond cendré, les yeux d'un bleu céleste, de longues jambes de gymnaste, comment imaginer qu'elle pourrait crisper son joli pouce sur un bouton, *fire and forget* ? Est-ce que c'était mieux que défiler en balançant les hanches, de faire *duck lips* sur la couverture d'un magazine ? Il dormait mal, son bébé était une Walkyrie qui arpentait des ciels lointains pour distribuer de la fureur.

Quand la voisine parla, le voile sur sa bouche se gonfla comme un foc sous le vent.

— C'est vrai ce qu'on dit, que vous avez été avec Léa Salamé ?

Une simple question, tout de suite il pensa à un interrogatoire. Le car qui l'emmènerait dans la villa bunker d'une police secrète. La fille avait une voix grave, assez rauque, peut-être c'était un garçon, elle avait l'air menue pourtant, avec néanmoins une poitrine offensive sous son uniforme de vierge.

Cette histoire avec Salamé avait couru dans *Voici* après la publication d'une photo apparemment anodine. On le voyait sortir, à l'aube, de l'immeuble où habitait la journaliste. Un paparazzi le suivait lors de ses escapades nocturnes et avait gaulé Dorian au saut du lit. En réalité, il était un étage sous Salamé, chez Pilar, une prof d'espagnol. Léa Salamé et lui avaient fait un procès au journal qu'ils avaient gagné mais ça avait provoqué son divorce. Et depuis, tout le monde, absolument tout le monde était convaincu que Salamé qu'il ne connaissait pas, était sa maîtresse. La mère de Laura avait hurlé que c'était la fille de trop et « s'il n'avait pas honte de coucher utile avec une starlette audiovisuelle ». Dorian n'avait pas osé avouer qu'une prof d'espagnol ne servirait professionnellement à rien, sauf s'il avait à jouer un jour Cervantès dans le texte. Pilar qui avait un autre amant, officiel celui-là, s'en était mieux tirée mais elle avait quitté Dorian, de peur d'être du prochain cliché. Cette histoire lui avait coûté deux femmes et, par-dessus le marché, Léa Salamé lui faisait la gueule. Il imaginait que monsieur Salamé lui avait fait l'enfer et que depuis il n'osait plus s'absenter de peur que Dorian Layeul vienne plonger dans son lit. Être cocufié par un acteur quand on est philosophe, la blessure morale s'ajoute à l'humiliation séminale. Finalement, c'est parce qu'il n'avait pas couché avec Léa Salamé qu'il avait pu quitter son ex.

— Pourquoi vous faites pas des films d'amour ?

C'était impoli : il regardait son téléphone, il faisait comme tout le monde quoi. Cette robe moniale le tétanisait, c'est comme s'il découvrait une tourterelle déguisée en corbeau. Il ne pouvait imaginer que ça puisse parler, s'intéresser au décolleté Salamé ou même à la télévision. Il surfait. Si encore il avait pu se faire passer pour muet, comme tout le monde, mais sa notoriété lui interdisait de tricher. C'était un comble d'être acteur et de ne pas pouvoir jouer dans sa propre vie. Il aurait juré qu'elle s'appelait Martine.

— J'ai lu dans *Télé 7 Jours* que vous avez fait un film en Algérie, mon mari il est de Oran…

Lui avait plutôt l'impression d'être interviewé par Al Jazeera. Ou alors être la victime d'une de ces émissions pièges de caméra cachée. Ils auraient aussi bien pu débarquer tous, hilares, directeur des programmes, les gens de la production et des copains de Paris, des comédiens, des témoins, bravo pour votre humour, ça va passer sur M6 avant un débat « religion et laïcité ». Merci pour votre participation Dorian Layeul, doit-on vous appeler comme votre personnage récurrent « commandant Marek » ?

En attendant, il se taisait toujours. Il ne lâchait même plus un regard, s'ils attendaient une réaction, ils allaient être servis. Il sentait qu'elle sentait bon.

— Vous voulez pas me parler, vous êtes raciste ?

Il se sentit coupable. Coupable de se sentir coupable. Coupable encore d'avoir à chercher des justifications sur les attributs vestimentaires, les ragots médiatiques et sur le fait qu'il n'aimait pas lier connaissance. De guerre lasse, parce qu'on l'avait bien élevé, il lui adressa un sourire fatigué qui voulait dire à quoi bon, qui de nous deux a fait irruption dans la vie de l'autre, ce n'est pas grave, le temps dispersera tout cela. Mais il n'y avait pas de sourire visible chez elle, même ses yeux n'avaient pas l'air de rigoler. En réalité, il éprouvait la sensation que pour échanger quelques banalités avec cette femme, il eût fallu être aveugle.

Le car les déposa au terminus. La femme s'éloigna contre un méchant vent, son étoffe noire collant sans pudeur à son corps qui se refusait à disparaître. L'hôpital était à deux cents mètres, il se vit congeler avant de l'atteindre.

On lui indiqua le service en le regardant en biais. Quand il tourna le dos, les filles se glissèrent un secret, si elles ne l'avaient pas reconnu, ça ne saurait tarder. Au cinquième étage, il zigzagua entre des béquilles et des gens hâves qui trimballaient leurs potences et leurs sacs d'élixir. Devant la porte de la chambre, des membres de la famille s'attroupaient. Celle-là, son petit tailleur, son collant filé, son maquillage sur le point de déborder, il supposa que c'était la mère, joliment négligente par les circonstances négligées. Elle le vit et, tout de suite, sut qui il était.

— Mon Dieu, c'est vous ! Vous venez la voir !

Elle lui prit les mains et ses lèvres formulèrent un « merci » silencieux. Il eut la sensation qu'elle lui confiait un ex-voto. Déjà la famille se pressait autour, cinq ou six personnes, littéralement scintillantes de le voir, était-il la récompense à leur malheur ? Ils l'accompagnèrent dans la chambre et, soudain taiseux, lui confièrent l'enfant.

La gamine était un corps sous des draps trop lourds. Le visage emmailloté et les membres inférieurs immobilisés par des constructions métalliques toutes en hyper structures, un pont suspendu à des haubans, comme si elle était construite par Eiffel. Il se pencha, elle avait les yeux ensevelis sous ses paupières, mi-closes. On observait dans le grand blanc un miroitement de pupille.

— Bonjour vestale, je suis venu te dire un poème… lui souffla-t-il.
— Elle parle pas, on sait pas si elle comprend des choses, elle est même pas dans le coma, chuchota la mère à ses côtés.

Au fond de la chambre, prêts à prendre la porte, c'étaient des pères ou beaux-pères, un grand ado pour frère peut-être, bien qu'il ressemblât à un cousin, tous empêchés, serviles comme on est face à la mort. Ils portaient jeans, baskets, polaires pelucheuses. La mère avait crayonné de noir ses yeux jusque sur les tempes. Elle avait les ongles trop courts au rouge écaillé, parce qu'elle les rongeait. Dorian avait l'impression d'être invité dans un film et que son caméo empêchait les amateurs de jouer les rôles principaux. Il aurait voulu dire à la mère qu'il n'avait fait qu'extraire sa fille de la voiture, que les sauveteurs avait fait tout, mais il craignait de banaliser le caractère merveilleux de sa visite, on allait vers Noël.

Et, plus lâchement, il redoutait qu'on ne l'accusât d'avoir fait plus de mal que de bien. Aux yeux des gentilles gens, les héros d'un jour se transforment volontiers en assassin du lendemain.

— Un pompier a dit que vous étiez là pour elle. Il vous a reconnu, ça m'a fait chaud au cœur. Si c'est ça qu'elle a vu en dernier…

La mère tremblota et pleura un peu, se tamponnant les yeux d'un kleenex.

*

Elle avait deux opérations dans les pattes quand, avant de partir déjeuner, elle fit son petit tour à l'étage des comateux. Elle voulait voir la petite accidentée qu'elle avait eue sur le billard. C'était une star désormais. Il en était des écorchés comme des autres, certains resteraient anonymes jusque dans la mort, d'autres devenaient célèbres par le bistouri. Maintenant qu'elle était dans le journal, Loana avait des droits supplémentaires et sa chirurgienne une responsabilité plus grande se disait-elle, un rien amère. La fatigue peut-être, elle avait beaucoup veillé hier soir avec ses patients. Elle était dans l'ascenseur quand on la bipa, comment pouvait-elle penser être tranquille un jour ?

Le petit Kader venait de mourir. Trois heures d'opération, un pronostic plutôt favorable. Et voilà.

*

Dorian s'assit au chevet de l'accidentée. Il prit la main de la gosse et, à mi-voix, commença à lui improviser une histoire. Laura en avait entendu des dizaines, des courtes quand elle était très petite et puis, au fil du temps, de véritables sagas. Il aimait, dans la pénombre, accompagner sa fille jusqu'en son sommeil. Leur héroïne était une petite postière qui entrait dans toutes les maisons et à qui il arrivait des aventures improbables. Quand il contempla Loana, si démunie et inerte, tout lui revint. Et une histoire surgit.

Un matin, la petite postière sonna au numéro 7. Une femme et son fils habitaient là qu'elle connaissait de vue. Pas de réponse. Intriguée, elle actionna le loquet et la porte s'ouvrit avec un soupir, comme pour dire merci. Une télé était allumée qui débitait des publicités où souriaient des gens heureux. La factrice appela, pas de réponse.

« C'est pour un recommandé ! » dit-elle à la cantonade.

Le lit dans la chambre était défait. Un chèque signé à la date du jour attendait sur un secrétaire. Un café fumant traînait sur la table de la cuisine. Dans le salon, un chat dormait dans son panier, qui leva un œil jaune sur l'intruse. Après avoir fait un tour de la maison en murmurant « Y a quelqu'un ? Vous êtes là ? », comme si une vieille au bois dormant n'attendait que ça pour revenir à la vie, la petite postière déposa le courrier sur la table du salon. Un recommandé et une carte postale d'une longue plage blonde.

La carte était envoyée à sa maman par Kader, qui racontait avoir connu Loana en août 2017, à Sodhaure-les-Bains et évoquait des escapades au bord de mer à jurer de ne jamais se décevoir. La petite postière, alors, se sentit amoureuse comme Loana.

Le téléphone sonna, elle décrocha.

— Maman c'est Kader, dit une voix étouffée.
— Elle est pas là, répondit la postière, elle a dû sortir.
— Je dois absolument appeler maman à midi, j'en ai rêvé cette nuit… Il est midi ? »

À cet instant les membres de la famille de Loana qui faisaient cercle autour du lit, se retournèrent tous pour regarder la pendule. Il était midi pile.

La factrice s'excusa de ne pas être maman. Mais Kader n'avait pas l'air d'écouter, il était pressé, le souffle court.

— Dites-lui que je suis désolé d'avoir jeté la bouteille de bière sur un type et d'avoir causé l'accident. Dites à Loana que mourir, ça fait pas mal. Là, on m'emmène dans un vaisseau spatial pour me soigner.

Et puis la communication fut coupée et la petite factrice entendit un commentateur de télé s'exalter en direct « Édition spéciale ! Il se passe quelque chose, des aliens arrivent sur terre ! »

La petite factrice se précipita dans le salon pour voir l'évènement se dérouler en direct live.

À ce moment du récit, Dorian reprit un instant son souffle. Loana gisait toujours, indifférente ici et là-bas, ou peut-être nulle part. Mais tous les siens s'étaient encore rapprochés du lit. Un pâle rayon de soleil avait même fait son entrée par la fenêtre.

— C'est une histoire vraie ? demanda ce qui semblait être le père, un homme massif, l'index et le majeur jaunes de nicotine, une boucle plantée dans l'oreille, le cheveu long et décoloré derrière.

Il y avait aussi le cousin qui s'était tellement rapproché que Dorian pouvait sentir son haleine. Et puis une femme, appuyée sur une béquille, très soigneusement maquillée, avec un rouge à lèvres incandescent bien qu'il lui manquât une incisive supérieure. Au total Dorian put compter jusqu'à douze personnes venues entendre une aventure de la petite postière.

— C'est vraiment arrivé ? Kader il est vraiment avec Loana ? insistait l'homme.

La mère lui griffa le bras en l'engueulant.

— Papa ! Laisse monsieur Dorian raconter son histoire. Elle est pour la gamine pas pour toi. Et alors, vous les avez vu les aliens ?

Dorian sourit et, se penchant, posa sa main sur le front de Loana et reprit à mi-voix son récit. D'un seul mouvement, ils se penchèrent tous vers le lit.

Le vaisseau était sur toutes les chaînes, il avait atterri sur un volcan… On aurait dit une rose enchâssée dans un volcan… Le cœur s'ouvrit et, du centre, émergea un être de lumière…

« Est-ce que je rêve ? » dit la postière, « ou alors suis-je dans le rêve de quelqu'un ? »

Le chat se leva de son panier et sauta sur la télé qu'il regarda à l'envers. L'être de lumière, un bipède, avec deux bras et une tête, scintillait, on aurait cru l'Homme-Aluminium, un super-héros de Marvel. Des tatouages sur ses épaules semblaient faits d'un liquide incandescent. Le commentateur à la télé, la voix étranglée par l'émotion disait alors :

« C'est un moment unique, un pas de géant dans l'histoire de l'humanité, la créature nous parle dans la tête, vous allez l'entendre en léger différé. »

Une session extraordinaire de l'ONU venait d'être convoquée, Djakarta annonçait que le pays ne tolérerait pas la violation de son espace aérien.

« Je n'ai pas dit mon nom à Kader » regretta la factrice…

Dorian allait révéler le nom de la douce préposée des postes quand tout à coup, le père de Loana s'empara de la télécommande et balbutia qu'ils avaient débarqués, qu'on allait tous mourir, avant de zapper frénétiquement… Toutes les têtes, même celle de Dorian, se tournèrent vers l'écran de télévision.

Il y avait un jeu de questions réponses, « Djakarta » dit un candidat ; il y avait une publicité pour *Terrestre*, un désodorisant toilettes ; un discours d'un ministre sur les géocroiseurs ; il y avait un documentaire sur le groupe UFO… Et puis, sur TF1, Dorian apparut portant la veste de cuir du commandant Marek. Dans son bureau, il interpellait une suspecte :

— Madame, vous étiez dans la voiture quand Kader a été enlevé… Par qui d'après vous ? Par les extraterrestres ?

Ils regardèrent Dorian/Marek à la télé, puis Dorian assis sur le lit de Loana et lui tenant la main. Ils virent de la salive couler de la bouche de la jeune accidentée. Et Layeul poursuivit :

Alors l'être de lumière émit un son mélodieux et, dans la tête de milliards de Terriens, une pensée apparut : « Loana doit caresser le chat car elle est la messagère ».

À la télé, le commandant Marek expliqua qu'il en avait ras la casquette des tueurs de femmes. Et Dorian sentit entre ses jambes passer un courant d'air, celui de Zarbeul le chat de son enfance, venu se frotter à lui. Alors, Loana sur son lit d'hôpital, ouvrit brièvement les yeux. La mère le vit et elle jappa. Tous entendirent distinctement la jeune fille chuchoter :

— Je veux caresser le chat…

La famille jeta de hauts cris. La mère embrassa sa fille, au risque de lui déplacer les poulies. Le père s'empara de sa main. Le cousin regardait la télé pour voir si Loana n'allait pas apparaître dans l'épisode du commandant Marek.

Mais deux blouses vertes venaient de faire irruption dans la chambre. L'une d'elles gueulait déjà :

— Dégagez de ce lit ! Vous vous croyez où ? Dans une émission de coma-réalité ?

Et elle agrippa l'épaule de Dorian d'une poigne rageuse. La famille regroupée en chœur antique faisait corps et protestait, la mère surtout :

— Elle se réveille ! Il l'a ramenée avec les extraterrestres !
— Dégagez tous de là ! Vous êtes chez moi ! Sur mon terrain !

Dorian allait s'expliquer malgré le tohu-bohu ambiant quand il reconnut l'interne : à vrai dire il ne connaissait d'elle que ses yeux et sa voix. Et le fait qu'elle le croyait avec Léa Salamé.

Loana retint sa main et lui confia à voix basse qui elle était vraiment :

— Je suis la messagère.

Finalement, les blouses vertes expulsèrent tout le monde de la chambre. Mais déjà, la famille répandait la rumeur dans les couloirs puis d'un étage à l'autre, dans tous les services, et jusqu'aux bâtiments de convalescence. Un miracle ! Le miracle de Noël ! Le type de la série télé ! Il était là quand elle est morte, il vient de la ramener à la vie. Dorian Marek ! Des gens accoururent, on le cherchait, on voulait qu'il apposât ses mains. Certains brandissaient leur smartphone pour mieux le filmer et publier sur Insta.

Il traîna un moment avec ses nouveaux supporters, signa des autographes et même un plâtre puis, navré, leur montra son téléphone.

Aussitôt, ils s'éloignèrent un peu : un cercle de vampires devant un crucifix. Il feignit une conversation téléphonique très technique, le sourcil soucieux. Il méritait de décrocher le prix d'interprétation masculine du meilleur soliloque en ligne.

Dorian sema tout le monde en prenant une porte coupe-feu vers les ascenseurs. Il allait s'esquiver quand il tomba sur l'interne qui était venue prodiguer ses soins à la jeune comateuse. De beaux yeux bleus avec des vrais cils recourbés, une bouche parfaite, et une vilaine cicatrice sur le menton dont l'écœurante lividité contrastait avec la peau mate.

— Alors c'est bien vous ?

Elle lui souriait en le regardant crânement dans les yeux. Elle portait un plateau d'instruments de torture, de flacons et de compresses, toutes ces choses qui servent à étancher la misère humaine.

— Vous allez revenir voir la petite hein ? Il le faut, Dieu vous l'a confiée, que Son nom soit béni.

Quand elle prononça le nom de Dieu, il sentit qu'elle parlait de celui des sables, le courroucé. L'étiquette sur son badge disait Martine Benabib, interne. Ainsi, sa voisine d'autocar s'appelait Martine. Il avait en outre ressuscité la petite Loana grâce à sa parabole, que pouvait-il encore lui arriver en ce jour saint ?

C'est alors que la chirurgienne qui venait de visiter la petite comateuse vint les rejoindre.

— Martine, bouge ta cellulite, bordel ! J'ai besoin de toi.

Tout en lui parlant respirateur et cathéter, elle observait Dorian de l'œil du thérapeute, cet air qu'ils ont d'évaluer votre espérance de vie.

Par représailles, il l'étudia comme un acteur, et jugea qu'elle n'avait qu'une faible chance d'obtenir un rôle, même secondaire. Elle paraissait mal fichue avec sa blouse, pas de sein et le cul qui faisait altiplano. Surtout, elle était exsangue, fatiguée par vocation, et le regard voilé d'un doute ancien. On aurait dit qu'elle avait besoin de n'avoir le temps de rien pour ne jamais s'attarder, remettre au lendemain toutes conventions humaines et qu'il ne faudrait jamais compter sur elle pour boire un coup ou l'avoir à son anniversaire. La grande docteure était seule parmi les corps qu'elle auscultait, on lui avait pratiqué l'ablation d'un sens. Tout compte fait, et à bien la regarder, elle aurait pu avoir un rôle nécessaire à l'intrigue : la sœur aînée de l'héroïne.

— Alors, c'est vous le gourou ? dit-elle, le sortant de sa brume contemplative. Elle affichait un sourire moqueur, joli, mais qui gardait une trace de sauce tomate aux commissures des lèvres. Dorian faillit lever la main pour lui essuyer la bouche mais c'eût été inapproprié. Il pensa que tout le monde savait que, ce midi, le menu à la cantine de Sainte-Constellation-de-l'Archange-Fourbu était raviolis au four, mais que personne n'oserait faire remarquer au chef de service qu'elle en gardait des traces comme une enfant demi-pensionnaire.

Le gourou rentra déprimé, sans savoir trop pourquoi. Et laissa filer les jours.

*

Ce matin-là, papy héla Dorian pour aller faire les courses. Ils partirent à pied sous la neige qui tombait dans un admirable silence. Au coin de la rue Georges-Marchais, ils butèrent sur un cimetière de livres à ciel ouvert. Une benne les avait, pour une raison mystérieuse, déversés là. Cela faisait un joli cône multicolore aussi haut qu'eux. Des poches pour la plupart et quelques collections faussement reliées, vendues par correspondance. On y trouvait, pour peu qu'on s'y penchât, de tout : science-fiction, philosophie, séries noires, Guy des Cars et Maupassant, Cesbron et Homère, Pearl Buck et Rabelais. Et des bandes dessinées aussi, tout ce qui s'ouvre entre les mains et sur lequel on se penche, comme on salue.

Henri se planta devant, les mains dans les poches de sa salopette, et contempla le désastre. Cela pouvait aussi bien venir d'une bibliothèque fermée pour cause de restrictions budgétaires, d'un EHPAD abandonné pour raisons sanitaires, voire d'une maison où le dernier habitant avait rendu l'âme sur une page de Stephen King. Les passants faisaient attroupement autour, une petite foule de curieux. Ils regardaient ce spectacle immobile, un peu comme ils auraient contemplé un soulard renversé dans son vomi. On savait pas s'ils étaient tentés par l'autodafé ou s'ils s'interrogeaient sur le prix au poids. Henri circula parmi eux, dégageant ses épaules d'Hercule septuagénaire, ses longs cheveux blancs flottants sur ses épaules, aussi navrant et beau qu'une rock star en sa tournée d'adieu. Il était nu sous sa salopette, il caillait pourtant. Il écarta une ou deux personnes d'un geste majestueux, interrogea un cancéreux, un hépatique C, oui ça va mieux docteur, votre remplaçant il est un peu tendre, hein.

À un moment, on ne sait quelle mouche le piqua, il se mit à escalader le tas, froissant sous ses rangers délacées des pages de Salinger, déchirant du Zola, pliant Kawabata et, les livres boulant sous lui comme des galets dans un torrent, il réussit à gagner le sommet. Là, juché sur le Golgotha d'une librairie congelée, il ouvrit grand ses bras. Il les toisait tous, on aurait dit un géant mythologique.

— Me voilà sur vos décombres ! Je connais votre carlingue à tous, vos cœurs et vos névroses ! Vous allez rester là, sans rien foutre ? Comme d'habitude ?

Serge Leton, le maire, qui passait en voiture, s'arrêta. Il n'aimait guère les discours publics qui, dans l'espace communal, ne fussent point les siens. Surtout, il connaissait son Henri et craignait ses incontinences mentales. En se frayant un chemin dans la foule, il interrogea discrètement quelques administrés.

« Il est fou » dit un chauve, « il est bourré » hoqueta un rougeaud, « non il est sénile » répondit le maire, « il est cultivé » s'émerveilla une beauté sexagénaire. « Il est *stoned* » pensait Dorian au moment où le vieux sur sa montagne l'interpelait :

— Wapassou, ma chérie ? Dis-moi quel est le premier titre que tu vois ?

Ils se retournèrent tous sur la chérie qui déchiffra un titre gisant à ses pieds :

— *Pour qui sonne le glas*.

Et comme un fait exprès, la cloche de la basilique sonna, dans un désordre absurde, annonçant six heures quand il n'était pas midi, juste 9 h 27.

— Tu crois quoi ? Que quand ils ont foutu le feu à des bibliothèques, ça a fait des volcans de livres ? Des fumées de mots ? Des étincelles de lettres ? Non ! Ça les a imprégnés les soudards, les cortex ferrugineux, l'aire de Broca, l'aire de Wernick, de mon cul ! N'oublie pas Herculanum enfouie sous les cendres ! Je suis debout sur le cerveau humain, sur le centre de la parole. Et personne pour la prendre ! Isabelle ! Isabelle ma fille ! nous sommes obsolescents !

— C'est vous Isabelle ? demanda à Dorian une jeune femme aux cheveux verts.

— L'homme est obsolescence programmée. Et ma miction est jaune de mots honteux, la vessie est la caverne des médisances !

Il dit et, au grand effroi du public, entreprit d'extraire son membre de sa braguette. Un brouillard tombait et, petit à petit, dissimulait les êtres au second plan. Leurs ombres laissaient croire que certains avaient des bois, d'autres des crânes oblongs. Et là-bas, peut-être, une trompe.

— Approchez, citoyens qui laissez chier des livres dans votre ville ! Bientôt, vous laisserez mourir d'un exovirus vos enfants dans le caniveau et vous n'oserez pas le toucher, la peur d'être contaminé, la peur de la glaire, du pus et la cyprine sanglante d'une hémorragie matricielle !

Il n'arrivait pas à sortir son sexe et la foule s'était resserrée pour mieux assister au naufrage.

— Docteur, vous voulez qu'on vous ramène à la maison ? interpella le maire, grisonnant de givre, tout en sourcils et en traits carrés. Il avait le costume de guingois, le nez rouge et l'autorité officielle.

— Monsieur le maire, appelez donc police et ambulance mais en attendant surveillez votre thyroïde, même chez un centriste de droite, il faut veiller sur la lymphe. Sinon, votre problème de chlamydiae, c'est enfin résolu ?

Des gens rirent dans la petite foule. Le maire, écarlate, s'avança jusqu'au pied de la montagne de livres. Il marcha sur *La condition humaine* qui déjà était bien trempée de neige et de boue. C'est alors qu'Henri sortit un vit noueux et décalotté qui expulsa un long jet d'urine doré et fumant dont quelques gouttes éclaboussèrent les *moon boots* de l'édile. Tous se reculèrent comme devant l'apparition d'une gorgone, ils frémirent ou ricanèrent. La responsable du club des amarolistes décroissants recueillit quelques gouttes du nectar dans un bocal. Henri continuait d'arroser la sommité des connaissances humaines et son public s'enfonça dans la brume pour ne pas être vu, embarrassé soudain d'avoir eu le malheur de s'être trouvé là.

— Au nom de notre communauté et des services que vous nous avez tous rendus, docteur Morteil, je vous demande solennellement de cesser cette exhibition ou je serai contraint en tant qu'officier municipal de convoquer la force publique !

Dorian intervint, tout sourire. Il tenta de rassurer Leton en l'assurant qu'il allait s'occuper du vieil homme... Il allait même invoquer le slogan sur le naufrage de la vieillesse mais ne trouva rien de mieux à dire que :

— Laissez-le grandir encore un peu...

Le maire ne semblait plus l'écouter, il était livide. On aurait pu penser que les drapés de brume l'avaient possédé, s'introduisant en lui par les oreilles ou les narines. On entendit des applaudissements quand Henri remballa ses attributs et tituba pour descendre de sa bibliothèque.

— Vous vous sentez bien monsieur le maire ?

L'édile regardait avec terreur quelque chose par-dessus son épaule. Dorian se tourna mais ne vit rien que la sinistre façade d'une maison abandonnée et les silhouettes éparses des gens qui se dispersaient. Et puis un chat qui, sur son séant, se léchait la patte. Son chat peut-être, son tigré, un Zarbeul.

— Elle vient toujours quand je m'y attends pas... murmura Leton.
— Qui ça ?

Le maire sortit de sa torpeur et dévisagea Dorian.

— Ça va être à moi de sortir, ça va être mon tour. Puis il sourit, un vrai sourire politique, comme si, n'est-ce pas, tout cela n'était pas bien grave.

— Je vous invite à déjeuner dans la semaine ? Je vous présenterai ma femme... Venez avec la vôtre, bien sûr.

Avant que Dorian ne proteste de son célibat, l'homme tourna les talons, et regagna sa voiture.

*

Le marché de Noël grouillait de monde. Un village miniature où des familles radieuses erraient parmi les cabanes de Boucle d'or pour y acheter des saucissons, des santons, des bijoux indiens, et toutes sortes d'artefacts. Il y avait aussi, Dieu merci, des fûts, de la bière, des merguez et des négociants en spiritueux. Les maisons des nains étaient regroupées sur la grand-place, ces cabanes trop parfaites en bois blond où l'on ne montrait pas d'ours, mais c'était tout comme. Il y rôdait l'âme des forains de jadis, ça sentait le saltimbanque crémeux, assujetti à la taxe locale.

Les gens souriaient parmi les maisonnettes. On aurait juré que les enfants y trouveraient refuge pour la nuit dès que les parents bourrés auraient le dos tourné. Dorian errait dans le froid brièvement réchauffé par un barbecue. Il mangea un chouchou, but un verre de blanc et donna deux euros à une jeune fille de la Croix-Rouge. Une musique martelait l'atmosphère et faisait trembler la brume, une manière de techno gitane pour que les gens qui sautaient sur place aient d'excellentes raisons de se réchauffer. Une volée de religieuses en voilette racolait pour la messe de minuit, ainsi que des élus locaux, ceints d'écharpes, qui feignaient de se passionner pour le boudin, et goûtaient un fromage de brebis. Plus loin, on avait installé une patinoire où tournaient des dizaines de gens, fers aux pieds, haleine brûlante. Dorian contemplait la cour des miracles : il les savait tous sur le départ pour Auchan, promotion sur le saumon sauvage et la langouste de Cuba.

Pendant ce temps, Henri avait marchandé chez un fripier un gilet afghan sans manche, qui puait la vieille bique, avant de l'enfiler sur sa salopette. Il faut dire qu'un mur de glace était tombé, crépitant de neige. – 2 °C, affirmait le thermomètre sur les écrans vidéo de la mairie. Sur le flanc du vieil homme ballottait un sac kaki US. Maintenant il longeait le marché à grands pas, sa longue chevelure blanche flottant sous les rafales de vent glacé. Dorian peinait à suivre les enjambées du vieillard et, tous les dix mètres, devait trotter pour rester à son niveau. Le stéthoscope balançait sur la poitrine du vieux. Le ciel rasait les toits, drapé de gris.

— Pendant toutes ces années t'as pas fait la pute quand même ? grogna le vieux, lançant à Dorian un coup d'œil en biais.

— Vous plaisantez monsieur, Isabelle n'est pas ce genre de femme.

— J'en ai connu des putes, j'en ai soigné, respect, c'étaient des guerrières. J'ai même participé à une de leurs premières manifs. C'était en 75, après mon retour de Bangalore.

Des petits paquets de gens les croisaient, arborant tous le sourire du patient, celui de l'hypocrite considération. Encore un peu de patience et ils verraient, non sans un lâche sentiment de revanche, leur médecin de famille rejoindre le rang des mal portants. Lui saluait tout le monde avec des *hum-hum* et des sourires froncés. Il en savait long sur leurs prostates, leurs glaucomes et leurs kystes aux ovaires. Devant la mairie, les étals du marché bruissaient de commerçants et de clients, ça sentait la choucroute et aussi le caramel. La sono envoyait des musiques de plus en plus improbables. Les guirlandes lumineuses reliaient les platanes édentés comme pour leur transmettre de l'influx.

— Tu fais de la musique ? Je sais que tu fais de la musique avec tous ces punks puants, plutôt que d'aller en cours de physique, un kilo de carottes Marthe, merci.

Dorian tendit le bras et les carottes, noires de terre, lestèrent le panier d'osier. Il pensait laisser pourrir la conversation mais ce matin Henri avait fumé trois pétards et donc recouvré la plupart de ses moyens. Quelle réponse lui donner ? Qu'était devenue son Isabelle, disparue sans laisser d'adresse ? Après si longtemps. Volatilisée. La maraîchère l'observait. Le vieux acheta encore des kilos de poireaux, navets et patates. Le panier pesait comme tous les souvenirs qu'il faut se trimballer. Dorian, empressé, sortit un billet de vingt.

— Garde ton argent de poche, Wapassou, on gagne pas lourd en France quand on fait carrière dans le rock. T'aurais dû faire patineuse artistique, t'étais douée pour ça, tu te rappelles les figures qu'on faisait ? *Holiday on Ice* c'est con mais ça fait voyager, mieux que tous ces pauvres groupes français.

La commerçante, dont il était impossible de deviner l'âge, sous le bonnet, les trois pulls et les mitaines lui fit un clin d'œil et, câline, s'adressa au vieil homme :

— Comment elle va votre femme docteur ? Ça fait longtemps...
— Elle est morte, il y a deux ans.

La maraîchère, pétrifiée, ne risqua même pas une excuse. Ils filèrent vers la boucherie où papy commanda un rosbif dans le filet, quatre cents grammes, faut que ce soit du tendre, t'es prévenu monsieur Faure... Pendant que le type bardé de tabliers sanglants croisait le fer pour aiguiser un couteau de trente centimètres, le vieux lui envoya un sourire plein de dents. Il se pencha vers Dorian :

— La plupart des gens de ce bled a perdu la boule, à mon avis c'est l'épandage d'insecticides, d'engrais et de saloperies. On connaît ! Les néonicotinoïdes ! Plein ta gueule les phosphates ! Je leur fais croire que Judith est morte pour voir s'ils suivent. Comme ça je sais qui n'a plus sa tête, et ceux qui restent, tu me suis ?

Dorian hocha du chef, c'était un comble, il s'inquiétait qu'Henri pût le croire sénile. Le boucher lardait son rosbif et habilement le ficelait, une jolie momie de bœuf dont il verrouilla le dernier nœud avec le talent d'un navigateur.

— Alors toubib, ça va ta femme, paraît qu'elle a eu ses petits soucis ?
— Elle est morte depuis trois ans, mon pauvre... T'étais à l'enterrement.

Monsieur Faure hennit de rire et empaqueta sa viande, ses mentons concentriques vibraient de joie.

— Ah doc, tu as toujours eu un horrible sens de l'humour.

Papy hocha la tête, ça le rassurait de savoir que le boucher était encore parmi nous.
— Je vais prendre de la cervelle d'agneau pour ma fille. Tu aimes toujours ça Isabelle ?

Le boucher fit un clin d'œil à Dorian. Et lui évalua le décolleté. C'est ce regard que sentit Dorian, ce regard-là, alors qu'il avait un blouson fermé, un pull, une chemise et une poitrine velue en-dessous. Ça le choqua qu'on puisse imaginer ses seins, évaluer leur poids et, enfoiré, imaginer en téter les bouts. Aussi, quand on lui toucha le bras, il eut comme un sursaut et se retourna brusquement, il y a des gifles qui se perdent.

— Monsieur Layeul, bonjour, j'aimerais vous interviewer... Je sais bien que ce n'est pas vous, mais vous pourriez faire comme si...

C'était la petite Chontelle, celle qui avait gagné au grattage. Maquillée, pomponnée, elle avait tout de la sœur de Barbie, moins jolie, moins bécasse pourtant. Dorian se fendit de son sourire pro, celui qu'il délivrait régulièrement à ses fans. Patricia, c'était son prénom, le deuxième parce que pour le premier « Rose » elle l'avait jamais aimé, vous imaginez, Patricia donc, animait une émission « culturelle et *pipole* » (elle mettait les guillemets avec ses doigts) sur la radio locale OMG ! *Oh my god* ! ça veut dire, la radio totale bio, c'est le slogan, même qu'on la captait jusqu'à Brantes. Et elle l'aurait voulu comme invité.

— Parce que vous êtes un enfant du pays, quand même. Oui, il était un enfant quand même. Et puis vous avez sauvé quelqu'un, voyez comme elle était bien informée...

— Des fois j'ai des douleurs dans la poitrine, j'ai comme si une pince à sucre m'attrapait l'aorte, là, tu vois... grimaçait le boucher, au même moment. Le vieux contourna l'étal et s'approcha du commerçant.

— La pince, elle est électrifiée ?

Le boucher, qui tenait au bas mot cinq kilos de rumsteck sur son avant-bras, beugla un nouveau rire, le doc, toujours aussi fun.

Henri ouvrit sa peau de bête et exhuma le stéthoscope qui pendouillait sur la jungle blanche de sa poitrine. Et il se mit à ausculter le quartier de bœuf que l'ami Faure soulevait toujours.

— On dirait que tu fais toujours de la tachycardie, j'aime pas la mine qu'a ton cœur...

Papy reporta son pavillon sur le cou du boucher et écouta, sourcils froncés. La file s'allongeait devant la boucherie et tous fronçaient les sourcils. Le pavillon laissait une trace de sang de bovidé sur la carotide. Désormais une dizaine de gens attendait la fin de la consultation pour commander qui sa tranche de foie de veau, qui sa côtelette d'agneau.

— Si vous voulez, on peut le faire ce matin...
Dorian reporta son regard sur la petite Patricia, l'espace d'un instant, il crut qu'elle lui proposait la botte.

Des haut-parleurs nichés dans les arbres quand ils ne grésillaient pas envoyaient de la publicité.

— Je rappelle que c'est demain la semaine moins dix pour cent à Auchan Brantes, une grande surface de prix, aux produits citoyens. Patricia lui larda la moue triomphante d'une enfant pas sage et lui glissa une carte professionnelle.

— Je prends l'antenne dans une heure au siège de la radio, je fais la matinée... Passez quand vous voulez. Ça me ferait plaisir.

À cet instant, le vieux palpait les ganglions d'une tête de mouton en grommelant :

— Boucher, je veux bien qu'on aille jouer du rock, mais j'entends plus le *la*.

Il écouta encore la plainte d'une femme corpulente qui attendait, son porte-monnaie à la main, docteur, j'ai des règles un coup oui, un coup non… Henri l'ausculta au troisième étage des seins, posa sa tête sur le second et, après avoir écouté, releva la tête et lui fit la bise :
— Quand vous baisez, vous constatez un retour des règles ?

La patiente ouvrit grand la bouche et resta coite. La queue attendait sagement, partageant avec respect la consultation hors-sol. Papy approfondit l'investigation.

— Les rapports ? Quand vous avez des rapports, après il se passe des choses ? Vous saignez ?
— Quel rapport ?
— Madame Nochon, vous avez fait quatre enfants, c'est ça, le rapport.
— Vous pensez que je suis enceinte ?

Le vieux lui tourna le dos et récupéra ses provisions, elle est trop con.

*

Plus tard, Henri but un ou deux ballons au Balto. Le sol y était criblé de tickets usagés de la Française des Jeux. Ça sentait fort l'anis et l'on jouait des coudes au comptoir. Le taulier, un Guadeloupéen sexagénaire avec un bonnet rouge, essuyait les verres tulipe, un mégot de Marlboro éteint au coin de la lèvre. C'était un piège : les gendarmes étaient venus plusieurs fois pour le verbaliser, or rien n'interdisait de mâcher une tige de tabac pourvu qu'elle ne fume pas. Diego était raciste depuis qu'il était bistro. Avant, il n'aimait pas les Blancs, maintenant, c'étaient les Arabes, les roms et même les Africains bien qu'ils fussent ses cousins. L'alcool et les jeux rendaient acerbe.

Il faisait trop froid dehors, même pour les poivrots historiques qui étaient revenus à leur rade plutôt qu'aux baraques de Noël. La télé annonçait des courses à Longchamp ou ailleurs, un autre écran compilait les résultats des jeux, paris sportifs et conneries colorées. Diego offrit un autre rosé à Henri qui le refusa.

— Je veux rien recevoir d'un nègre.

Diego ricana et parvint à servir deux cafés-calva avant de répondre :

— Blanco, tu sais même plus comment je m'appelle.

Henri leva son verre, rabattit une mèche blanche derrière son oreille.

— Ton foie est à moitié nécrosé, on dirait la face cachée de la lune, cratère et sélénite.

— Toi, c'est les poumons, un tas de paille et de ganja.

— Diego, j'ai un gros problème, je sais plus jouer le *la*.

— C'est pourtant l'accord le plus con. Index majeur annulaire sur la deuxième case des cordes ré, sol, si.

Diego joignait le geste à la parole, plaquant son accord sur une bouteille de Pastis.

— On répète dimanche ?

— Cela fait quatre ans qu'on a pas joué ensemble, toubib… et le taulier s'en retourna servir les gens.

Henri buvait du bout des lèvres quand il surprit un type en face de lui qui faisait pareil. Synchrone à lever le coude. Seules les bouteilles alignées les séparaient. Izarra, Mary Brizard, Rhum ambré, Bartissol, Martini Rouge, Cognac Napoléon. Le type le regardait par-dessus son verre, il portait une salopette de peintre mais c'était visiblement un médecin. Il avait un stéthoscope autour du cou, un docteur de bar. Un vieux type avec des cheveux blancs, longs, comme s'il avait neigé par-dessus les cheveux de Johnny Winter. Henri le trouva bizarre le collègue.

Pauvre type, la vie avait l'air de lui avoir pris cher. C'était un *oldtimer* baraqué mais des capricornes et des termites plein la charpente. Il avait la tête du lascar trop longtemps marié à une emmerdeuse, teint crayeux, yeux caves, et la peur de rentrer chez soi. Il faisait pitié, on aurait pas voulu être lui. Vu le tremblement de sa main pendant qu'il picolait, Henri aurait pas donné cher de son état neurologique. Parkinson ou tremblement essentiel. Et puis les cheveux longs comme ça, un peu leste à cet âge, non ? Il s'était toujours dit qu'en vieillissant, il se les couperait. Pour l'instant, ils ne grisonnaient même pas.

Le mec hocha la tête et lui sourit. Henri resta cordial, c'était peut-être un confrère retraité. Mais il ne copinait pas dans les bistrots, s'il parlait au taulier, c'est qu'il était un bon batteur. Il aurait pu contourner le comptoir et taper la converse avec le confrère mais il aimait pas trop les vieux, il en avait tant soigné pour constater que l'acrimonie se fixait peu à peu sur les cellules. Ça les lestait comme du plomb, un saturnisme de fourbus, qui leur faisait tomber la mine, les rendait goguenards et anachroniques. Et pour nous résumer : méchants. Pas tous, bien sûr. Il y avait des vieillards innocents. Henri se demandait comment il serait.

Ça lui faisait quel âge déjà ?

Il avait un trou. Y a pas si longtemps, il avait eu cinquante balais. Il fouilla dans sa poche pour payer et voilà que l'autre mec faisait pareil. Pourvu qu'il lui adresse pas la parole, parfois les vieux c'est collant. Quand il devait les soigner c'est l'odeur qui l'incommodait. Il avait pourtant fait Bangladesh, Viêtnam et boat people. Sans parler de l'Afrique. Il se souvint qu'il était le *French Doctor* parfait mais qu'il n'arrivait pas à leur offrir totalement sa bienveillance et son respect. Il s'en était beaucoup voulu, la honte d'être là et d'offrir son savoir, sauver, soulager, parler avec douceur. Et pourtant en considérer mal certains parce qu'ils puaient. Encore maintenant, Henri avait le nez discriminant. Il demandait pardon. Mais à qui ? L'âge et la pauvreté ont une odeur.

Il lâcha quelques francs mais c'étaient des pièces étrangères. Insolites. Il crut à des dollars ou des marks, non c'était écrit « euro » dessus. Il n'avait que ça dans la poche, c'était quoi, des pièces de Monopoly ? Et puis qui les lui avait refilées ? Diego prit son argent pourtant, peut-être ça avait de la valeur finalement. Il allait sortir quand il s'aperçut que le vieux en face le singeait. Dingue ça, il faisait exactement les mêmes mouvements.

Tout à coup, Isabelle était là à ses côtés, elle sentait bon, elle, un parfum chic. Incroyable ce qu'elle s'était féminisée, dans la démarche aussi, à basculer les hanches, la silhouette, la taille bien prise, l'amphore, encore un peu elle ressemblerait à cette splendeur insurpassable qu'était sa mère. Elle était encore bien sa Judith, une belle femme mûre, même si la pilule l'avait un peu fait grossir.

— Ça va ? On a fini les courses ? Je vais devoir aller faire une émission de radio, minauda sa fille, de sa drôle de voix grave.

Henri ne répondit pas. Le vieillard en face le scrutait et imitait tous ses gestes. Se gratter le nez, remonter ses cheveux, s'accouder au comptoir. Se foutait de sa gueule peut-être ? Il avait un air familier. Peut-être qu'il l'avait soigné un jour ? Henri observa ses signes cliniques. Fond d'œil jaune, un peu de couperose, insomnie, prostate farceuse. À chaque changement de position comme ça l'arthrose cervicale, les genoux grippés, ouais. Devait trop boire. À côté de lui, un type lui mettait la main sur le bras. Symétriquement, c'était drôle, il lui touchait le poignet.

— Ça va Henri ? T'entends ce que je dis ?
— Dis-moi, le type derrière le comptoir d'en face, à côté du vieux hippy, sa tête me dit quelque chose.

Isabelle leva les yeux et Henri vit clairement le type à côté du vieux dévisager sa fille. Ils se plurent, il le vit tout de suite.

Le mec était pas mal, plus âgé qu'Isa, une bonne dizaine d'années de plus. Il devait être avec son vieux papa. Il ne pouvait pas dire à quel point ça l'exaspérait. Imaginer sa propre fille, les pattes en l'air, dire encore, encore, encore, ça le rendait dingue. Il aurait pu tuer quelqu'un. Mais il avait appris à fermer sa grande gueule à avaler des litres de bile.

— De qui tu parles ? s'inquiétait Isabelle.
— Le type en face, celui qui te mange des yeux, je vais lui casser la gueule (il n'avait pas pu s'en empêcher).
— Y a rien en face Henri, rien qu'un miroir…

Ouais, c'est ça, Isa avait toujours été le miroir des autres, c'est comme ça qu'elle se voyait. Henri fit un clin d'œil au vieux, le pauvre, il était bien près de la sortie, l'autre le lui rendit instantanément. Un brave mec, sans doute un peu désorienté, avec l'âge la connexion neuronale devient défaillante, bienvenus les dépôts amyloïdes.

— Je le reconnais ! Le type qui te drague ! C'est un acteur de télé, sur TF1 ! Il joue le flic du jeudi soir. Qu'est-ce qu'il fout là ?

Isabelle se mit à rire, d'un long rire mélancolique.

— Dorian Layeul, il s'appelle, tu le connais ? Il joue le « Commandant Marek ».

Henri fronça ses blancs sourcils, se gratta un peu le menton où sa barbe crissa de protestation.

— Ta mère l'adore, elle regarde souvent cette série, elle trouve que ce Layeul ressemble beaucoup à de Niro quand il était jeune. Moi je le trouve maniéré comme une horreur de l'Actor's studio.

C'est alors que Henri tourna ostensiblement le dos à leurs reflets. En se penchant vers Dorian, il niait l'existence d'un autre Dorian. Il lui expliqua en confidence que cette manière de jouer lui rappelait les pires moments de Brando surtout dans le *Bounty* quand il ne pouvait pas dire une réplique sans regarder l'horizon, se toucher le nez, laisser dix secondes de silence au milieu d'une phrase et donner l'impression qu'il allait s'endormir dans l'instant. Le pire, c'était encore Al Pacino dans *Butch Cassidy et le kid*, le western avec Warren Beatty.

— Non, dit Dorian qui sentait monter en lui un rire mesquin dont il avait un peu honte. Non, c'est Newman et Redford.

— Si tu veux, dit le vieux que ça n'avait pas l'air d'affecter outre mesure. Moi je reste très John Wayne, Bogart ou Widmark. Mais ce Dorian Layeul, avec ces sourires en coin, et cette manière de parler dans sa barbe, je le trouve « volatile ». Si on crie trop fort, j'ai l'impression qu'il va s'évaporer.

Dorian en fut horriblement vexé. Il éprouva une répugnance subite pour le vieux salaud et, dans le même temps, s'inquiéta que ces choses eussent encore de l'importance à ses yeux. Il se croyait blindé, la critique, les partenaires, agents, metteurs en scène de théâtres subventionnés, pompeux comme de vieux archevêques. Tout ça, il avait connu. Enduré les postures, les coteries, les sinistres laborantins de l'art dramatique. Il avait laissé sa carrière cheminer et là, tout à coup, un thérapeute beatnik, au fond d'une ville obscure, le confondait comme il confondait tout, et voilà que ça l'affectait. Il pensa ce sentiment, le regarda un peu comme s'il l'avait posé sur le comptoir pour en comprendre les défauts. Et il comprit alors, dans un émerveillement, que c'était le dépit d'Isabelle qui montait en lui. Il pensait un peu comme elle, que ce con de papa ne comprenait pas grand-chose à l'art de la comédie, qu'elle-même avait de l'admiration pour Dorian, cet acteur au charisme secret, cette façon d'ensorceler son spectateur, même par l'absence. Sa spectatrice, surtout. Oui, Isabelle était fan de Dorian Layeul, un de ses acteurs favoris, malgré sa médiocre série télé. Dorian en conclut alors une forme de reconnaissance. Il était un bon acteur par ce paradoxe ultime qu'il venait de se sentir naître à son personnage. Une femme, en pensant à lui, s'était insurgée contre son père, ce réac conformiste.

Il était donc cette femme.

Il allait pouvoir, quand elle parlerait, rajouter des *e* partout.

— Isabelle, écoute-moi ! Tu veux pas aller lui demander un autographe ?

Le vieux, globulaire, l'œil injecté, se penchait sur elle, il exhalait l'alcool et les fonds de bronche, ça n'était pas bien agréable.

— Je croyais que tu l'aimais pas ?
— Je respecte l'artiste et puis ça ferait bien dans mon cabinet. On pourrait peut-être faire une photo ? Un *selby* ?
— Un selfie ?

— C'est ce que je dis.
— Je vais lui demander.

Dorian longea le comptoir, reflété par son symétrique. Le zinc faisait un coude jusqu'au mur, il s'approcha de son reflet à le toucher. En se penchant vers la glace, ils firent de la buée avec leurs souffles. Le vieux ne les regardait pas, embarrassé probablement. Dorian tira de sa poche une carte à son nom, avec sa photo faite au studio Harcourt. Il posa son fin stylo en argent sur la carte et l'avança vers son image, laquelle poussait vers lui une carte et un stylo. Le barman et Henri l'observaient du coin de l'œil, ils échangeaient des airs entendus. Dorian ferma les yeux pour laisser surgir un mot. Puis il écrivit avec des ronds et déliés « pour Judith, Isabelle et Henri… Un mort qui entre, un mort qui sort… ». Là-dessus, il signa et son reflet fit de même. Rarement acteur aura autant été en accord avec son double. Puis il se colla à la glace, tempe contre tempe et brandit Muezzin : les deux téléphones déclenchèrent. Il revint vers Henri qui, désormais, ignorait ostensiblement la situation et lui tendit la carte que le vieux prit de ses gros doigts déformés.

— J'ai vu que tu l'avais embrassé, il suffit qu'un homme passe à la télé pour que tu te frottes ?
— Papa, voyons, ne sois pas jaloux !

Et maintenant, voilà qu'il l'appelait papa, sensation insolite et un rien douloureuse. Jadis c'était dur, déjà, de dire « papa » à son propre géniteur. Cela ne franchissait pas ses lèvres, ça générait un petit haut-le-cœur.

— Papa, c'était un chaste baiser, j'ai dit que c'était pour mes parents.

— Pourquoi il a écrit ça ?

Henri tenait la carte à deux mains et se cassait le dos pour la déchiffrer : il avait oublié ses lunettes. Il s'en approcha encore, la pointe du nez touchant le cartonnage. Sa bouche prononçait en silence : « un-mort-qui... »

La cloche de l'église tinta. Et un coup de vent brutal rabattit une brassée de grêle sur les vitrines du bar où les affiches frémirent : bière Stella Artois, défilé de majorettes le 7 janvier Gomone-sur-Réglisse, grand bal de la nouvelle année 2018, salles des fêtes de Sodhaure avec « Léo André and his Rocks Teddy Band ».

Le boucher vint les rejoindre, il but comme ça, sur le pouce, un pastis au comptoir. Ses cheveux avaient une sale blondeur et sa glotte bougeait de façon obscène alors qu'il déglutissait. Dorian était hypnotisé par cet ascenseur, ça lui faisait mal au cou, il se demanda à quoi ressemblait une glotte. Et si on pouvait l'exposer sur l'étal, dans un plat de porcelaine, en promotion. Un menu original pour Noël, « glotte humaine sautée au beurre rance, sauce à la truffe et aux girolles ». Il imagina une boule de chair spongieuse et malodorante.

Le boucher, se sentant observé, se tourna et lui offrit un bienveillant sourire.

— Il vous a dit que je m'appelais Richard ?

Richard glotte-de-lion pensa Dorian. Qui lui serra la main, enchanté. Le boucher avait ce regard comptoir, de biais. Puis se mit à lui raconter sa vie, comme ça, l'air de rien, peut-être il se croyait seul. Dorian écoutait d'une seule oreille ce babil. Il surveillait les nuages qu'il voyait flotter sur la place du marché, effleurer les façades et dissoudre les murs. Un rideau de neige se déployait encore et encore. Il interrompit la logorrhée du commerçant au moment où il évoquait le groupe post-punk qu'ils avaient créé avec Henri et Diego, en 1987 c'était

— Vous avez connu Isabelle ?
— Oui bien sûr, une petite chose, complètement éteinte, timide, effacée. D'après moi, elle était pas trop normale. Elle s'est effacée toute seule un jour, comme ça, pouf.

Il claqua des doigts, le son était mat et un peu choquant, comme celui d'une claque sur la joue.

— Elle s'est effacée ? Comment ça ?
— Disparue sans laisser d'adresse, elle était à peine majeure. Henri était déjà pas commode, il a pété un câble.
— On l'a jamais revue ?
— Si… Il paraîtrait même qu'elle est dans la région. J'ai une tante qui l'a croisée chez Bricolex. Mais ça veut rien dire, elle est folle, ma tante.

Le boucher imaginait volontiers Isabelle comptable dans un cabinet de gestionnaires, ou alors à l'état civil d'une petite mairie, peut-être même vendeuse dans un supermarché, un endroit où on ne pouvait pas la voir. La minute d'après, il spéculait sur son suicide possible…

— Ça se tue les filles quand c'est comme ça, c'est malheureux. Sinon, elle aurait quelque chose comme quarante ou quarante-cinq ans.

Richard-glotte-de-lion parlait de la fille de son pote, comme d'un personnage infortuné, qui ne se pouvait traiter que par le conditionnel pour le cas où elle aurait survécu à ses disgrâces. À l'entendre, l'adolescente ingrate s'était transformée en une dégénérée, morte ou handicapée. Peut-être était-ce le fait de découper de la viande, de la hacher ou d'exposer des abats, chaque jour de toute une vie. On ne pouvait pas être tendre. Dorian se demanda s'il devenait végan ou simplement misanthrope. Ou alors, c'est que les gens étaient collectivement des êtres cruels, insoucieux d'autrui ou simplement disposés à les voir comme inférieurs à soi.

— Sinon elle est morte d'overdose depuis longtemps, c'est à ça que pensent Henri et Judith tous les jours, les pauvres…

Glotte-de-lion goba son verre, topa Diego et sortit pour reprendre ses ventes de rumsteak et de selle d'agneau.

Dehors, Henri virevoltait sur la patinoire. Il patinait avec une impressionnante grâce. Il aurait presque pu faire un salto. Ses cheveux volaient en tous sens, et des enfants le poursuivaient en riant. Dorian songea, comme Isabelle sans doute l'aurait fait, que s'il tombait s'en était foutu de son col du fémur.

*

Le siège de la radio était rue de la Commune-de-Paris, juste derrière la basilique Saint-Guénolé, à quelques minutes de la place du marché. Dorian, pourtant, s'égara. On ne voyait pas à trois mètres. Ça sentait la vase et le renfermé. Il s'entendait marcher avec un léger temps de retard, une croche, comme s'il était désynchronisé. Les platanes et les quelques palmiers gesticulaient dans le brouillard, le monde semblait gris et des phares jaunes passaient. Pour la première fois depuis bien des mois, Dorian se sentait bien. Peu importait à quel moment il avait raté l'embranchement vers l'avenue Joseph-Djougachvili. Normalement il aurait dû connaître ce quartier par cœur. Gamin, il y avait traîné des journées entières à jouer aux cow-boys ou à la guerre intergalactique. Il avait sauté des palissades et maraudé d'un jardinet l'autre.

Ça y est, il pouvait voir le clocher de l'église. Il croisa une vieille dame promenée par son chien, un basset, le « saucisson à pattes » comme l'appelait maman. Elle dit « bonjour ! », c'était madame Lozaïc, la même qui, il y a quarante ans, leur faisait des galettes. Elle était morte en 1995, maman le lui avait annoncé un jour, par téléphone. Elles étaient copines et jouaient régulièrement à la crapette. Il se retourna, le brouillard l'avait subtilisée. Puis un ado passa en patins à roulettes, avec un sourire narquois, « salut Peau d'hareng », et disparut dans une ruelle. Un copain de sixième.

Maintenant, il longeait l'église, il était presque arrivé.

— Alors, ma belle, on va prier ?

Adam lui barrait le passage, avec ses *dreadlocks* qui paraissaient peuplés d'insectes et sa braguette ouverte. Il souriait de tous ses chicots et trous noirs. On entendait au loin les échos du marché de Noël, une musique gondolée, comme sous l'eau. La cloche de l'église se mit à sonner une quinzaine de coups. Le clodo leva le doigt.

— Ça meurt fort aujourd'hui, y a du comité d'accueil.

Dorian sortit deux euros et lui lança. L'autre attrapa la pièce au vol et la lécha. C'est son haleine qui s'était abattue sur la ville.

— T'es venue avec ta frangine, ma bichette ?

Puis s'éloigna en se dandinant de manière obscène. Quelqu'un posa la main sur l'épaule de Dorian. Il ne voulut pas se retourner. Non, il ne pouvait pas. Elle lui parlait derrière l'oreille.

— C'est moi qui t'ai ramené Zarbeul, tu l'aimais tant...

Il mit un temps fou à se retourner et, quand il le fit, son cœur avait envahi sa poitrine. C'était bien elle, sa sœur Sandrine, qui s'éloignait dans les volutes de neige. Laura ressemblait un peu à feue sa tante, deux femmes si minces, si graciles. Et le chat aussi était de retour à se frotter contre son pantalon et à danser entre ses jambes. Un greffier des rues, avec une solide paire d'olives à l'arrière. Zarbeul, félin et spectre domestique. Dorian entra dans la basilique, il voulait voir les reliques.

C'était pour elles que cette grande église avait reçu le statut honorifique de basilique. On ne pouvait rater, au beau milieu du chœur, l'impressionnant coffrage en verre renforcé. Là, trônait sur des coussins de velours rouge, un crâne hilare, un tibia, et un bout d'omoplate : morceaux d'Omar devenu Saint Guénolé après qu'il eut abjuré la religion mahométane. Tout cela remontait au début du VIIIe siècle, quelques temps avant la bataille de Poitiers.

L'église avait été bâtie, détruite et rebâtie, pour devenir ce monument qui dominait la vallée. Seul un fragment de baptistère était d'époque. Le pèlerin errait là, en quête de cierge, risquant une obole sonore, passant qui espérait toujours un signe.

On venait voir le Maure, la sainte relique, vertueux tourisme religieux. Dorian se souvenait du curé illuminé de son enfance. Il mimait l'histoire aux enfants du catéchisme :

— Même décapité, le Sarrasin chantait la gloire de Dieu par cette bouche grande ouverte, regardez, il manque un fragment de la mâchoire inférieure et deux incisives, d'où son sourire sardonique.

Un petit gros en soutane qui faisait son et lumière. Le touriste étranger qui passait ne savait s'il devait en rire ou en pleurer. Dans le doute, il faisait une photo. Dorian, en ces lieux, avait enduré sa communion solennelle, dans un costume avec brassard.

Depuis, il jugeait les églises apaisantes quand elles étaient vides. Pendant les offices, les paroissiens faisaient des bruits de chaises, créaient des échos diachroniques, et cherchaient trop à paraître neufs. Les gens qui croient aiment à se regarder croire.

Lui, venait, comme aujourd'hui, s'asseoir là, au premier rang pour mieux s'entendre vivre.

Il se rendait à lui-même dans ce vase clos, aux relents de poussière, de fleurs séchées, dans ces verticales où flottaient des myriades de particules nimbées d'éclats multicolores. Il aimait l'idée qu'il était dans une boule à neige, minuscule personnage de légende, posé sur un buffet. Le chat l'avait suivi, qui remonta l'allée centrale et vint s'asseoir devant le chœur. Le bout de sa queue serpentait doucement. Dorian n'avait pas connu de chat chrétien, c'en était un, peut-être. Le greffier tourna la tête vers lui et le contempla de ses yeux émeraude. Il lui manquait une question à poser. Puis il sauta prestement sur un bénitier et entreprit de boire. Il lapait tellement fort que la nef en bruissait et qu'un prêtre monumental y surgit.

— C'est le vôtre ?

On devinait l'inquiétude du religieux redoutant la présence d'un petit Satan en robe tigrée.

— Je dirais plutôt que je suis le sien, répondit Dorian à mi-voix pour ne réveiller personne.

Comme toujours, le chat exhibait son trou du cul. C'était à peu près aussi incongru que si l'épouse du préfet avait troussé ses jupes devant l'autel. Le curé n'osait intervenir : un matou transfiguré par l'eau bénite c'était peut-être un message. Le chat but la coupe jusqu'à la lie. Et les deux hommes attendirent un miracle. Le félin fit ensuite une toilette de chat, bâilla puis sauta du bénitier, avant de se frotter aux brodequins de l'abbé. L'homme arborait un sourire évangélique. C'était un vaste curé, noir de peau et de soutane, avec des mains comme des écumoires, qui regardait de ses altitudes avec bienveillance.

— Je suis l'abbé Spirale. J'aime bien qu'on m'appelle Amédée.

Dorian sourit, inclinant la tête en signe de considération. Il ne savait jamais trop quoi dire à un prêtre, se confesser sûrement pas. Et il n'en avait jamais joué. Un rabbin oui. D'ailleurs, il avait beaucoup fréquenté la synagogue pour préparer son rôle. À l'époque, il lui avait été reproché de ne pas être juif.

C'était idiot : il n'avait jamais tué personne pourtant, dans le rôle du commandant Marek, il en avait plombé plus d'un.

Spirale étudiait le bénitier, le sourcil froncé. S'interrogeait-il sur la potabilité de l'eau bénite ou sur une purge nécessaire avant Noël ?

— On disait jadis que les chats propagent la sorcellerie comme les rats propagent la peste. Vous croyez au Malin ? murmura le curé.

— Non, non. Je ne sais pas.

— Mais vous croyez au mal ?

— Oui, je crois en l'homme.

Dorian redouta alors que le curé ne l'entraînât dans une ennuyeuse conversation théologique. Pour Dorian, un chat qui monte sur un bénitier a soif. Pour le célébrant, c'est une parabole.

— C'est le premier chat qui entre dans mon église, confia l'abbé, pensif.

Dorian se demanda pourquoi il s'en préoccupait autant. Après tout, ce n'était qu'un petit animal, une créature pensée par Dieu qui devait avoir son rôle à jouer.

— Je devrais m'en réjouir car j'ai des rats... Vous imaginez des rats de basilique ?

Dorian hochait gravement du chef pendant que lui venait une pensée impure : des rats, il devait s'en trouver quelques-uns parmi ceux qui fréquentaient la messe dominicale.

— J'ai dû mettre de la mort aux rats et des pièges dans un lieu consacré. Je l'ai vécu comme un péché. Mais, bizarrement, le chat me semble un intrus alors que le rat n'est qu'un nuisible. Vous saisissez la nuance ?

Dorian garda sa nuance pour lui : ce chat-là, Zarbeul, était mort depuis belle lurette pourtant le curé le voyait.

— Vous voulez une H ?

Dorian avait encore un peu de temps devant lui, alors pourquoi pas. L'abbé disparut par une porte dérobée. Dorian se rassit sur son banc et regarda fondre les cierges. Il avait lu que, dans le pays, on détruisait des églises parce qu'elles ne servaient plus. Elles avaient été « désacralisées ». Il avait vu des photos où des grues pelleteuses engravaient des lieux de culte. Il n'y restait que des ombres, les âmes des purgés. Pour lui, les églises étaient faites pour rester vides comme des œuvres mimétiques, des zones de stase et d'éternelle attente.

On bougeait du côté de l'autel. Quelqu'un s'approchait du ciboire, on lui faisait signe, coucou. Il rendit le geste. La personne, une femme très maigre, monta deux marches, ouvrit la petite boîte et sortit le calice. Elle prit délicatement une hostie et la goûta. Elle sourit, ça avait l'air bon. Dorian ressentit le goût de la pâte à pain qui collait à son palais. Et reconnut la fille, c'était Catherine Sabiros. Ils avaient été ensemble six mois à l'adolescence. Maintenant, il sentait le goût de la fraise dans sa bouche. Le souvenir de leurs chewing-gums ou alors la sensation de goûter l'hostie en même temps qu'elle. Une hostie aromatisée. Peut-être y en avait-il des marron au chocolat, des vertes à la pistache, des grenat à la groseille, des rouges à la cerise. Le corps du Christ pouvait bien habiter des macarons, ce n'était pas un péché de gourmandise.

Dorian se revoyait communier à genoux, bouche béante, langue sortie, c'était un peu gênant cet alignement de gens cou tendu, comme des affamés, attendant qu'on les nourrît. Corpus Christi, quel parfum ? Citron, amen. Il aurait voulu aller parler à Catherine qu'il n'avait pas vue depuis des décennies, elle était en troisième avec lui. Ils allaient se cacher dans les chiottes du collège pour s'embrasser et se baisser la culotte. Debout contre la porte verrouillée, langues et doigts occupés. Le lieu était moche mais on pouvait pas faire ça à la maison. À présent, quoi lui dire ? Elle bouffait les hosties et se suçait les doigts, décharnée, vieillie. Spirale revint, avec deux canettes, ils burent au goulot. Avec des hoquets et des exhalaisons de joie. Le curé s'excusa de n'avoir que de la H. Puis la mousse sembla le plonger dans une curieuse méditation.

— Vous la voyez la femme, là-bas, elle vous mange les hosties... dénonça Dorian.

L'abbé se pencha et haussa les épaules.

— Non je vois rien... C'est bien possible, parfois il m'en manque des hosties. J'aime l'idée : il passe toujours des gens qui ne sont pas là pour tout le monde, vous savez. C'est la paix du Christ. Qui c'est cette femme ?
— Je l'ai connue, Catherine Sabiros, elle s'appelait. Elle vivait 19, rue Béria, son père avait un atelier de peinture.
— Je ne suis là que depuis treize ans mais j'en ai entendu parler. Elle est morte du sida. La pauvre.

Ils hochèrent la tête, tant de gens avaient attrapé cette saloperie, en s'aimant les uns les autres. Amédée avait des larmes dans les yeux, c'était un prêtre noyé dans sa sensibilité qui ne pouvait tolérer la souffrance et jamais ne saurait l'excuser. Dorian se mit à l'aimer bien, à l'aimer tout court. Il y a des êtres comme ça, ils sont là, ils valent mieux que nous.

— Moi je ne vois plus l'Invisible, hélas. Je crois que le seigneur m'a posé un lapin. Je ne Le vois plus nulle part. Plus on croit, moins on croit et le contraire est vrai aussi. Ou alors l'essence divine est comme une femme : quand on la vénère elle vous fuit, quand on la néglige elle vous idolâtre. Croire, ce devrait être arrêter tout. Figer le temps.

Ils se sourirent, ils mutualisaient leurs doutes, une manière de ne pas s'attarder à un vain scepticisme. Le curé voyait encore les chats défunts, plus forcément les pénitentes. Dieu a ses raisons. Après quoi, Spirale voulut montrer sa crèche à Dorian. Elle était dans une anfractuosité de l'église. Avec des personnages à taille humaine, on aurait pu les voir respirer, et même entendre les ferrailles et les pas des légionnaires romains qui passaient dans la rue. Marie et Joseph, comme toujours dans l'Avent, étaient prosternés devant une absence. Pourquoi ne pas prévoir une vierge grosse, allongée dans la paille, son homme lui tenant la main ? La messe de minuit était une messe d'accouchement pourtant. Il y avait le bœuf et l'âne, et même un mouton. Et Zarbeul, lové dans la paille du petit Jésus. Spirale feula et le chat s'enfuit. L'abbé avait prévu un petit spot vert et un autre rouge qui donnaient à la scène une vague sensation de *clubbing*. Dorian le félicita, l'Africain murmura que ce n'était qu'une crèche. Ils restèrent un peu émerveillés devant ce théâtre de la croyance, sirotant leur bibine et étouffant des rots. Et puis, la cloche sonna.

— C'est l'heure, je vais devoir y aller, prévint Dorian.
— Vous savez, ça veut rien dire, l'heure déconne à plein tube. L'horloge est déréglée, ça fait des années qu'on attend pour la réparer. Et la cloche sonne quand ça lui prend. Vous avez bien cinq minutes encore.

Spirale lui fit un petit clin d'œil complètement incongru puis, d'un signe de la main, l'invita à le suivre. Ils passèrent par la sacristie où l'abbé dégoupilla deux autres bibines. La bière était tiède, même pour une journée d'hiver.

Le curé monta quatre à quatre un escalier de pierre escarpé. Dorian l'y suivit, ça puait le salpêtre et l'humidité. Il compta deux cent vingt-deux degrés avant d'arriver, exténué, à la trappe. Le prêtre la bascula d'un geste viril et ils se retrouvèrent dans le clocher. S'y trouvaient deux bourdons verdâtres qui luisaient dans la pénombre et un mécanisme sophistiqué constitué d'engrenages, roues dentées, arbres à came et rails qui animaient deux jacquemarts à taille humaine : un homme et une femme, lui vêtu à l'orientale, turban et sarouel, elle, le front ceint d'un diadème et portant une longue robe d'allure médiévale. Leurs traits impassibles suggéraient qu'ils refoulaient des sentiments malséants.

L'un des deux était presque engagé dans l'alvéole qui donnait sur l'extérieur. Un vent glacé en provenait : la tempête de neige redoublait d'ardeur et palpitait autour des cloches ou des armatures en bois.

— Elle, c'est Isabeau, souffla Spirale.

Dorian crut qu'on le présentait. Il hocha la tête.

Le prêtre le prit par le bras et l'entraîna vers l'ouverture. Il n'y avait guère de place entre la damoiselle et le mur, ils s'y insérèrent difficilement, sans quitter des yeux les yeux fixes de la statue. Dorian eut la sensation terrifiante qu'elle le regardait et le suivait de ses pupilles peintes. Ils se retrouvèrent penchés sur l'abîme blanc où poudroyait la poudreuse. Là, l'abbé prit subitement la tête de Dorian entre ses mains. Il crut qu'il s'agissait de séduction et s'apprêta à lui aligner un coup de boule pour éviter la grosse bouche molle qui prétendait le baptiser. Mais le prêtre était trop fort, qui lui tenait fermement les oreilles. Il lut sur ses lèvres : « Un mort qui entre, un mort qui sort ».

— Qu'est-ce que vous faites ? protesta Dorian.

L'abbé Spirale expliqua alors qu'il fallait garder ses mains sur ses oreilles et se méfier des mannequins. Car le mécanisme se mettait en marche de façon imprévisible et les cloches sonnaient quand bon leur semblait. Le chaos était dans le clocher. Et ils devaient se méfier des mouvements du couple de jacquemarts. Mais n'étaient-il pas beaux ?

— C'est Omar et Isabeau, le guerrier sarrasin et la châtelaine. Vous connaissez leur histoire ?

Dorian avoua que non. Les deux statues avaient toujours été là et, de son temps, ses parents parlaient plus taxe foncière que patrimoine local. Le curé lui expliqua alors que la pointe des raids sarrasins était arrivée par ici en l'an de grâce 700. Un guerrier de « ces gens-là » (c'est ainsi que s'exprimait Amédée, comme si plus d'un millénaire plus tard un infidèle converti restait un fidèle relatif) fut désarçonné à l'orée du bourg de Saudhorium (c'était le nom à l'époque). Isolé, il tua encore douze personnes qui visaient à l'occire et il parvint jusqu'à l'église où il se réfugia en se vidant doucement de son sang. Un Maure dans l'église, c'était comme un chat buvant dans un bénitier. Tout à coup Spirale sursauta.

— Attention ! Vite ! Comme moi !

Le mécanisme s'était mis en branle, des rouages cliquetaient et tout à coup, les bourdons commencèrent de vibrer. Le curé mit ses doigts dans ses conduits auditifs en faisant des grimaces. Dorian à son tour plaqua ses paumes sur ses oreilles au moment précis où la cloche chantait. Des ondes le traversèrent, scintillantes, délicieuses, le son et ses sœurs se propagèrent en lui et le transformèrent en plomb liquide. Un gong, deux, trois, dix, vingt, alors qu'il n'était même pas onze heures. Puis un silence métallique revint.

Après quoi le curé reprit son conte. Ça le transportait, on le voyait à ses mains qui donnaient leur version. Il évoquait Omar le guerrier qui, ce jour-là, avait coupé bien des têtes. L'infidèle faisait chanter à ses victimes un cantique à gorge déployée. Qu'Amédée entonna aussitôt de sa voix profonde. Du coin de l'œil, Dorian, pas tranquille, surveillait le jacquemart et son cimeterre.

> « *Gaudete in Domino semper :*
> *iterum dico, gaudete :*
> *modestia vestra nota sit omnibus hominibus :*
> *Dominus prope est.* »

Et là, couic, de sa lame, il les décollait, envoyant bouler la tête, bouche grande ouverte. Et la tête chantait encore ! Il coupait sur *Dominus*. Il a arrêté ce jour-là. Car la tête du comte Eudes de Tallende en roulant a continué de chanter... Elle a chanté longtemps, très longtemps... Elle avait entonné trois autres *confiteor* avant de conclure sur un point d'orgue alors que ses yeux devenaient vitreux : amen ! Enfin elle s'était tue.

— Eh oui ! La tête avait roulé sur les degrés de la basilique et avait continué de chanter. Alors Omar, qui avait une flèche dans la cuisse et une autre au niveau du sein droit, est tombé à genou. Il a regardé monseigneur Eudes, sa tête qui chantait *deus*. Il connaissait le cantique. Un Sarrasin certes, mais lettré. Ils ont fait un duo, comme dans *The Voice*. Enfin il s'est réfugié dans l'église. Plus tard, Isabeau est venue réclamer sa conversion car la tête d'Eudes l'avait demandée. Et l'Arabe est devenu Guénolé. Il a abjuré et est devenu un bon chrétien. Enfin c'est ce qu'on raconte...

Maintenant on ne savait pas si c'était le chef de Saint Eudes dans sa châsse de bronze que l'on pouvait contempler, ou celui de Guénolé. Dorian ne trouva aucun commentaire à faire, sinon que, qui que fût le saint, il aurait bien eu besoin d'un orthodontiste.

— Depuis, le retable saigne les jours anniversaires de sa mort, le 7 mars 709 après JC.

Le prêtre prononçait « Jicé », familier et tendre, comme s'il parlait d'un pote de poker.

C'est à la suite de ces évènements que les cloches de Sodhaure se mirent à sonner dès que quelqu'un rendait son âme à la ville. Et la légende voulait qu'un mort entrait dans l'au-delà, qu'un autre revenait, pour nous rappeler nos promesses non tenues. La porte du retour change, à chaque fois. Elle s'ouvre dans une maison de la ville, puis dans une autre.

— Est-ce que la cloche sonne quand un animal meurt ?
— Les animaux n'ont pas d'âme Dorian. Vous imaginez un taureau sortant de votre salle de bain ?
— Non, mais on sait qu'ils souffrent, qu'ils apprennent, qu'ils ont de l'empathie.
— Vous êtes vegan ?
— Non, j'aime la côte de bœuf et les travers de porc...

— Ils n'ont pas d'âme, alors on les mange, c'est ça ?

— Je sais pas, Amédée. Moi je leur donne un petit peu de mon âme, je les aime bien. Enfin, ceux avec qui on peut discuter. Chien, chat, vache, chevaux, lapins et même parfois des loups. Je parle pas à une poule par exemple, c'est visiblement trop con. Le crocodile, ça me dérange pas, par exemple, qu'on en fasse des chaussures. Je leur donne de mon âme en les aimant bien et peut-être même en les mangeant bien.

— Vous êtes comme tous les acteurs...

— Comment vous savez que je suis acteur ?

— Tout le pays le sait, commandant Marek. Oui acteur, Dieu vous a égaré entre tous vos vous. Vous vous promenez dans une maison obscure, vous vous voyez dans les miroirs et vous n'êtes jamais le même.

— Oui, c'est un peu ça. Je me vois même en femme ces temps-ci.

— Bien sûr, les femmes ont une âme.

— Je m'en rends compte.

Spirale remit précipitamment ses mains sur les oreilles. On entendait un grincement de moyeux mal graissés. Instinctivement, Dorian fit de même. Le bourdon gronda. Une fois, une seule.

— Encore un enterrement dans les jours qui viennent, soupira le curé. C'est le onzième cette semaine. Après l'accident de la RN44 bis, ça n'a pas arrêté. C'est comme une hémorragie. Dieu soyez cool, accueillez leurs âmes et même celle du petit Maure.

— Le petit Maure ?

— Il est m... décédé.

Dorian fut reconnaissant au curé d'avoir esquivé la redoutable assonance.

— Kader, il s'appelait, un des deux survivants. Il venait fumer du shit dans le prétoire avec ses copains. Un dimanche je l'ai giflé, le Christ m'a pardonné le mardi. Puis on a parlé de foot, on a regardé des matchs dans la sacristie. Vous ne croyez pas que c'était l'Omar des temps modernes ?
— Pourquoi ? vous l'avez converti ?

Dorian frissonna, ça commençait à cailler, il serait bien redescendu mais il n'osait bouger comme une statue dans sa niche. Spirale riait fort, de sa voix à la Barry White, tiens c'est vrai, il ressemblait au roi de la soul.

— Il était pas très musulman Kader, il parlait du prophète par ouï-dire, c'était un croyant léthargique, pauvre garçon.
Amédée s'appuya au mur et se pencha dans le vide, sa tête crépue immédiatement floconnée, il riait avec cette part de douleur qui casse un peu la voix.
Il reprit son histoire dans l'avalanche de poudreuse.

Pour tout dire, on ne savait pas à qui appartenaient les reliques. On avait bien fait un prélèvement sur l'os et des analyses génétiques. Oui, ça venait d'Afrique, une souche ancienne. Mais, pour Spirale, le Vatican restait un nid à sceptiques.

— Ils sont devenus rationalistes à force de vouloir prouver que la foi est fondée. Quand le retable saigne on y trouve le même ADN que celui des os. C'est du sang de femme, celui d'Isabeau peut-être.

De pieux artisans avaient construit les jacquemarts au XVe siècle. On avait réparé la mécanique deux ou trois fois, ils marchaient à peu près bien. Mais tout à coup le Maure allait plus vite, on ne comprenait pas pourquoi ces accélérations. Il lui arrivait même de se déclencher tout seul, parfois avant la cloche. Le carillon, de toute façon, était défaillant.

— On redescend s'en jeter une ? conclut l'abbé. Mais les deux cloches sonnèrent par surprise. Ils se prirent la tête dans les mains.

Les ultimes résonances propageaient encore leurs acouphènes quand les jacquemarts s'ébranlèrent. Les mécanismes cliquetèrent, les roues, petites et grandes, tournèrent, s'imbriquèrent, renversèrent leurs mouvements. On aurait dit ces jouets mécaniques d'antan qu'on remontait avec une clé et qui subitement s'animaient. Omar glissa sur son rail et fit demi-tour sur lui-même. Il allait vite, trop vite. Dorian vit la statue aux yeux sévères et au teint belliqueux s'avancer vers lui, les bras croisés sur son cimeterre.

— Attention ! hurla l'abbé qui se précipita pour repousser Dorian, lequel perdit l'équilibre et faillit dégringoler par la trappe. Entre-temps, l'abbé s'était mis sur le chemin du Maure qui le repoussait vers le gouffre. Spirale entoura la statue de ses bras et fut entraîné au bord du précipice. Exposé aux vents glacés et aux rafales de neige, il cria :

— *Ite missa est* !

Le jacquemart avançait encore, les pieds du curé se dérobèrent. C'est alors que la cloche sonna de nouveau. Dorian avait anticipé le mécanisme et bouché ses oreilles. Quand les vagues de son refluèrent, longeant les murs glacés, contournant Isabeau qui tournait sur elle-même, il se précipita. Spirale pendait dans le vide, ses grandes mains glissant inexorablement le long des jambes du pantin. Dorian étreignit Omar enfin immobile et tendit la main à l'abbé qui parvint à lui empoigner l'avant-bras.

— Tenez moi bien, l'Arabe va nous ramener à l'intérieur.

Ils restèrent comme ça, les yeux dans les yeux. Ils attendaient. Le mécanisme cliquetait.

— Combien de temps avant qu'il ne rentre à la niche ? hurla Dorian.

Mais Amédée, le visage blanchi par la neige, sonné par la cloche, n'entendait rien. Il parvint à secouer la tête, il prononça quelque chose d'inaudible. Peut- être sa propre oraison funèbre. Les secondes défilaient et, de sa pénombre, la veuve les contemplait. Les cliquetis du mécanisme s'étaient tus. Alors que Dorian, le bras mort, allait lâcher ou basculer en avant, Omar fit subitement marche arrière sur son rail. Dorian lui tint fermement la taille et ils hissèrent l'homme de Dieu, le ramenèrent ici-bas.

Spirale s'effondra, dos au mur, l'œil quasi révulsé. À cours de souffle et tremblant de tous ses membres. Dorian s'agenouilla devant lui. Il n'y a que dans les films qu'on sauve un homme. Ou dans les livres. Ça fait du bien à quelque chose de soi. Même s'il ne sentait plus ses bras et craignait pour ses vertèbres. Amédée commençait à aller mieux, il pleurait à chaudes larmes.

— Il fallait me laisser, quelqu'un d'autre va devoir sortir.

C'était fatigant ce complexe du martyr, avec ses équations : une vie, un homme… Dorian aurait parié que Dieu, si l'on s'en remettait à lui, n'était pourtant pas expert-comptable.

— Omar m'a sauvé. Mais il y en aura un autre… Un qui n'aurait pas dû.

Le Très-Haut n'utilisait pas non plus l'arbitrage vidéo. Dorian sortit un cigare qu'il comptait fumer dans la journée, le décapsula, le colla dans le bec du miraculé et lui alluma. Un Uppman Robusto à quinze euros, mais bon. La fumée bleue se faufila entre les jacquemarts, monta avec allégresse. Une forme se faufila entre les mécanismes, Zarbeul, celui qui buvait dans les bénitiers.

*

C'était une modeste station de radio, au rez-de-chaussée d'une maison de ville. Patricia le fit asseoir et lui offrit du café en attendant. Elle lui parlait quasiment dans la bouche, il pouvait sentir son haleine Hollywood chewing-gum. C'était une femme encore très jeune – enfin difficile à savoir elle était si maquillée – qui émettait les signaux habituels du désir. Ce ne sont pas les gens connus qu'on convoite mais ceux qu'on reconnaît. Rondelette sinon, une femme avec des cuisses, des fesses, des seins, dont les transports devaient être parfumés de sudations. Jadis, il prétendait les vouloir toutes, ça s'était calmé avec son divorce, il avait même connu un ou deux épisodes d'ennui sexuel, voire d'impuissance tout court. L'âge peut-être ou un singulier détachement.

— Vos Caterpillar, vos tracteurs, vos moissonneuses, chez nous, c'est de l'art, de la rigueur, c'est Bételgeuse. Bételgeuse, engins de chantier et de culture, 134, avenue de la Victoire-de-Koursk…

Le personnel de la station passait et repassait, le même café toxique à la main, et chacun émettait un sourire modeste et rosissant. On s'enquérait s'il voulait un autre café. Patricia était volubile, il répondait parcimonieusement, il n'avait pas l'intention de dire les choses deux fois. Finalement, on les introduisit dans le studio où un jeune homme annonçait les news, derrière un gros micro rouge. Son aplomb était feint : il savait que Dorian l'écoutait. Le journaliste travaillait depuis longtemps sa neutralité offensive, qui donnait de l'autorité à une réforme banale, la déclaration inepte d'un secrétaire d'Etat ou les dispensables 343 morts d'un crash en Corée du Nord. Ou la guerre, là-bas, au Yémen avec « nos » soldats.

Enfin, on envoya la musique du générique de l'émission « Atout cœur » avec Patricia Chontelle… Au-delà des murs insonorisés, Dorian entendit le bourdon de l'église. Patricia cessa de parler et posa sa main sur son cœur, celui qui lui gonflait considérablement le plastron. Puis, elle lança son bavardage, la carrière de Dorian, sa jeunesse sodhaurite, ses parents, le Conservatoire à Paris, son rôle de flic à la télé, mais surtout *Le Misanthrope* qu'il avait joué sous la direction du fameux Cabronowski avec Sophie Marceau en Célimène. La cloche sonna encore et Dorian murmura les mots de conjuration : « un mort qui entre, un mort qui sort ».

— Pardon, papillonna Patricia, pardon ?

À cet instant, quelqu'un entrait en coup de vent dans la cabine technique. Ils purent entendre la panique dans leurs casques : « le maire, il vient de tomber du toit de l'Hôtel de Ville, il s'est cassé le cou ! »

La moitié de la station partit couvrir la tragédie alors que, dans le studio soudain glaciaire, l'émission suivait son cours.

Dorian se fit sympathique et concis. Tout de modestie, tout en sobriété. Mais pour mieux mentir. Entre deux questions, Patricia envoyait, d'un doigt négligent, des variétés internationales ou des standards pour casinos mafieux. Côté français, on jouait les locaux ou alors carrément Goldman, Renaud et Johnny. Le rap fut épargné à Dorian qui était un peu contrarié de ne pas avoir été consulté pour la play-list.

— Dorian Layeul, comment vous préparez vos personnages ?
C'était toujours la question couperet, celle qu'il redoutait entre toutes parce qu'il s'était juré de n'y jamais répondre pareil. Tous les intervieweurs la posaient, qu'ils aient un master en journalisme ou débuté dans un gratuit. Il répondit qu'il était

préparé par les personnages plutôt ; que c'étaient eux, n'est-ce pas, qui tournaient leurs regards vers lui et lui infusaient leurs sortilèges. Il avait en tête un certain jacquemart. Il parla longtemps, à tout dire et rien, mais avec autorité. Patricia ouvrait la bouche pour l'interrompre, levait la main, le temps qu'elle inspire-expire, il la prenait de vitesse, il lui coupait le sifflet. C'était un jeu.

On était sur « *Oh My God* sur 107 point 4, la radio totale bio » on pouvait les appeler et poser des questions à l'invité.

— Kevin, vous êtes en ligne, vous appelez d'où ?

Kevin était chauffeur-livreur à La Rochelle, il voulait parler à Dorian. Il fallait qu'il baisse le son de sa radio, Kevin, il *larsenait*.

— Oui, bonjour Dorian, tu vas bien ? Ça me fait trop plaisir, je rate jamais un épisode du commandant Marek, c'est trop bien quand tu dis « vous avez la trouille, je vais la mettre au frais ».

Dorian remercia Kevin et le remercia encore. Il était sincère, pourtant, il éprouvait toujours cette sensation de faillir dès qu'il était exposé à son public. Bien sûr, comme il le redoutait, Kevin aborda le fameux fait divers. On en avait tant parlé et ça ne cesserait jamais. On l'évoquerait encore lors du discours pour ses obsèques.

— C'est vrai qu'ils vous ont viré pour un pipi ?
Patricia, gourmande, renchérit immédiatement :

— Kevin a raison, on peut parler de ce qui s'est passé l'année dernière ?

Elle l'observait, cachée derrière sa bonnette, effarée par son audace. En tendant bien l'oreille, l'auditeur aurait pu entendre, amplifiée par le micro, sa pulsation cardiaque. Parfois, quelques minutes avant d'entrer en scène, il mettait deux doigts sur sa carotide et comptait. L'artère battait à tout rompre, mais quand il faisait un pas dans la lumière tout rentrait dans l'ordre.

— Mon agent me l'a interdit, dit-il badin, espérant libérer Patricia de son angoisse.

Mais elle prit cette information au pied de la lettre. Ses yeux s'ouvrirent bien grands, trop grands :

— Comment ? Il décide pour vous ?

Les journalistes étaient tout en postures : se scandaliser, affecter de ne pas comprendre, simuler l'incrédulité, poser une question bien faux-cul qui en masquait une autre. En ce monde, chacun étant roué, le média l'exigeait lui aussi, comme s'il s'était agi d'une clause tacite de rectitude morale ou citoyenne.

— Vous faites tout ce que dit votre agent ?

Une star de l'écran abandonnait-elle son destin entre les mains d'un magouilleur négociant des contrats juteux pendant que la France attendait le retour du héros ? Patricia Chontelle de O.M.G FM semblait croire à sa fable.

— Non, bien sûr, je plaisantais… tempéra Dorian. Mais, pour en revenir à ce que vous évoquiez, je n'ai jamais voulu commenter… euh, l'incident.

Le siècle vivait de littéralité, sauf chez les élites. Ceux qu'on appelait jadis des « classes dirigeantes », ceux qui avaient accès au savoir, aux médias, à l'édition, aux syndicats patronaux, et dans une moindre mesure aux haras des grandes écoles, vivaient d'ironies permanentes ou de degrés seconds. Il était désormais acquis que seule une attitude narquoise permettrait de traverser l'époque sans encombre.

On vivait les dernières générations avant l'apocalypse climatique, les grandes invasions, l'implosion des mécaniques financières et la mort du capitalisme glouton. C'était ainsi, le corpus supérieur était irrigué par un fort scepticisme quant à à peu près tout. Ils attendaient de mourir en ayant tout dépensé de leurs retraites et héritages. Dans la France d'en bas, on continuait de croire au moteur à eau, aux contacts secrets avec les extraterrestres, à la révolution prolétarienne, à la mainmise de la CIA sur à peu près tout. Dorian n'y pouvant rien, se foutait d'à peu près tout et espérait juste une révolution copernicienne pour les vieux jours de Laura et sa descendance.

— Vous faites allusion évidemment à la rupture intervenue entre le président de TF1 et moi…

Rupture, c'était le plus bel euphémisme jamais commis. Il avait pourtant juré qu'il n'en parlerait jamais dans les médias. Ne serait-ce que parce qu'on attendait toujours les dates d'audience de son fichu procès en appel. Il avait refusé toutes les demandes d'interviews et, quand paparazzi ou *webreporters* l'avaient traqué, il leur avait opposé des sourires polis ou des *no comment*. Au grand dam de Samuel, son agent, qui avait élaboré tout un plan de com' pour surfer sur le scandale. Mais, là, tout à coup, à Sodhaure, il avait envie d'offrir un cadeau de Noël à l'onctueuse Patricia qui s'enhardissait :

— Dorian Layeul, on a jamais entendu votre version, on a vu tellement de choses sur les réseaux sociaux…
— Ce que vous voulez savoir, c'est : lui ai-je vraiment pissé dessus ?

Alors, non, non, trois fois non, elle ne s'y attendait pas. Qu'il avoue. Comme ça, sur une radio régionale, stupeur, elle en restait coite, une trace de rouge à lèvre sur l'incisive supérieure gauche. Il adopta un ton d'une extrême neutralité et raconta.

C'était dix heures du matin au dernier étage de la tour. Le *pédégé* l'avait convoqué. Il était tiré à quatre épingles, il n'y avait que ça qui dépassait, les épingles. Au physique, il n'était pas laid mais on aurait été bien incapable de le décrire, n'étaient ses yeux qui regardaient à côté des gens. Il ne disait rien de lui-même, ne laissait rien paraître, jamais, à croire qu'il n'y avait rien qu'il jugeât utile de montrer. Peut-être qu'il n'y avait rien, d'ailleurs. C'était un poli comme on peut l'être quand on a le devoir de paraître. On se doutait bien que ce « manager » serait un jour pénétré par le malheur, mardi prochain ou dans douze ans, car c'est ce qu'il inspirait à force de se montrer hautain. Il était pareil à une maison abandonnée, dénuée de mobilier, dans laquelle personne n'aurait voulu habiter de peur d'y faire des cauchemars. Il avait exercé toutes sortes de métiers où l'empathie était une faute, on le payait bien pour cela. Partout où il disposait d'un bureau, les gens avaient l'impérieuse envie d'en sortir. On lui savait des femmes et des enfants, on imaginait volontiers des pique-niques ennuyés et des voyages sans passion dans des *resorts* lointains. Personne ne l'aimait, il s'en faisait une gloire secrète.

Ce jour-là, il lui avait dit que les audiences étaient en baisse, que Dorian n'avait pas su faire évoluer son personnage, que les scénaristes s'en plaignaient, que les acteurs vous pensiez que tout vous était dû, des enfants gâtés pourris et qu'il devait être reconnaissant à la chaîne de lui avoir garanti une telle hospitalité après trois années à 25 % de part de marché pour un acteur, qui n'était quand même pas Marlon Brando. À ce moment-là, Jean-Marcel Lècheposti surnommé « Postiche » ou « Post-it » dans les couloirs de la chaîne avait, contre toute règle de bienséance, répondu au téléphone et entamé une conversation, faisant pivoter son fauteuil directorial pour contempler en contrebas un vieux cimetière où reposaient tant de gens qui avaient valu mieux que lui. Dorian sentait son cœur remonter dans la gorge. Quand on se fait virer d'un claquement de doigt, il est légitime d'éprouver l'envie de tuer.

Le chômeur s'était alors doucement levé, avait contourné le bureau en chêne, tout en se débraguettant.

— Prenez rancard, ce tocard est trop vieux et trop cher, mais on sait jamais, disait alors le décideur…

Quand Postiche avait pris conscience que Dorian se tenait près de lui, il avait fait un quart de tour sur lui-même pour l'atomiser d'un regard contrarié. Dorian, alors, avait ouvert les vannes, lâchant un jet d'urine brûlante sur le beau pantalon gris.

Le scandale lui avait rapporté un fabuleux procès médiatique qu'il avait perdu. Il était devenu « le seul acteur qu'il faut diriger avec un imperméable » selon *Libération*. La profession l'avait boycotté mais Gérard Depardieu avait déclaré de son exil russe, « ça prouve qu'il y a encore des acteurs français qu'ont des couilles et même des bites ». À la suite de quoi, il avait reçu une bonne trentaine de propositions de films venus de l'étranger dont la moitié était pornographique. Des urologues l'avaient contacté pour qu'il fasse la promotion de leur cabinet. Les gens dans la rue le félicitaient ou l'invectivaient. Des tas de GIF et des animations salaces avaient circulé sur les réseaux.

Lui qui avait toujours refusé de tourner nu parce qu'il avait honte. Il n'osait imaginer ce que ça faisait à une femme pour qui c'était l'exercice imposé : l'équipe, l'ingé son, l'opérateur qui mesurait avec son mètre en ruban de l'objectif au sein droit, bien net sur le nichon. Non, personne n'avait publiquement vu sa bite, hormis Postiche.

Pour fuir l'évènement, il avait joué alors trois mois à Lyon *Le roi se meurt* avec un grand succès. Les gens voulaient voir celui qui avait pissé sur l'homme le plus puissant des « merdias ». Ses amis acteurs ne lui parlaient que de ça. Sa queue était célèbre quand lui ne restait qu'honorablement connu.

Chaque fois qu'il pissait il regardait la star et se disait qu'il n'était plus que son agent. Son remplaçant dans la série télé était bon mais c'était trop tard, les audiences qui déjà avaient baissé s'effondrèrent. Postiche fut promu à un poste de gestion des antennes étrangères. On l'envoyait rencontrer des Espagnols, des Qataris et des Sénégalais qui l'accueillaient avec un sourire goguenard et surveillaient ses pantalons. Le décideur propre faisait désormais tache.

À un moment, Dorian avait décidé que le moment était venu de redevenir anonyme. Il voulait rentrer son sexe dans le pantalon. Alors, il avait pris des vacances, loin. Puis un jour, se morfondant dans son appartement parisien, il avait appris que le régiment de Laura était appelé en renfort au Yémen. Tout lui était devenu sinistre, il ne bandait même plus. Un matin il était parti, il voulait aller voir sa famille emmurée dans la petite ville où il avait grandi. Ce train qu'il avait pris pour arriver jusqu'en son passé.

— C'est passionnant, commenta la Chontelle, une petite page de publicité.

— Un selfie devant votre silo à grain ? Vos prêts ne sont pas si loin, avec le Crédit des artisans et paysans, une banque participative. Prenez rendez-vous avec notre conseiller patrimoine.

Les chers auditeurs continuèrent à défiler à l'antenne, tous bienveillants, tous solidaires, contre la télé, le pouvoir, le fric toujours le fric. Et puis, sur la fin de l'émission, surgit Laurence qui habitait Puy-en-Sodhaure, à côté du vieux moulin.

— Je suis aide-soignante à l'hôpital, faut parler du miracle, c'est ça qu'est important. Merci, merci, du fond du cœur merci, monsieur Marek.

Chontelle eut, pour Dorian, un sourire de connivence, comme pour s'excuser de n'être écoutée que par des faibles d'esprit.

— En quoi Dorian Layeul est-il concerné par un miracle, Laurence ?

— Il y a la petite Loana chez nous, la rescapée de l'accident, elle était dans le coma et son pronostic viral était engagé ; eh ben monsieur Layeul, il lui a dit une poésie et ça l'a réveillée. C'était un miracle, je l'ai vu de mes vrais yeux. Avec tout ce qui se passe dans le monde, faut parler des belles choses. Bravo monsieur Marek.

Dorian dut s'expliquer : il parla de l'accident, de sa visite à l'hôpital et relativisa son rôle. La jeune fille se serait réveillée de toute façon, il n'y était pour rien. Il ne se voyait pas en Messie. Mais l'animatrice ne cessait de le relancer, les gens appelaient de plus en plus, la ferveur, tout à coup, se propageait comme une traînée de poudre. Encore un peu et Sodhaure deviendrait un lieu de pèlerinage où l'on viendrait à plat ventre pour y toucher le saint. Avec un peu de chance, un jour, il supplanterait Omar dans le catafalque de Saint Guénolé. Dorian fit signe à Chontelle qu'il voulait mettre le holà. Il aimait les spectateurs mais pas les foules.

— Avant de conclure, Dorian Layeul, vous allez bien nous dire un petit poème, là ? Peut-être ferez-vous un miracle dans le studio ?

— Le miracle serait que la guerre au Yémen se termine, maintenant.

Ça lui était venu, d'un coup, avec une montée de larmes qu'il tenta de dissimuler en bâillant. Il détestait les artistes militants ; son pacifisme à lui ne concernait qu'une seule personne. Laura ne serait pas de Noël cette année, il ne lui laisserait pas la fève de l'Épiphanie pour qu'elle soit la reine et qu'elle le fasse roi. Laura combattrait dans la nuit du Levant, cuirassée de mort. Alors, pour en finir avec Chontelle et pour qu'advînt le miracle, il déclama :

Je suis l'aube sans merci
l'autel des derniers souffles
Je suis la main qui serre le vide,
je suis le râle du temps
pareil à l'ultime mot à jamais prononcé.

— Merci, c'est très beau…

— C'est de Yazheva Andil, un poète persan du XVIIe siècle. »

Patricia Chontelle annonça que l'on vivait les derniers instants de son émission, qu'elle recevrait le lendemain le représentant régional de l'agriculture biodynamique, et qu'elle espérait voir un jour Dorian Layeul sur une scène de Sodhaure, où, déplorait-elle, l'on était en dehors des routes théâtrales. Là, Dorian s'entendit répondre :

— J'aimerais jouer pour Loana, dès qu'elle ira mieux. Une pièce à personnage unique. Si on me prête une salle, j'organise le gala.

Chontelle fit quasiment un bond sur sa chaise, les scoops s'accumulaient devant elle qui n'avait jamais rêvé mieux que la météo à FR3 Nantes. À l'instant, elle aurait pu tout abandonner et suivre Dorian à l'autre bout du monde.

— C'est magnifique merci ! merci ! merci ! La radio va organiser l'évènement, on peut même lancer une souscription pour le spectacle, vos frais, tout ça…
— Vous savez, le petit Kader vient de mourir, Loana est la seule survivante de la tragédie de la RN44 bis. Je voudrais que l'argent aille aux familles des victimes, si tout le monde pouvait se mobiliser, moi j'abandonnerai toute la recette du spectacle, bien sûr.

Il était sincère, il se surprenait sincère, il avait dû laisser son cynisme dans le clocher. Et c'était bon. Peut-être que cette action de grâce pourrait protéger Laura. Chontelle applaudissait.

Les infos qui suivirent s'ouvrirent sur cette information de dernière minute : un fragile cessez-le-feu venait d'être prononcé dans la guerre du Yémen.

Nivôse

Noël approchait, solstice. Dorian n'était toujours pas rentré à Paris. Il ne savait vraiment pas pourquoi. Ça ferait bientôt deux mois. Il vivait au rythme des vieux qui alternaient logorrhées et mutismes. Judith lui lavait son linge, le repassait et le posait, soigneusement plié, sur le lit. Elle y avait rajouté quelques culottes, soutiens-gorge, robes et chemisiers, les restes défraîchis du trousseau de leur fille. Dorian avait quelques scrupules à rester, mais pas trop. Il prenait des vacances après tout et se rendait utile. Femme de ménage et infirmière passaient sans rien lui demander, il aurait aussi bien pu être un meuble. Désormais, il pouvait sortir à sa guise, à peine si Henri s'en souciait.

Il ne consultait ni ses messages ni ses mails. Sauf s'il s'agissait de Laura.

Normalement, il aurait dû dîner la veille à la Maison du Caviar avec Samuel, son agent mais, ça aussi, il avait oublié.

Et puis il neigeait sans cesse, trente à quarante centimètres de poudreuse s'étaient déjà accumulés. Dorian était aux abonnés absents, contaminé par la torpeur ambiante. Le temps était au temps mort.

Il se passionnait pour ses rêves. Il les écrivait.

Pendant des années, il n'en avait jamais eu aucun souvenir. Depuis qu'il dormait dans cette maison, ils étaient revenus. Précis, puissants, réalistes. Et il voulait croire que les spectres qui lui étaient apparus, n'étaient que des crises de somnambulisme. Sandrine n'était pas réapparue, devait-il en être déçu ? Parfois, il croyait entendre marcher dans la chambre voisine. En revanche, le chat continuait de surgir. Tous les chats sont gris peut-être, mais celui-là c'était Zarbeul, il avait une manière d'ironie indolente qui n'appartenait qu'à lui. Sans doute parce qu'on l'avait enterré dans le jardin près de quarante ans auparavant.

À l'époque, la dernière chose que Dorian avait faite en quittant la maison après que les déménageurs avaient évacué le dernier carton – il faut partir maintenant Dorian, le pressait maman – avait été d'aller se recueillir sur le tumulus de Zarbeul. Le chat était mort de vieillesse peu de temps auparavant. À dix-sept ans, il avait atteint un âge canonique pour un matou qui avait affronté des années de combats de gouttières contre des intrus toujours plus jeunes, ayant l'audace de venir arroser les bouquets de camomille dans SON jardin. Un matin, Dorian avait trouvé le chat raide et l'œil vitreux, allongé sur le flanc devant la porte-fenêtre, comme s'il avait voulu sortir une dernière fois pour crever, griffes à la main, dans un ultime duel. En guise de cercueil, maman avait fourni le carton de ses bottes collection d'hiver, papa avait creusé un trou profond à l'angle est du jardin, juste avant le mur du fond. Ça avait été les obsèques du chat. Puis, on avait planté un cerisier à côté du pied de sauge que le chat aimait tant. Depuis, c'était devenu un grand arbre ronronnant dans le vent.

Après la mise en terre du félin, maman n'avait jamais cueilli la moindre feuille de sauge pour aromatiser ses viandes rôties. C'était un buisson sacré. Le soir du déménagement il avait caressé le bosquet sous lequel le chat de son enfance consumait ses neuf morts. Sa main avait senti la sauge longtemps.

Cette année-là, il avait beaucoup prié pour avoir son bac, alors même qu'il n'avait rien foutu de sa terminale. À l'époque il animait le club théâtre du « bahut ». Il avait joué dans les rôles principaux de *Passe-moi l'cric* de Klaud Kharr, puis *Les Bâtisseurs d'empire* de Vian, on disait qu'il était doué. Mais sur la scène du bac on lui avait infligé Montaigne en français puis Kant en philo. Il n'y avait fait qu'une figuration, citant Beckett et Vian dans le texte, aimable imposture qui avait diverti les interrogateurs. « Il a eu le bac au forceps » avait dit maman, qui était quand même venue le voir sur scène trois jours avant les écrits. Papa, lui, ne s'était pas dérangé, pour lui la comédie n'était pas un métier, mais un monde malsain avec des gens « pas francs du collier ». Tant d'années plus tard, il était couché dans son lit et relisait la pièce d'un jeune auteur qu'il était supposé créer, dans une mise en scène du redoutable Miroslav Cabronovski.

Il somnolait sur le texte, frissonnant un peu dans la rumeur de neige qui s'insinuait partout quand un fort parfum de sauge envahit la chambre. La porte mal refermée s'ouvrit toute seule. Et Zarbeul sauta sur le lit. Il s'avança sur la poitrine de Dorian et se mit à pédaler sur son torse, l'œil mi-clos, frémissant du carburateur, la moustache extatique. Zarbeul décidément, même dans l'au-delà tu pues du bec. Et presque aussitôt, sous la protection du félin, le maître s'endormit.

*

C'était une femme qui rentrait tard du travail. Elle s'endormait au volant, roulant trop vite avec sa grosse voiture. En pénétrant dans le domaine, elle heurta un muret et abîma son aile arrière. Le verglas. Évidemment, elle avait laissé pour consigne aux résidents de saler ou de sabler, de trouver une solution quoi mais peine perdue, comme d'habitude. Elle sortit dans le froid. Des flocons épars lui mouchetaient les cheveux et le visage. C'était la nuit mais la neige rendait vie aux arbres, aux fourrés du parc et, au-delà du bâtiment, le long mur les isolait de la zone pavillonnaire. À peine si elle jeta un œil à sa carrosserie éraflée. Sa Mercedes en avait vu d'autres, c'était le seul luxe qu'elle s'était jamais permis et elle comptait en jouir encore. Elle dérapa sur le perron et pénétra dans l'obscure bâtisse de la fondation Wapassou.

Adam se réfugia sous l'escalier, ce qu'il faisait souvent quand elle rentrait. Une panique ancienne dont il avait oublié la cause. Ça sentait lui, très fort, il avait sa manière de puer qu'elle connaissait bien et, sans oser l'avouer, qu'elle aimait assez. Parfois elle mobilisait des pensionnaires pour le pousser sous la douche, c'était à chaque fois un combat tragi-comique. Elle contourna l'escalier pour aller voir ce qu'il fabriquait. Et s'arrêta, abasourdie. Dans l'obscure alvéole sous le manteau de pierre, il avait créé une sorte de cabane, presque un igloo. Des centaines de vieux bouquins agencés comme des briques et qui, adossés au mur du fond, lui garantissait sous l'abri, un abri. Là, ça sentait plus fort encore, l'urine et l'humidité. Il y était assis en tailleur et lisait à la lueur d'une lampe de poche. Il feignait de lire en fait. Après tout ce qu'il avait subi, son cerveau avait renoncé aux choses de l'esprit. Ouverte entre ses mains se trouvait une Bible. Il leva la tête et l'observa de ses yeux de nyctalope.

— Bordel, d'où tu sors tous ces livres Adam ?
— De ton cul.

À sa connaissance, elle ne s'était jamais assise sur une bibliothèque.

Elle ne se formalisa pas de sa grossièreté. Il était incapable de distinguer un compliment d'une invective, ses colères étaient des manifestations de surprise, et la plupart du temps il ricanait pour dissiper sa peur. Une ombre se coula auprès d'elle et murmura :
— On l'a aidé à ramener tout ça avec Chant d'amour, Métalicorne, et Radium. On a fait plein de voyages en brouette. Et aujourd'hui il a construit sa maison. C'est cool, ma Wapassou, non ?

Gelsomina arborait un grand sourire, elle avait ses mitaines et son petit col en renard. C'était une gentille, elle avait été infirmière et l'aidait pour les pansements quand la nécessité s'en faisait sentir. Adam s'alluma une clope et enfuma son domaine. Elle lui interdisait tous les jours de fumer dans l'institution mais autant exiger du vent qu'il fît demi-tour.

— Faudrait pas jeter le Christ avec l'eau du bain, commenta Adam. Gelsomina éclata de rire, un peu trop fort.

Alors, avant d'aller se coucher, cette femme fit, comme chaque soir, sa tournée des pensionnaires. Au salon et dans les chambres. Ils étaient tous là, et plutôt sages. Elle avait connu des soirées plus agitées.

Elle fournit les doses à ceux qui en manquaient, papota un peu avec Métalicorne, Azatoth et une nouvelle venue qui se cherchait un pseudo. Puis gagna le bureau, tria le courrier, et envoya quelques mails. Ses yeux papillonnaient devant l'ordinateur, il était déjà 1 h 22 du matin. Elle monta s'enfermer dans son pigeonnier. Au rez-de-chaussée, il y avait un nouveau pensionnaire qui ne lui disait rien qui vaille. Encore jeune, une petite quarantaine, tatoué des pieds à la tête, dont les veines saillaient parce qu'elles avaient très, très soif. Il avait été introduit par Soleil d'hiver qui visiblement en était très amoureuse. Les hommes normalement n'étaient que tolérés. Évidemment, il avait voulu sa dose, il en salivait presque. Mais non, il était pas de la communauté. C'était un passant. Cette femme écouta la nuit se taire sous les nuées de flocons. Ça caillait, les pièces trop grandes étaient dures à chauffer. Elle poussa à fond le radiateur d'appoint puis s'installa dans le canapé et se pelotonna dans une couverture polaire. Des roses dans un vase avaient séché depuis des semaines, elle n'avait pas eu le temps de les jeter. Elle se sentait brisée par sa journée de travail et voyait l'année se terminer sans qu'il s'y soit passé grand-chose. D'une pensée l'autre, elle somnola. Tout de suite elle rêva qu'elle dormait dans son lit d'enfant.

*

Enfant, Dorian est dans la cour de l'école. Il joue au pot : le premier qui réussit à mettre toutes les billes dans un trou creusé dans la terre rafle la mise. La veille, avec le billet de dix francs que lui a donné maman pour sa fête, il s'est offert une vingtaine de billes en verre multicolore dans un filet de plastique blanc, on les appelle des « calles ». Mais il perd et plus il perd, plus il sait qu'il va perdre. Les autres s'attroupent, on a jamais vu des billes neuves mises en jeu et aussi vite perdues. C'est une partie de lynchage, ils viennent pour voir celui qui ne peut s'empêcher de tout perdre. Dorian joue mal et vite, toujours plus mal et vite, il faut en finir et aller pleurer dans l'ombre du préau. Quand toutes ses billes sont passées dans la poche de son adversaire, il remet en jeu un petit soldat dans la position du tireur couché. Même les grands du CM2 sont venus assister à la curée. Et il perd le soldat. Les autres s'esclaffent. C'est là qu'un d'entre eux – il s'appelle Adam – dit, très fort, en reniflant pour remonter un paquet bronchitique :

— En plus il a une peau d'hareng.

Dorian est à genoux encore, cherchant vainement une ultime bille, au fond de la poche de son short. Sa cuisse dénudée laisse apparaître la tache de naissance brune comme un énorme grain de beauté à la peau craquelée. Tous, ils rient, tous. Même ceux qui pissent encore au lit. Ils scandent : « Peau d'hareng, Peau d'hareng ! »

Désormais tous les mauvais élèves l'appelleront « Peau d'hareng ». Les autres, souvent gênés, les copains, diront toujours Dorian, mais est-ce sa faute si ça rime ?

En rentrant de l'école, il serre dans son poing le filet en plastique qui avait contenu les billes neuves. Sur le trajet, il est suivi par trois salauds dont Adam-le-bronchitique. Ils lui font des croche-pattes par derrière. Dorian-Peau d'hareng comprendra plus tard que les perdants s'acharnent toujours sur les perdants alors qu'ils vénèrent les gagnants. Mais malheur au gagnant s'il se met à perdre car les perdants se regroupent toujours pour les achever. C'est comme ça que beaucoup envisagent la démocratie. Quand il arrive devant la maison, le voisin, ce salaud de Chanfarien, sulfate ses rosiers et il ricane quand il entend les autres :

— À demain à la piscine, Peau d'hareng !

Alors Dorian, dans son rêve, écume d'une fureur enfantine, il songe à la mère d'Adam, elle fait dame de service au groupe scolaire. Madame Costes boite en trimballant seaux et serpillières dans les couloirs, on dirait une girafe qui va tomber, à cause de son pied bot. Le petit Dorian voudrait qu'on arrache à la vieille sa chaussure orthopédique pour voir son panard crochu. Dorian tente d'introduire ses clés dans la serrure, il entend les salauds qui s'éloignent en rigolant, ils auront rien en calcul mental et pas grand-chose en dictée, seront 23ᵉ ou même pire 30ᵉ, les derniers. Faudrait abréger leurs souffrances dès maintenant, qu'un camion passe et projette Adam Costes sur les grilles de l'école où il resterait accroché à geindre, tout cassé. Les boiteux mère et fils. Ses mains tremblent, la serrure se dérobe, il n'arrivera pas à rentrer.

Alors la porte s'entrebâille. Et cette femme inconnue ouvre et lui demande quel bon vent l'amène... Elle se présente :

— On m'appelle Wapassou.

*

Wapassou descend le grand escalier, traverse le premier étage, entend la plainte d'une femme qui reçoit un homme en elle, Nuit Bleue au son de la voix ; elle entrevoit Radium avachie à même l'escalier, sur les deux dernières marches et qui ronfle, bon signe elle n'est pas en OD ; elle se retrouve au rez-de-chaussée dans les grandes pièces glaciales et poussiéreuses. Elle risque un œil en entrebâillant une fenêtre. C'est bizarre dehors il fait déjà jour, c'est même la belle saison, on aperçoit des nids dans les grands hêtres, le cerisier en fleurs, des nuages blanc ivoire qui passent sans histoire, on sent bouger les fougères. Il a donc cessé de neiger ? Dans son rêve elle se dit qu'elle est en train de rêver. Elle aperçoit un homme sur le perron, il essaie d'ouvrir en se penchant sur un trousseau de clés. Derrière lui, trois types goguenards.

Elle va ouvrir. Après tout, « Wapassou » est un refuge. L'homme a une tache de vin qui lui prend la moitié du visage, sinon il serait beau, beau comme elle les aime, avec de longs cheveux bouclés, un peu plus petit qu'elle, il ressemble à de Niro et il pleure. Elle dit :

— Bonjour je suis Wapassou, quel bon vent vous amène ?
— Je suis Peau d'hareng.

Elle s'efface pour qu'il entre. Son cœur ne répond plus.

— *Qu'est-ce que vous faisiez dans la cour d'école avec toutes ces billes ?*

En arrière-plan, dans le groupe des persécuteurs, elle devine la silhouette vacillante d'Adam, pourtant elle vient de le voir se morfondre à la cuisine au rez-de-chaussée. Elle lui a refusé la méthadone car elle le soupçonnait d'être foncedé. *Peau d'hareng regarde par-dessus son épaule puis la dévisage.*

— *Vous m'avez vu dans la cour d'école ?*
— *Oui.*
— *Alors, vous étiez dans mon rêve ? Vous avez vu, j'ai tout perdu. Je perds tout dans ma vie.*
— *Non, vous omettez.*
— *J'ai perdu mon chat, un chat sacré, j'ai perdu ma sœur et mes parents.*
— *Les gens disparaissent parce que vous omettez de vous intéresser à eux.*
— *Je perds même les fantômes.*
— *Mais vous trouvez aussi, vous trouvez des choses.*
— *Vous parlez comme un psy ?*

Elle lui propose d'entrer. Ce qu'il fait. Il dit « des gens que je connaissais ».

Dans son lit, Dorian se retourna en disant distinctement et à voix haute :

— Normalement, je rêve plus. Mais, avant, quand je rêvais encore, je voyais que des gens que je connaissais.

Le chat s'allongea contre lui et étira une patte froide sur sa joue.

Cette femme dans le rêve, celle qu'il ne connaît pas, le fait entrer dans un hall obscur. On eût dit l'entrée du château de la belle au bois dormant après une guerre nucléaire. Des gravats et de la poussière, un escalier sous lequel est recroquevillé un prince charmant radioactif.

Elle le prend par la main et l'entraîne dans les étages.

Elle monte l'escalier avec ce type, il a quelque chose de tatoué dans le cou, juste sous l'oreille. Elle s'entend lui dire.

— Le mikado, vous savez jouer au mikado ?
— J'ai perdu tout le jeu, il me reste qu'une seule baguette.

Ils montent trois étages, des silhouettes féminines passent dans les couloirs, curieuses, effarouchées.

— La fleur dans votre cou, c'est quoi ?
— Une rose fanée.

Les voilà tout en haut, sur le dernier palier, ils sont dans la rotonde. Il se tourne vers elle et lui dit, soucieux :

— Je viens de rejouer aux billes à l'école. J'ai l'impression de plus savoir à quelle époque on est…
— On a deux oreilles, l'une pour écouter le passé, l'autre pour entendre le présent et nous, on vit au milieu.

C'est alors qu'Adam, grimpant les escaliers quatre à quatre jusqu'à les rejoindre, voulut lui toucher les seins. Elle le repoussa tellement violemment qu'il tomba en arrière et sa tête cogna une marche et le mur et une marche...

Recroquevillée sur son sofa, cette femme se réveilla en sursaut. Elle était en nage, ce cauchemar, mon Dieu, ça faisait si longtemps. Elle se sentait exténuée, quelle heure était-il ?

Lui sursauta et se redressa pour s'asseoir sur le lit. On frappait à la porte. Quelque chose lui blessait le pied. Il se pencha, bâillant et frissonnant : une rose séchée lui collait au pied, une épine dans la plante.

Judith ouvrit la porte et passa une tête :

— Il fait jour ! Je t'ai amené un petit café ma chérie. Ce soir c'est le retour du Christ-Roi !

*

Oui, on était le 24 décembre, déjà. Dans l'après-midi, il sortit se balader en plein froid et marcha au hasard. Il voulait revoir l'ancien chemin de halage le long de la Nix, la rivière qui contournait Sodhaure. Là, il avait fait du vélo, des parties de cache-cache, fumé des cigarettes, embrassé des filles. Il s'était battu aussi. On l'avait battu, plus précisément. Dans la rivière on attrapait des salamandres, et aussi des têtards. On pourrissait la vie des pêcheurs en leur balançant des pierres. Maintenant, tout était assoupi, le chemin, dans sa gangue de froid, avait perdu tout relief. Il jubila de s'engager sur le manteau immaculé et d'y laisser ses traces.

Il avait les pieds gelés mais il se sentait bien, il aurait volontiers fait une bataille de boules de neige. Elle était fraîche, épaisse et craquante. À un moment, il entendit qu'on l'appelait : le bref aboiement du père. Tant redouté dans son enfance.

— Dorian !

Il l'aperçut sur l'autre rive de la Nix. C'était bien papa, avec son gilet vert moucheté de motifs blancs en forme d'hirondelles. Était-il fait de brumes ? C'est ce qu'il semblait. Son vieux le regardait sans bouger, sans un geste, comme un homme qui ne tient debout que par son rêve. Dorian descendit jusqu'à la berge, dérapa et faillit tomber dans l'eau. Des roseaux et des herbes hautes croulaient sous les flocons, et des lèvres de glace signifiaient la rive. Papa était de l'autre côté avec sa cravate informe, son pantalon sans couleur et ses chaussures bon marché. Il le regardait. Dorian eut une envie irrépressible de le faire rire. Il aimait l'entendre rire, ça n'avait jamais été si fréquent. Mais quand il le faisait ça ressemblait à un étouffement, à des hoquets, ça lui mettait les larmes aux yeux. Dorian n'avait jamais plus entendu rire comme ça.

Il se pencha et ramassa une poignée de neige qu'il compacta entre ses doigts et lui balança la boule. C'était en représailles à la précédente, celle qu'il avait reçue en pleine poire, en janvier 1977, au col des Saisies. Elle tomba à quelques centimètres des pieds du vieux, la Nix n'était pas si large. Dorian entreprit un bombardement furieux, les doigts insensibles, une boule, deux boules, et trois… L'une d'elle toucha Aimé Layeul au niveau de la poitrine. Dorian éclata de rire. Seul. Papa ne mouftait pas. Alors, il balança une autre boule et puis encore une autre… jusqu'à la sensation que ses doigts allaient casser. Le vieux ne bougeait toujours pas. Dorian remonta sur la rive et courut, en dérapant jusqu'au petit pont de pierre qu'il traversa. Le père avait tourné la tête pour le regarder faire. C'est qu'il voyait alors, c'est qu'il savait alors. Maintenant, la brume et des nuées de flocons le dérobaient à ses yeux. Le fils se précipita sur l'autre rive, peut-être ils pourraient se donner ce qu'ils n'avaient jamais osé faire de leur vivant, une étreinte. Mais, quand il arriva sur le lieu, papa s'était dissipé. La cloche sonna, là-bas, dans les altitudes. Dorian eut, pour la première fois de sa vie, la sensation que lui-même était mort depuis longtemps. Il y avait deux empreintes, profondément imprimées dans la poudreuse. Deux seulement, papa venait de nulle part. Il est venu me voir, pensa Dorian. Le gel perlait au bord de ses paupières.

Puis il rentra doucement, transi, insensible. En contournant la ville où tout clignotait, les feux comme les guirlandes lumineuses, des flocons gros comme des fleurs de pissenlit tombèrent en nuées. Dorian s'enfonçait toujours plus profond dans la neige impassible qui désormais lui arrivait aux genoux. Les voitures passaient au ralenti, comme si elles n'étaient conduites par personne. Muezzin vibra dans sa poche.

Pour une fois, son téléphone lui donna accès à son historique. Peut-être la machine était-elle en voie de guérison et reconstituait-elle ses circuits, on ne sait jamais avec l'intelligence artificielle. Cabronovski l'avait appelé la veille, sans laisser de message. Dorian le rappela, intrigué, après tout c'était le metteur en scène de théâtre le plus cinglé avec qui il avait travaillé. On décrocha tout de suite :

— Tu appelles pour t'excuser ?
— Hein ?

Dorian comprit que Muezzin lui jouait un tour. Le correspondant n'était pas Cabronovski qui avait un accent slave à couper au couteau, il semblait que la machine l'ait connecté à quelqu'un d'autre.

— Euh, excusez-moi, ça doit être une erreur...
— Dorian Layeul, pas la peine de te défiler, j'ai reconnu ta voix, tu voulais parler à qui ?
— Vous êtes qui déjà ?

Dorian aurait bien balancé le téléphone dans la Nyx qu'il longeait toujours. Il traversa un autre pont célèbre, qui datait du XVe siècle et permettait l'accès au centre-ville. Il avait gravé son nom sur un des piliers ainsi que l'année : 1979 ou 1980, mais le cours de la rivière était trop haut, pas moyen de descendre vérifier. Il ne savait pas si la fureur qui l'habitait était liée à l'agressivité de son correspondant ou si elle était motivée par son imprévisible smartphone.

— Je suis Stéphane Kurval, on a joué Godot ensemble à Béthune en 2010.

Dorian revit le plateau glacé, le décor constitué de cartes géographiques en constant mouvement, derrière lequel les personnages déambulaient, passaient une tête ou se cachaient.

Il se souvenait de la carte détaillée de Grozny, la ville Tchéchène détruite par l'armée russe, contre laquelle il devait venir s'appuyer. Le public était chaleureux, même s'il était un peu clairsemé. Après, on était allé boire avec eux, loin dans la nuit. Des gens avec des pulls gris, des cheveux longs, et des sourires tristes et émus. Altermondialistes, profs des écoles, un ou deux notables avec des filles qui voulaient faire actrices. Le théâtre leur procurait des bonheurs désespérés. Lui avait signé ce spectacle pour se refaire une cerise culturelle et faire de la presse alors qu'il commençait à cartonner à la télé. Une sorte de stage de remise à niveau pour garder la carte de comédien.

— Oui, oui, bien sûr Stéphane, mais on s'était pas recroisés aux Césars l'an dernier ?
— M'étonnerait, j'étais en désintox...

Ça lui revenait maintenant, Stéphane jouait Lucky, le personnage tenu en laisse, ça lui allait bien. Il avait un tel problème avec tout ce qui se fume ou s'injecte. Il se défonçait à tout, sauf à sa carrière. Sorti du Conservatoire à vingt ans avec deux prix, il était beau comme un dieu, avait tout de suite joué les premiers rôles, en plus la caméra l'adorait. Mais on racontait qu'un producteur sexagénaire l'avait pris sous son aile, si l'on peut appeler ça une aile. Stéphane avait vite préféré la piqûre. À Béthune, il s'endormait en scène, un filet de bave à la commissure des lèvres. On le réveillait d'une bourrade ou d'un coup de pied, après tout il jouait un être qui ne s'appartenait plus.
— J'ai vu que tu te faisais un max de blé à la télé. Moi, mon agent américain me propose une grosse daube avec des

flingues, du fond vert et de la pyrotechnie, toute cette merde, tu vois…

Bien sûr, il n'en était rien. Stéphane n'avait pas tourné depuis belle lurette, le métier n'avait pas la patience d'attendre. Il devait faire du doublage et donner des cours d'art dramatique à la médiathèque du coin pour faire ses heures d'intermittence et financer la poudre. Le ton de sa voix ne laissait guère de doutes, il décrocherait demain ou après-demain, éventuellement la semaine prochaine.

— Alors, pourquoi tu m'appelles ? Je t'ai manqué, enfoiré ?

Devait-il se sentir coupable ? Un jour, il avait remplacé Stéphane pour des essais sur un film prestigieux et obtenu le rôle. C'était pas son pote, il lui avait pas piqué, on fait toujours une carrière par défaut, par chance ou par opportunisme. Le cinéaste lui avait dit : la production voulait Kurval mais j'ai pas besoin d'une loque pour jouer une loque, un acteur suffira. Dorian avait joué une belle loque, il avait même eu deux prix dans d'obscurs festivals. Stéphane dans une interview avait plus tard déclaré que « Layeul joue comme un mur, tout le monde rebondit dessus. » Et tout à coup, cette rancœur le reprenait, comme une vieille bouffée délirante :

— J'espère que tu vas crever, un bon AVC, la bouche en travers, oui grosse merde, un bon SIDA ça serait bien, sale traître, t'as dû bien te faire enculer…

Visiblement il avait replongé et c'était la faute à tout l'univers.

— Buvons un verre à l'occasion, conclut Dorian avant de raccrocher.

Il avait l'impression d'avoir embrassé un lépreux sur la bouche et qu'il lui avait laissé sa langue. Il cracha dans la rivière. Ce métier donnait envie de pleurer, mais on avait jamais le temps de s'apitoyer sur personne.

*

C'était le soir de la naissance du petit Bouddha. Judith avait mis de l'encens à fumer partout dans la maison. Devant la porte d'entrée, elle avait déposé son offrande : une soucoupe avec un peu de lait, des grains de riz, un pétard d'herbes, des fleurs séchées, une feuille de laitue. Au préalable, elle s'était mis un bindi rouge sur le front pour ouvrir son troisième œil, s'était vêtue d'un sarong vert et doré et avait dit un « je vous salue Marie » tournée vers la Mecque. Elle marchait pieds nus pour sentir l'énergie montante de la terre nourricière sous les lattes du plancher. Elle avait cherché des informations sur le Feng Shui de la Nativité mais n'avait rien trouvé. En tout cas, le sapin était bien orienté dans la pièce, les forces positives pouvaient circuler. Il avait quand même perdu beaucoup d'aiguilles, on savait plus faire pousser les conifères de nos jours.

Wapassou avait préparé le dîner du réveillon, elle avait l'air de savoir cuisiner. Qui avait pu bien lui apprendre ? Mais, comme toujours, elle était mal habillée. Alors maman l'avait emmenée vers sa salle de bain et lui avait montré la baignoire :

— Tu dois prendre ton bain de Noël, c'est un nouveau baptême...

*

Henri se morfondait, il avait oublié de faire les cadeaux, comment était-ce possible ? Ou alors il les avait achetés mais où les avait-il planqués ? Pour Judith, il avait commandé une nouvelle version illustrée du Kamasutra, avec des commentaires de grands écrivains, une belle édition reliée. Pour Isabelle, il avait cherché longtemps avant de se décider pour un stylo plume, pointe en or, elle avait une belle écriture, à peu près la seule chose d'élégante chez elle, pour le bac ça lui serait bien utile.

En attendant, il allait et venait dans toutes les pièces en se demandant si tout cela était emballé, et, au cas où il retrouverait les paquets, s'il était encore temps à 19 h 13 d'aller acheter du papier cadeau, surtout avec cinquante bons centimètres de neige. Après tout, Judith n'avait jamais fait beaucoup de présents dans sa vie, ce n'était pas, maintenant qu'elle oubliait jusqu'à son nom, que cela risquait d'arriver. Heureusement qu'il était là pour veiller sur elle, comme quand, à Woodstock, elle avait marché sur des chardons ardents. Finalement, il récolta plusieurs numéros de *L'Armoise Triomphante* : avec du papier journal, il pourrait toujours emballer ses cadeaux. S'il les retrouvait.

S'il retrouvait quoi, au fait...

*

Judith lui avait enjoint de « se purifier pour accéder à l'arrivée du nouveau Dalaï Lama ». Et lui avait fait couler un bain moussant dans lequel il traîna jusqu'à ce que l'eau fût tiède. À un moment, alors qu'il somnolait, Henri était entré dans la salle de bain, sans apparemment le voir, et avait fouillé tous les placards. Qu'est-ce qu'il avait encore perdu ?

Dorian sortit à regret de l'eau, il devait ouvrir les huîtres et faire la mayonnaise pour les fruits de mer. Alors qu'il s'essuyait, en se dévisageant avec complaisance dans la glace, il tomba en arrêt devant une étagère où Judith stockait ses produits de beauté. Certains matins, elle annonçait « je vais faire ma toilette » puis s'enfermait plus d'une heure et sortait pimpante, telle une vieille jeune fille. Et ses potions, crèmes, pommades, cotons étaient alignés du plus petit au plus grand. Dorian compta huit rouges à lèvres dans toutes les gammes. Et du mascara et de l'eye-liner et de la poudre et du blush et des crayons, et des pinceaux, tous les artifices de la femme. Il restait des crèmes antirides en attente de procès sans doute, pour non-assistance à visage en danger. La veille encore, elle lui avait dit, alors qu'avant d'aller se coucher elle allait passer vingt minutes à se démaquiller puis s'oindre :

— Pourquoi tu ne te maquilles jamais ma chérie ? Et puis, il faudrait que tu t'épiles un peu, il faut prendre soin de soi, Isabelle.

Ce soir de la Nativité il commença à se farder les yeux. Les yeux, les cils et les sourcils, un peu de fond de teint. Il savait faire, on lui avait appris. Dans les loges de théâtre, le ventre tordu par l'angoisse avant de rentrer sur scène. Tout cela commençait à lui manquer, il allait y revenir cette année, le gala en faveur des victimes de la RN44 bis, et puis sur une vraie scène.

Au bout d'un moment la fille surgit dans le miroir. Alors, Wapassou passa la tête par la porte de la salle de bain et appela maman.

— Judith, tu as prévu ma tenue de soirée ?

La vieille dame accourut en trottinant. Les joues rouges, les yeux éclatants. Elle frétillait d'aise à l'idée de jouer les habilleuses.

— Oh oui ! Quelle bonne idée, j'ai la très belle robe longue que m'a offerte ton père, la semaine dernière, pour mes quarante ans. Je suis sûre qu'elle t'ira très bien.

Là, elle baissa un peu le ton et regarda derrière elle au cas où Henri rôderait dans les parages puis, connivente :

— J'ai des sous-vêtements très cool, très transparents, et des jarretelles !

Vint l'heure de l'apéritif. Les cérémonies familiales commencent toujours par l'apéro.

Et Dorian fit son entrée en Isabelle pour mieux réveillonner. Il avait attaché ses longs cheveux en une queue de cheval qui dégageait ses traits, son beau visage fin de Madame Tout-le-Monde. Rasé de près, poudré délicatement, sa peau était un velours. Un léger rouge à lèvres, très pâle, lui donnait une folle sensualité.

Il s'assit à sa place, face à la porte-fenêtre, vue sur le jardin et, tout au fond, le mur… Tout était neige, la nuit était blanche. Elvis Presley tournait sur la platine et, dans les enceintes, chantait *Blue Christmas*. Papa qui leur servait un doigt de Porto regarda sa fille et fit remarquer que cette robe était peut-être un peu trop décolletée.

— On devrait juste deviner la naissance du sein…

Dorian remonta un peu le plastron sur sa poitrine creuse pour éviter qu'on y vît plutôt la pilosité. Malgré lui, il croisa les jambes pour faire crisser ses bas, mais il se sentait comprimé dans sa robe. « Boudinée » aurait dit maman.

En tournant la tête, il se voyait dans la glace au-dessus du buffet, la joue un peu rose, visiblement émue. Il s'était fait un visage de femme paraissant plus jeune que son âge. Son cœur courait dans sa poitrine, lui procurant un léger vertige. Le trac. Dorian, tu es Isabelle surnommée Wapassou. Oui, et du fond de son cadre là-bas, elle souriait comme pour l'encourager, sois moi, joue-moi, prends-moi.

— Daddy exagère, ça te va très bien ce bleu ma chérie, tu as de si belles jambes. Et puis cette légère ombre sur tes yeux, c'est ravissant. J'étais plus jeune que toi quand j'étais belle.

Daddy fit remarquer que c'était le contraire et maman le regarda, interloquée, tout en dégustant une moue de porto.

— Tu étais plus belle qu'elle quand tu étais jeune, Judith.

Ils trinquèrent. À la nôtre. Dans le salon, la télé annonçait que, selon l'INSEE, la consommation des ménages était en baisse de trois points. Un drone *reaper* de l'armée française était intervenu au sud de Sanaa pour neutraliser un groupe de *shebab*. Deux missiles *Hot Fire* avaient détruit deux fermes. Le treizième cessez-le-feu n'avait été respecté que deux jours.

Subitement, le téléphone de la maison retentit d'une antique et impérieuse sonnerie. C'était un de ces appareils gris, à cadran circulaire, habillé d'une coque de protection verte en tissu galonné. Le vieux se précipita en traînant des pieds, on aurait dit qu'il faisait du ski de fond.

— Docteur Henri Morteil à l'appareil !

Pendant quelques instants, il écouta ce que lui disait son correspondant. Puis répondit qu'ils étaient pas encore à table et que c'était pas la peine de téléphoner pour ça. Et qu'elle était bien placée pour le savoir.

— Ben oui, joyeux Noël, ma fille, je sais bien que c'est le réveillon, tu veux bien aller sortir le champagne du frigo ?

Puis il raccrocha en graillonnant. Enfin il se campa devant Dorian et, contrarié :
— Pourquoi tu me téléphones, tu peux pas me parler les yeux dans les yeux, tu oses pas dire que tu as raté ta dinde, c'est ça ?

Tout en lissant sa robe du bout de ses doigts aux ongles roses, assortis à son rouge à lèvres, Dorian pensa qu'il était temps d'allumer un shilom pour Henri. Il répondit avec une infinie patience.

— Réveillon aux fruits de mer, ce soir. Suivi d'une bûche. Pas de temps perdu en cuisine...
— Tu entreprends toujours des choses qui sont hors de ta portée, et tu ne finis jamais rien. Ta mère aurait dû faire sa dinde aux marrons, la même qu'en 1982, 1983, 1984.

Henri aurait encore pu compter cinquante autres Noël quand le téléphone stridula de nouveau. Le père toisait Dorian de toute sa hauteur, aussi sévère que dépité :

— Tu vois ! Tu peux pas me répondre en face, faut que tu téléphones. On peut pas se parler de fille à père ? Les yeux dans les yeux ?

Puis le vieux repartit à toute blinde vers son combiné. Il appartenait à une génération où le téléphone était comme le lait sur le feu, ne jamais rater la communication, sinon naissaient l'angoisse du silence et des nouvelles trop longtemps tues.

— Docteur Henri Morteil, oui, oui, grommela-t-il, avant de se tourner vers Dorian et, excédé, de lui brandir le combiné :

— Tu me parles quand j'ai le dos tourné, qu'est-ce que tu veux que je te dise ?

Dorian, intrigué, se leva, vacilla sur ses hauts talons et s'empara du téléphone. Une femme lui parla d'une voix très basse, très circonspecte :

— Vous êtes qui ?
— Je m'appelle Dorian Layeul et...
— C'est ça oui, et moi je suis Juliette Binoche...

Là-dessus, elle lui demanda calmement à quel titre il passait le réveillon chez ses parents. Qu'elle exigeait de savoir qui il était réellement. Dorian réalisa alors qu'elle était lui. Ou plutôt qu'il était elle. Il en fut bouleversé, une émotion puissante qui le laissa quelques instants muet. Puis, comme elle commençait à paniquer, il chercha à la rassurer. Il était dans la maison de son enfance, c'était juste la maison de son enfance. De leurs enfances.

— Je sais que vous vous appelez Isabelle... J'ai vécu ici, avant vous, dans la même chambre que vous.
— Mais bordel, ça vous autorise pas à squatter le réveillon avec mes vieux ! Et qu'est-ce qui me dit que vous avez habité là ?

Il révéla qu'il avait taillé dans le bois du cabanon de jardin le nom d'Églantine, son premier amour, c'était un secret qu'elle seule connaissait désormais. Bien évidemment, elle n'avait jamais vu pareil graffiti mais le nom lui disait quelque chose.

— Elle habitait à côté du lycée, elle était à moitié antillaise avec des yeux vairons, précisa Dorian.

L'autre se tut. On la sentait ébranlée. Mais laisser ses vieux, comme ça, entre les mains d'un jeune inconnu ? Elle reprit, moins véhémente :

— Mon père a soigné Églantine… Un œil bleu, un œil marron, elle était belle mais elle me foutait la trouille. Je m'en souviens maintenant, j'avais sept ans quand on est arrivé chez vous. Enfin, chez nous. Mais, Layeul, c'est LE Layeul ?

Dorian, flatté malgré tout, répondit pudiquement que oui. Isabelle en fut toute suave, elle l'avait vu au théâtre de la Ville en 2013 dans *la Cerisaie* puis son *Richard III*, à Avignon en 2015 mis en scène par Cabronovski et puis bien sûr au cinéma dans euh… et à la télé pour…

Dorian n'écoutait plus que d'une oreille, il se souvenait d'Avignon où il avait joué frigorifié dans la cour du Palais des Papes, vêtu d'une seule djellaba scintillante jusqu'à une heure du matin, et ce con de Cabronovski qui, en coulisses, lui postillonnait : « fais-moi la autopsie ! La autopsie de la personnage, tu fais que strip-tease, là… » Oui, il tremblait, il avait joué tout de chair de poule, il aurait préféré un manteau, encore heureux qu'il ait pas eu à incarner le Christ ou Tarzan. Le lendemain, *Le Monde*, sous le titre « Richard III renaît de ses cendres » avait commenté : « À Avignon, un Dorian Layeul bouillonnant, sous la direction du polonais Cabronovski, fait passer un frisson dans le public. » Le public avait des couvertures, lui. Et Cabronovski, quoi que faisant la gueule, comme à son habitude, avait conclu : « c'est parce que moi je t'ai offri le feu ».

— Donc, vous habitez chez mes parents ?

La formulation fit sourire Dorian qui lui aurait volontiers rétorqué qu'il fallait bien que quelqu'un le fît puisqu'elle avait déserté.

Henri qui cherchait à régler le son de la télé, devait tenir la télécommande à l'envers car une chorale des enfants Kanak de Nouméa se mit à brailler dans la pièce, couvrant le riff de *Paranoid* de Black Sabbath que la chaîne envoyait sans merci. Isabelle redevint méfiante.

— C'est quoi tout ce boucan ? Qu'est-ce qui se passe dans cette maison ?

Judith jetait de hauts cris pendant que le vieux se débattait pour qu'ils ne devinssent pas tous sourds un soir de Nativité, Dorian dut hausser le ton.

— Ne vous inquiétez pas, je gère !
— Ce n'est pas parce que vous êtes célèbre que vous avez des droits sur cette maison. Et que vous devez vous imposer, comme ça. Je dois vous demander de partir.
— Vos parents ont encore le droit d'inviter des gens chez eux, chère amie. On dirait qu'ils vous ont beaucoup attendue.
— Passez-moi mon père.
— Prouvez-moi que vous êtes sa fille ?

Il avait dit ça pour blaguer, bien sûr. Mais à ce moment, le vieux réussit à couper le son de la télé, arrachant une prise multiple qui, par la même occasion, déconnecta la chaîne hi-fi, le lampadaire du salon et la guirlande lumineuse du sapin. Du coup, Dorian criait « sa fille ! » quand la pièce retrouva le silence. Il entendit distinctement Isabelle le traiter de « sale connard » et raccrocher. Judith suçotait une crevette quand il revint s'asseoir à table.

— Eh ben, toi et ton karma vous en aviez des choses à vous dire, hein ?

*

Ils réveillonnèrent tous les trois, comme une famille.

Judith resplendissait. Elle portait une courte robe de lamé très près du corps : trois bourrelets, plus une couture défaite sur le côté qui laissait saillir la culotte. Toutefois, elle avait toujours sa vertigineuse plongée de poitrine. Elle avait enfilé des bas et des talons. Quand elle vaquait entre la table et la cuisine elle se déplaçait avec un déhanché aléatoire surtout après la troisième coupe de Mum, le champagne des mères, elle disait. Ils mangèrent à la chandelle et en silence, seuls les bruits de la langouste qu'on équarrissait, et les aspirations de mollusques animaient la conversation. Dorian commençait à écumer dans sa robe.

Tout à coup, vers les 22 h 21, en pleine hécatombe de tourteaux, on sonna, tambourina, interpella : « Gendarmerie nationale ! Ouvrez ! » La première pensée de Dorian fut qu'ils avaient été flashés en excès de vitesse le soir où ils roulaient à contresens. Un peu éméché, il imagina le procès-verbal du délit : le prévenu roulait trop vite en marche arrière.

Le gradé salua sur le pas de la porte, deux autres képis derrière lui. Toujours la sensation qu'on les a dotés d'une panoplie repassée par leur mère. Henri, dépoitraillé dans sa fameuse salopette, flottant à vue de nez à un 1,8 gr/litre de sang, toisa la maréchaussée comparaissant sous son linteau. Dorian restait deux pas derrière, alors que dans la salle à manger, la vieille chantonnait à table, trempant son doigt dans le beurre puis le suçotant.

— Bonsoir docteur Morteil, mes meilleurs vœux. Un individu se prétendant Dorian Layeul, se serait introduit à votre domicile pour abuser de votre crédulité en se faisant passer pour un membre de votre famille. Nous avons reçu un signalement en ce sens d'une personne se prétendant votre fille Isabelle, qui craint une tentative d'abus de faiblesse et d'escroquerie.

Le gradé et ses subalternes adoptaient un masque de sévérité tempérée, s'efforçant de donner un visage à la loi, qui les faisait tous se ressembler. Ils avaient ce côté Ken, le fiancé de Barbie, avec le menton carré et cette carrosserie masculine qu'on aurait pu croire façonnée par une chirurgie esthétique, un peu comme pour ces chiens de race, dont on retaille les oreilles et pratique l'ablation de la queue. Eux-mêmes s'efforçaient de ressembler aux héros représentés sur leurs affiches de recrutement – rejoins la gendarmerie nationale – tels des êtres générés spontanément pour intervenir, taper des dépositions, le teint hâlé au-dessus leurs chemises bleues, avant de rentrer dans le coffre à jouet entreposé chez maman.

Pour en rajouter une couche, il s'était remis à neiger dru. C'était, pour le rendez-vous de minuit, afin de faciliter les atterrissages de rennes et la sortie de route des chauffards. Henri se tourna d'un bloc vers Dorian, le sourcil vertical en signe de contrariété.

— Qu'est-ce que c'est que cette histoire que tu as racontée à l'adjudant-chef Révillout, Isabelle ? marmonna Henri.

Quelques expressions contraires glissèrent sur le beau visage impavide du chef de patrouille, comme les ombres portées d'un feuillage. Ses yeux allaient et venaient de Dorian à Père, tels des papillons de nuit aveuglés par la clarté d'une improbable vérité. Dorian se tordit la cheville, planqué derrière la massive silhouette du vieux, ses hauts talons le tuaient. Il parla bas pour dissimuler sa voix de ténor.

— Dorian Layeul, c'est bien mon nom, je suis juste invité par ces messieurs- dames…
— Tu as honte de ton nom, fille de rien ? fulmina le vieux qui se tourna à demi vers lui, en brandissant son stéthoscope comme s'il s'agissait de bolas.

Au second plan, le caporal-chef Sorel – c'était écrit sur son étiquette pectorale – parut soudain transfiguré par une apparition divine. Deux pas en arrière, il était le seul à être exposé aux éléments et la visière de son képi avait blanchi. Il parla, il parla d'une voix incrédule, oh mon Dieu :

— C'est bien Dorian Layeul, le commandant Marek, profiler à la DGSI !

Les deux autres képis se mirent instinctivement au garde-à-vous. Henri posa sa main sur l'épaule de Dorian et soupira :

— C'était donc ton secret : une carrière de rockeuse ratée et tout ça pour finir dans l'armée ? Entrez donc boire un jus, les jeunes, et tirons ces choses au clair.

Les militaires firent deux pas dans l'entrée, képi sur la main, à refuser même une part de bûche, pendant que le chef contrôlait les papiers de Dorian. À un moment, ses chevilles lâchèrent et, s'excusant, il s'appuya sur l'un d'entre eux pour enlever ses escarpins...

— Désolé, c'est au moins du dix centimètres, c'est une torture, je sais pas comment elles font.
— Oui, ma commandante, approuva stoïquement le caporal-chef Sorel.

Régulièrement, Judith levait sa flûte pour leur signifier son amitié, ils hochaient la tête en chœur. Henri, lui, s'en roulait un à table. Après que le gradé eut contrôlé l'identité de Dorian, il le prit à part pour lui soumettre les éléments de son rapport :

— Monsieur Layeul, il est manifeste que ces gens vous prennent pour un autre. Leur prétendue fille croit que vous êtes un escroc venu perpétrer un délit quelconque. Elle souhaite déposer une plainte. De vous à moi, on sait dans le village que cette petite Isabelle qui avait fait, euh, quelques bêtises, a fugué depuis belle lurette, donc on pourrait aussi consécutivement penser qu'elle n'est pas ce qu'elle prétend être, vous me suivez. D'un autre côté, le docteur et madame Morteil ont mal supporté cette disparition de leur fille, nous savons tous qu'ils sont un peu euh, absents. En attendant, profitez des fêtes, mais, un conseil, ne vous éternisez pas, les gens ici vont jaser. Ils vous aiment, je vois bien que les seniors vous aiment, mais c'est pas une raison. « J'ai douté des détails, jamais du don d'aimer » comme disait une chanson de Noir Désir. Peut-être que vous êtes le détail.

Du coin de l'œil, il observait la robe de Dorian qui se sentit rougir. L'idée d'être embarqué à la gendarmerie dans cette tenue le faisait frémir. Qui sait ce qu'on aurait pu lui faire. Il ne serait pas la première actrice à subir des attouchements. Heureusement, l'adjudant-chef Révillout paraissait un homme d'honneur, et d'une galanterie à toute épreuve. Et il avait des lettres.

— Vous comprenez monsieur Layeul que… euh, les apparences sont contre vous ?

Dorian se demanda si le flic n'allait pas l'accuser d'avoir tué le colonel Moutarde avec les chenets, dans la cuisine. Mais il convint volontiers qu'il lui faudrait partir. Il ne se justifia pas, n'évoqua pas le destin qui l'avait enfermé dans cette maison toute sa jeunesse et qui, de nouveau, se refusait à le laisser partir. Le caporal-chef Sorel qui s'était éloigné comme pour une inspection revint, brandissant un *Télé 7 Jours*. On annonçait en couverture que, pour le 26 décembre, on rediffusait les deux premiers épisodes de la série « Commandant Marek ». Sorel, rosissant, voulait son autographe. Dorian signa sous la photo où il prenait l'air détaché de l'officier supérieur, jalousé par tout le service, adulé par ses hommes et dont les intuitions quasi surnaturelles allaient permettre de démanteler un réseau de surfeurs salafistes, le groupe des pyromanes purificateurs, et une cellule d'espions chinois finançant des réseaux pédophiles au sein de la droite parlementaire.

Le troisième gendarme, qui ressemblait à un paysan, se manifesta enfin et formula une supplique :

— Faut évacuer mon adjudant, je suis en plein Woodstock...

Henri, le pétard dans le bec, était en train de lui ausculter la carotide pendant que Judith lui racontait comment, pour la première fois, ils s'étaient aimés pendant le concert de Janis Joplin.

— Dominique, je me souviens que tu avais un souffle au cœur quand tu étais petit, il faudra me surveiller que tu n'as pas d'insuffisance mitrale. C'était un souffle systolique si mes souvenirs sont bons... Tu peux m'enlever ton uniforme là ?

— On dansait nus dans la nuit, devant un grand feu de bois et vous savez, j'y voyais la figure de Jeanne d'Arc, Jeanne, Janis, vous comprenez...

— Tenez-moi ça et prenez donc une taf, adjudant ! ordonna le docteur en tendant son pétard à Révillout qui refusa poliment.

— Je suis en service.

— À ce propos, Révillout, on en est où de cette vésicule ?

C'en était trop, les gendarmes amorcèrent un repli tactique et regagnèrent leur véhicule, non sans souhaiter collectivement un « Joyeux Noël à tous ». Ils s'enfuirent dans la neige, bleu, blanc, bleu, blanc.

*

Dans les locaux du refuge Wapassou « Centre de réadaptation pour femmes », ils avaient fait sapin et crèche et s'étaient échangés quelques cadeaux modestes, il n'est pas impossible que certains aient été dérobés, mais voler pour offrir est-ce totalement répréhensible ? Cette femme était rentrée tôt, pour une fois et, comme promis, passa le réveillon avec eux. Ce fut une fête de famille sans famille. Elle avait tout fait livrer par traiteur, les huîtres, le foie gras et la dinde aux marrons. Un festin. Partout, les résidents avaient décoré de guirlandes en papier. Certains s'endormirent sur leur assiette. En fin de repas, il y eut une bataille de cotillons, on fit des embuscades dans les chambrées et étages, avec sarbacanes et boules de carton. Tout à coup, c'était la colonie de vacances pour dealeuses repenties et défoncées en rémission.

Peu à peu, la passion et les cris s'éteignirent. Chacun rentra en soi. Elle les laissa débarrasser, faire la vaisselle, et sortit. Elle prit la voiture, frissonnant dans l'habitacle et partit faire un tour. Elle roula et dérapa jusqu'à la basilique et se gara contre une congère. La messe de minuit avait commencé, malgré la neige il y avait foule. Tous les vitraux resplendissaient de lumière. En patinant sur les marches, elle ouvrit grand la bouche, tira la langue et reçut un gros flocon dessus. Sa communion.

— Le meilleur cadeau que tu peux faire, le meilleur, c'est aller voir tes enfants, tes frères et tes vieillards. Tu m'entends ? Le seigneur il a froid quand t'es tout seul. C'est solstice, la nuit gagne la bataille, elle occupe le pays, elle le pille, elle viole nos consciences, elle corrompt nos enfants. On doit se serrer et se tenir la main, tu comprends ? Tu dois pas laisser tout seuls ceux qui avancent dans la nuit…

L'abbé semblait possédé, il se promenait dans les travées, il posait sa main sur des épaules. Il en pointait du doigt certains, caressait une joue enfantine et faisait voler ses habits sacerdotaux. Spirale haranguait et c'était bon. Il vint près du catafalque de Saint Guénolé et déposa un baiser sur le verre, juste au-dessus du crâne édenté.

— Tu dois pas laisser tout seuls ceux qui ont peur de la nuit !

La femme remonta silencieusement les allées : elle avait le goût d'être seule dans la pénombre. Personne ne la voyait. Les têtes étaient tournées ailleurs. Elle cherchait sa mère, elle aurait pu être là. Maman.

Elle ressortit dans les murs de neige et alluma une cigarette. Le meilleur cadeau que tu puisses faire. La Mercedes chassa dans tous les virages, elle fonça dans un nuage de poudreuse, en dix minutes elle y était. Dans la rue maudite, garée devant la maison maudite.

Elle fit le tour du bâtiment, s'enfonçant profondément dans la poudreuse. Le grand cerisier au fond du jardin, juste devant le mur, on aurait dit un bibendum, ses branches enflées de neige. Toute la végétation, partout, était déformée comme par une purulente allergie, et le ciel peluchait toujours. Elle s'approcha de la porte-fenêtre et elle les vit.

Longtemps qu'elle n'avait pas vu sa vieille d'aussi près : elle avait pris du poids et des bajoues. Elle était affalée sur elle-même, occupée à découper une photo dans un vieux magazine. Sur un carton à ses côtés elle avait collé les portraits de la famille Depardieu. Maman avait toujours aimé les arbres.

Le vieux fumait son joint en hochant la tête, hormis un léger amaigrissement, il était resté tel qu'en lui-même. Elle aurait pu sentir son parfum boisé et, dans son cou, cette odeur de mâle, quand, petite-fille-à-son-papa, elle s'y lovait. Et il y avait ce putain de travelo qui les regardait en picolant. Le Layeul, visiblement bourré et sirotant un des grands crus de papa. Le vampire. Le profiteur. L'acteur. Sur le moment elle ne l'avait pas reconnu à l'hôpital, c'est Martine qui le lui avait dit et qu'il était avec Léa Salamé...

Les doigts bleuis et grelottante de froid, elle alluma une Lucky. Elle avait envie de larder de coups de bistouri ce coucou venu nicher chez elle. Il se leva de table et se mit à danser. C'était tellement grotesque qu'elle en eut honte pour lui, en robe de soirée, pauvre artefact de femme... Il fermait les yeux, et levait les bras pour des arabesques disgracieuses qui révélaient ses aisselles velues. Jamais elle n'avait autant détesté quelqu'un, c'était animal. Même parmi ses pensionnaires, même certains de ses ex, et même ce connard de boucher. Et voilà qu'il tournait sur lui-même, sans qu'elle entendît sur quoi il dansait, s'il avait pu crever là, maintenant...

*

Dorian perdit connaissance. C'est l'expression littéraire : elle présuppose qu'on est en pleine possession de soi, ce qui n'était pas tout à fait son cas car, comme bon nombre d'acteurs, il avait évité de se trop fréquenter.

Dans sa carrière, il était mort une bonne trentaine de fois, surtout au début. Les jeunes comédiens servent souvent de chair à caméra. On les assassine volontiers dès les premières minutes du film. Avec le temps, il avait appris à jouer des vivants. Et donc, rencontrer les autres, ceux qui résidaient en lui, tels des embryons. Il avait incarné des défaillants, des blessés, des moribonds, des comateux et des shakespeariens, ceux qui meurent à la fin. Au moment où il sentit ses jambes se dérober sous lui, Sandie venait de lui apparaître, fumant derrière la porte-fenêtre. Elle lui faisait un doigt d'honneur. Sa tête cogna la table de salon et il resta allongé sans connaissance, sans que quiconque semblât se soucier de lui. Sans connaissance se dit-il, de quoi pourrais-je avoir connaissance.

De maman ?

Elle s'accroupit à ses côtés, il peut entendre craquer ses genoux. Elle lui passe une main si fraîche sur le front. Elle murmure « mon grand », elle l'avait toujours vu grand, alors même qu'il était encore petit.

De papa ?

Il se penche derrière lui, il fume une Disque Bleu. Il a un gilet en tricot et une cravate sans couleur qui lui noue le cou. Il le regarde sans le comprendre, ils n'ont pas le même usage des mots, c'est pourquoi chez le dabe, la douleur est lancinante. Bien qu'il ne connaisse pas le mot lancinant. Alors, il lui tend une cigarette, il en a sorti deux du paquet dont il a découpé soigneusement un carré de papier argenté et, pour les faire surgir, il a donné un bon coup de poignet.

De Sandrine ?

Elle grimace derrière les parents, ouvre son cadeau et brandit sa raquette de tennis, puis smache une balle imaginaire. *Tu joues Shakespeare comme une fiotte.*

Il avait perdu connaissance, mais entra en reconnaissance. Alors que le sang lui coulait sur le visage, du vrai, une houle de bonheur le souleva et il revint un peu à lui. Je reviens à moi, se dit-il. C'est donc ça, il s'était quitté mais depuis combien de temps ? Il était incapable de tout mouvement, son corps restait en stupeur. Mais il voyait et entendait. Judith était au téléphone, elle devait appeler les secours.

— Monsieur l'inspecteur, j'ai tué ma fille, venez vite, je l'ai tuée, je ne sais pas comment j'ai fait mon compte, ça doit être l'alcool, le réveillon a mal tourné…

À ce moment, Henri surgit dans son champ de vision, il s'agenouilla en grinçant et, le souffle court, l'ausculta.

— Non, non, elle est vivante, toujours son problème de dysménorrhée, faudra vérifier si y'a pas de fibrome, perso je crois pas à l'endométriose, mais il lui faudrait des analyses, petit frottis quoi… Là-dessus, moi, je vais me coucher.

En se relevant il péta sonore, fit trois pas, pendant que la vieille éplorée donnait son nom et une adresse à Nantes au standard du 17. Enfin, il se retourna une dernière fois vers Dorian, toujours en syncope :

— Manquerait plus qu'elle soit enceinte…

*

Cette femme n'avait pas vu son retour à la maison comme ça. Comme une espionne. Et dans l'urgence. Elle avait tellement redouté ce moment qu'elle l'avait sans cesse repoussé. La colère, le dégoût, le mépris puis l'oubli, l'avaient fait fuir. Tout le monde parle de deuil, l'expression est commode et psychologiquement conforme, mais la réalité est qu'on neutralise. Comme un corps étranger que l'organisme absorbe et qu'il isole. On enkyste la souffrance. Et le temps aplanit tout.

Il laisse un vague remords, un arrière-goût de vie. Elle se haïssait d'avoir à jouer l'enfant prodigue.

Le travelo s'était effondré, ivresse ou malaise. Hippocrate lui intimait l'ordre d'agir. Elle tambourina à la porte-fenêtre. Mais personne ne vint lui ouvrir. Maman palabrait au téléphone et Henri titubait hors de la pièce sans paraître plus affecté que ça. La porte de devant était verrouillée. Elle s'empara d'une bêche qui traînait dans le jardin et cassa la vitre de la cuisine. Elle ouvrit la fenêtre et se hissa dans la maison.

*

Quand il revint à lui, Dorian sentit une haleine de femme sur son visage. N'était l'horrible sensation de nausée qui l'habitait, ce souffle lui prodiguait quelques encouragements. On le traitait « d'enfoiré », ça cherchait à le réanimer en lui soufflant dans les bronches. Il ouvrit les yeux et la vit de très près et ses yeux bleus électriques lui promettaient une longue agonie.

Maintenant, il était de nouveau parmi nous. Pas très vaillant, certes, mais il pouvait la voir mieux, elle était dans sa zone de buée. Une blonde aux cheveux mi-longs avec des mèches plus blondes et on ne pouvait pas la rater, une bouche très lippue et très suggestive. En civil, elle était très différente, méconnaissable presque et si jolie.

Elle voulait savoir si, connard, il se souvenait de son nom ?

— Dorian Layeul. Commandant Marek.

Elle lui fit compter sur ses doigts, elle fit les cornes, demanda son âge, et le nom du premier ministre ? Elle disait, avec des gestes professionnels, suis la flamme et lui allumait un briquet sous le nez et le baladait à droite à gauche, devant ses yeux. Il avait du mal à ne pas regarder ses yeux merveilleux à elle.

— Regarde la flamme, crétin !

Puis, elle désinfecta sa plaie au-dessus de l'œil, là où lui était poussée une balle de golf bleue. Elle avait enfilé des gants et, en tapotant le bobo d'une compresse alcoolisée, l'apaisait d'une voix douce :

— Abruti, c'est chez moi ici, ça pue mais c'est encore chez moi.

Il tomba amoureux tout de suite, une preuve s'il en fallait : il y avait un orage dehors. Un orage d'hiver glacé, le tonnerre qui tournait dans la bourrasque, alors même qu'elle prononçait ses premiers mots d'amour : faire une radio, y avait un trauma, peut-être une fêlure. S'il gerbait, s'il avait des vertiges, s'il voyait double, lui, le pauvre demeuré devait foncer à l'hosto.

— Par la peau des couilles, je t'y emmènerai s'il le faut. Cette dernière remarque sonnait comme un aveu.

Elle le traîna jusqu'à la baignoire, il slalomait dans le couloir avec la sensation qu'on claquait des dizaines de portes entre ses tempes, il s'appuyait sur la fille et sentait le sein bouger dans le mouvement. Elle le doucha et le savonna comme un bébé. Puis le fourra au lit. Au cours de la nuit, il ouvrit un œil. Elle lisait, assise par terre, un album de Gaston Lagaffe et riait en silence.

*

Au petit matin, Dorian se traîna dans la cuisine. Il neigeait toujours, des rideaux de poussières blanches qui dansaient dans le vent. C'est à peine s'il voyait la maison d'en face et la rue déserte où stationnaient des voitures déformées par la poudreuse, alignées comme une procession de tortues. Le jour se levait à peine, aidé par tout ce blanc. Il se fit un café, il grilla du pain. Les vieux dormaient toujours.

Elle était repartie. Dans la nuit, sans qu'il entendît rien. Cette femme. Les photos d'elle, enfant ou adolescente qui parsemaient la maison ne lui ressemblaient pas. Sa chute lui avait provoqué des hallucinations, peut-être avait-il tout inventé ? C'est alors qu'il vit le carton scotché sur la fenêtre brisée sur lequel on avait écrit au feutre : « attention, du verre plein la poubelle. Appeler le vitrier ».

Il s'installa pour petit-déjeuner en laissant s'évacuer les oripeaux de rêves qui collaient encore. Ça sentait bon, le silence de l'hiver amortissait tout. Il avait mal dormi. Sa bosse au front l'élançait et il était pas bien démaquillé. Dans la glace, il avait vu passer Alice Cooper. Vers le matin, il avait entendu des pas dans l'escalier, tousser dans la salle de bain. Au moment où il rêvait que Sandie lui disait « tu entames le jour où tu vas mourir, à tout à l'heure chéri ».

Le pain lui brûla les doigts, le morceau de sucre le griffa. Il ouvrit le frigo pour récupérer le beurre. Il y avait une chaussure rouge à talon aiguille entre les yaourts et la selle d'agneau. Il resta un instant à la contempler comme si elle allait parler et réclamer un pied. Puis l'étudia de plus près. On lisait « Charles Jourdan ». En bas du toboggan de l'escarpin, là où reposaient les phalanges, une vinaigrette gelait.

Dorian regardait encore cette nature morte quand Henri débarqua derrière lui. Il portait un pyjama rayé bleu et blanc en pilou, on aurait dit un déporté fraîchement élargi. Ils restèrent une poignée de secondes à contempler le pied d'une Cendrillon congelée, plus émus qu'interloqués. Et puis Henri parla bas pour pas réveiller sa femme.

— À une époque, elle a eu des goûts de luxe, au fond d'elle-même elle est restée une Angela Davis blanche, mais à un moment, elle a eu besoin de se donner ce chic. Ça lui allait bien. C'était dans les années 1990, elle était amoureuse du député-maire, il a même été secrétaire d'État un mois ou deux. Elle voulait être à sa hauteur, dix centimètres de talon.

Une nouvelle ride était apparue sur son front. On entendit, dans le salon, une énième boule tomber du sapin.

— Elle a un peu la tête ailleurs ces derniers temps. Je me demande si elle n'a pas une liaison avec un de ces flics. T'as pas remarqué son manège hier soir ?

Dorian évitait de penser pour ne pas surmener sa migraine. Et oublier Isabelle, un petit peu. Il protesta mollement que ce n'était pas possible. Mais l'autre n'en démordait pas.

— Ma chérie, tu sais, nous venons d'une génération où personne n'appartenait à personne. Donc tout le monde était à tout le monde, on baisait qui on voulait. Le monde, depuis, est redevenu puritain. Moi j'aurais voulu la garder pour moi Judith… Déjà à Woodstock, il y avait ce connard de Steve ou je ne sais qui…

Il prit Dorian dans ses bras et lui murmura à l'oreille :

— Mais c'est une déesse, tu pardonnes tout à une déesse. Viens voir, j'ai un truc à te montrer.

Le caractère confidentiel de l'invitation suggérait qu'un événement grave s'était produit. Dorian se demanda si la vieille dame n'avait pas rendu l'âme dans son sommeil. Bizarrement, il se sentait coupable. Son hôte avait, à ce moment-là, la gravité d'un patriarche. Dorian eut peur : avait-il mis fin aux jours de la vieille dame, sans s'en rendre compte, en prononçant peut-être un mot qui aurait réveillé un trauma, et occasionné un caillot au cerveau ? Il suivit le vieux qui avançait en traînant la babouche, jusqu'à leur salle de bain.

Le vieux entra, désigna du doigt le lieu d'aisance et, solennel, chuchota :

— Là.

Dorian pensa qu'il y avait une fuite d'eau et observa le carrelage. Mais Henri, d'un coup de menton, lui suggéra d'ouvrir l'abattant des vécés. Il doit y avoir un rat qui nage, pensa-t-il. Pareille mésaventure lui était déjà arrivée, ces saloperies remontent dans les canalisations et sont susceptibles de te mordre le cul, au moment où tu te crois seul avec ta matière. Il souleva le couvercle précautionneusement et découvrit un étron énorme, élégamment moulé. Qui n'avait pas tiré la chasse ? Pas lui, qui déféquait sous les combles. Il dévisagea papy, sans comprendre.

— Qui ?

Le vieux soupira, comme s'il était soulagé d'une partie de la charge. Puis s'expliqua : le mystère était épais. Depuis plusieurs semaines, il trouvait ce genre de cadeau dans ses toilettes. Non, ce n'était pas Judith il en était sûr. À leurs âges, on se faisait beaucoup de confidences de latrines et il savait que ce n'était pas elle avec la même certitude qu'il ne se savait pas coupable.

— Vous pourriez avoir oublié, suggéra Dorian. Ça arrive.

Le vieillard le foudroya du regard. Non, des gens de leur génération, malgré leur culture hippy avaient gardé leur hygiène domestique sans parler de sa vocation de soignant. Quand tu as vu les chiottes publiques dans certains coins de l'Inde, tu te convertis à l'alcool à 90°.

— Mais alors, qui ? s'inquiéta Dorian qui ne comprenait pas où le vieux voulait en venir.
— C'est la bonne question. Qui vient chier dans mon trône ? Je ferme tout à clé. Vendredi dernier, c'est arrivé dans la nuit. Le soir ça y était pas, le matin oui. Je te prie de croire qu'en s'levant, ça fait un choc. Et maintenant, en pleine nuit de Noël !

Dorian n'osa pas lui dire que s'ils étaient capables de voir leur fille sous les traits d'un inconnu, s'ils s'appelaient avec des prénoms différents tous les jours, on pouvait légitimement supposer qu'ils pussent omettre de tirer la chasse.

— Maintenant, Wapassou, suis-moi…

Le vieux prit Dorian par la taille et l'entraîna dans son « cellier ». C'est ainsi qu'il appelait le petit cabanon en dur que le papa de Dorian avait construit en 1976, l'année de la grande sécheresse. Là où il avait gravé le nom d'Églantine et leurs initiales. Henri déverrouilla la porte avec la même petite clé plate. Quand elle s'ouvrit, dans le mouvement, il entendit *Let it loose* des Stones qu'il avait écouté là, assis dos au mur, à téter un joint. Sur les chemins de sa vie, il y avait une musique pour chaque porte ouverte, chaque marche d'escalier, chaque façade. S'il avait pu réembrasser Églantine, son tout premier flirt, il ne doutait pas qu'auraient résonné les premiers accords de *Gaby* de Bashung.

Le local avait été réorganisé mais l'implacable rationalité du père de Dorian avait prévalu : il était tout simplement impossible de faire mieux.

Les rangées de scies de toutes tailles, les égoïnes et les égoïstes comme une bande de squales en goguette, le club des tournevis, toutes les clés, culs serrés, marteaux, masses, haches et cognées... Les bricoleurs sont des chirurgiens de l'inanimé, Gepetto et Frankestein, ils finissent par rêver de pantins hébétés ou de chiens d'aluminium. Papy montra une étagère, il dit que tout était là. Une trentaine de bocaux dans lesquels flottaient des étrons. Sur chacun d'entre eux, une date, comme pour les confitures de Judith, alignées elles dans la cuisine, pourvu qu'ils ne les mélangent jamais.

— Si son amant est gendarme je peux le confondre. Je peux envoyer ça à la police des polices, on doit pouvoir en sortir un ADN. T'en penses quoi ?

Rien. Il n'en pensait rien. Henri s'adressait-il à sa fille ou au commandant Marek ? À un fantôme ou à une fiction ?

Dorian flanchait, la représentation du monde n'était plus celle en laquelle il avait cru. Il lui fallait retrouver Isabelle, sinon ça ferait plus mal qu'une commotion cérébrale.

Quand il remonta, il découvrit qu'elle avait laissé un papier en guise de marque-page dans son Gaston : une ordonnance pour un scanner. Sous l'intitulé de l'hôpital, chef de service de chirurgie générale, Isabelle Morteil, ancienne interne de… blabla. Et, aussi, son numéro de portable.

Pluviôse

Dorian avait survécu aux fêtes de fin d'année. Sa grosse bosse au front se résorbait doucement. Elle lui laissa pendant quelques jours une douloureuse ombre bleue. Il trouva un vitrier qui travaillait entre les fêtes et accepta de changer la vitre cassée. L'homme repartit avec un gros chèque, une auscultation gratuite et un autographe.

Au Nouvel An, les vieux étaient dans le *cloud*, c'est à peine si l'on dîna. Laura passa en 2018 deux heures avant lui. Ils s'offrirent la vidéo conférence de l'amour. Avec tous les souhaits d'usage.

— Bonne année dadounet !
— Tout pareil pour toi Lorina, mon Athéna,
que la paix revienne.
— Avec un peu de chance mon régiment défile
pour le 14 juillet…
— T'auras ton cadeau de Noël avant, j'espère.

— *C'est quoi ! C'est quoi !?*
— *Mystère !*

Il n'avait pas acheté encore le cadeau de Laura, superstition. Comme sa mère, à l'époque, ne voulait pas acheter le berceau avant que naquît le bébé.

— *Maman m'a fait chier grave.*
— *???*
— *Parce que je me suis payé une Harley*
pendant ma permission, à Dubaï. Un marin la vendait
pour rien. Je sais pas comment je vais la ramener ahaha.
— *Laquelle ?*
— *Une Fatboy, 3 000 bornes. Dans ces pays de con*
ils abandonnent des Ferrari dans le désert, t'imagines ?
— *Non, je peux pas.*
— *Je lui écris tout le temps à mamoushka, mais elle me parle mal. Faut toujours qu'elle me pourrisse.*
— *Tu sais ce que j'en pense.*
— *Ouais, je suis traumatisée : famille dysfonctionnelle.*
Love and live. T'aime.

Un matin, il alla faire son examen de contrôle à l'hôpital où un interne épuisé chercha en vain sa fracture du crâne. On sentait bien qu'il n'avait pas le temps de s'occuper des choses graves quand elles ne l'étaient pas assez. Dorian avait la sensation que l'hosto était un parking avec un rez-de-chaussée *Urgences* et un dernier étage *Palliatif*. Entre les deux, on avait dû murer les autres niveaux avec leurs soignés. Mais, s'il y était allé faire son petit scanner c'était, bien sûr, pour voir Isabelle. Il ne pensait qu'à elle, c'était lancinant. À cause de la bosse, sans doute. Pourquoi renoncer à l'idée que si elle lui avait fait une ordonnance c'était pour un rancard ?

Le portable ne prenait que des messages. Il en avait laissé une trentaine en quelques jours. Des sobres, des amusés, des spirituels, des *excusants*, l'un d'entre eux durait bien quinze minutes pendant lesquelles il lui avait inventé une histoire avec des extraterrestres. Elle n'avait jamais rappelé.

Son examen terminé, il la chercha dans les couloirs. Sur un tableau, il découvrit son nom, docteur Isabelle Morteil, chef de service chirurgie. Elle découpait les gens quand ils dormaient, et pourtant, elle l'avait réveillé. Il vit son nom sur la porte d'un bureau, toqua, tenta d'entrer mais c'était fermé. La secrétaire ne prenait pas les messages personnels, même si l'on jouait l'âme en peine.

— Elle est en réunion monsieur. Vous êtes ?

Pour une fois, il aurait voulu qu'on le reconnût mais ce n'était pas son jour.

Il décida de se rendre au chevet de la petite Loana pour ranimer la flamme. Là, il tomba sur la mère qui l'étreignit comme s'ils venaient de coucher ensemble. La tribu s'était encore agrandie, ils débordaient de la chambre dans le couloir. Tous vinrent le féliciter, lui serrer la main, lui taper dans le dos et exiger des autographes. Il dut faire des photos avec chacun. Sa proposition de se produire pour un gala au bénéfice des survivants de « la tragédie de la RN44 bis » avait été reprise dans tous les médias. Après le décès du jeune Kader, le pactole allait uniquement tomber dans l'escarcelle de Loana et sa famille. Un expert avait évalué qu'en vendant cinq cents places à trente euros, on ferait quinze mille, moins les frais techniques. L'avocat des familles de victimes avait fait savoir que le deuil occasionnait des frais et qu'il serait plus juste que Dorian Layeul se produisît plusieurs soirs.

Il fut chaleureux avec tout le monde, content de les voir. Et s'avança au chevet de Loana.

Elle était assise dans son lit, éveillée mais atone. L'homme supposé être son père lui donnait du yaourt, à la petite cuillère. Elle ouvrait la bouche et la refermait mécaniquement. Quand Dorian s'approcha, elle ne le quitta pas des yeux. Il lui demanda comment elle se sentait. Le yaourt était fini, le vieux s'éclipsa. Avait-on annoncé à la petite la mort de Kader, son flirt ?

— La fleur dans ton cou c'est quoi ? Il faut que tu appelles, balbutia-t-elle.

Elle bavait du lait, il prit la serviette et lui essuya la bouche. Il revit la chaise haute dans leur appartement parisien et Laura qui disait « Baba » en faisant des bulles.

— Je suis la messagère : il faut que tu l'appelles… Elle t'attend.

À peine s'il comprenait ce que disait la miraculée, elle parlait si bas, et quasi sans intonation. Les extraterrestres ne l'avaient visiblement pas relâchée. Il se souvint de son rêve, revit la rose séchée dans sa chambre, et l'épine dans son pied. Le commandant Marek avait une rose tatouée dans le cou. Une de ses répliques culte était : « elle est fanée, comme moi ».

*

Tout ce bordel administratif, vos chiures de mouches sur des paperasses alors que vous vous battez encore pour comprendre vos logiciels, tout ça me fait chier le cul. Voilà, en substance, ce qu'elle disait à l'équipe, le directeur, les cadres, ses collègues, et tous ces cons dont elle était pas sûre de connaître tous les noms. Autour de la table, elle n'avait que Martine comme copine, il aurait fallu qu'elle parle planning, d'histoires de crédits, des absences dans le service mais elle s'en foutait un peu. Depuis les fêtes, elle flottait.

Parce qu'elle était revenue dans cette maison.

Vraiment ? Isabelle ? Parce que tu les as revus de près, parce que tu as senti l'odeur des boiseries, des douces moisissures sous les tapis, parce que ça sentait *avant* ? T'es sûre que c'est bien ça ?

Un des cadres administratifs protestait de son langage pas châtié, qu'un minimum de courtoisie serait bien utile dans ces circonstances où les femmes et les hommes étaient plus tendus encore que les flux. Pauvre connard à couilles basses, faillit-elle répondre. Des larmes lui montaient, elle était exténuée, mal foutue. Il y avait eu une overdose ce matin à Wapassou, la première depuis la création du refuge. SAMU, hospitalisation, panique et grand ballet. Gelsomina pourquoi, pourquoi toi, pourquoi le diable était-il entré dans ta chambre pour te faire un garrot ? On lui parlait de la visite d'un sous-secrétaire d'État à quelque chose, une huile de l'agence régionale de santé, et pourquoi pas de l'ambassadeur du Botswana ? Déjà qu'elle avait en réa un ministre du Burundi. Elle regardait sans voir le soliflore sur la table de réunion avec sa rose fanée dont des pétales étaient tombés.

Une rose dans le cou.

L'ordre du jour ayant été soldé, on leva la réunion. Elle descendit voir Gelsomina qui était sortie du coma et paraissait plus blanche que ses draps. Apparemment, elle était revenue d'entre les morts.

À l'aube, la poudre avait arrêté son cœur pas loin de dix minutes. Le défibrillateur étant en rideau, Isabelle avait dû faire le massage à la main et avec la bouche, à lui casser une côte, en l'invectivant sous les yeux des pensionnaires lui enjoignant, foutue connasse, de se réveiller parce qu'il fallait bien quelqu'un pour garder la maison. Là, elle la regarda du pied du lit, les mains dans les poches de sa blouse, dans sa posture de docteur. Il fallait absolument qu'elle lui parlât d'autre chose, ce qu'elle fit :

— Ça te fait combien d'OD ?
— C'est la troisième, murmura la gentille junkie.

Elle ne devait surtout pas la culpabiliser, lui adresser des reproches, ajouter de la souffrance à sa souffrance, elle décida alors de parler boulot :

— Comment je vais faire, au refuge, si j'ai plus mon infirmière ?
— Je te demande pardon, Isabelle. Ça me ronge.

Isabelle ferma les yeux et serra fort les mâchoires. Elle avait envie de l'achever, de lui envoyer une dose du curare qu'on utilisait en anesthésie, hop, vas-y, fais le grand saut. Au lieu de ça, elle se contint et décida de la rassurer, et de lui donner un avenir :

— Tu sais que le règlement de l'assoc' m'oblige à expulser tous les pensionnaires qui font entrer de la came dans les locaux ? Je vais devoir te virer Joëlle...

Voilà, c'était acté, Gelsomina redevenait Joëlle, l'héroïnomane qui était entrée un jour à Wapassou en demandant asile. Isabelle se sentit merdeuse et toute sa colère tomba comme un château de cartes. Les junkies, il faut avoir envie de les tuer parfois, pour mieux les sauver souvent. Surtout ceux qu'on croit en sevrage durable. Jamais elle n'oserait dire « guérie ».

— Je supporte pas les fêtes de fin d'année, sanglotait la malade, il lui suffisait de prononcer « fêtes de fin d'année », pour pleurer sur elle-même et le monde alentour.

— Et puis, j'ai cru que tu allais partir... Je me suis réveillée après un rêve bizarre. Tu étais assise devant une baie vitrée panoramique, on voyait la plage, toute blanche, couverte de plumes, la mer aussi. Tu mangeais des côtelettes d'agneau en face d'un homme avec des cheveux grisonnants et bouclés.

Et puis ton pull était taché de rouge, tu saignais. Tu disais, vous m'avez tuée... Après ça, j'ai piqué la came d'Horus.

— Horus ? s'inquiéta Isabelle.
— Le nouveau… On couche un peu ensemble… C'est moi qui lui ai trouvé son avatar.
— Alors ce sera toi ou lui, Gelsomina, le mieux que je puisse faire. Si quelqu'un doit quitter Wapassou, ce sera pas moi.

Joëlle regarda avec cette ambivalence qui appartenait à tous ces possédés : une haine brûlante mêlée à l'infinie reconnaissance d'être un peu écoutés.

*

Dorian s'apprêtait, morose, à rentrer chez lui, quand Muezzin vibra. L'écran s'était encore feuilleté un peu plus, derrière ses bris de verre, à peine si l'on y pouvait voir quelque chose. Une réalité fragmentée qui éloignait le monde un peu plus. Il s'écorcha les doigts pour accéder à son SMS. Qui l'intrigua au plus haut point :

Laura
Merveilleuse nouvelle !
Tellement heureuse que mon astre ait rencontré sa comète !

Quelle comète ? Qu'est-ce qui passait dans sa vie et ne reviendrait pas avant des siècles ? De quoi parlait-elle ?

Dorian
Ma lollipop, hein ?

Laura
Je réponds à ton message, lover…

Dorian
Quel message ?

Laura
Celui que tu viens de m'envoyer :
« j'ai rencontré de ma vie la femme de… »

Rien, pourtant, n'apparaissait dans leurs échanges précédents : Dorian remontait d'un doigt les derniers dialogues, comme si sa mémoire immédiate avait pu subir un éparpillement tactile.

Dorian
Aujourd'hui je ne t'ai rien envoyé ma Lau-de-l'or,
ni femme, ni vie…

Il n'avait rien envoyé non, mais sa dénégation lui rappelait qu'il en avait eu l'intention. Un gros flocon, dont on distinguait les étoiles dans l'étoile, tomba sur l'écran. Dorian chercha des yeux un taxi, il voulait revenir au chaud.

Muezzin lui sonna dans la main. Il l'avait pourtant déconnecté mais le smartphone s'était révolté contre son processeur. Et cette sonnerie, c'était l'intro de *Since I've been loving you.*

— Comment ça il est avec Léa Salamé ? dit une voix de femme basse, lasse, mais amusée.
— Euh, vous avez dû vous tromper de numéro… dit Dorian, au moment même où il comprenait qui était son interlocutrice. Il y eut un silence pendant un temps aussi long qu'un centimètre de poudreuse.

— J'essayais d'appeler Martine...
— Je ne suis pas Martine.
— Je sais qui tu es.

Il était sous l'abribus. Les doigts gourds, les pieds de glace, il regardait le ciel, les couvertures de neige accumulées et leurs grands néants gris. Il aurait dû faire jour, une nuit blanche ne pouvait venir si vite. Mais en lui, un grand feu de joie venait de s'embraser. C'était un peu comme si, depuis son premier cri, la vie avait dû l'amener là, au milieu de cette ère glaciaire, à attendre la phrase qui allait décider s'il allait s'accomplir ou non.

— Finissons-en, je passe te prendre au bar de l'hôtel Vendémiaire, à 21 heures.

*

Quand ils se trouvèrent face à face, au restaurant, ils ne se parlèrent pas encore.

Déjà, ils n'avaient rien dit pendant les vingt minutes de voyage dans sa lourde bagnole. Elle roulait bien trop vite, ils dérapaient dans les virages. Dorian n'avait pas vraiment peur, il devinait que ce ne serait pas son heure. Mais il redoutait juste de ne pas arriver. Il voulait savoir où elle les emmenait, il voulait le savoir plus que tout.

Ils n'en étaient pas à « faire la conversation », on ne la fait pas quand il est urgent de se rencontrer. On a tout à se dire mais on ne peut travestir. Ce n'était pas ce genre de relation où l'on prend l'air détaché pour ne parler de rien, quand chacun sait que l'autre sait. Ils s'épargnaient ça parce qu'ils n'avaient pas la moindre idée de ce qui les possédait.

Le silence restait leur dernière précaution.

La salle de restaurant était vide. Dorian se demanda même si Isabelle ne l'avait pas fait ouvrir pour eux. Qui diable, au lendemain des fêtes, serait venu par ce temps, dans un établissement isolé, avec ses baies vitrées qui donnaient sur la plage ? Il neigeait d'énormes flocons larges comme la main d'une petite fille. C'était presque impossible à croire, pourtant, les rideaux de neige éclairaient la nuit d'une douce lividité. D'où ils étaient assis, ils pouvaient voir la plage blanche, au-delà c'était marée haute : l'océan de ténèbres et ses rouleaux d'écume. Plus loin encore, le monde s'interrompait, un continent de brumes et de spectres. Les flocons se transformaient en myriades de points noirs. Noir et blanc. Dehors comme dedans. La nappe était blanche, les assiettes noires et les murs tendus de toiles sombres. Dorian dînait dans un vieux film. Il n'y avait que les bougies sur la table qui tremblotaient d'or.

Isabelle ne pouvait détacher ses yeux du rivage. Enfin, sans quitter l'hypnotique ballet de la tempête, elle prononça ses premiers mots :

— La plage couverte de plumes...

Le maître d'hôtel vint, componctueux, il n'était pas débordé. Il s'adressa à Isabelle moins par galanterie que par respect social.

— Vous avez fait votre choix, docteur ?

Isabelle ne choisit que le vin – un Côte-Rôtie dix ans d'âge – et, tout en feuilletant la carte qui était enluminée comme une bible médiévale, murmura :

— Je prendrai comme monsieur...

Dorian se demanda si c'était une épreuve. S'il commandait des rognons de veau à la sauce madère, lui adresserait-elle encore la parole ? S'il optait pour la fricassée de poulpe, le laisserait-elle rentrer à pied dans les congères ? Il n'avait pas trop faim, il fit simple :

— Les côtelettes d'agneau, rosées s'il vous plaît, avec des frites.

Elle sourit doucement. Avait-il manqué d'audace, était-elle végétarienne, montrait-il, par ce choix modeste, une absence de curiosité culinaire, et pire encore, en ne choisissant qu'un plat, passait-il pour radin ? Le vin coûtait une blinde, il fut tenté d'annoncer qu'il invitait, bien sûr, mais elle semblait sur son terrain et n'était-ce pas blessant en ces époques où les femmes voyaient la galanterie comme un abus ? Il faillit encore se justifier avec la fameuse formule : « je me réserve pour le dessert ». Mais il se tut, vaincu par son silence. Il se tut et pensa qu'elle le trouverait lâche de ne rien trouver à dire.

Isabelle évitait son regard. En ces circonstances, elle ne savait pas regarder. De sa place, elle voyait le feu danser dans la cheminée à sa gauche et le monde-igloo à sa droite. Feu et glace. Au milieu, cet homme, il était mignon, comme on disait au lycée. Ses cheveux bouclés et gris, bien plus gris que dans ses rôles. Les neiges de Sodhaure avaient dû le vieillir un peu. Elle se sentait moche, mal maquillée, le jean et le pull blanc, elle n'avait aucune conversation. D'elle, il attendait sans doute un récit, il fallait toujours une histoire. Pourquoi ne pas le regarder et lui dire poliment qu'elle le voulait ? Comme elle avait toujours fait. Pas pour lui. Et le voulait-elle, pour en faire quoi, avait-elle même une vie où le caser ?

L'océan charriait encore et toujours ses rouleaux de neige ; en fond sonore, la musique était classique, quelques notes d'un concerto inconnu, il venait de trop loin. L'âtre craquait, faisait artifice avec ses étincelles. Le sommelier vint, pour briser la glace. Dorian se concentra sur les gestes de l'opération. L'incision sur le pourtour du bouchon, le mouvement de rotation pour sonder le liège, l'extraction, ça va couler, la serviette blanche pour, du goulot, étancher la coagulation, le bouchon qui saute. Le corps ouvert à tous les vents. Le sommelier haussa un sourcil interrogatif. Ils poussèrent leurs verres en même temps, je veux goûter pour toi. Cela perturba l'homme qui inclina sur l'un puis sur l'autre et pour finir, en un geste brusque, laissa échapper une giclée pourpre. Isabelle sursauta : elle avait trois taches rouges au niveau du coeur.

— Vous m'avez tuée…
— Madame, je suis confus. Nous prendrons en charge le nettoyage et la bouteille est offerte par la maison.

Pour toute réponse, elle se leva et descendit aux toilettes. Elle revint vite, couverte de sa simple veste sur un léger débardeur de dentelle. Le maître d'hôtel, empressé, les installa à une table proche de la cheminée. Là, elle jeta son pull taché dans l'âtre. La laine grésilla en se consumant.

— Personnel, dit-elle.

Ils trinquèrent sans un mot, toujours. Les côtelettes arrivèrent. Ils mangèrent posément avec des délicatesses et des pudeurs de bouche. Ils mâchèrent poliment et, avec discrétion, déglutirent. Puis elle rongea l'os, il prit des frites à la main dans le plat. Ils riaient à l'intérieur. Elle lui remplit le verre, elle commanda une autre bouteille. Quand le sommelier l'ouvrit, Dorian recula ostensiblement et elle pouffa dans sa serviette.

— Monsieur n'est pas armé, j'espère, plaisanta l'homme qui, d'une belle détonation, fit sauter le bouchon.

Le vin les réchauffa. Ils avaient le rouge aux joues, la neige, le feu, l'alcool, le désir. Dorian pensait à tous ces couples mutiques. Eux vivaient un moment lacunaire pour différer encore le moment de parler.

C'est elle qui craqua la première.

— Qu'est-ce que je peux dire ?

Alors, elle se résuma. Elle avait quarante ans, elle s'était pas mal défoncée. Fumait, buvait, dormait peu… Elle était un peu morte de la poudre et des goudrons, de l'insomnie.

Pas de gosses, des hommes comme des pantalons sur cintre dans sa penderie.

— J'en enfile un de temps en temps… Tu sais déjà que je suis un peu vulgaire.

Elle aurait voulu un enfant, mais non, elle ne saignait que de temps en temps, son corps avait des caprices, il réfutait la mère.

— J'ai les tubulures encrassées, tu vois, je suis très, très vulgaire.

Maintenant, elle le regardait. Ce n'était pas tant le bleu indigo de ses yeux ce soir-là, que l'intensité prédatrice qui s'en dégageait. S'il fallait l'aimer, ce serait au prix du désespoir. Il commença à dire quelques mots de lui, divorcé, une fille, et puis cette réputation mais elle l'interrompit en disant que c'était pas la peine.

— Je veux pas trop savoir… Laisse-moi t'apprendre.

Ils reprirent encore un peu de silence. Et des profiteroles. Les tourbillons de neige avaient pour projet de les isoler du monde. Il n'y avait personne dans le restaurant, on entendait même plus la rumeur en cuisine. À la fin, elle lui dit à partir de quand elle serait mutique.
— Les parents. Je ne veux pas parler d'eux. Jamais. Je les ai enterrés.

*

C'était déjà le jour suivant. La fenêtre, ridée de givre, diffusait un peu d'aurore. Ça voulait dire qu'il était déjà tard. Habituellement, Isabelle partait avant le soleil et rentrait au refuge après lui. Addictologue de nuit, chirurgienne dans la journée. Elle s'étira dans ce lit où elle n'avait pas dormi depuis tant d'années, cela sentait le bois brûlé, Henri et sa foutue cheminée. Toutes ces années de sommeil en retard.

Des fois, après le boulot, elle était tellement crevée qu'elle se mettait en veille, comme un ordinateur. Une gourde engourdie, qui conduisait sa bagnole trop vite, dans les routes boueuses. En déroulant le brouillard, il y avait toujours du brouillard aux heures où elle rôdait dans sa campagne. Elle roulait en chantonnant des tubes anciens, c'est une poupée qui dit non... Elle roulait avec ses feux qui crevaient le cercle galactique, trente bornes pour rentrer, dans les particules du soir. Maintenant, dans la neige et la débâcle, elle allait penser à lui, elle pensait déjà à ce *lui* qui dormait encore à ses côtés, dans la chambre de son enfance. Il fallait partir vite, traverser dans l'autre sens les villages endoloris de givre, là-bas, au-delà des collines englouties, à sourire et se remémorer dans les virages ses amours somnambules.

Elle était là, absolument nue, agenouillée sur le lit, une larme lui coulait entre les cuisses. Là, à le surplomber, en enroulant ses cheveux au bout de ses doigts, dans un geste de pudeur tardive, il fallait bien compenser un peu tous ces abandons et ces cambrures. Il était réveillé maintenant, somnolent comme un amant, il attendait qu'elle lui dise qu'elle ne l'aimerait pas. Désolée, pardon, malgré, parce que, je suis comme ça. D'ailleurs, lui-même qui s'était déchiré le ventre pour l'embraser, qui avait neigé en elle, lui-même se disait qu'il ne l'aimait pas, que c'était trop avancé dans la saison. Alors elle parla et se mit à pleurer. Dans un chuchotis qui lui fit perdre des mots...

— Je peux pas... bordel, avoir quelqu'un, je casse tout ce que je touche, je suis négligente avec mes tendresses... parce que j'ai trop longtemps... Fait chier, j'ai adoré t'aimer bordel... . ooooré. . Mais j'ai un cœur en amiante qui m'empoisonne et... et puis... je dois t'avouer une chose extrêmement grave qui m'a... juste une nuit... apprendre à parler avec des fantômes et... me jurer... des fois... tu m'entends, putain tu m'entends ?

Comme dans le clocher, il s'était mis les mains sur les oreilles, il se rendait sourd par amour ; un amour qui rentre, un amour qui sort. Ils s'enlacèrent avec gravité, une dernière fois. Et la parole leur revint :

— J'ai rêvé de toi, dirent-ils en même temps.

*

Judith venait de se réveiller sans bien se souvenir qui elle était. Ça lui arrivait quand elle entendait sa fille rentrer, elle dormait mieux ensuite. Elle s'assit dans le lit et constata qu'il commençait à faire jour. Un goéland était posé sur l'appui de fenêtre et frottait son bec contre l'arrête du mur. Ils se regardèrent longuement. Un rêve lui revint où elle se levait nue et marchait dans le soleil levant avec ses seins radieux, leurs aréoles impérieuses comme une tache de lichen sur un rocher.

Elle s'étirait, faisait bouger tout ça, elle sentait encore le pli des draps marquant ses fermes fesses, ouvrait la porte-fenêtre, et tombait sur cette ado empruntée qui pleurait assise en haut du mur du jardin. Sa pauvre fille. Comment s'appelait-elle déjà, elle se souvint qu'elle avait des photos d'elle dans le salon. Pour la énième fois de sa vie, Judith commença une journée nouvelle, le cul douloureux, la cuisse gélatineuse. Elle trotta, à la recherche de ses tongs en regardant l'oiseau et son œil jaune. Le goéland inclina la tête et dit « oh non maman pas toi ». Ce devait être un prophète de Dieu, il faudrait qu'elle médite sur son message.

Dans le couloir, elle croisa un grand type débraillé avec de longs cheveux blancs, il souriait niaisement, pas vilain au fond, elle se demanda ce qu'il fichait chez elle. « Bien dormi chérie ? » dit l'homme. Elle alla pisser dans le petit cabinet, il y avait un flacon d'alcool à 90° sur une étagère. Elle eut envie de le boire.

Là-dessus, le vieux géant en salopette ouvrit la porte de la salle de bain pour lui dire :

— Isabelle vient de partir au lycée. Elle a pas voulu que je l'accompagne.
— Elle est rentrée tard cette nuit.
— Il faudrait peut-être que tu lui parles du stérilet.

Elle se demanda si c'était lui le père d'Isabelle ou si c'était Steve.

Henri cherchait sa guitare partout quand il entendit des toasts sauter dans la cuisine. Il alla voir qui c'était et découvrit Isabelle qui sucrait son café.

— T'es déjà revenue du lycée ?

Elle le regarda longuement avec cet air pas réveillé qui était sa manière. Parfois, il se demandait si elle était vraiment sotte. Surtout pendant ces longues années où elle portait ces bagues sur les dents et qu'elle refusait de sourire. Il est vrai que lorsque ça arrivait, tout le monde en était embarrassé. Enfin, elle consentit à répondre :

— Le prof était absent.

— Ils foutent rien tous ces fonctionnaires.

Henri sortit à la recherche de sa guitare, donc à la recherche de son *la*, donc à la recherche du morceau qu'il voulait jouer, donc à la recherche.

Dorian soupira et trempa son toast dans le café.

*

Elle était pas amoureuse, c'était un engagement qu'elle renouvela en passant devant l'église et la mairie, merci. Là, elle roulait à 117 km/h sur la départementale 49, et regardait sans cesse dans le rétro pour être sûre qu'il ne la suivait pas. La brume éternelle se refermait sur le sillage de mère-grand Mercedes mais lui pouvait suivre les turbulences et courir à ses trousses comme un loup, comme hier soir. Ils avaient fait l'amour, comment dit-on usuellement ? Baiser, fourrer, s'introduire, on sait pas dire, on cherche ses mots : « ils s'étaient aimés ». Déjà, pendant le sexe, elle était debout sur le frein, son frein à lui, mon Dieu que tu es drôle. Pas amoureuse du tout. Ce matin, elle n'était qu'une femme légèrement vibratile, porteuse de parfum, tu sens l'homme, celui que tu as épandu. Oui, à vrai dire elle avait fait l'amour par contumace. Comme à chaque fois. Non, pas comme à chaque fois. Mais si.

Elle avait téléphoné pour prévenir le service de son retard. Elle serait absente pour la visite des huiles, elle pourrait opérer. Ses patients seraient saufs si elle les aimait. Ou mourraient en temps et en heure. Gelsomina continuerait d'aller mieux, donc d'être intégralement dépressive, Wapassou tournerait vaille que vaille, mais tu vas revenir quand ? On pouvait pas se passer d'elle, mais tout à coup, elle aurait pu se passer d'eux.

La vie continuait. Elle n'avait pas commencé, prétendre le contraire eût été une illusion.

Elle décida de s'arrêter au sortir du prochain village pour se calmer, laisser le mâle ressortir d'elle. C'est là qu'elle fut arrêtée par la gendarmerie. Ils furent gentils et circonflexes. Ah médecin, le brouillard, l'accélérateur, la neige et le verglas, et qui va vous soigner, vous ?

— Vous vous souvenez de ces jeunes qui sont morts il y a quelques semaines sur la RN44 bis hein ? dit un gradé.
— Très bien monsieur, c'est moi qui les ai opérés. J'ai sauvé la petite, le garçon malheureusement…

Le militaire, penché à sa fenêtre, la dévisageait avec cette sorte de circonspecte considération que les hommes accordent aux femmes brillantes, hélas, mêlée d'un désir résiduel pour leur beauté. Il consulta ses papiers :

— Vous êtes apparentée au docteur Henri Morteil ? Il a soigné ma mère.
— C'est mon père.
— Il est assez fatigué. À Noël, on a dû intervenir deux fois parce que votre mère prétendait vous avoir assassinée.
— J'étais là, je les ai rassurés.

Le fonctionnaire gardait un calme exemplaire devant pareille famille.

— Il y avait cet acteur travesti chez eux.
— Oui.
— Il y est toujours ?

Elle hocha la tête, les yeux baissés, un peu comme si elle était coupable.

— Vous voulez que nous allions l'expulser ? C'est possible, si vous témoignez.
— Non, j'ai pas besoin de témoins.

Le gendarme se redressa, carte grise à la main, et regarda la route. Ses subordonnés scrutaient le brouillard d'où surgissaient des flamboiements de phares. Le gradé transmit le passeport et les papiers du véhicule à un autre, légèrement moins galonné, qui s'éloigna vers leur camionnette.

— Docteur, vous devez donner l'exemple. Vous sauvez des vies, nous aussi.

Sauver des vies. Cela ressemblait à un slogan sorti d'un bureau d'étude. À l'origine, elle ne voulait sauver qu'elle-même, mais c'était une cause perdue.

Elle dit qu'elle était désolée… Qu'elle fuyait un homme, qu'il fallait qu'elle mette un monde entre eux. Le gendarme ne comprit pas la métaphore et l'incita à porter plainte s'il y avait des menaces de sévices. Oui, il me menace de ses vices, il est à côté de moi, à la place du mort, songea-t-elle. Je le vois avec son sourire en biais et ses joues papier de verre.

— Vous êtes jolie avec les yeux cernés, mais faut vous reposer.

Et il lui tendit une prune à cent cinquante balles, elle allait encore perdre des points. Mais ce n'était pas cher payé pour esquiver le passager clandestin. Elle repartit, au revoir docteur, elle n'était pas amoureuse, c'était pire : elle était fugitive.

*

Il ne la vit pas pendant une dizaine de jours. Onze précisément. Il les compta. Elle faisait silence radio. Lui ne bougea pas, même s'il était rongé par l'angoisse. À plusieurs reprises, il fit une prière laïque, faites qu'elle revienne. Son imagination ramenait sans cesse à Isabelle, le restaurant, la voiture, la chambre. Une boucle de gestes et d'étreintes, on faisait ça désormais avec des GIF qui tournaient à l'infini. Sa mémoire immédiate c'était elle, une *circumréalité*, il ne vivait plus, il revivait.

Une nuit elle vint, elle était là, il somnolait. L'escalier craqua, Dorian crut que c'était Sandie ou maman, ou n'importe quel mort de sortie. Elle se pencha sur lui, il sentit son haleine, un parfum de noix ou d'amande. Puis chuchota qu'elle était venue voir s'il était encore là.

— Je suis venue pour le cul, un coup de vent. Elle resta la nuit.

Lumière éteinte, tapis sous l'édredon, enfermés dans le parfum de leurs corps, ils firent halte en eux. Ils ne bougeaient pas et laissaient irradier ce désir immobile, bandés comme un arc ; elle resserrait ses cuisses autour de son bassin, lui pesait pour l'englober et la pourfendre. Ils se taisaient dans un baiser irrésolu. Ils se laissaient mourir, au cœur du brasier qui gagnait dans leurs flancs, voluptueuse apnée. À un moment, du rez-de-chaussée, ils entendirent Judith clamer :

— Bonne nuit ma chérie, fais de beaux rêves.

C'est par le rire qu'ils implosèrent.

Isabelle l'embrassait au ralenti, jusqu'à s'immobiliser presque, la lèvre inférieure se décollant d'un rien de la sienne. Leurs langues faisaient suspension et leur souffle s'en trouvait coupé. Ensemble, ils retenaient le temps. Mais elle faisait mieux encore, elle l'aspirait, le temps, elle aurait pu l'avaler pour n'avoir pas, bientôt, à lâcher la main de cet homme, entrer dans la voiture, claquer la portière, mettre le contact et le voir dans la buée, au beau milieu du matin criblé de grésil, lever la main, encore chaud d'elle. Elle sentait cette coulée dans sa verticale, ce chemin de braises blanches qu'il y avait laissé et, pour la journée prochaine, elle voulait garder ce secret enfermé. Et quand elle aurait à parler aux gens, les inciser, ligaturer, recoudre, elle les exposerait tous à son fantôme encore tiède, elle les contaminerait de son allégresse, de la nuit fertile qu'elle avait connue. Elle relèverait la tête, elle aurait le regard provocant de la femme qui n'a pas consenti à laisser son homme sortir d'elle-même. Elle n'était pas amoureuse.

Ils dormirent peu. Ils s'absentèrent en fait, à tour de rôle, chacun veillant l'autre. Se regarder dormir la première nuit, c'est un des privilèges de l'amour à bas bruit. À un moment, il murmura :

— On peut pas aller chez toi ?

— Je suis une princesse, j'habite dans un château, éluda-t-elle en l'enveloppant de ses yeux bleus qui, à cet instant, naviguaient dans des eaux crétoises.

Elle était une princesse, de celles qu'on fabrique entre deux et douze ans. Des princesses défoncées au rose et au pastel, avec des poses de danseuses, le pied en quatrième position. Mais elle n'avait été que princesse ratée. Elle voyait les autres les jolies petites filles, des petites chattes enrobées de taffetas, comme des momies, pour planquer leurs premières règles. Elle voyait leur triangle des Bermudes de princesses épilées à la cire chaude. Ce triangle où se perdrait un vieux gynéco qui leur mettait la main dans le sac pour vérifier que le coffre-fort est bien fermé.

Elle lui expliquait tout ça d'une voix soudain mauvaise, comme s'il en était le responsable.

Les petites filles, les jeunes filles, les demoiselles, les putains mijaurées. Voilà, les princesses ratées, elles surnagent malgré tout, elles traversent la vie, à se laisser fourrer par des footballeurs *embièrés* ou des intellos puant la clope, par des antifas qui t'enfournent comme on retournerait la peau de lapin ou des connards en Weston avec le phimosis au-dessus du gland... Princesse pourrie il fallait rester, marchant avec grâce dans l'attente du Grand Soir où surgirait le cavalier qui allait réconcilier la sœur, la fille, la mère et la catin. Même ses vieux qui avaient baisé en tas, s'étaient refourgués les princesses hippies les uns aux autres, communauté d'enfilés, même ses propres parents l'avaient élevée selon le principe de la bite attendue comme le Messie.

— Pendant ces années-là, on chie pas, on pue pas, on a pas de foufoune, alors, c'est quoi qui gargouille ? dit la princesse ratée pour conclure, et il ne savait que répondre à cette colère.

— Et toi, de quel haras tu viens ? interrogea-t-elle, sarcastique.

Dorian, qui ne voyait que ses lèvres de princesse, ses quarts de sourires de princesse, le jet de souffle qu'elle envoyait à la verticale pour écarter une mèche et aussi cette courbe sinueuse qui de l'aisselle descendait jusqu'à la cuisse comme une onde d'amour. Une princesse ? Vous voulez rire, une reine, oui.

Il expliqua qu'il n'était pas chevalier, même s'il montait à cheval et pratiquait l'escrime par formation professionnelle. Il n'était qu'un acteur, un gentilhomme escroc.

Elle lui prit les mains dans les siennes et les retint, oiseaux enfermés, une larme glissa de l'œil gauche, roula et chut dans la pénombre, aussi lourde que la première goutte de l'été. Elle se pencha et lui parla à l'oreille pour lui dire qu'il devait se tenir prêt. Le vent qui se levait en eux changerait leur climat mutuel et tout ce qui leur resterait à vivre.

— Et il est encore temps. On a encore le choix.

Encore temps peut-être, mais avait-il même le choix ?

Il dit oui en lui. Oui, oui, oui, ou même, comme elles disent, les princesses : ouiiiiii.

Il faut croire qu'elle l'entendit, car elle lui prit la bouche. L'ultime baiser de cette nuit-là. De l'eau, de l'air, des chairs, des dents. S'inspirer, s'expirer, se déglutir, se faire source. Une histoire d'amour, se dit Dorian incrédule, putain, une histoire d'amour.

Il était pas sûr d'en sortir vivant.

*

La neige avait cessé de tomber et des jours bleus et glaciaires étaient venus. Des stalactites suintaient des gouttières, la ville blanche étincelait, on patinait sur la Nyx. Le plus rigoureux hiver qu'on eût connu depuis des décennies suscitait d'éternels débats télévisuels. Les aléas climatiques offraient aux scientifiques des postures médiatiques et des aubaines de pessimisme. C'était une génération mélancolique.

Les nuits suivantes, Isabelle vint à toutes heures indues. Ses « coups de vent », comme elle disait. Dans son sommeil il l'attendait, ils continuaient leur partage de rêves. Il la sentait partir de son job, elle sentait quand il s'endormait. Sur le trajet du retour, elle le voyait perdu au milieu du lit dans cette position de gisant qu'il affectionnait : sur le dos, les bras croisés sur la poitrine. Elle lui apparaissait dans son rêve, fonçant à 100 km/heures vers lui.

Qu'elle arrive à 2 h 12 ou 4 h 24, elle allumait la lampe de la salle de bain, lui ouvrait un œil pour ne rater jamais la liturgie du déshabillage. Elle jetait ses escarpins d'un coup de pied, ils volaient joyeusement dans la chambre, à l'aube il faudrait se mettre à quatre pattes pour retrouver la chaussure perdue. Au bal des hanches, elle faisait glisser sa jupe qui tombait comme une mue. Par-dessus ses épaules, elle retournait le petit pull qui adhérait tendrement à sa peau et il ne voyait que ses aisselles légèrement ombrées, délicate vallée secrète. Elle feignait de ne pas le voir mais non, oh non, elle ne se dévêtait pas seule. Il pouvait voir le halo de tiédeur qui émanait d'elle, il allait sentir bientôt le parfum de son corps, sucrerie, caramel, sueur citronnée, légère fièvre et c'était maintenant. En décroisant ses bras, en incurvant ses épaules, elle allait chercher l'agrafe du soutien-gorge à tâtons, déjà, le voilà qui tombait. Il ne restait que cette culotte, elle disait « petite culotte » comme on qualifie toujours les grandes choses qui ne pèsent rien. Elle la lui jetait en riant, une plume tombée du ciel, et bondissait sur le lit, géante et entrebâillée, pour lui montrer ce que c'était qu'être femme. Il ne pouvait croire qu'elle soit si absolument nue et tout à coup l'enlace, frissonne contre lui ; l'un ne savait plus où l'autre commençait.

Même quand ils ne faisaient pas l'amour, ils le faisaient quand même.

Quand elle se lavait, il n'en perdait rien. Sous la douche, bras levés à se frictionner les cheveux dans la position de la porteuse d'eau libérant ses aisselles, l'ombre en creux de ses seins. La mousse coulait sur les aréoles, dans le chemin duveteux entre les jumeaux. Il connaissait le rituel déjà : quand elle lui cachait sa chatte, riait pour lui offrir ses fesses, riait plus fort encore en faisant un nouveau demi-tour, la main devant, fausse pudique. Il comptait les secondes dans sa tête, trois, quatre, elle lui criait qu'elle l'aimait sous l'ondée, sourde et aveugle, huit, neuf, il comptait le temps qui lui restait à vivre avec. Il souhaitait mourir pourvu que cela fût avant elle, treize, quatorze, rien encore ne l'avait autant dévasté que cette peau blonde, ces ocres replis de chair, ses sursauts de furie bienheureuse quand elle jouissait. C'est ça qu'il attendait aussi, que sa nudité continue de le provoquer à distance, qu'elle soit nue partout pour lui, à trente bornes ou à quatre heures de sommeil.

La journée, ils ne communiquaient pas. Mais quand elle ne pouvait pas venir faire « le coup de vent » durant la nuit, elle le prévenait d'un SMS, avec un seul mot : « pardon ». Le temps ne passait pas, c'est souvent le cas avec l'hiver. Les nuits étaient les plus longues de l'année, les plus longues de leurs vies. Les week-end, ils restaient au lit à prononcer des mots aphoniques dans la bouche de l'autre. Elle s'esquivait parfois pour ne pas avoir à croiser les vieux, qui, en cette nouvelle année pourtant, avaient moins que jamais la tête à ça. Parfois, ils entendaient Henri monter l'escalier en pestant contre les souris ou les coucous. Lui seul entendait des coucous. Parfois, c'était Judith qui montait du linge propre et le déposait sur le lit. Ils restaient tapis sous la couette. Ils riaient. La vieille riait aussi, sans savoir pourquoi.

Au fil des jours, ils plaisantaient de cette relation mansardée. Personne savait. Il faut dire que même les propriétaires de la maison habitaient l'hôtel des courants d'air.

— Va falloir que tu me présentes à ta famille… disait Isabelle.
— Tu veux que je te fasse rencontrer tes parents ?
— Ce soir, je vais encore devoir découcher chez moi.

Cela devait arriver : un matin, ils se firent gauler comme des jeunes. Elle partait, il la suivit dans l'escalier, l'embrassant et la pelotant pour mieux la retenir. Isabelle était vêtue, le bonnet, la doudoune, les collants. Lui était à poil et à moitié bandant.

Arrivés en bas, soupirs et gloussements, ils découvrirent les parents plantés à l'entrée du salon qui les contemplaient avec désarroi. Judith en kimono, Henri en pyjama rayé, une sorte de peau de bête sur les épaules. Il y eut un moment de stupeur.

Tout en se planquant la virilité derrière le dossier d'un fauteuil, Dorian se demanda ce qu'ils voyaient de leur fille. Isabelle, un peu grande, un peu gauche, s'avança et leur effleura des baisers qu'ils ne rendirent pas. Lui éprouva alors le besoin de présenter enfin :

— Je suis Dorian. Et elle, c'est Isabelle.

Il y avait dans cet énoncé, il en était bien conscient, un côté « moi Tarzan, elle Jane ».

Le vieux ôta sa peau d'ours et l'accrocha au porte-manteau de l'entrée. La mère ouvrit la bouche et la referma. Puis elle entra en cuisine et entreprit de mettre la table du petit déjeuner.

— Bon ben, je vais devoir vous laisser en famille, risqua Dorian l'imposteur, un peu faraud d'être découvert.

— Tu vas où, Isabelle ? dit Henri en servant le café, et c'est à Dorian qu'il s'adressait.

— Je voulais rentrer chez moi, répondirent Dorian et Isabelle en chœur. Ils se regardèrent, surpris de leur surprise, et se sourirent. La jeune femme alors ôta son manteau et se dirigea vers la cuisine.

Dorian en profita pour se rhabiller et vint prêter main forte. Leur petit ballet fut tout de suite réglé. Ils se contournaient, enchaînaient les gestes, travaillaient de concert, les couverts, la théière, le beurrier, les dessous de plats pour ne pas tacher la nappe, le vase avec les fleurs. Ils ne faisaient qu'un aux yeux des vieux, ils acceptaient comme l'ovule non fécondé d'être à la fois mâle et femelle. Quelques semaines auparavant, Dorian aurait bondi sur l'opportunité de s'enfuir. Désormais, il voulait rester parce qu'elle lui dressait son couvert :

Ils déjeunèrent en silence, échangeant des regards furtifs. Les jeunes tétanisés, les vieux en état de sidération.

— Ma fille, pour ce soir, je vais te préparer un pot au feu, je sais que tu l'aimes tant ! dit enfin Judith, alors que de la confiture de fraise lui maculait le kimono.

C'est à Isabelle qu'elle s'adressait, affichant le sourire maternel typique : tremblé de lèvre inférieure. Elle ne savait donc pas qu'elle ne savait pas. Pour mettre fin au malaise, Isabelle s'excusa, elle devait y aller. Tout le monde se leva.

— Travaille bien ma fille, dit le Père, embrassant Isabelle...
— Essaie d'avoir de bonnes notes, Isabelle, dit la Mère, étreignant Dorian.

Ce fut simultané, comme dans un vaudeville. Après quoi, les vieux gagnèrent la salle de bain, en traînant des babouches.

Dorian et Isabelle, restés seuls, se regardèrent gravement puis explosèrent. Ce fut leur premier fou rire. Un feu de brousse, qui les gagna en quelques secondes, et les asphyxia. Au bout d'un moment, ils ne pouvaient plus se regarder tant leur hilarité était contagieuse.

— Mais tu vas coucher où, Isabelle ? singea-t-il à un moment, ils repartirent de plus belle.

Il n'était pas sûr, en voyant des larmes dévaler les joues d'Isabelle, qu'elles ne soient issues que de leur fou rire.

Ventôse

Elle apparut à l'écran comme si elle était dans la pièce à côté. Assise en tailleur, sur un lit, dans une chambre moderne et blanche noyée de soleil. Rien qu'une culotte et ce débardeur kaki oui, sous lequel roulaient trop volontiers ses seins. Laura offrait son naturel à son père, elle ne pouvait pas comprendre qu'il était hors de lui de voir ça. Il devait se contraindre à la regarder comme une créature grise et sans féminité. Laura, ô Laura, si pleine de candeur. Comme tous les pères, il ne pouvait accepter le divin malheur d'aimer une enfant qui avait eu la faiblesse de devenir femme. Et si jolie.

Comme à chaque fois, elle parlait à son « astre ». Il ne parvenait pas à comprendre à quel moment il était devenu ce papa mirifique. Il se sentait un peu surestimé, confit dans un idéal auquel il ne pouvait prétendre. Certes, lui l'adorait, mais c'était sans objet, sans débat, comme une évidence. Qui n'aimerait pas découvrir Vénus aux bains ? Elle était splendide, drôle, rare, racée, cultivée, sans reproche, elle rayonnait de vie et de passions multiples.

Mais, depuis toujours, il redoutait qu'elle ne finît par le voir tel qu'il était, une cruelle déception qu'il éprouvait fréquemment devant son miroir. Il ne se sentait pas digne d'être adulé, ça l'amoindrissait presque à ses propres yeux. C'est parce qu'il était à la fois imbu et désespéré de lui-même qu'il était devenu acteur.

Oui, il avait été désinvolte. Pas toujours été là quand elle s'endormait l'auriculaire dans la bouche et un doudou à tête de souris sur le front. Quand elle rêvait les yeux ouverts, en mettant ses doigts dans ces anglaises naturelles qui lui cascadaient sur le visage. Il était même souvent absent parce qu'il jouait à être quelqu'un sur la scène d'un théâtre. L'astre avait peu acheté de tutus et de chaussons de danse, bien qu'elle ait été plutôt kimono. Pas là quand elle avait été championne de France junior de Krav Maga. Pas là non plus quand elle avait eu son bac S et puis quand elle était sortie de Saint-Cyr, avec son joli shako à casoar. Sa fille était devenue une Barbie combattante, un ange venu du ciel dans un hurlement de rotor. Parce qu'il l'avait privée de lui ?

Il connaissait bien Laura, il aimait lire dans ses yeux, dans ses mots. Elle avait toujours crépité comme un cierge magique, parfois il l'appelait « mon feu sacré ». Il arrivait qu'elle interrompît sa débauche d'énergie, ses moutonnements d'idées baroques, au beau milieu d'un mouvement. Ces moments-là étaient ceux de la déception ou de la méditation fortuite. Elle pouvait alors rester de longs moments absente. Il lui disait qu'elle était entrée au couvent, elle disait « chut », et lui touchait la main. Il supposait que ça correspondait chez elle à une forme de mélancolie, qu'elle se mettait en pause pour étudier sa propre tristesse. Comme on nettoie la plaie d'un chat cruellement mordu sur l'échine.

Ce jour-là, pourtant, quand elle lui parla, elle n'était ni la furieuse amazone, ni la jeune fille fantôme qui regardait au-delà d'elle-même. C'était une version d'elle qu'il ne connaissait pas, oh ténue, très discrète, mais bien présente pourtant et lourde de gravité.

— Lullaby, ça va pas ?

Elle eut un sourire en reflet, déjà parti. Celui-là, Dorian le connaissait. Elle contempla la paume de sa main droite puis plongea son regard azur dans celui de son papa, la vidéo autorisa cette intimité cryptique.

— Ça fait comme une absence, comme si tu avais oublié un truc, tu vois ?

Dorian ne réagit pas, il n'avait foutre pas la moindre idée de ce dont elle parlait mais il ne voulait pas poser de questions idiotes de peur d'interrompre le flux de confidences.

Elle déglutit et laissa filtrer une lourde respiration. Regarda hors champs, elle avait besoin de prendre son envol, de faire quelques tris dans ce qu'il lui fallait exhumer. Lui, sentait son coeur battre la chamade, la même terreur que quand elle avait eu cette gripppe terrassante à six ans et que les joues en feu, elle le dévisageait sans sembler le reconnaître. Puis elle reprit d'une voix atone.

— Ça fait comme une distraction de ma réalité. J'ai l'impression d'un défaut. Je n'arrive pas à me l'expliquer. C'est arrivé hier soir, en rentrant de mission, 2 h 42 du matin, il faisait encore 26 C°. Depuis, j'ai dormi avec des rêves où tout est ralenti. Maintenant, c'est comme si j'étais un peu en retard sur moi-même, ou un peu en avance. Je me vois plier trop vite mes vêtements. Je me lave les dents trop longtemps. Le debriefing de la mission se fait avec un drôle de son. Je reconnais pas ma voix. Ce matin, je conduis un Humvee dans les rues de la ville et d'un seul coup je suis sur le trottoir et je me vois passer. On se regarde. Dorian, ça craint.

Laura récupéra alors son sourire éclatant et mutin. Elle lui souffla un baiser du bout des doigts, qui fit crépiter l'électricité statique ; un baiser pour le rassurer, ce pauvre papa va encore se faire du mauvais sang.

— Tu devrais écrire ces choses-là, ma lollipop, sur un bout de papier que tu plierais en quatre. Tu le mets sous ton oreiller là où vient la souris, ou dans la doublure de ton jean. Ou sous ta casquette...

Elle hocha la tête, baissant les yeux comme font ceux qui ne sont pas résignés. Il n'avait toujours pas formulé la question supposée libérer sa confidence. Mais il savait qu'avec Lau, parler pouvait être un verrou comme un sésame. Sa fille savait donner du charme à une porte close. Il aurait pu dire, s'il n'avait pas été le géniteur de cette déroutante beauté « mais qu'est-ce qui s'est passé ? » Ou « quel a été l'élément déclencheur ? » Dans certains cas, il est urgent de se taire. Il faut déclencher ceux qui sont au bord des lèvres en ne faisant rien, en les laissant maîtres de dire ou se maudire.

— J'ai eu une sale mission hier soir. Tu veux que je te raconte ?

Enfant, elle lui faisait déjà le coup, quand elle avait une bêtise à avouer, et Dieu sait qu'elle en commettait, tu veux que je te dise comment ça s'est vraiment passé ? Les choses se passaient différemment pour elle. Devant son éloquence, il devait convenir qu'il était naturel et formateur qu'elle pût casser la porte vitrée d'une voisine en s'entraînant au boomerang.

Le monde ne comprenait rien, ni au boomerang, ni aux Lauras.

Elle lui raconta alors, d'une voix blanche, qu'au milieu de la nuit, ils avaient dû intervenir en urgence parce qu'une unité de paras était isolée dans un village et sur le point de se faire massacrer par des *shebabs*.

Elle était en soutien, comme souvent. L'armée française n'engageait ses filles qu'en des circonstances exceptionnelles. La guerre offrait la procédure inverse des naufrages : les hommes d'abord, les filles ensuite et les enfants chez l'ennemi. Ils avaient posé un Caracal pour exfiltrer les survivants pendant que deux Gazelle arrosaient les points de résistance au canon de 20. La moitié du village s'était mise à brûler, flammes blanches et bleues dans le noir trou du cul de la péninsule. En faisant un passage en limite de zone, Laura avait senti claquer la mitraille sous son cul blindé et, sous son nez, vu filer les traçantes…

— On aurait dit des fontaines lumineuses, tu sais ce truc sur les gâteaux d'anniversaire…

Et puis, au sol, l'hélico de secours avait explosé, frappé par un missile. Neuf, ils étaient neuf, dont Manuel qui, le matin même, l'avait battue au poker.

— Je lui dois trente-deux euros et une cartouche de Marlboro.

Elle se moucha avec un Kleenex mauve. Où avaient-ils joué au poker ? Dans une base climatisée en buvant de la bière, ou à l'ombre d'une machine de guerre de plusieurs tonnes, dans l'épuisante chaleur des deux continents, brelan contre couleur ? Dorian tremblait un peu, de froid, de chaud, de peur, il voyait la blondeur céleste de sa fille, une voiture retournée qui puait l'essence et la mort, il sentait la pulsation métallique d'un gros oiseau noir qui crachait du feu et tout cela appartenait au même monde, où l'on tirait des cartes qui vous bluffaient ou vous couchaient pour toujours.

— Après ça, ces tarés se sont enfuis dans des 4x4, comme si on allait pas les voir… Tu sais, dans les villages ils ont enterré des hommes vivants, violé tout le monde, même les petits enfants. Des saloperies, mais quand même…

Quand même elle l'avait fait : devra-t-elle s'en soucier toute sa vie, en soupirer jusqu'au jour où ses cheveux seront blonds et blancs, qu'elle aura de délicieux entrelacs de rides sous ses yeux bleus et qu'un jour lointain, ô le plus lointain possible, il lui faudra rendre ce soupir ? Quand même : quel salaud aurait pu échapper à ses grenailles de roquettes, objets incandescents qui fondaient les métaux, fusionnaient moteurs et chairs ? Quatre grandes flammes rouges, et des ondes grises et noires de matières consumées, des suies d'hommes jusqu'aux cieux éparpillées. Le chef de bord situé juste derrière elle, comme un cavalier monté au rodéo, hurlait : *shoot, shoot, shoot* !

Qu'est-ce qu'elle voyait de son casque équipé pour la vision nocturne et ses systèmes de visée, son bordel gyroscopique, les données des déséquilibres du monde, vitesse, puissance, ergonomie, chaleurs…

Dorian pensait au panier de roquettes situé sous l'aile du Tigre, au panier d'osier qu'utilisait maman, sous son bras, pour faire un marché du dimanche matin, dans lequel déposer des prunes et des noix et des poireaux verts.

Ce n'est pas elle, pourtant, qui avait tiré. Elle dirigeait le dragon, elle domptait, tenait la machine et la mettait en position. Ce n'était pas son doigt. Elle gérait le vent, elle faisait danser l'oiseau de fer pendant qu'il crachait.

Elle conclut :

— Mais tu sais, il ne faut pas que tu t'inquiètes dadounet, j'aurais pas dû te raconter, maintenant je vais mal dormir.

Elle allait souffrir d'insomnie moins parce qu'elle avait tué des hommes que parce qu'elle l'avait inquiété.

À la guerre comme à la guerre disait le proverbe, à un moment on sauve ce qui peut l'être. Longtemps, il l'avait imaginée faire des prises d'armes, défiler avec son petit uniforme, enfiler sa combinaison et monter son cheval. C'était de la parade, une sorte de carnaval des fous, en plus solennel. Il s'était laissé croire quand ils l'avaient envoyée là-bas, qu'elle allait faire des patrouilles de police, vrombir dans le ciel et les méchants se cacheraient. Non, son imagination n'y suffirait plus désormais qu'elle avait des croix sur sa carlingue.

En bas, ces types enturbannés, barbus et vociférant. On les voyait comme ça à la télé, il les haïssait oui, haïr. Sa bienveillance avait fondu comme neige au soleil, rien à foutre d'une vie de *shebab*. Il pensait toujours à Kebab, ça ne lui donnait pas faim. Cette viande grillée. Laura haussait un peu les sourcils, maintenant ils se laissaient taire. Depuis qu'elle avait choisi l'armée, elle endurait la réprobation de tout le monde.

« Tu es sûre ? » « C'est pas un métier pour toi, tu ne te rends pas compte, c'est pas un jeu vidéo » ; « j'espère que tu le regretteras pas » ; « Pense aux gens qui t'aiment » ; « On va se faire un sang d'encre. »

Sa mère avait dit ça : « sang d'encre ». Elle avait peur d'avoir peur. Si faire des enfants c'est craindre qu'ils ne vivent, alors que penser du fait qu'ils auront à mourir ? On y pense pas, certes, on formule le souhait qu'ils meurent après nous. Au moins on aura plus à s'en soucier. On fait des enfants et on a peur de soi.

Dorian avait appris à se taire. Comédien, il avait tellement de phrases en sa besace qu'il savait d'autant mieux celles qu'il serait vain de prononcer. Laura était Laura, il n'en serait jamais que le spectateur stupéfait et bienveillant.

Quand ils sont gosses et qu'on va les voir jouer la finale départementale du basket ou *Les femmes savantes* à la médiathèque, on ne comprend pas que le regard encourageant et attendri qu'on pose sur eux sera notre masque perpétuel.

Les couettes, les queues de cheval, les chignons, les crayons dans les cheveux, et ce tas de poupées, comment tu faisais pour être Laura. Tu rangeais soigneusement ta chambre quand mon bureau s'appelait Tchernobyl, je ne pouvais rien te dire. Tu rentrais du collège, tu n'étais pas encore une femme, mais elle flottait dans ton ombre. Les petites filles, vous nous donnez des songes, des fugues, des échappées belles, on ne croit pas en vous, on vous sait garces. Et tout à coup un *r* se déplace et vous voilà grâce. C'est probablement ce V qui vous conclut le ventre, sous le satin du justaucorps. Grâce c'est ainsi que je t'aurais appelée. Grâce, pleurant d'improbables garçons, stupides mais si craquants. Fille sautant à la corde, funambule de marelles, terre et ciel, pour qui pleurerais-tu des larmes de craie ? Tu étais tout ça mais tu étais une autre. Un « garçon manqué » disait ta mère mais non, tu étais une furieuse fée de l'aurore.

— Je te mentirais si je disais que j'ai pas les foies.
Il a fini par le dire, c'était le moins pire des encouragements qu'il pouvait lui donner. Elle a hoché sa jolie tête puis – c'était son style – elle a changé de conversation.

— Tu squattes toujours chez ces gens ? Je veux que tu me les présentes, j'ai besoin de famille là, même une famille de comédie.
— Tu veux récupérer une paire de grands-parents ?
— Des papys et mamies on en jamais assez, tu crois pas ?

Les vieux vaquaient à leurs mystérieuses occupations. Judith découpait un numéro de Vogue, penchée sur son ouvrage, veillant à ne pas entamer Romane Bohringer. Richard était déjà collé sur un papier bulle. Henri, vautré sur son canapé, avait gardé le pétard aux lèvres bien qu'il fût éteint. Il avait un casque sur les oreilles d'où sortait la nasillarde rumeur d'*On the road again* de Canned Heat. Le doc gardait sur ses cuisses une guitare acoustique Martin dont il grattait le ventre sans produire aucun son. Dehors, des bourrasques penchaient les arbres de l'hiver et, posée sur le faîte du mur, tout au fond du jardin, une corneille ensommeillée prenait le vent. Il y avait encore beaucoup de neige, mais la terre la buvait doucement dans un soupçon de printemps.

— Voilà, c'est Laura… dit solennellement Dorian à la vieille dame en lui mettant la tablette sous le nez, comme on offre une Joconde à sa vieille. D'un continent à l'autre, les deux femmes échangèrent un sourire radieux.

— Bonjour madame, papa m'a beaucoup parlé de vous… susurra Laura.

On aurait pu, dans la formulation, croire à un reste d'ironie. Non, la lieutenante Layeul n'était plus d'humeur à sourire. Henri leva les yeux de son brouillard, intrigué par une inhabituelle animation.

— C'est ma petite-fille ? ma petite fille ? Ma chérie ? sanglota Judith.

Elle lui parlait, prenait Dorian à témoin, ses yeux cachiveux, passaient de l'une à l'autre. Henri demanda qui c'était et se leva, laissant tomber la guitare qui exhala un accord.

— Ta maman parle de toi toute la journée, elle est tellement fière, il paraît que tu es médecin du monde, comme ton papy, tu vas venir manger à la maison, hein, on serait heureux de vous avoir toutes les deux… comment tu t'appelles ?

Le vieux se rapprocha et se pencha pour regarder la nouvelle attraction.

— Elle ressemble à sa mère, tu trouves pas Judith ?

Henri ployait par-dessus l'épaule de sa femme et elle s'écrasait doucement sous la masse. Il n'était pas sûr que Laura pût le voir, elle ne devait apercevoir que le bas de son visage mais elle lui adressa un « bonjour » prudent.

— Comment allez-vous monsieur Henri ?
— Appelle-moi papy, je suis de la vieille école moi, celle de 1968…

— Ma chérie, je suis tellement heureuse, tu vas venir pour Pâques, hein, je découperai des anges...

Judith expliqua qu'elle les fabriquait dans du papier argent et doré, qu'ils avaient un halo et des ailes et qu'elle les perchait dans tous les recoins de la maison pour ne jamais échapper à leur bienveillance. Elle allumerait partout des bougies, ensuite on irait tous ensemble à la messe voir saigner la relique d'Omar.

— Elle a tes mains aussi et on dirait les mêmes dents avec un léger prognathisme, souffla le vieux en pesant un peu plus encore sur les épaules de sa femme qu'il enterrait doucement de son poids dans l'espoir d'accrocher le regard de sa supposée petite-fille.

— Je suis désolée mais je ne pourrai pas fêter l'anniversaire de papa avec vous... sourit Laura.

— Henri, tu m'écrases ! Ma chérie, tu fais quoi déjà comme métier ? demanda Judith qui continuait de couler sous la masse de son homme et dont le visage approchait désormais du niveau de la table.

— Je fais la guerre, répondit Laura sans que rien ne passe sur son visage. Les vieux ne mouftèrent pas, il ne semblait pas que ça puisse atteindre leur niveau de conscience.

— Tu es docteur pour une ONG ? On a fait ça nous aussi, finit par émettre la vieille dame, menton sur la table.

— Elle a mes cheveux, ma texture, poursuivit Henri.

Dorian expliqua alors, pour dédramatiser, que sa fille pilotait un hélicoptère. Chaque fois qu'il avait à justifier du métier de Laura il disait ça « elle pilote des hélicos ». Il dissimulait la gêne par la fierté, l'armée par l'aéronautique. Mais là, pour la première fois, il lui semblait devoir dire la vérité :

— Elle est militaire, c'est même un officier.
— Ah ! Médecin-Major c'est un rude métier, j'en ai fait de la médecine de guerre, c'était pas beau... grommela le vieux.

*

C'était le soir, Judith avait fait de la blanquette avec des restes de lapin congelé. Un lapin, pensa Dorian, qui avait dû connaître Lewis Carrol. Isabelle était arrivée tard de l'hôpital, au moment où Henri finissait son assiette en la sauçant longuement.

— On a commencé, s'excusa Judith.
— Tu es maigre parce que, depuis toujours, tu es en retard à table, grogna le vieux, pendant qu'elle se débarrassait de sa doudoune.

Isabelle picora du bout des doigts, surtout les carottes froides de l'assiette voisine. Son autre main était sur la cuisse de son amant. Elle était noyée de mélancolie.

La vieille dame les scrutait, yeux grands ouverts, comme une chouette. Ses pupilles éteintes passaient de l'un à l'autre, puis elle leur parla :

— Depuis le temps que c'est servi ça doit être glacé, tu veux que je le mette au micro-film ?
— Micro-onde, Judith... Mais c'est un appétit d'oiseau, constata le vieux.

Mère observait toujours, elle avait deux images pour une seule personne et ses deux hémisphères cérébraux tentaient toujours de les réconcilier. Le yin, le yang. Tout cela était perturbant car les amoureux avaient pris l'habitude de partager aussi les conversations. Isabelle commençait les phrases, Dorian les terminait. Comme ils pensaient les mêmes choses au même moment, ça ne facilitait pas l'aléatoire communication familiale.

— Musicalement le rap c'est de la merde, un beat répétitif, temps fort, temps fort, et les *scratchs* pour détruire encore un peu plus les vinyles, grogna subitement Henri.
— Ça existait déjà de votre temps, quand vous écoutiez les Stones, soupira Isabelle, c'est même antérieur au punk... C'est né à Harlem...

Isabelle n'allait pas bien, Dorian le sentait à la pression de sa main. Elle s'exprimait avec une certaine agressivité et il sentait que leur duo n'était plus un jeu pour elle mais une forme d'imprécation pour chercher l'affrontement. Il lui demanda à l'oreille ce qui n'allait pas.

— Parle plus fort Wapassou, j'entends pas ce que tu dis ! se mêla Henri.

Isabelle le regarda alors avec exaspération, une houle de colère lui remontait du fond de l'enfance. Parfois, dans les textes qu'il avait interprétés, Dorian avait utilisé l'expression vieillotte « haut-le-corps ». Oui c'était ça, il venait à Isabelle un haut-le-corps. Elle expliqua alors, la voix noyée de rage et de sanglot qu'elle avait perdu quelqu'un aujourd'hui et qu'elle en avait rien à foutre de ce qu'étaient les bonnes et les mauvaises musiques. L'opération était à risque mais chaque fois que quelqu'un mourait sur le billard c'était un peu comme si elle avait tué de ses mains. Elle dit qu'il s'appelait René, qu'il était gendarme et l'avait récemment verbalisée. Une vésicule biliaire, une saleté de vésicule.

— Routinier mais périlleux la cholécystectomie, le caillou dans le bilieux... ricana Henri qui se croyait sollicité.

René avait beau être militaire, personne n'avait vu arriver la défaillance cardiaque, il leur avait défibrillé dessus et personne n'avait, bordel à cul, été foutu de le réanimer. Et Isabelle s'en voulait, en voulait à l'anesthésiste, en voulait au monde entier et broyait les doigts de son amour. Elle ne leur disait pas tout. Lorsque le galonné l'avait verbalisée au bord de la route, parce qu'elle était amoureuse, elle avait souhaité sa mort.

— Comment il s'appelait ce gendarme ? Dorian regardait vers l'entrée et connaissait déjà la réponse.
— Révillout...

Judith continuait de débarrasser en chantonnant. Henri baissa la tête, et tout à coup, se mit à pleurer. Il ne grimaçait pas, ne congestionnait pas, ça coulait tout seul. Isabelle lui demanda pourquoi il se mettait dans un état pareil, il avait dû en voir, lui aussi, des patients lui échapper.

— Tu le connaissais ?
— Wapassou, rappelle-toi, il était là le soir de Noël. Tu te souviens pas ? Tu lui as parlé ! Il te trouvait à son goût, même que tu lui as écrit un petit mot sur un magazine. Ça m'inquiète un peu que tu aies ces absences…

Dorian se remémora le regard du gendarme Révillout sur sa poitrine creuse et sur ses mollets musclés. De leur vivant, ils n'auraient eu qu'une rencontre burlesque, ce qui lui prodigua, comme souvent quand on frôle les dernières heures de quelqu'un, une sensation d'hébétude.

Il redoutait qu'après la sortie de ce défunt, une porte s'ouvre ce soir dans Sodhaure et qu'un mort n'en franchît le seuil pour faire la quête parmi eux.

*

Muezzin sonnait. Dorian avait pourtant désactivé le son, mais son portable déglingué passait outre, il avait même choisi de klaxonner les premières mesures de la Cinquième de Beethoven, TATATA TA ! La machine luisait, par terre, sur la moquette bleue. Il sentait contre lui la courbe d'Isabelle qu'il avait tant aimée. Rien que de repenser à leur dernière étreinte il manquait de souffle, sentait monter un malaise et bandait comme un ours. Ils ne s'étaient pas lâché la main, il ne fallait pas.

Qui *froutredieu* pouvait bien l'appeler à… à 3 h 47 du matin ? Il attrapa le téléphone et s'éveilla tout à fait en voyant le nom qui s'affichait : Sandrine-ta-sœur. Muezzin et son éternel sens de l'humour noir. Il eut peur de répondre, mais qui ne l'aurait pas fait ? Il chuchota, pour ne pas réveiller la femme lovée dans la couette. Et aussi parce que – quelle absurdité – c'est ainsi que l'on parle aux défunts.

— Ouais ?
— Marlon Brando ?

Son cœur tomba dans sa poitrine, un galet sombrant dans une fosse marine. C'était la voix, mon Dieu sa voix, comment était-ce possible ? Oui, elle qui l'appelait toujours des noms de ses acteurs fétiches. Depuis qu'il avait pris ses premiers cours au Conservatoire, c'était un code entre eux. Il avait des larmes dans la bouche et sur les joues, il voulait y croire, il voulait savoir.

— Sandrine ? Sandie, c'est toi ?
— Faut que tu me rendes un service, ça m'obsède… J'ai été dépucelée par Fabien, j'avais pas quatorze ans. Après ça, j'ai eu trois cent quatre-vingt-seize hommes… C'était joli, quand j'y repense…

Il se leva, soulevé par la chair de poule. Sa douce maîtresse bougeait dans le lit. Il traversa la chambre à tâtons puis descendit au salon. La maison craquait un peu, la nuit tirait des lignes dans l'obscurité, comme une trame.

— Sandrine ? T'es où ?

Une part de son esprit gelait d'incrédulité et projetait sur l'écran de sa conscience ce brave Fabien, dont il revoyait la mèche rousse sur le haut d'un front déjà promis à la calvitie. Il n'était son aîné que d'un an et lui avait vendu un vélo alors même qu'il baisait sa sœur. Bon Dieu ils étaient des gosses, le type ne devait même pas savoir par quel bout se branler. Jamais il n'aurait pu imaginer pareille iniquité. Il lui paraissait plus improbable encore que Fabien eût grimpé Sandie que de deviser avec elle, par-delà le fleuve damné.

— Sandrine ? Tu fais quoi ?

Mais elle ne répondait pas et poursuivait son laïus, on eût dit que c'était lui qui était mort pendant qu'elle, le front sur un mur de marbre, soliloquait son souvenir. Il entendait une rumeur dans son au-delà, voilà qui le terrorisait le plus. Quels étaient ces bruits, un vent de là-bas, les gifles de grêlons dans des feuillages ou encore des millions de voix, des milliards peut-être, qui marmonnaient en songe ?

Tout ce qu'il savait était qu'il était à poil et bandait à s'en cogner aux meubles dans un salon obscur empestant le thé vert et le débouche-nez.

— Je voudrais que tu récupères mon cahier d'amants. Que tu le brûles, je supporte pas l'idée que quelqu'un le lise ou qu'il tombe entre les mains d'un de ces garçons. Surtout Marc-Antoine. J'ai écrit des choses terribles sur tous ces hommes, c'était mon bétail tu vois, des livraisons de viandes viriles. Je faisais des graphiques, des statistiques, sur les performances, les positions, les tailles…

— Sandrine, je t'en supplie, dis-moi où tu es ?

Mais était-il possible qu'elle fût quelque part ? Ne pouvait-on imaginer qu'avec l'incurie électronique un message fût resté bloqué dans l'ionosphère et qu'il ait fini par redescendre suite à un bug, et que tout ce qui n'avait pas été dit ou entendu depuis des années revenait ?

— Sur la texture et les goûts et comment je les laissais tous couler en moi, les rares après qui je me suis pas douchée pour en garder la saveur et l'imprégnation… Parmi ces mecs j'ai eu des chéris, ceux qui m'ont atteinte sans le savoir, qui ont lu un truc écrit en moi, j'y avais pas accès c'était à l'envers on peut pas lire sur soi, tu comprends… Il en a eu deux ou trois comme ça, dont Marc-Antoine. Et puis ceux que j'ai trompés, ils ont pas su à part un ou deux, mais je veux pas laisser cette empreinte mauvaise, moi-même j'aurais pu hurler ou tuer ou m'arracher la poitrine avec les ongles, si j'avais su qu'ils en baisaient une autre. C'est une fièvre Dorian, une fièvre équatoriale, le sexe ne donne pas de repos, il contamine, il ravage…

Il alluma une petite lampe dans son recoin favori, une banquette d'angle aux horribles coussins orange et s'y pelotonna. Judith avait laissé un plaid fabriqué au crochet, il s'en couvrit. Il avait le sentiment d'être un Indien Hopi, attendant l'aube dans son tipi, quand il faudrait affronter la mort.

— Je vais te dire où il est mon cahier d'amants...

— À Marseille, soupira Dorian qui parlait bas, de crainte d'être surpris à parler avec une morte.

— C'était comme une addiction, je me faisais les mecs presque comme un banc d'essai, juste pour faire une critique derrière et entretenir mon tableau comparatif, j'y pensais même pendant que je suçais.

— Je suis ton frère, tu te souviens ? C'est horriblement gênant de savoir tout ça.

Elle se tut. Normalement, quand on cesse de parler, le son décroît un peu, il reste un écho, quelques points de suspension ; passent un bruit de bouche, un souffle. Là, le son s'interrompit net. Puis rien. Bruit blanc. Dorian n'osait plus rien dire, il s'entendait lui-même, des bruits de tripaille. Ça revint. Une présence. Il entendit glapir au loin. Ou l'aboiement d'un gros chien. Très gros.

— Si tu le lis, il arrivera quelque chose à quelqu'un de chez toi, tu ne dois pas, non tu ne dois pas.

— Je l'ouvrirai même pas.

— Et tu le brûleras...

Elle lui expliqua alors qu'elle avait planqué le cahier, un Oxford, au fond du confessionnal, dans le dos du curé. Il y avait là une double épaisseur de bois qui se désassemblait. On entendit derrière Sandrine une voix qui disait d'aller vite, de pas rester là, de le lécher, de lui planter le pieu, lui planter...

— Je suis occasionnelle, dit-elle mystérieusement avant de s'absenter pour de bon.

Dorian attendit encore un peu mais Muezzin s'était tu. En faisant glisser lentement le téléphone de son oreille à sa joue, il sentit sa barbe crisser contre l'écran puis les infimes cristaux grésillèrent d'électricité statique. Il y avait du sang maintenant qui coulait sur sa main. Muezzin l'avait mordu ou c'était elle. Il bougea un peu et une douleur aigue lui tira la cuisse. Il porta vivement sa main et arracha le samouraï planté dans le gras en-dessous de la fesse. Il s'était assis dessus.

Dans un coin du salon, les yeux mordorés de Zarbeul s'ouvraient, se refermaient, feux orange, à minuit, au centre d'un carrefour désert.

Il n'a pas su combien de temps il était resté là, sous sa rêche couverture. Ce qui l'a réveillé, c'étaient les pépiements d'oiseaux. L'aube était là, il faisait nuit encore, une nuit livide. Des mésanges picoraient des miettes oubliées sur la table de la salle à manger. Quand il se leva, elles s'enfuirent d'un coup d'aile par la porte-fenêtre entrebâillée. Déjà un halo de craie blanchissait le ciel. Et quelqu'un était entré qui ne l'avait pas vu, endormi dans son coin. C'était le serial-chieur, peut-être qu'il était encore là…

Dorian se risqua dans le couloir. Il entendait ronfler Henri de toutes ses bronches quand mamie geignait des demi-mots. Il fit halte derrière la porte close de la salle de bain. Puis écouta. On y pétait comme dans un tuba, avec des sifflements, vents et descentes de gamme. L'anal terroriste prenait ses aises en sons et lumière, ses relents de latrines, déjà, se propageaient sur le palier.

À portée de main se trouvait un placard encastré où Judith entreposait ses produits ménagers. Dorian l'ouvrit à tâtons, cela fit un bruit de bois cassé, au moment précis où Henri suspendait son ronflement. Et dans la salle de bain, on entendit le son caverneux d'un étron massif tombant à l'eau. Dorian frémit et s'empara d'une bombe, il ne savait pas laquelle. L'aplomb avec lequel l'intrus venait régulièrement déféquer là trahissait la vindicte. Dorian hésita une seconde de trop.

Tout à coup la porte lui explosa à la figure et un sanglier, debout sur ses antérieurs, le bouscula. Dans la pénombre, Dorian parvint, au jugé, à lui brumiser la hure d'une giclée puissante. L'autre hurla. Ça puait l'anti-moustique qui, mélangé aux remugles de fèces, produisait un cocktail vomitif. Le clandestin s'enfuit en claudiquant, « salopasse », « anus à bites » ! En passant le seuil du salon pour foncer vers le jardin, il apparut brièvement dans la lueur de l'aube. Il se tenait le bénard d'une main et se frottait les yeux de l'autre, laissant apparaître une demi-fesse flétrie. Dorian reconnut cette gale de Chanfarien.

Il existe des êtres de latrines dont l'âme baigne dans leur jus et que l'humanité tolère comme elle vénère ses saints. Cet homme était voué à emmerder les autres.

Henri surgit de sa chambre et alluma l'éblouissante lumière du couloir. Il était à poils, la broussaille hirsute et les couilles sur les genoux. Il écarquillait ses yeux rougis.

— C'est quoi, ce potin dans la salle d'attente ? Je reçois pas avant neuf heures !

Dorian se précipita dans le salon, le vieux sur ses talons mais ils ne virent personne. En refermant la porte-fenêtre, Dorian demanda à Henri si Chanfarien avait les clés de la maison.

— Chanfarien ? Il a pas besoin… Il était serrurier. Ça fait des années qu'il va mater les femmes dans toute la ville, y a eu des plaintes mais rien a jamais abouti. Les gens ont peur de lui…

Dorian lui expliqua alors que c'était lui le terroriste à la crotte. Henri hocha du chef comme s'il l'avait toujours su et n'avait jamais rien osé. Ils étaient tous les deux la bite au vent, on aurait cru des naturistes sur le point d'aller biner le potager. Une effroyable pensée traversa Dorian, il vit cette image partagée par des millions de gens sur Twitter. Le vieux contempla son jardin et jura en tremblotant du goitre :

— Je suis un être de lumière, si j'étais pas pour l'amour universel, je te le saignerais au bistouri.

Sur ce, il se roula un pétard et retourna le fumer au lit. Dehors tout était rose, même la gelée blanche.

Germinal

Les jours passaient et Isabelle ne disait toujours rien d'elle-même. Elle allait et venait, à son gré. L'hôpital était son ogre, il lui dévorait les journées et parfois les nuits. En plus elle consultait ailleurs, disait-elle, évasive, sans que Dorian sût bien où.
— Je suis intermittent du spectacle et toi intermittente de l'amour, commentait-il dès qu'elle partait. Ça la faisait rire, avec un peu de rancœur dedans, mais elle ne relevait pas.

Elle en disait d'autant moins qu'elle le faisait avec beaucoup de grâce. Dorian lui avait tendu quelques perches, utilisant quelques expressions allusives comme « pendant toutes ces années », « si c'était à refaire… » ou « ah la famille, ce mal nécessaire… ». Elle lui souriait, pas dupe, enfin, changeait de conversation. Un jour, elle dit avec suffisamment de fermeté pour qu'il s'en contentât :

— Le moment venu, je te raconterai.

Le moment venu, il se demandait s'il le verrait venir, sans compter que la solennité littéraire de l'expression lui avait foutu les foies. Comme pour Laura, quand on approchait des frontières de leur histoire intime on se mettait en danger. Il est des êtres avec qui il ne faut pas trop en savoir. Alors il résolut de se taire, de s'éloigner de la frontière et la laisser vivre en ses secrètes principautés, parce qu'en amour la curiosité est pire qu'un vilain défaut.

Au bout d'un moment, il avait accepté l'idée que le domicile de leurs enfances fût devenu leur pied-à-terre. Lui avait son domicile parisien, elle un mystérieux toit quelque part. Un acteur, un médecin, réfugiés en un espace-temps qui les maintenait en vie. Un peu comme s'ils avaient rêvé les vies d'avant, plutôt que les avoir vécues.

Mais, les semaines passant, elle livra quelques confidences. C'est parce qu'elle était nue et lui aussi, si arrimés l'un à l'autre qu'il était difficile de ne pas croire qu'ils ne s'entendaient pas penser.

Un soir, elle déballa un peu sur l'enfance. Ça sortit après qu'elle eut joui si fort qu'elle avait exhalé une plainte comme un geyser de l'âme. Elle était assise sur lui, avait levé les yeux au ciel et s'était sentie hurler. Après quoi, elle lui était retombée sur le torse, et c'était venu. Elle lui avait confié que ses parents n'avaient jamais été fiers d'elle. Pour un couple de vieux hippies, supposés gauchistes, ils étaient restés des hédonistes béats sans se préoccuper beaucoup du mal qu'elle avait d'être.

— Je leur faisais peur aussi. Je jouais à la poupée, mais je la démontais, je la désossais. Je voulais savoir ce qu'il y avait dedans. Judith était épouvantée, elle croyait avoir réchauffé une tueuse en son sein.

Elle pouffait : dans son cou, il sentait souffler un vent tiède.

— Je me supportais pas, j'étais moche c'est vrai. « Ingrate », mon Dieu qu'elle est ingrate. Quand j'y fais pas attention, je me sens moche encore. Toujours l'impression que la mocheté m'attend au coin de la rue.

Dorian protestait que non, qu'il avait été fasciné dans la seconde où il l'avait vue. Mais elle disait non, non, ça n'avait rien à voir avec ce qu'il voyait. La mocheté ce n'était pas la laideur, mais autre chose, un échec de soi avant même d'avoir commencé, l'impossibilité d'exister aux yeux de ceux supposés vous aimer.

Puis elle s'endormait, parfois sans avoir fini une phrase. Il la sentait couler en elle, son souffle ralentissait, elle avait des plaintes, des miaulements de ventre, des exhalaisons. Une soudaine machine de chair avec des rêves au milieu. Il arrivait qu'elle rue, secouée de tempêtes intérieures, vivant par contumace une vie sans lui. Il sentait alors qu'en leur relation il n'y avait pas, il n'y aurait pas de territoires de l'amour. Qu'il serait toujours un peu habité par la crainte que quelque chose de très important lui ait échappé et que cette absence de vigilance finirait par lui nuire. Avec elle – ça ne lui était jamais arrivé – il craignait de devenir banal.

Quand on ne se dit pas tout, on laisse à ses journées une part d'inquiétude. Quand on sait tout, on en vient à croire que l'autre vous est semblable, ce qui n'est et ne sera jamais vrai.

*

Il ne l'avait pas vue depuis trois jours. Les parents, qu'Isabelle fût solo ou duo, vivaient comme des bienheureux, pourvu qu'ils en aient une. Pour Dorian, le manque devenait une amère pilule et lui venait la colère. Pour la première fois depuis des mois, il eut l'envie de rentrer à Paris. Il rassembla alors ses affaires. Si la colère est mauvaise conseillère, le dépit s'avère aigre mentor. Il n'avait pas de nouvelles depuis près de douze heures et, bon sang, c'était pourtant pas compliqué d'envoyer un SMS. Il écrivit un petit mot tendre mais ferme. Ce qui est manuscrit rend, de nos jours, le propos plus solennel. Du papier, de l'encre :

Isabelle,

Les mots ne disent pas ma frustration. Je suis un peu comme une femme au foyer qui attend son homme et je n'ai guère vocation à jouer les Pénélope. Ce qui est nous est magique. Mais si rare. Ce qui est nous est mystérieux. Mais si opaque. Je suis en souffrance avec, au milieu de moi, là, sous le plexus, un boulet de canon, et tu sais comme c'est lourd. Je pars. Je pars parce que je suffoque de cette histoire.

Ma tendresse.

Dorian, intermittent de l'amour.

Avant de descendre, il jeta un dernier œil sur la chambre, cette fois il ne reviendrait jamais. En bas, il fit la bise aux vieux, comme s'il embrassait ses défunts.

— C'est l'entraînement du hand ? N'oublie pas de passer nous prendre pour la finale de ce soir. Je ferme le cabinet à vingt heures, j'expédierai la dernière grippe... Vous jouez contre qui déjà ? Challans ? questionna Henri.

— Je t'ai écrit ton devoir de philo sur le religieux et le sacré, je te montrerai ça tout à l'heure... C'est bien pour vendredi ?

— Laisse-la partir Judith, elle va être en retard, c'est important le sport, elle est tellement maigre...

Il leur dit oui. Et oui. Oui pour tout. Puis partit avec son petit sac. Quand il ferma la porte ils l'avaient, Dieu merci, déjà oublié. Il marcha dans les rues boueuses, des bandes de neige sale traînaient encore aux pieds des arbres et dans les jardins. La terre revenait à elle. Avant d'aller à la gare, il lui restait une course à faire.

*

Martine lui offrit une cigarette. Isabelle officiellement ne fumait plus mais elle tapait tout le service. L'interne, elle-même, laissait le paquet dans un tiroir du bureau car à la maison, son mari et le Prophète ne le permettaient pas. Au boulot, c'était moindre adultère. Elles fumèrent à deux pas de l'entrée des urgences, à regarder le ciel déchiré. La clope les faisait frissonner et tousser, ça sentait bon, ça puait, ça ramenait des souvenirs.

— Je vais perdre mes subventions, je crois bien. Le président de région veut me sauter, et maintenant que ce con de maire s'est suicidé, ça fait deux soutiens en moins.

— Wapassou ?

— Ben oui, je parle pas d'un club de foot, Martine, bon Dieu.

— Le nouveau maire, peut-être ?

— À tous les coups ils vont élire sa pute de veuve, elle peut pas me blairer cette tarée.

— Et ta star de la télé, il va bien faire un spectacle pour la gamine, il a qu'à en faire un pour toi ?

— Je l'ai quitté.

Elles produisirent de la fumée. La cigarette est toujours trop courte, c'est pour ça qu'on peut jamais arrêter. Comme la vie, à un moment on se retrouve au filtre et tout s'éteint dans une amertume.

— Les mecs, tu les gardes jamais bien longtemps… »

Martine écrasa sa clope, elle semblait contrariée. Elle aimait bien que sa patronne soit avec Layeul. Elle aimait pas la Salamé. On avait beau dire, c'était une star, elle aurait bien aimé parler avec lui, grâce à Dieu.

— Va voir si le patient est au bloc. Bouge ton gros cul, l'État investit dessus. Et préviens-moi quand l'équipe est prête.

L'interne entra dans l'hôpital en haussant les épaules. Isabelle était une star elle aussi, avec ce que ça comportait de sautes d'humeur, de sentimentalité et d'injustices. Isabelle ferma les yeux et entendit son cœur grimper dans sa poitrine. Une telle envie de pleurer, elle ne devait pas. Il lui fallait garder ses émotions pour elle, faire le vide pour aller plonger ses mains dans le corps d'un enfant. Elle écrivit le SMS dont elle avait appris le texte par coeur.

Je peux pas. J'y arrive pas. Je suis pas une femme pour toi. Pour personne, si ça peut te consoler. La vie que je mène me rend dingue mais je veux pas en avoir d'autre. Ça va me déchirer parce que je t'aime. Jamais j'ai écrit ça. Mais je sais que je vais tout dévaster. J'arrive pas à te le dire. Il vaut mieux finir comme ça. C'était bien, bordel, c'était joli. Merci. Pardon.

Voilà, il ne restait qu'à l'envoyer. Elle redevint le docteur Isabelle Morteil, elle est grossière, mais elle est bonne cette conne, comme le directeur l'avait dit à un de ses collègues qui le lui avait rapporté. Qu'ils aillent tous se faire foutre. Tous sauf un. Elle entra dans la chaleur aseptisée : une ablation de rein l'attendait.

*

Il vérifia que l'abbé Spirale n'était pas dans la basilique. Ça sentait la pierre froide et la cire consumée. Une lumière rouge le regardait du ciboire. Dorian qui venait pour un cambriolage, jugea utile de s'absoudre. Il trempa le bout de ses doigts dans le bénitier et se signa subrepticement, il ne tenait pas à ce qu'on le vît. C'était désert pourtant, mais allez savoir. Pardon mon Dieu, je l'ai fait de la main gauche mais je tenais à garder ma dextre intacte. C'est qu'il avait encore sur sa main l'odeur de leurs draps. Et là il se trouvait confronté à une controverse au moins aussi fondamentale que celle de Valladolid : des deux mains, laquelle était la plus sacrée ?

En s'avançant vers le transept, il porta ses doigts à ses narines, il la sentait encore sur lui, tant d'heures après, Isabelle l'imprégnait. En passant, il déchiffra les ex-voto qui couvraient tout un mur *merci pour ma fille, grâce à toi Seigneur pour m'avoir guéri, Merci, Merci encore, Merci pour tout, Ma fille est revenue*... Des mots de marbre comme des Tweets à Dieu en guise de reconnaissance.

Il gagna la porte dérobée qui donnait sur la sacristie et, au-delà, sur les deux modestes pièces où logeait le curé. Normalement, à cette heure-ci, Spirale était sorti faire son jogging. Dorian frappa doucement à la porte. Pas de réponse. Il essaya d'entrer, fermé à clé. L'abbé devait ahaner sur le chemin de halage, le long de la Nyx. Il se demandait comment on pouvait prier avec un cœur à cent cinquante pulsations par minute, en la mécanique monotone des foulées. Amédée devait suer de la ferveur, *credo in excelcis deo*, ouf-ouf, et devait se dérouler dans son cerveau, comme un karaoké, le texte de la prière. Il priait latin, en cachette. Après avoir passé une licence de lettres classiques, il avait été ordonné à Yaoundé par un évêque qui lui parlait latin. Faire une faute de déclinaison pour lui était pire qu'un péché mortel, quand une murge à la bière restait vénielle. Surtout devant un match de foot. Dorian songea qu'il allait lui manquer. Ils s'étaient revus plusieurs fois, à taquiner quelques spiritueux puis contempler, ravis, l'amitié qui leur venait.

Il repéra le confessionnal le plus proche de l'autel, opportunément dissimulé derrière une colonne. Les trois autres étaient alignés, comme des guichets à repentance, à portée de la relique de Saint Guénolé dont le crâne souriait pour toujours d'un air mauvais. Pendant quelques instants, agenouillé sur un prie-Dieu, Dorian essaya de se souvenir comment prier. Ouvrir sa psyché à toutes les pensées opportunistes, un vrai vol d'étourneaux, et dont l'on pouvait croire que certaines émanaient de la divinité. Dès qu'on se laissait libre de ses rêveries, des dizaines d'idées, de sensations, d'images, de combinaisons d'intuition et de souvenirs fusionnaient, et personne pour s'émerveiller de ce miracle permanent alors que tant de bigots se pâmaient devant une gosse qui voyait Marie à l'heure du goûter.

L'acteur en lui apprenait son texte et ça devenait une forme de prière. Que les pensées lui vinssent. En lui ou au dehors, quelqu'un devait naître. C'était une autre forme de recueillement, faire connaissance avec celui qui surgirait.

Il resta un long moment ainsi, perdu dans ses pensées, celles qui venaient de nulle part en un flot continu. Puis, constatant que décidément il n'y avait personne dans la basilique, il se leva et rôda vers le confessionnal. La porte d'accès frontale était fermée à clé. Il introduisit son canif dans la serrure, puis fouilla là-dedans jusqu'à ce que cela cédât. Un lascar lui avait appris à crocheter une serrure, pour mieux jouer son personnage télévisé de flic qui s'autorise des libertés avec la loi. À vrai dire, la boîte à péchés n'était pas non plus défendue par une serrure blindée, il n'y avait rien à y prendre, n'étaient des amertumes et des contritions. Il entra et referma la porte derrière lui. C'était exigu : il chercha en se contorsionnant le fameux panneau de bois amovible.

En s'accroupissant, il fouilla sous le banc de bois du curé, il fallait avoir le sacrum sacré pour supporter des heures de confession sans avoir mal au cul. Dans la pénombre, il tapota la planche du fond qui rendit un son creux. Il se vit là, comme en plongée sous la soutane du curé et ne put s'empêcher de rire. Tout ça parce que sa sœur, une des nombreuses victimes de l'attentat de Marseille, lui envoyait des messages de l'au-delà.

Il chercha à faire coulisser le panneau, à droite, à gauche et puis verticalement. Il y avait du jeu mais le truc refusait de se déclamper. Finalement, ahanant comme une mule, Dorian se mit à secouer l'objet, quitte à le défoncer. Contre toute attente, le panneau bascula en arrière. Ça sentait le velours moisi, les cimetières d'insectes, ça sentait le renfermé. Enfant, il voyait le mot écrit « rend-fermé », parce que, pour lui, ce qui restait confiné avait le goût du vomi. Il tâtonna dans l'espace obscur, effrayé par la perspective d'être agressé par une araignée grosse comme une soupière. Le cahier était là. Il le sortit précautionneusement, essoufflé, aussi ému qu'un archéologue découvrant un Testament antérieur à l'Ancien.

Le cahier n'était pas un Oxford mais un Héraklès. L'écriture, oui, il la reconnut. Celle de Sandrine, lisible, bien que parfois cryptique, avec ces boucles penchant dans un sens ou l'autre, suivant le vent. « Concours les Pines » avait-elle titré, Sandie, si maman avait su… À l'intérieur, des encres différentes, des dates, des noms. Des noms d'hommes. Une foule. Il n'avait pas le droit de lire, il l'avait promis. Il l'avait ouvert brièvement, juste pour vérifier. Un Polaroïd tomba, c'était un mec nu et en érection, mon Dieu pardonnez-moi, pardonnez-lui, pardonnez-vous de nous faire subir ça. Il rangea la photo parmi les pages gondolées par l'humidité et noircie par la moisissure, chronologie d'orgasmes, de missionnaires, de fellations, qui sait, de sodomies et de flatulences vaginales. Il avait le tournis et, s'asseyant sur le siège de Spirale, ferma les yeux. C'est alors que quelqu'un frappa contre la cloison, à la droite du confessionnal.

Dorian sursauta et se transforma en statue de pierre. On toqua encore quelques petits coups. Puis un gratouillis d'ongles.

— Amédée, je sais que vous êtes là... Faut m'entendre en confesse. J'ai besoin, c'est une urgence...

En soupirant, il fit coulisser le volet qui, derrière le moucharabieh, révéla le visage mangé d'ombres d'une femme.

— Je ne suis pas le Père Spirale, je suis de passage...

Il la vit tenter de scruter son profil. S'il la voyait mal, elle ne devait pas le voir du tout ou alors un menton, une bouche. Ils partageaient leurs haleines, leurs chuchotis. Elle paraissait une belle soixantaine, fanée mais gracieuse, pomponnée, maquillée et dans un nuage de Chanel.

— J'ai besoin de parler, me libérer de tout, encore plus si vous n'êtes pas d'ici... Spirale me connaît, comme tous les Sodhaurites, c'est terriblement embarrassant...
— Ne me dites rien, madame, ce n'est pas grave. Dieu sait. Il suffira que vous parliez dans la buée de votre miroir.

Dorian s'attendait à ce qu'après une réplique pareille, on entende un « coupez ! » sonore. C'est vrai, il trouvait l'aventure plaisante. Son métier lui servait d'alibi pour regarder par les trous de serrures. L'acteur l'autorisait, comme jadis l'huissier, à aller toucher les draps chauds où venait de se consommer l'adultère. C'était exaltant de parler, caché comme un directeur de conscience et éprouver la sordide vérité des êtres, pendant que, dans les rues, passaient les mensonges. Dorian en était presque sexuellement excité, probablement parce que ça lui permettait d'admettre qu'il n'était pas seul à se décevoir. Peut-être ne valait-il guère mieux que Chanfarien.

— Mon Père bénissez-moi, j'ai besoin qu'on m'entende, je suis pécheresse. Je peux pas blairer ce mot…

— Peu importent les mots, peu importe…

— Je suis contente que vous m'appeliez pas ma fille… Je suis une salope. Pardon de dire ça ici, je suis pas Tourette, mais je me le répète en boucle, salope, salope, j'ai l'air de vouloir m'en contenter. Le père Amédée des fois me dit « vos gros mots sont de grandes œuvres ». Si seulement…

Dorian serrait le cahier contre son ventre, ça le brûlait un peu. Il lui venait la nauséeuse sensation qu'il était le missionnaire des femmes entre ce bréviaire d'amour et cette femme qui, en écho, se venait mépriser avec une joie gourmande. Elle respirait fort, quelque chose l'étouffait. Dorian qui se voulait bien dépositaire des âmes eut soudain la trouille qu'elle ne lui fît une syncope ou une crise d'épilepsie. Et puis il devait partir, il avait sa relique à brûler et fuir cette ville à tout jamais. Il se pensa jésuite et joua le rôle :

— Ce qui nous tourmente n'a pas de nom. Il faut lui donner un nom. Familier. Souvent j'ai été humilié quand j'étais gosse, parce que j'étais trouillard et douillet. Parce que j'étais en permanence dans la lune. Mon corps refusait le monde, j'avais des plaques rouges ou des boutons d'urticaire. En plus j'ai une envie sur la cuisse, on m'appelait « Peau d'hareng ». Chaque fois que je me sens mal, je me dis tiens, c'est Peau d'hareng qui est là. Il est un mauvais ami qui surgit à n'importe quelle heure. Je peux le voir avec ses lunettes carrées, son tee-shirt blanc sous la chemise bleue, et son pantalon gris au pli impeccable. Je peux le voir comme je vous vois. Je lui dis « fous moi la paix Peau d'hareng », il s'en va. Je vais mieux.

Il la sentit interloquée par son sermon. Mais elle murmura, colla son front aux croisillons :

— Mon tourment a déjà un nom. C'est mon mari, Serge. Il s'est jeté du toit de la mairie. Cet hiver. Vous ne saviez pas ?
— Euh, non. Enfin, j'en ai entendu parler. C'était au moment des fêtes ?

Elle lui expliqua qu'elle était la femme du maire et que c'était un salaud, comme elle-même était une salope, un couple de légende. Elle était avec lui sur le toit, personne ne le savait. Comme elle menaçait de le quitter, il avait parié avec elle qu'il se jetterait du toit. Chiche.

— J'ai dit ça, sans y penser. Chiche, un mot que j'emploie jamais. Qui me l'a suggéré ?

Le matin de sa mort, Serge Leton s'était vu sortir d'une maison de la vieille ville. Oui, il s'était vu lui-même. Dorian s'en souvint : il y était. Sa femme travaillait à la mairie, aux affaires culturelles. Il était passé la prendre pour l'emmener sur le toit. Là, il lui avait dit que c'était l'heure. Chiche. Il avait sauté avec un sourire d'adieu. Et maintenant, il venait la visiter la nuit.

— Pour me demander pardon et moi aussi je veux lui demander pardon, parce qu'après tout, tout est de ma faute... Mais il me parle et n'écoute pas ce que je lui dis...

— Vous avez remarqué ? les morts n'écoutent pas... Les morts sont sourds.

Elle s'écrasa la face contre les croisillons, on l'aurait dit prisonnière d'un stalag.

— Vous les voyez ? Vous les voyez aussi !? »

Elle pleurait, ça la barbouillait et son haleine de rouge à lèvres fleurait l'excès de sucs gastriques. Dorian la trouva bouleversante. D'elle il voyait la trame, elle semblait vieillir en accéléré, puis revenir à une juvénile délicatesse, hésitant entre ses destins.

— On dit qu'il s'est tué parce qu'il a commis des malversations, mis de l'argent au Luxembourg. Et puis son procès... Mais c'est pas pour ça. C'est à cause de moi. Je l'ai trompé et retrompé. Je n'étais heureuse avec lui que quand je le trompais. Est-ce que Dieu peut comprendre ça ? J'étais heureuse parce que je revenais vers lui, sans cesse. Peu importe qui m'avait prise.

Dorian lui expliqua avec la modération sourcilleuse du prêtre que l'adultère on ne le croyait pas si grave, parfois le besoin d'être aimé est trop grand. Toutefois, on mettait trop de temps à s'apercevoir que le sexe est délébile et qu'entre-temps on s'était brisé. Mais il n'y croyait pas lui-même. Il savait que l'imagination est une maîtresse bien pire, qu'elle détruit l'amour quand on lui a ouvert la porte. Est-il pire de savoir que sa femme jouit d'un autre ou de l'imaginer ? Et comment ramasser, après ça, les débris de son amour ?

— Qu'est-ce que vous en savez, vous, le curé, que le sexe ne laisse pas de cicatrices ?

En tant que curé, il convint qu'il n'en savait rien. Il ne voulait pas salir l'image de son double imaginaire, il ne voulait pas se défroquer.

— Serge me frappait, il me donnait des coups de poing et des coups de pied. Une fois, il m'a arraché une poignée de cheveux. J'étais devenue experte en maquillage. Il y a quelques années, il m'avait brûlé l'intérieur des cuisses et le ventre avec une cigarette. Puis il a arrêté de fumer.

— Vous avez raison, c'était un connard...

Même un prêtre en aurait convenu.

— Oui mais j'étais une pute... Qu'est-ce que je vais faire de ça ? Donnez-moi votre pardon, je n'ai pas osé le dire à Amédée. Mais je ne sais pas pourquoi, j'ai confiance en vous.

— *Ego te absolvo...*

Il fit un signe de croix en l'air, dans la pénombre. De la main gauche toujours, la droite sur la bouche, il sentait encore l'amour sur ses doigts. Elle partit d'un pas ferme, quasi militaire, elle cheminait sur un fil et ne s'en écartait pas. Les gens qui marchent avec pareille détermination on les croit inaltérables mais ce sont aussi ceux qu'on retrouve au petit matin, pendus avec leur ceinture.

Dorian se faufila hors de l'église, il avait l'intuition que Dieu le regardait, assis entre les cloches, les pieds dans le vide.

Sans Isabelle, il se sentait brisé, cœur et entrailles. Il attendait sur le quai de la gare quand Chontelle appela. Il répondit par réflexe, espérant que le numéro inconnu était un portable de l'hôpital ou que Muezzin lui jouait encore un tour. Elle lui gazouilla dans l'oreille qu'il faudrait qu'ils arrêtent dès maintenant la date de la représentation en fonction bien sûr de son planning, que les acteurs économiques, associatifs, culturels, institutionnels, médiatiques étaient enthousiastes. Que d'acteurs ! Sodhaure était-elle une ville de comédie ?

Son train arrivait, débordant la courbe puis se rangeant sagement le long du quai. Il y avait deux minutes d'arrêt. Le gala de charité. Il l'avait oublié bien sûr, les dernières semaines avaient tout balayé de ses bonnes résolutions. Il n'avait même jamais repris des nouvelles de Loana, ce que, les premiers temps, il faisait tous les jours.

Lâchement, il promit à Chontelle de lui donner très vite une date.

Le train émit un bruit d'air comprimé. Quelques pas et il repartirait pour sa vie, celle d'avant avec ses déboires et ses délices. Il pouvait aussi se donner bonne conscience et rester pour de mauvaises raisons. Venu de la salle d'attente, le rasta surgit plus sale que jamais, couvert d'engelures et d'effroyables nippes. Avec des sandales d'où émergeaient de gros orteils aux ongles crochus. Il esquissa un petit pas de danse, presque gracieux, et se campa devant lui.

— Ça va ma belle ? Une petite pièce et ton avion tombera pas du ciel.

Dorian lui jeta un billet de dix pour sauver l'escadrille. L'autre s'agenouilla et lécha le billet.

— Un mort qui entre ? demanda Dorian.

Le clochard secoua la tête. Et dit :

— Personne va sortir aujourd'hui ma chérie, même pas un enfant.

Une sonnerie retentit, le train s'ébroua et défila sous ses yeux. Dorian en avait raté tellement ces derniers temps.

*

Ce n'était pas une ville assez grande pour contenir tous ses morts. Eux aussi avaient dû partir. Il erra, incapable de rien. Beaucoup de maisons vides, aux volets fermés, et des pancartes qui annonçaient que la vente était ouverte pour l'éternité. Le pire était qu'il y avait peu de gosses, une ville sans gosse qui reviennent de l'école, le cartable sur le dos, qui piaillent et dérangent la sieste des anciens, des gosses à engueuler, eux et leurs foutus skates, leurs saloperies de ballons, eux qui peuplent le vide mieux que des arbres les oiseaux. Il devait en rester, des enfants sages avec des passions rentrées, lisant trop de livres à la fois et aussi les yeux bouffés par les *games*. Des petits sages ou petits singes, abandonnés en région, qui n'étaient pas des paysans, ne seraient jamais des professeurs, encore moins des clercs. Ils avaient de vastes territoires de rêveries à explorer, alors si le suicide ne voulait pas d'eux, ils deviendraient un jour des artistes.

Oui, Sodhaure était assoupie, trop loin de l'océan, invisible de Paris, une sortie d'autoroute sans péage. Il voyait passer les feux, vert, rouge, aux divers carrefours, lui-même se sentait les émotions intermittentes, il restait coincé entre le rester ou partir. Il déambula longtemps dans les dédales de la vieille ville, retrouvant instinctivement les passages et les venelles où, gamin, il s'amusait à se perdre. Il descendit deux marches et se glissa entre des murs qui avaient connu le XIIIe siècle et, passant l'angle, se trouva subitement en pleine zone mémorielle.

Cela dura le temps d'un battement mais il fut soudain dans la lumière de 1974, il sentit la pisse, les arômes de la boulangerie toute proche ; il eut, dans les jambes, la boule d'énergie de ses neuf ans et il put entendre ce qui se disait quatre étages plus haut, alors que depuis vingt ans il avait beaucoup perdu de son ouïe. « Le président Giscard d'Estaing vient d'arriver pour une visite protocolaire au Zaïre… »

À cette époque, Sandrine trottait devant. Lui râlait, « attends-moi, attends-moi », son cartable lui battait le flanc. N'ouvre pas son cahier d'amant, Dorian, surtout ne l'ouvre pas.

Il le lut au Balto. Enfin, il l'ouvrit au hasard et apprit combien Benoît était infiniment tendre et qu'elle avait failli l'aimer.

Au bout d'un quart d'heure et six ou sept mecs, il se leva, se réfugia dans les chiottes où il dégueula. Ce n'est pas elle qu'il vomissait, c'était sa propre lâcheté et son obsessionnel voyeurisme. Il tremblait, la tête au-dessus des gogues, secoué de frissons.

Il aurait voulu qu'Isabelle ne fût à personne d'autre. N'ait jamais été à personne. Sois honnête pour une fois Dorian, c'est ça que tu vomissais.

En sortant du bar, il jeta le cahier avec sa lettre de rupture, dans une bouche d'égout. Il espérait conjurer la malédiction.

Muezzin hoqueta, c'était Isabelle, juste un SMS pour lui dire qu'elle l'aimait. L'aimait. C'était idiot.

— J'ose pas te dire que je t'aime. C'est surcon.

Il se sentit sourire, appuyé négligemment contre un mur. Adossé au monde, en fait.

*

Muezzin tressauta sur le meuble de la salle de bain. Bien que barbouillé de mousse à raser, Dorian alla voir de quoi il retournait. Les bris de glace de son smartphone avaient continué à se propager un peu comme un pare-brise donnant sur le purgatoire. Un mail était arrivé ou plutôt un échange de mails qui, bien évidemment, ne lui étaient pas destinés, mais dont il était un des mots-clés.

Date : 4 avril 2017

samuel@talent-media.fr à miroslav cabronovski

Cher Maître,

Dorian a disparu. Il est injoignable depuis plusieurs semaines et ne répond à aucun de mes messages. J'ai été très inquiet, je ne le suis plus. On me dit qu'il a été signalé dans l'Ouest, en Vendée ou je ne sais trop où. Il aurait même donné une interview à un journal local. Depuis qu'il a uriné sur un diffuseur, et quel diffuseur – monsieur Lechepostl est ce qu'il est mais c'est un grand professionnel – bref, depuis ce geste inqualifiable, la carrière de Layeul est morte. Je trouve que vous êtes bien bon de vouloir lui accorder à nouveau votre confiance. Il fut un bon acteur, on pouvait même croire qu'il serait le Tartuffe idéal pour votre vision, mais de toute évidence la perspective d'un spectacle à Chaillot et l'ouverture d'Avignon au Palais des Papes, ne sont pas de nature à le ramener parmi les vivants. Je lui avais dit, dès novembre dernier, que vous souhaiteriez le rencontrer et qu'il s'agissait, une fois encore, d'un grand texte classique, malheureusement c'est devenu le cadet de ses soucis. Je ne saurais trop vous conseiller de renoncer à cet acteur versatile et irrespectueux que pourtant j'ai beaucoup défendu, y compris contre lui-même. En revanche, je ne sais si vous étiez au courant, je représente Jacques Dessaint qui est un acteur d'exception et que je pourrais vous présenter.

Bien à vous

cabronovskitheone@hotmail.com à samuel lepson

Date : 5 avril 2017

Tu es une couille, agent de merdre, je veux Layeul, je m'en fous de ta descente d'organe, Donne-moi Layeul, prends tes 10 % et chie-toi.

Dorian aurait embrassé le polack tant il avait su répondre avec la diplomatie nécessaire à ce pauvre type. Proposer Dessaint comme second choix c'était pathétique, un acteur qui jouait avec le flegme d'une boîte aux lettres, d'ailleurs il aurait donné au Tartuffe autant de charisme qu'un *guard* devant Buckingham.

Évidemment, en bon agent, l'agent avait avalé une couleuvre longue comme un boa et répondu illico, dans la minute même, un mail nauséeux.

Date : 5 avril 2017.
samuel@talent-media.fr à miroslav cabronovski
Cher Maître,
J'ai bien ri devant cette bronca qui vous ressemble tant. Même si mon amour-propre a dû en souffrir un peu. Après tout vous avez raison, les considérations financières ou de bienséance n'ont que peu à voir avec les nécessités de la création et les compromis inévitables devant la naissance d'une œuvre. Je fais mon possible pour retrouver Dorian… Il est difficile vous savez, ainsi parfois sont les acteurs, tourmentés par eux-mêmes, mais vous le savez mieux que moi pour l'avoir déjà dirigé… Je vous tiens au courant rapidement…
PS : savez-vous que je connais parfaitement bien, je peux même dire que c'est un ami, Jerzy Abrahmovicz, le nouveau ministre de la Culture polonais ? Il sera de passage à Paris le 30. Voulez-vous venir dîner avec nous ?

Bien à vous…

cabronovskitheone@hotmail.com à samuel lepson

Bouge ta fiente… Layeul, juste Layeul. Abrahamovicz est un fasciste.

La réponse ultime et laconique qui s'imposait. Comme acteur, oui Dorian était flatté, lui, juste lui. Ça lui donnait des envies de gambader dans les rues de Sodhaure, de convoquer une conférence de presse, d'appeler les copains journalistes. D'avoir pissé sur le comptable en chef d'une télé sénescente lui avait amené une considération des libertaires et de la gauche culturelle (pléonasme) qui lui avait un peu fait défaut jusque-là. On trouvait du panache au fait d'avoir sorti sa bite. Mais, a contrario, tout cela l'avait lassé, car être acteur c'était accepter de vivre en permanence dans les malentendus.

On ne vous aime jamais pour les bonnes raisons, que ce soit à la scène comme à la ville. Soi-même, on passe sa vie à jouer sans trop savoir si l'on ne joue pas qu'on joue à jouer et, quand on est sincère, honnête avec sa vocation, on se met à mal jouer sans comprendre pourquoi. En fait, il aimait devenir autre mais, longtemps, ça l'avait dispensé de se pencher sur lui-même pour savoir où il voulait en venir. Se retrouver en résidence surveillée dans sa maison d'enfance l'avait ramené à ce qui lui était nécessaire : ne pas faire ce qu'exigeait le monde. Choisir l'absurdité. Retourner vers ses marottes, terminer le jeu de l'enfance, là où il avait été interrompu. Peut-être se livrait-il à une psychanalyse par le lieu. Quoiqu'il en soit, il décida de continuer à se taire, puisque tous le voulaient tant. Le jour même, il se mit à apprendre Tartuffe.

*

Isabelle fit, pendant quelques temps encore, de rares visites nocturnes. Elle le retrouvait pour ronronner un peu, parfois une heure ou deux, puis s'esquivait en lui laissant un petit mot. Suivi dans la journée de mails et SMS qui commençaient inévitablement par « mon amour » et se terminaient par « je t'aime ». Enfin, un samedi matin guilleret, doux et un peu nuageux, elle débarqua pour l'emmener à la mer. Elle était splendide, maquillée, coiffée, avec un petit jean qui la moulait et un joli blouson de cuir noir entrebâillé sur une chose plus légère qu'une plume où naissait le velouté des seins.

— Je me suis faite belle pour toi, confia-t-elle. Elle en paraissait la première épatée.

— Ça te va pas le cuir, ça te boudine, commenta Henri.

Dorian prit son amoureuse dans ses bras, le nez dans ses cheveux, et pensa très fort que sans elle, il pourrait crever. Elle l'entendit, c'est sûr, car elle lui mordit le lobe de l'oreille. Les vieux, qui trempaient la tartine, les étudiaient avec incrédulité. Les deux amants enlacés ne faisaient plus qu'un seul, ça devait les perturber cette imbrication d'alter et ego.

— Wapassou, je t'ai vue sortir du lycée avec un garçon, il te faudrait un stérilet, je m'habille et je t'emmène chez le gynéco, remarqua Judith, qui avait ceinturé son kimono à l'envers.

Ils s'enfuirent.

Isabelle conduisait d'un doigt son allemande cossue. Le temps faisait dans le spongieux avec des coups de vent tiède. Avant que le ciel ne se déchire au- dessus de l'océan, ils traversèrent des brumes qui stagnaient dans les vallons et affleuraient la route. La ventilation peinait à repousser la buée, cela créait sur le pare-brise des aurores boréales.

Mais la météo n'était pas seule à être changeante. Subitement, Isabelle se mit à pleurer.

— Toi et moi ça peut pas marcher, dit-elle, et le levier de vitesse endura, en cinquième, sa frustration.

Elle allait trop vite, comme toujours, avec ces brumes éparses et ces chaussées mouillées, sur ces routes où rôdaient d'autres femmes vindicatives armées de voitures puissantes. La Mercedes hurlait de rage.

— Ça peut pas marcher, tu as tout le temps la tête ailleurs, j'aime qu'on soit ici, à moi ! Non, j'y crois pas, c'est foutu.

Elle qualifiait ses visites nocturnes de « courants d'air », pourtant c'était de ses absences à lui qu'elle se plaignait. « Ma femme est folle » pensa Dorian. Dans une même phrase, il avouait le paradoxe de sa passion. Il l'appelait « sa femme » et la savait cintrée.

Le moteur laissait entendre qu'on avait encore rien vu et Dorian s'enfonça dans le cuir. Il allait lui falloir lutter contre la femme et la berline. Femme furieuse, bagnole prussienne, ses chances étaient comptées. Il vit les arbres, tout de moignons et de fleurs tendres, passer, les toits moussus, ils flottèrent au-dessus du temps lorsqu'un semi-remorque danois les croisa. Enfin, il dit qu'il l'aimait :

— C'est quoi ce bordel que tu me fais encore ?

Elle encaissa la déclaration, il sentit qu'elle aurait à choisir entre les larmes ou les acétones de la fureur. Qu'elle balançait entre le tendre reproche et la guerre totale. Il envisagea de lui répéter qu'il l'aimait pour qu'elle se rétractât encore mais elle accélérait toujours, traversant un village comme un jet en rase-motte, projetant des boues et des graviers sur les façades et sur des gens. Et puis, il ne pouvait lui dire qu'il l'aimait pour de simples raisons stratégiques. Elle traversa comme une fusée deux ronds-points aux abords d'une zone commerciale, on la klaxonna, elle leva un majeur.

— C'est qui cette pute qui t'envoie des messages d'amour et qui t'appelle mon astre ? « Mon astre ! » T'as pas peur du ridicule ?

C'était donc ça. Il ne put s'empêcher de glousser, les essuie-glaces, en sœurs métronomes, faisaient ballet. Il gloussait, elle vociféra :

— Tu te fous de ma gueule en plus, dis-moi tout de suite qui est cette morue ? Une poule trop parfumée qui regarde « The Voice » et gnangnan mon astre !? ?

— C'est ma fille.

Il avait savouré sa réponse. Parce qu'il aimait qu'elle fût jalouse. Parce qu'il aimait que la passion la rendît sotte. Parce qu'il était exaspéré, aussi, qu'elle se moquât de la formule secrète qui le liait à Lollipop. Parce que, tout à coup, son amour pour elle resplendirait de son bon droit.

Désarçonnée, elle se tut. Et, pour cacher son trouble, enfila une paire de lunettes noires. Il en profita pour en raconter un peu, ce qu'il n'avait jamais pu faire à cause de l'omerta sentimentale qu'elle leur avait imposée. Son mariage, divorce, et qui était sa Laurinette. Il décrivit cette relation père/fille, fusionnelle, complice, entre poésie absurde et niaises déclarations. Évidemment qu'Isabelle restait jalouse mais elle ne pouvait plus rien en montrer. Les gens heureux n'ont pas d'histoire prétend-on. Isabelle découvrait que le déni de son histoire ne rendait pas heureux.

La route montait et, au sommet de la colline, le vert des champs et le bleu frileux du ciel se partageaient l'horizon. Quand ils y arrivèrent, l'océan se révéla, immense et frisé de moutons. Il y a très longtemps, après un long voyage dans la Renault familiale, à la faveur d'un virage, Dorian avait eu, comme cela, la révélation de la mer. Il n'avait jamais oublié cette image, elle était comme le fond d'écran de sa conscience.

— On ne pourra pas vivre longtemps ensemble si tu espionnes mes mails ou mes messages privés.

Elle hocha la tête, contrite, et s'excusa. Il avait fallu surmonter la grande muraille de l'orgueil mais elle le fit. Il n'était pas sûr qu'il en aurait été capable.

— C'étaient peut-être des aliens qui voulaient tout savoir de toi. On en voit souvent dans la région, ils arrivent au crépuscule, à marée haute, dit-elle d'une petite voix de petite fille.

Ils déjeunèrent dans leur restaurant. Celui de la tempête de neige, au bord du rivage, cette fois, la plage était blonde. Un peu éméchés, ils allèrent ensuite se promener sur le sable. Dans le ciel voguaient des cerfs-volants et des oiseaux pêcheurs. Des familles erraient, les enfants couraient, tout paraissait immense et dérisoire. Elle lui tenait la main et chantonnait. À un moment, et bien que des mots se perdissent dans le vent, elle lui raconta qu'elle aussi avait été cette petite-fille-à son-papa.

— Henri il (…) sa fille. Je parle de moi à la troisième personne parce que c'était une autre moi. J'étais petite, on chahutait, (…) me chatouillait, on se bagarrait (…) lit. Des fous rires, à pleurer, à s'exorbiter les yeux, ma mère elle disait c'est pas un peu (…) ce chahut…

Dorian souriait à ces évocations mais pas Isabelle. Les mots s'envolaient, ce qui restait d'attendrissant dans ses souvenirs, s'évaporait. Elle monologuait en regardant quelques surfeurs soulevés par la houle. Un jour, elle était devenue une autre, elle ne savait pas comment c'était arrivé, dans la nuit sans doute, car la terre tourne autour de nous pendant qu'on dort. Un matin, elle s'était réveillée différente.

— Henri était pourtant bien placé pour le (…) J'ai toujours voulu croire qu'il n'admettait pas que sa petite fille chérie se soit (…), sans son consentement, en une autre.

Il n'entendit pas la dernière phrase. Mais, parce qu'elle s'était tournée vers lui, il la lut sur ses lèvres.

— Tant que j'étais petite, on s'adorait. Après, faut croire que je l'ai déçu.

Après ses onze ans, il ne pouvait plus la porter sur ses épaules, son ventre sur sa nuque, tout à coup ça brûlait, un volcan qui s'éveille. Elle ne comprenait pas pourquoi, tout à coup c'était différent comme si c'était lui qui devenait un autre.

— Son rire durait trop, ses câlins sentaient la sueur, il me tapait les fesses et j'étais (...), il posait ses (...) et j'étais chagrin. En même temps j'avais ce sentiment de culpabilité et je (...).

Pourquoi ne pouvait-elle plus voir en son père, cet homme réussi, quand, si longtemps, elle avait été son garçon manqué ? Il leur arrivait encore de regarder ensemble la télé, elle en position fœtale sur lui. À dire leur amour des acteurs.

— On disait que Sandra Bullock (...) fabriquée par Chrysler, que Meryl Streep avait le sourire d'un (...). Que les animaux fuyaient quand ils voyaient Depardieu, on rigolait et puis (...)

Elle suçait son pouce encore. Elle se baladait en culotte et un tee-shirt mais elle avait pris un degré en température, elle avait de la chair là où il n'y avait eu que des os et des tendons. Il lui mordillait le cou mais elle avait cessé de glousser. Elle comprenait soudain, qu'inexorablement, il faudrait renoncer à s'étreindre et laisser pour toujours de l'air entre eux, pour qu'il puisse vieillir.

— Les pères, vous ne savez pas qu'à un moment vos filles doivent vous haïr… Nos astres meurent, ce sont des trous noirs tu comprends.

Elle s'était approchée tout près de Dorian pour que sa bouche l'entendît bien, elle voulait l'embrasser aussi. Il se dit que pareille femme pourrait vous tuer à force de vous aimer trop fort.

*

En fin d'après-midi, une ondée les ramena précipitamment à la voiture. Elle ouvrit les fenêtres pour fumer, la pluie les éclaboussait. La fraîcheur du grain faisait frissonner ; elle déversait après avoir tant gardé, enfin elle parlait. De tout et de rien, l'enfance et l'âge adulte, les musiques qu'on aime, la planète qu'on massacre et quoi d'essentiel ? L'amour. Elle disait tout et son contraire, mélangeait les époques, les anecdotes, fermait les yeux. Les fermait pour dire l'amour, quoi l'amour. Puis s'endormit. En une seconde, elle était loin. Au bout d'un moment il sortit discrètement de la voiture et marcha jusqu'au bout de la jetée.

Là, au milieu des vents et des embruns, il se fit une overdose d'iode. Il envoya un SMS à Laura.

Elle s'appelle Isabelle. Elle me dit que les astres meurent.
Je pense à toi.

Il prit une photo de la marée grondante et de l'orage qui bourgeonnait l'horizon. Et lui envoya.

Isabelle ouvrit les yeux. Elle était seule dans la voiture, on l'avait quittée. Elle avait froid et l'envie de rien. Puis elle l'aperçut là-bas sur la jetée. Il pianotait sur son smartphone étoilé. À qui écrivait-il ? Qu'est-ce que ça pouvait bien faire ? De lourds nuages noirs affluaient par le large, il va se faire tremper. Elle sourit, ça t'apprendra à écrire à une autre. La nuée arrivait, elle pouvait voir le front d'averse furieux qui avançait sur lui.

— Laisse-moi t'apprendre, chuchota-t-elle, comme lors de leur premier dîner. Elle sortit de la Mercedes et hurla son nom. Les mains en porte-voix.
— Dorian !

Jamais encore elle n'avait hurlé son nom. Il n'entendait rien, il ne pouvait entendre. Elle pensa que s'il se retournait, elle ne se forcerait plus jamais à vomir, plus jamais à manger, elle redeviendrait quelqu'un de normal.

— Horriblement normale, dans la bourrasque, elle ne s'entendit pas non plus.

Il se retourna. Elle lui fit de grands signes joyeux et lui montra le large. La muraille d'eau arrivait sur lui où les déferlantes avaient faim. Il se mit à détaler pour lui revenir. Ne va pas te noyer mon amour. Les premières gouttes tambourinèrent sur le pare-brise, sur son front avec un bruit mat, partout. Il cavalait sur le sable, te tords pas les chevilles mon coeur, elle riait de bon cœur. De tout son cœur.

Au moment où il arriva, il n'était plus que flotte et ses précieuses chaussures anglaises complètement spongieuses. L'obscurité tomba tout à coup, il n'était pas 17 heures pourtant. Il s'engouffra dans la voiture. Et ôta sa veste en jouant des épaules. Elle l'aidait, hilare.

— Tu vas attraper la mort, gros con.

Après la veste, elle s'attaqua à sa chemise, les boutons a, b, c, d. C'est comme si elle lui enlevait doucement une peau. Puis embrassa son torse. Et dégrafa sa ceinture.

— Je vais pas me foutre à poil, non plus.
— T'as jamais fait l'amour en voiture ?

Maintenant elle lui demandait à quel âge il l'avait fait la première fois. Et l'empêchait de répondre en lui butinant la bouche, vraiment il n'était plus sûr de rien… Fallait-il compter la fois où cette fille l'avait couché sur la moquette chez elle, en beuglant à son petit frère de ne pas entrer ou cette autre qui l'avait chevauché dans la 2 CV de maman, laquelle tanguait telle un chalutier, alors qu'AC/DC ravageait la campagne à deux encablures de là ?

Et voilà qu'il remettait ça, à son âge, dans un cabriolet Mercedes… Il forniquait désormais dans une bagnole huppée, face à l'océan où prenait fin le monde. Elle s'était largement dépoitraillée, il n'osait toucher ses seins de peur que la voiture explosât. En fouillant dans son pantalon, elle finit par le trouver et s'en amuser. Ils n'étaient que lippes et humectation, vraiment elle avait bon goût. À un moment, d'un rein vengeur elle le chevaucha et, dans le mouvement, actionna les *warnings* mais il était trop écumant pour s'en émouvoir.

Sur le rivage, le printemps était aussi furieux que l'avait été leur hiver. La plage était jonchée de bois flottés que des artistes locaux peindraient pour les revendre à des touristes émus. Il n'y avait personne, que le vent qui poussait des nuages, fumerolles de rien qui, bientôt, empêcheraient de voir à moins de cinq pas.

Au moment où elle suspendit ses plaintes, quelques secondes jaillies du néant, sur le rebord d'elle-même, avant de suffoquer, trembler, convulser et puis hurler son nom...

— Mon amour.

...il vit une soucoupe bleu métal apparaître au-dessus de la grève et descendre en soupirant. Cela ressemblait à un galet et un recoin de sa mémoire lui envoya l'image de son papa, capable d'un geste du poignet de faire ricocher une pierre, de vague en vague, jusqu'aux Amériques. Son amour s'était couchée sur lui, expirante. Il se sentit doucement expulsé d'elle, c'était là le plus doux des renoncements.

Isabelle ne vit pas venir l'alien ; à ce moment, elle murmurait à l'oreille de Dorian qu'elle le suivrait jusqu'au bout du monde. La créature s'approcha de la voiture, grande ombre chatoyante avec des yeux obliques et les observa. C'était un être lumineux, des tatouages sur ses bras et ses épaules semblaient faits d'un liquide incandescent.

— Je te suivrais jusqu'au bout de l'univers si tu voulais, ronronna Isabelle

— Il suffit de demander.

Et l'Homme-Aluminium hocha la tête.

Floréal

Le 1er mai, Dorian sortit acheter du muguet. Isabelle était de garde, elle était partie au petit matin, sans un mot, comme ça lui arrivait périodiquement quand elle avait des pensées obsessionnelles. Il la laissait dans sa *maussaditude*, elle ne se laissait pas accéder. Alors qu'il partait, Henri bêchait dans le jardin. Dans la rue, il tomba sur Judith qui, enroulée dans un sari, chaussée de baskets sans lacets, faisait derviche tourneur autour d'un condensateur électrique en psalmodiant quelque chose. Il lui proposa de rentrer mais elle fit non de la tête. Elle s'adossa au pylône et lui dit :

— Des enfants ont grimpé sur cette armoire électrique et ont rêvé là, assis sur une bombe d'énergie. Je peux les sentir, et toi ?

Nul doute qu'il le pouvait, lui-même avait escaladé le pylône jusqu'à trois ou quatre mètres au-dessus du sol, bravant son vertige pour balancer un avion en papier dont il notait, sur les flancs, la date de tous les vols.

— Je vais acheter du muguet et en porter à la petite miraculée... Tu sais, la survivante ? dit Dorian.

— Elle s'appelle Loana, je viens avec toi... On prend la voiture.

Dorian alla prévenir le père qui travaillait la terre mécaniquement. Le vieux hocha à peine la tête, il devait être en voyage astral. Plusieurs fois il l'avait invité à conduire, assis à ses côtés, avec parfois une main sur le volant pour infléchir une trajectoire.

— Je vais t'apprendre ma fille, disait-il, alors qu'ils faisaient le tour du pâté de maison.

— Ça t'aidera à passer le permis, c'est aussi utile que le bac, et les auto-écoles c'est un vrai racket.

Entre-temps, Henri se souvenait à peine qu'il avait une voiture. Pourtant, elle était garée devant la maison, recouverte d'une bâche grise. Depuis l'épopée sur la RN44 bis, et la conduite à contresens, Dorian avait toujours réussi à dissuader le vieux de conduire sa légendaire Mustang. Il suffisait de détourner son attention en invoquant les Beach Boys et c'était parti pour une heure de conférence.

On oublie ce qui nous a provoqué tant d'orgueil, nos petites joies propriétaires. Une veste, une montre, une bagnole. On s'en désintéresse parce qu'on les a aimées quand on était un autre. D'ailleurs, on oublie quand et pourquoi on a égaré ces objets qui, à une époque, ont servi de fétiches. Il n'y a que les êtres qu'on garde en soi, bien qu'eux-mêmes aient été tant d'autres.

Il se souvenait de papa – c'était un jour radieux d'avril – lui parlant de la nouvelle voiture qu'il venait de s'offrir et dont il attendait la livraison. Ils étaient sortis faire des courses avec l'ancienne, une Peugeot, et ils allaient entrer dans la boucherie pour acheter les merguez qu'ils feraient griller sur le barbecue. La voiture avait toujours occupé une place importante dans la vie paternelle, elle représentait une forme de noblesse. En avoir ou pas, une petite ou une grosse, une récente ou une ancienne, ça vous posait son homme dans le quartier. Et là, pour la première fois de sa vie, il allait s'offrir une BMW.

— Oh la petite, hein, avait-il précisé comme pour s'excuser d'être devenu si dispendieux. Il avait ajouté que ce serait la dernière.

— J'en aurai plus d'autres.

Cela sonnait comme un glas. Et ce fut le cas.

Zarbeul ou un de ses avatars était couché sur la bâche de la Mustang, au niveau du moteur. Ou plutôt installé dans cette position de sphinx qu'affectionnent les chats, repliant leurs antérieurs sous eux. Bien sûr, il se faisait oublier, yeux mi-clos, même pas un tressaillement d'échine.

— Les chats mordent la peur au cou, murmura Judith en le chassant.

Dorian roula la bâche, l'abandonna dans le jardin et fit démarrer la belle endormie. Il vit bouger un rideau derrière la fenêtre du premier, chez cet intrus de Chanfarien. On trouve toujours quelqu'un pour vous regarder vivre.

Ils errèrent en ville pour acheter des brins de muguet. Non pas qu'ils aient du mal à en trouver, au contraire, ils ne savaient pas qui choisir de l'étal du fleuriste, au vendeur sauvage qu'on croisait à tous les coins de rue. Finalement, Dorian s'arrêta à hauteur d'Adam, par défi peut-être, ou parce qu'il était le seul visage connu. L'homme lui offrit un sourire mauvais. Il vendait quelques malheureux brins anémiques, stockés dans des gobelets, sur une caisse retournée. Trois euros le brin, même le pétrole était moins cher. Dorian en prit trois, paya d'un billet de dix, l'autre ne lui rendit même pas la monnaie.

— Un mort qui paie, un mort qui encaisse, ricana l'horrible. Puis il aperçut Judith sagement assise dans la Mustang et il lui adressa un bonjour tout ce qu'il y avait de respectueux.

— Bonjour Judith, vous avez bonne mine...

— Je suis contente de voir que vous êtes toujours amis, Isabelle et toi. Le pardon laisse entrer la lumière en soi. On y va, chérie ?

Chérie remonta dans la voiture, démarra et laissa sur place le mendiant. Les brins gouttaient sur le sari de mamie qui les humait avec délice. Elle expliqua que ça sentait bon l'espoir. Pas comme la jonquille, qui puait le dépit.

Dorian emprunta la bretelle maudite pour gagner l'hôpital, à l'est de Sodhaure. Il roulait tranquille sur la voie de droite.

Judith contemplait la route sagement et sans mot dire, sa volumineuse poitrine barrée de la ceinture de sécurité qui lui faisait comme une décoration. Elle avait l'air d'être récipiendaire de l'ordre de la jarretière.

Tout à coup il se souvint de maman sortant de la messe, un dimanche de janvier. Elle marchait au bord de la route, non loin d'une chapelle, comme si elle allait nulle part. Il passait en voiture et l'avait frôlée. Il pensait leur faire la surprise, il venait les voir dans leur ultime maison. Mais il ne s'était pas arrêté. Il avait préféré aller traîner dans un restaurant en bord de mer à manger, picoler, lire. Seul.

Elle trottait sur le bas-côté, comme la Dame Blanche. Cette image ne l'avait jamais quittée comme si sa mère, déjà, était son propre fantôme. Depuis, il imaginait que, chez Laura ou Isabelle, restait en suspension un instantané de lui, un spectre qui les hantait et dont elles ne pourraient se défaire. Alors qu'il dépassait maman en voiture, peut-être qu'une puissante moto les avait croisés, chevauchée par l'aspirante Laura Layeul revenant d'un stage commando ou en week-end amoureux. Peut-être qu'elle avait gardé pour le restant de ses jours l'image furtive de papa, qui fuguait de son côté. Notre album intérieur est jonché de photos entêtantes.

La Mustang ronflait et émettait quelques protestations de culasse, un monstre lassé. Parfois quelques défauts d'allumage la faisaient hoqueter, elle ne se laissait pas si facilement conduire.

— Pourquoi les chats mordent-ils la peur au cou, Judith ?

Sans le regarder, l'œil rivé sur l'horizon, la vieille dame lui expliqua que les enseignements du rabbi Menahem Shlomo Sederson rapportaient que la peur est un chaton qui se suspend à tes mamelles et que tu dois le sevrer avant de pouvoir l'oublier.

— … là, tu la prends dans ta gueule pour l'emmener loin de toi.

*

La petite Loana avait changé de service à Sainte-Constellation-de-l'Archange-Fourbu où elle poursuivait sa convalescence.

Dans l'aile du centre de rééducation, Dorian fut accueilli comme le Messie. Sa popularité locale était devenue plus invasive que sa réputation nationale. À la réception, des gens surgirent de nulle part, patients et soignants, pour venir le voir de près. Judith, pendue à son bras, glapissait qu'il était sa fille à tous ceux qui ne lui demandaient rien.

— Elle est célèbre, hein, mon Isabelle ?

Puis on les escorta jusqu'à la petite Loana qui prenait le frais dans le parc, assise sur un banc, à côté de sa chaise roulante. La gamine avait encore un pansement qui lui cerclait la tête – on aurait dit un turban –, le bras gauche dans une gouttière et elle fumait les cigarettes à la chaîne, si l'on en jugeait par le nombre de filtres d'or qui jonchaient la pelouse.

Elle l'avait vu arriver de loin et se leva en vacillant, bouche grande ouverte. Dorian crut qu'elle allait faire des ronds de fumée, et quand il arriva près d'elle, elle lui tomba dans les bras. Elle sentait l'antiseptique, la nicotine et le mal séché. Elle le serrait très fort, de peur qu'il n'ait été qu'une hallucination. L'étreinte dura quelques instants de trop, ces moments où l'embarras laisse place à la gêne, où l'émotion paraît incongrue en ce qu'elle révèle des tendresses impartagées. Enfin, elle se rassit subitement et ralluma une cigarette au mégot de la précédente. Comme bien des pauvres, elle fumait à la chaîne. Elle jeta un œil morne à mamie qui s'était assise à ses côtés et dont l'insistante présence révélait une subite affection maternelle.

— C'est ma petite-fille, c'est ça ? Laura, tu es revenue du service militaire ? dit la vieille en lui prenant la main.

Et puis, Loana se mit à parler. Elle semblait s'adresser à Dorian mais il n'en était pas sûr parce qu'il n'y comprenait goutte. On aurait dit qu'elle ressuscitait une langue morte. Ce n'était pourtant pas une migrante, et, quand il l'avait extraite de la carcasse de la voiture, il se souvenait très bien qu'elle lui avait dit « l'avoir vu à la télé ». Puis, quand il l'avait visitée après son opération, c'est en français encore qu'elle s'était proclamée « messagère », en français toujours qu'elle avait eu ses visions.

Il devait se fier à sa physionomie pour tenter de comprendre ce qu'elle lui disait. Tout à coup elle souriait et décrivait des choses qui paraissaient l'enthousiasmer. Cette langue, décidément, lui paraissait familière. Mais où l'avait-il entendue ? Il l'écouta un moment, lui prodiguant quelques sourires encourageants. Judith écoutait avec beaucoup d'attention. Puis, la jeune trépanée se leva, pas très vaillante, et Dorian dut l'aider à s'installer sur son fauteuil roulant.

— Loana, est-ce que vous vous souvenez de l'accident ? risqua-t-il, pour faire la conversation.

Ils la poussèrent le long des allées, s'éloignant des bâtiments pour aller vers les quelques bouquets d'arbres, sous lesquels erraient les familles des souffrants. Le français lui revint alors, comme une langue maternelle :

— Je me souviens, ça neigeait, ça m'a fait rater toute la neige… C'était si beau, comme des confettis, quelqu'un fêtait quelque chose… et puis…

La jeune fille reprit là son sabir ; Dorian se demanda si c'était la conséquence de l'accident ou de l'opération qui s'en était suivie. C'était une langue avec des angles droits et des silences sinusoïdaux. Une langue imaginaire, à l'étonnante métrique.

— Vous vous souvenez de votre prénom ? lui suggéra-t-il.

Elle se remit à baragouiner, se tournant vers lui, se dévissant la nuque pour bien lui montrer qu'il était son interlocuteur et, à son regard, on la sentait intriguée qu'il ne comprît rien à son volapük. Judith, dont le sourire paraissait ce jour-là inextinguible, avançait à petits pas et passait sa main tavelée au-dessus de la tête de la jeune fille, comme pour en flatter l'aura.

« Equos quos educat. »

Judith répétait la dernière phrase débitée par la jeune fille. Dorian fut sidéré par cette exceptionnelle capacité mimétique. Mais il n'eut pas le temps de s'en réjouir plus que ça, car un phénomène extraordinaire était en train de se produire. Les deux femmes dialoguaient. Judith avait intégré la langue de la petite ! Ou alors, elle la connaissait déjà ! Et subitement la vieille se mit à jouer les traductrices :

— Elle dit que quand elle est morte, elle t'a vu rouler dans une voiture en forme de cheval dans le mauvais sens de l'autoroute...

Cette évocation ramena Dorian dans la Mustang quand il s'était vu pulvérisé par l'assaut d'un camion sorti de nulle part. Il en frissonna. Pendant ce temps, les femmes babillaient toujours et Judith traduisait en simultané :

— Là, elle raconte l'histoire de la tigresse qui fait des grands bonds. Elle l'a vue quand elle était dans le coma. La bête sautait par-dessus des montagnes, tout était ocre et désert en dessous. Son grondement faisait fuir les hommes. Une longue tigresse blonde aux yeux d'opaline. Elle te connaît, même elle pense à toi en ce moment... En ce moment, la tigresse est partie se baigner.

Ils trottinaient sous les frondaisons. Des arbres pesaient fort sous le poids des fleurs et le nez lui piquait, enivré de pollens. Des oiseaux s'envolèrent quand son téléphone vibra. Il se demanda quelle fantaisie Muezzin allait encore lui servir.

Judith babillait toujours, traductrice volubile, quand on pense comme elle pouvait être habituellement laconique ; oui mais bordel, en quelle langue ces femmes parlaient-elles ?

— Elle dit que la tigresse est partie se baigner, ébrouer son corps doré sur le rivage parmi les Indiens, c'est une journée où elle ne chasse pas.

Dorian consulta Muezzin qui vibrait toujours. Sur l'écran fragmenté, apparut une Laura au sourire éclatant, en maillot deux pièces. Elle s'était selfisée devant une eau scintillante, sa blondeur baignée d'un halo de lumière et elle y avait joint un petit texte : « *on the beach* ». Pour la énième fois, il songea que sa fille aurait pu faire une carrière de mannequin, courir les défilés de New York à Singapour, au lieu de quoi elle arrachait du sol des machines de guerre pour aller semer la foudre.

Muezzin hoqueta encore : *mon astre, pour toi, un red kiss de la mer Rouge.*

Il avait l'impression d'être dans la pénombre d'une masure et la regarder au travers d'une vitre brisée. C'était un peu l'allégorie de tout destin parental. Sur son épaule il repéra un tatouage, un simple mot « Aden ». Il avait d'abord lu « Eden » et pensé à Rimbaud ; il sut que tel avait été le cheminement intellectuel de Laura.

Attention la tigresse,
tous ces hommes à tes pieds ont des fusils...

Judith achevait sa traduction alors que Loana s'était tue. Puis rajouta avec une forme gluante de compassion :

— Amen.

À ce moment, deux pensées s'entrecroisèrent dans l'esprit de Dorian, comme des éclairs contrariés dans un lourd ciel d'orage : les deux femmes parlaient latin et sa splendeur de fille pilotait un Tigre.

— C'est du latin ? demanda-t-il, tout en continuant de pousser son fardier. Judith posa sa main sur la sienne et lui adressa un bon sourire, un de ces sourires de mères, émues par leur propre émotion. Elle ne répondit pas, ça avait l'air de tomber sous le sens. Ce fut Loana qui, une nouvelle fois, se dévissa la nuque pour le regarder :

— J'ai arrêté l'école en troisième, monsieur Marek.

Commissaire Marek, tatata, musique dramatisante, porteuse d'excitantes angoisses futures. Certains lui écrivaient à la télé avec cette seule mention sur l'enveloppe, la poste faisait suivre, imperturbable. Il n'était pas rare, parmi ces centaines de lettres énamourées ou sanglotantes, qu'on lui demandât d'enquêter sur une épouse infidèle, un tonton disparu, un fils drogué. Vous serez bien rétribué, lisait-on ; vous ne le regretterez pas, j'ai trente hectares en Corrèze et un petit château du XVIe, je suis célibataire, ce genre de choses. Qui aurait pu bien vivre avec ce gros con de Commissaire Marek ? s'interrogeait souvent Dorian qui, depuis belle lurette, avait renoncé à amender son personnage. Il se plaisait à déambuler dans ces destins imaginaires, regardant les photos jointes au courrier. Marek, lui, aurait pu vivre partout et nulle part à la fois, normal il n'était qu'un artefact.

— C'est grâce à vous que j'ai pu voir le Seigneur, il m'a ramené et mis de la lumière dedans…

Loana exhalait la conversion, fréquente après ressuscitation. Il en fut ému, lui qui pressentait qu'il n'aurait pas de deuxième chance. Judith se pencha vers la petite et lui déposa un tendre baiser sur les cheveux, bien qu'ils fussent gras.

Après quoi, ils la rapatrièrent à sa chambre. Mamie s'assit sur une chaise et s'y endormit instantanément. Puis se mit à parler dans son sommeil. Loana s'installa avec lenteur sur son lit. Chaque geste lui prenait un temps infini, ses yeux exorbités glissaient plus qu'ils ne bougeaient, le syndrome du caméléon. Elle cherchait Dorian dans la chambre bien qu'il fût planté au pied de son lit.

— Alors, vous allez dire de la poésie pour qu'on touche l'assurance ?
— Oui, on aura une jolie salle et tout le monde veut venir ! Ce sera une kermesse pour vous ! Un vrai *Loanathon*…
— Et je pourrai avoir une maison à moi ?
— Je ne sais pas si les fonds récoltés seront suffisants, c'est à votre santé qu'il faut…
— On va gagner combien vous pensez ?

À cet instant, avec ce sens de l'à-propos qui la caractérisait, mamie dit, très fort :

— Ton cul !

Dorian expliqua que c'était difficile à évaluer, tout dépendrait du nombre de gens qui viendraient, mais il était optimiste : elle aurait un petit pécule pour se remettre sur pied.

— Ça vous donnera du temps pour apprendre un métier.

Elle lui expliqua qu'elle était tatoueuse, mais que, dans la région, ça gagnait pas tant. Des fois, elle faisait femme de ménage et, des fois, elle aidait au centre de loisirs pour les enfants, qu'elle aimait vraiment bien ça, les enfants.

— La mixture du pape, grogna Judith qui bavait un peu.

— Vous pourriez donner quelques cours de latin, suggéra Dorian, en se disant qu'il restait suffisamment de bourgeoises huppées à Sodhaure pour revendiquer des langues mortes pour leurs enfants.

— Je sais pas comment on fait, murmura Loana, visiblement épouvantée par cette idée. Dorian se pencha doucement vers elle, arborant son enjôleur sourire télévisuel et lui susurra :

— Dites moi : « je vais donner une fête en ton honneur, je dirai un texte poétique ».

— *Dabo convivium in honorem, Ego dico poeticum illud.*

Elle avait répondu instantanément, dans le souffle. On aurait dit une application répondant sans attendre à une sollicitation digitale. D'ailleurs, elle avait une tête d'écran tout à coup, tout juste si elle ne bruissait pas, sous l'effet d'une intense activité électronique.

— Après on dansera et il y aura de quoi manger et boire à volonté.
— *Et faciemus ibi erit saltare et cibos potionesque pertinet ad voluntatem.*

— J'irai chier dans la ruelle.
— *Et defricatus urina in arto.*

Après cet exercice de thème, il comprit qu'elle n'avait pas la moindre idée de ce qu'était la grammaire latine et que, par un prodige qui enchanterait l'abbé Spirale, elle parlait la langue comme on la pratiquait dans les ruelles mal famées au pied du Capitole, en l'an machin avant Jésus-Christ.

— C'est vrai que Léa Salamé, elle était amoureuse de vous ? Ça me regarde pas si vous l'avez niquée, hein ?

Mon Dieu, il avait tant répondu à cette question... Décidément, quand on ne lui parlait pas de son pipi sur le *pédégé* d'une chaîne de télé, c'était de ses amours supposées avec telle ou telle.

Depuis sa cure sodhaurite, il ressassait tout cela avec un certain effroi, incapable de mettre un corps sur les visages de toutes les maîtresses qu'il avait eues. Désormais, il ne lui fallait qu'Isabelle. Il avait même honte de qui il avait été, il lui fallait une pureté nouvelle pour conjurer l'éventuel échec de sa grande histoire d'amour. L'amour rend superstitieux, c'est comme une croyance, tout alors devient signe. Il aurait voulu que cessassent toutes ces rumeurs.

Muezzin annonça un nouveau SMS en tressautant dans sa poche. Le message venait d'Isabelle, il ne lui était pas destiné. Il s'agissait en fait d'une bribe de conversation échangée quelques minutes auparavant et qui arrivait jusque là par un caprice électronique, à moins qu'il ne s'agît d'une nouvelle morale quantique.

Ahmed
J'ai encore envie de toi, geignait un certain Ahmed.
Je suis au bar du Vendémiaire, ça me rappelle tellement de moments heureux.

Une flèche pénétra Dorian et, lui arrachant les viscères, transperça son coeur qui cessa de battre. Il lut, défaillant, la réponse d'Isabelle :

Isabelle
Tu me facilites pas la tâche, Ahmed.

Ahmed
On pourrait se boire un café ?

Isabelle
Non, désolée, je regrette nos conversations sur la poésie…
Mais je n'aime pas faire souffrir. Bonne aprem' Ahmed.

Ahmed
Bonne aprem' Isa. »

Les dernières répliques s'étaient égrenées en temps réel sous ses yeux. Isabelle et Ahmed. « Isa ». Elle, l'appelait-elle « Ah » ?

— Je veux pas faire chier avec la transcendance… jugea à propos de dire mamie, entre deux ronflements.

Elle commençait à pencher dangereusement en avant et Dorian dut la stabiliser sur son fauteuil. Pourquoi Isabelle avait-elle répondu ? Qui pensait-elle faire souffrir ? Si elle avait rompu avec Ah, pourquoi gardait-elle des relations avec lui, combien de temps avait duré cette liaison, était-ce pour le sexe, y avait-il de l'amour, avait-elle joui avec lui, était-il cultivé, circoncis ?

Dorian se rendit compte avec horreur qu'il détestait ce prénom arabe. Donc, qu'il détestait qu'elle ait couché avec un Arabe. Il pouvait toujours maquiller cette idée derrière le mot Maghrébin, il se découvrait jaloux comme une merde, raciste parce que jaloux, il abhorrait ça, mais c'était un fait. Il avait pourtant couché avec une Tunisienne, trois Libanaises, des noires et des jaunes, à la découverte d'autres corps pour toujours les mêmes jouissances. Celles qu'il avait précisément oubliées. Il eut envie de pleurer et de tuer. Quelle IA avait décidé de le livrer à la torture ?

Ahmed. Monsieur Ah. Dorian essayait de se le représenter. Bien sûr il était beau, svelte, hâlé, charismatique avec une généreuse sensibilité pour les grands poètes. Il était possible même qu'il connût plus de textes que Dorian, dont, pourtant, c'était le métier. Il l'idéalisait pour mieux le haïr, pour mieux se haïr, mais de quoi mon Dieu ? Pourquoi fallait-il qu'il eût cette jalousie rétroactive ? Parce qu'il sentait que même si

Isabelle congédiait Saladin, elle le faisait à regret. Elle l'avait aimé, elle l'aimait encore en sourdine, dans un recoin de son âme, une passion latente qui demain pouvait de nouveau la remplir toute. Un peu comme le virus de la varicelle, maladie infantile qui resurgissait adulte pour vous accabler d'un zona. Dorian était terrifié par ce zona amoureux.

Il pensait à tout ça, au bord de la gerbe, tout en répondant à Loana que Léa Salamé comme Sophie Davant n'étaient que des amies, qu'il connaissait beaucoup de têtes couronnées télévisuelles mais que sa vie amoureuse était bien moins spectaculaire qu'on le prétendait. Oui, Hanouna était gentil, un peu emporté peut-être. Non, il n'était pas pédé. Tout cela, la mort dans l'âme, rattrapant au passage Judith qui menaçait toujours de tomber de son rêve et qui continuait de soliloquer :

— Dieu vit dans un théâtre de bois tu sais ?

Il abandonna le muguet sur le lit, réveilla Judith et, bredouillant un au revoir, ils rentrèrent.

Le soir même, Isabelle le quitta.

*

Elle était rentrée assez tôt, l'humeur généreuse, ne cessant de le toucher, de l'effleurer. Il fallait qu'elle fût chatte et désirante à ce moment précis où Dorian, la rage au cœur la voyait avec d'autres yeux. Elle lui semblait d'autant plus méprisable qu'elle embellissait à ses yeux. La trahison donne aux femmes un éclat *malédictif*, elle leur confère subitement la beauté du diable, celle qui ne vous est plus destinée. Dorian, au fond de lui-même, savait qu'il n'avait rien à lui reprocher, que Muezzin avait cafté une relation moribonde et qui ne dépasserait jamais le stade d'une tendre complicité littéraire. Mais c'était déjà trop. Jamais il n'avait été jaloux des relations passées de ses maîtresses. Ce qui a été caressé a été caressé. Il n'y a pas de mémoire du plaisir. Là, pourtant, il souffrait mille morts de ce que la belle ait été pantelante sous un autre. Ce soir-là, il fut distant, ailleurs, détaché.

Ils dînèrent tranquillement avec Judith et Henri, « sur le pouce » comme elle disait. La vieille dame avait quand même commis une omelette aux pommes de terre et lardons, une salade de quinoa et germe de seigle. Elle avait même fait son pain elle-même, qui avait le moelleux d'un trottoir. La conversation qui n'était pas très animée finit par rouler sous la table. Il faut dire que le vieux était en phase d'hébétude et que la mère se contentait d'écarquiller les yeux sur le jeune couple avec une tendresse primate. Isabelle lui prenait la main sous la table et lui se retenait d'être simplement gentil, il lui en voulait et s'en voulait de lui en vouloir.

Des images horribles lui venaient, qu'il tolérait avec une complaisance masochiste. Il la voyait s'asseoir nue sur les toilettes, essoufflée encore d'avoir joui et, après qu'elle eut pissé, le sperme d'Ahmed tombait lourdement dans l'eau de la cuvette. Il entendait le bruit. C'était sordide.

— Tu fais la gueule ?
— Non, pourquoi ?

Longtemps, ils en restèrent là. Ils montèrent dans la chambre comme à l'échafaud. Il évita de la regarder se déshabiller. Ce corps-là, il ne pensait plus y avoir accès, il ne voulait pas en être tenté. Tour à tour, ils se brossèrent les dents, s'évitant du regard, même en se croisant dans le miroir. Elle se brossa les cheveux et, contrairement à l'habitude, s'enferma pour faire pipi. Il entendit le jet et détesta ce son. Après avoir tenté de l'amadouer avec ses douceurs, elle était maintenant exaspérée par son mutisme. À chaque minute passée, le silence entre eux pesait le poids d'un cadavre.

Il était déjà couché quand elle vint simplement s'asseoir au bord du lit, vêtue d'un simple tee-shirt avec la blanche expression d'une femme démaquillée. Alors qu'il feignait de lire, elle lui dit :

— J'ai opéré trois personnes aujourd'hui, je suis fatiguée. Qu'est-ce qui se passe ?

Il aurait voulu reculer l'affrontement, tenter la guerre froide et la meurtrir par son détachement. Lui laisser croire peut-être qu'il l'aimait moins et pensait à d'autres horizons. C'était comme un bras de fer feutré, à celui qui simulerait la plus grande indifférence, qui laisserait le mieux penser qu'il n'était pas affecté par le désert qui s'ouvrait entre eux. Il aurait voulu. Mais ces stratégies non seulement lui paraissaient dérisoires mais en plus il n'avait pas la force de caractère de les appliquer. Isabelle serait toujours plus solide que lui parce qu'elle contemplait la douleur quand lui s'enorgueillissait de son orgueil. Les dégâts qu'il leur occasionnerait ne servaient qu'à les décevoir d'eux-mêmes, elle de lui, et lui d'elle.

Au lieu de lui dire qu'il était en souffrance parce qu'il avait appris qu'elle entretenait encore une relation cordiale, voire un peu nostalgique avec un prédécesseur, il choisit, bien sûr, parce qu'il était lâche, de lui reprocher tout ce qu'il ne savait pas d'elle :

— C'est simple, je m'aperçois que tu continues à me cacher des trucs. Je sais même pas où tu habites, je sais pas qui sont tes amis…

Il pensait : où tu vas coucher avec ce crétin d'Ahmed, je déteste ce nom, à l'hôtel Vendémiaire ? « Ahmed mon amour », allitération de merde. Et parmi tes amis que tu ne veux pas me présenter, combien avec qui tu as passé la nuit ? Sans tout de suite répondre, elle l'observa avec incrédulité.

— Il suffit de demander, Dorian.
— Tu m'as jamais emmené chez toi…
— Parce que c'est pas un endroit très agréable… Parce qu'on a jamais envisagé d'aller ailleurs, merde !

Sa voix était montée d'une octave. Il sentait que sous son apparente mesure, elle était submergée par la confusion. Rien de plus exaltant que de mettre du drame dans l'amour, jouer le texte de sa rupture devant une salle imaginaire. La colère d'Isabelle vint d'un coup, elle allait être injuste à son tour, elle allait blesser et elle le fit avec cette voix soudain suraiguë qui lui venait quand elle perdait tout contrôle.

— Et toi tu me parles d'amour, jamais d'avenir. Tu restes ici, à rien foutre, vautré dans ton passé, à squatter une maison qui ne t'appartient plus... À faire le vampire avec deux vieux, leur voler leur affection... Et tout ça pour quoi ? Tu bosses plus, tu laisses les crevards d'ici t'admirer, tu te complais dans ta petite gloire locale.

Il se leva en rejetant brutalement les draps, ce qui la fit sursauter. La violence prenait ses aises en lui, lui commandait des postures, des calculs malsains et des mesquineries. Il avait le droit bordel, il avait le droit d'avoir mal ! Et désormais, se dessinait sous ses yeux une femme qu'il avait soupçonnée et que maintenant, par son attitude, il achevait de produire. Il commença à se rhabiller.

— Tu vas où ? dit-elle sèchement.
— Je vais pisser, il mentit.

Il avait des pudeurs hypocrites tout à coup, il lui fallait un pantalon quand ils étaient fâchés, alors qu'à l'issue de leurs étreintes, il se baladait couilles au vent, fier de sa virilité. Elle-même se rhabilla lentement, comme à regret, alors qu'il feignait de pisser trois gouttes, espérant niaisement qu'elle s'excuserait de ses humeurs à lui. Finalement elle lui dit, posément, avec cette force inéluctable qu'ont les femmes quand les hommes tergiversent encore.

— J'ai pas le temps de deviner si j'ai fait quelque chose de mal ou pas... Je veux pas vivre avec une énigme. En plus, j'en ai marre d'être ici... Ça t'est jamais venu à l'esprit ?

Elle enfila sa veste et lui jeta un dernier regard qui, dans son cœur, résonna comme un gong.

— Au revoir ! aboya-t-il, mauvais comme une gale et faussement indifférent. Et pourtant, d'une vaine envie d'en découdre, d'abîmer ce qui était leur patrimoine commun.

— Tu me dis jamais que tu m'aimes…
— Et toi tu le dis trop… siffla-t-elle.

Maintenant ils se défiaient du regard avec ces mêmes yeux qui, le matin même, se noyaient l'un dans l'autre alors qu'ils faisaient l'amour.
— Vas-y, va le voir, tu en crèves d'envie…

Il aurait dû s'arrêter là. Ne pas monter sur le parapet, ne pas contempler le vide. Il voyait dans son attitude ce corps adoré, soudain paralysé d'une impossible souffrance. Et puis, comme libérée, elle éclata de rire, ce n'était pas un rire méchant, non, même s'il n'était pas joyeux. Il est possible même que cela ait été l'expression d'un soulagement.

— De quoi peux-tu être bien jaloux Dorian Layeul, je suis allée jusqu'à retourner vivre chez mes parents pour toi…

C'est alors qu'il commit l'erreur de prétendre la confondre :

— Va retrouver Ahmed, vas-y, va discuter poésie avec lui, il doit savoir faire Verlaine avec les doigts.

Il avait craché ses mots, ajouté de l'odieux à l'infâme. Il n'aurait pas fallu produire la photo de son expression à ce moment, cette ignoble masque convulsé de dégoût et de mépris. Mais elle le vit. Mais elle comprit. Elle manipula son smartphone, le regarda puis le regarda lui, il n'était pas difficile de suivre sa pensée, son effroi, sa colère. Elle rangea posément le téléphone dans son sac et, sans un mot, sortit.

Il se rua derrière elle et, dans sa précipitation tomba sur elle et transforma leur scène de rupture en une cascade burlesque.

— J'ai pas fouillé dans tes affaires, moi aussi j'ai reçu le SMS, je sais pas comment… Qui c'est ce mec, pourquoi tu lui parles, je t'aime, c'est parce que je t'aime.

Dans le salon il la dépassa, dans l'entrée il fit barrage de son corps. Il accumulait les je t'aime, ses trop-pleins de je t'aime, il se voyait pathétique, il aurait voulu retourner aux sources de leur amour quand ils étaient choisis plus qu'ils ne s'étaient choisis. Il aurait voulu lui dire que c'était un malentendu, qu'elle devait entendre sa souffrance bien plus que sa rancœur, qu'il y avait cœur dans rancœur, et qu'il suffirait d'un geste, d'un mot…

— Laisse-moi partir, Dorian.
— Non, tu partiras pas.

Il se colla à la porte, il faisait rempart pour protéger leur amour, un garrot de son corps pour interrompre l'hémorragie. Toute expression avait disparu du visage d'Isabelle. Le ravissement qu'il avait pu tant de fois lire dans ses yeux, l'adoration même s'étaient volatilisés. Elle le dévisageait avec la même indifférence qu'elle regardait le changement de couleur d'un feu de circulation.

Et voici qu'Henri surgit, immense et débraillé dans sa perpétuelle salopette, le stéthoscope balançant autour du cou. Il ignora sa fille et se planta devant Dorian. Avec sa grosse paluche, pesant sur lui de tout son poids, il lui prit le visage et de deux doigts lui écarta les paupières de l'œil droit.

— Ton fond d'œil est jaune, Wapassou, j'ai un traitement pour ton foie. Tu vas me prendre une cuillerée à café de Chofitol, matin, midi et soir, avant le repas.

Henri vacillait, il n'était pas ivre, juste *stoned* comme on disait dans sa génération. Il empestait le cannabis, celui du gros joint qui aurait dû le mettre au lit. Dorian tenta de le repousser mais l'animal pesait un quintal et l'écrasait contre la porte d'entrée de ses ardeurs thérapeutiques.

— Il faut que tu fasses un bilan biologique et urinaire. Tu vas comment à la selle ? Je veux dire, tu chies bien ? La couleur, la texture, l'arôme, rien de suspect ?

Non, Dorian n'avait pas de soucis de transit, ses préoccupations étaient plutôt liées à sa liberté de mouvement. Il se mit à engueuler papy en lui criant qu'il l'étouffait, l'avait interrompu dans une conversation conjugale et qu'il le lâche enfin.

— Et occupe-toi de ton cul, merde !

Henri l'étudia de ses yeux injectés, ses pupilles bougeaient vite, s'il avait voulu l'hypnotiser c'était raté. Allait-il enfin déciller ? Lorsqu'il fumait, une partie de sa mémoire lui revenait. Il se mit à parler bas, en confidence :

— Wapassou, ma Wapassou, tu as toujours voulu partir. Bien avant, oh oui, bien avant ce sale jour où tu nous as surpris.

Il confessa que Judith n'avait jamais quitté ces années-là. Elle vivait en communauté dans sa tête, comme avant. C'était une femme de tribu. Henri lui-même avait découvert que son papy – Pépé Adrien, si tu t'en souviens il était encore plus grand que moi – se branlait dans la cave où il mettait ses outils. Il frottait son outil fauve sur un de ces magazines de charme, *Paris Flirt* sans doute. Son propre papy. Les parents font les enfants avec leurs sexes et après leur font du mal avec. Henri affirma qu'il serait plus simple que la sécurité sociale procède à l'ablation des organes génitaux des géniteurs.

Voilà ce que disait Henri et il demandait pardon à Isabelle qui n'était plus là.

— Pardon que tu aies vu ça, je n'ai jamais compris que c'était un monde dégoûtant, jusqu'à aujourd'hui. Et merde, putain de merde, je suis plus qu'un vieux cochon impuissant.

Et il pleurait de vieilles larmes incandescentes qui lui coulaient dans le cou. Dorian à cet instant ne trouva pas que le vieil homme était un cochon, fût-il vieux et impuissant. Il aurait voulu lui dire que tout cela n'était pas grave, s'il avait su de quoi il retournait. Et puis Judith surgit du couloir en trottinant et interpella Henri :

— Je pensais faire des crudités ce midi, sauf si tu as encore des gaz...
— On est plus ce midi, on est cette nuit, Meryl...

— Meryl on l'a pas vue depuis quarante ans... Elle vit au Québec.

Dorian en profita pour s'esquiver et fila au salon. La porte-fenêtre était grande ouverte, la nuit sentait la tourbe. Il sortit dans le jardin. À son zénith flottait une lune obscurcie, quelque chose menaçait dans le ciel. Seul le mur qui, au fond du jardin, barrait l'horizon, ramenait un peu de clarté.

Il fit le tour du propriétaire. Pas d'Isabelle. Pas dans la rue non plus, la Merco pourtant était là. Il courut jusqu'au prochain carrefour. S'était-elle réfugiée chez monsieur « Ah », allait-elle le rejoindre à l'hôtel Vendémiaire là où leur premier soir elle lui avait donné rendez-vous ? Était-ce son lieu de passe ?

Puis il revint dans le jardin, regarda le grand cerisier qui épandait ses pétales roses. Dorian vint s'adosser au tronc, et leva les yeux sur les bouquets de fleurs éphémères. Quand on souffre, on comprend mieux la splendeur. Il neigeait encore sur lui d'infimes caresses, de tièdes flocons, la terre en était tapissée. Puis il aperçut une ombre sur le mur. C'était Zarbeul qui trottinait, posant délicatement ses pattes entre les tessons de verre. Le chat fit halte et le fixa de ses yeux miroirs. Enfin, sauta de l'autre côté.

Lorsqu'il était gamin, Dorian l'avait escaladé plus d'une fois pour s'aventurer dans le parc de la propriété. Là traînaient ses copains, dans les bois, tout autour du château abandonné. Château, c'était un bien grand mot pour une gentilhommière, un modeste manoir d'une douzaine de pièces avec une tourelle en encorbellement. Le bâtiment était hermétiquement clos depuis belle lurette, portes et fenêtres obturées par des longerons de bois cloués sur les volets. La plupart, délavés par des générations de pluie, avaient pourri. Certains aventuriers avaient pu s'introduire dans la bâtisse et y découvrir des pièces nues, livides et poussiéreuses, des murs lourds de salpêtre. Lui n'y était entré qu'une fois et avait toujours craint ce lieu qu'on prétendait hanté. Ce jour-là, alors que les copains exploraient l'étage, il avait cru voir sous l'escalier une ombre, immobile parmi les ombres, qui le regardait avec – le mot le faisait encore frissonner – avec CONVOITISE.

Plus tard, une association de sauvegarde du patrimoine avait fait restaurer le bâtiment, drainant des subventions partout dans la région. Pour finir, c'était devenu l'antenne locale de la Croix-Rouge, puis une annexe de Pôle Emploi, enfin le siège d'un syndicat agricole. L'ombre avait dû partir. La question était où ? Isabelle, à son tour, avait dû fréquenter cet endroit.

Sur une impulsion, Dorian se mit à grimper ; il retrouva les gestes familiers, pieds calés entre les pierres disjointes. Il balança son blouson de cuir sur les arêtes de verre puis se hissa sur le faîte. Et, se laissant tomber de l'autre côté, il atterrit dans un bosquet d'orties. Il se releva avec difficulté et rit de dépit. Les pustules blanches lui brûlaient les mains, et son jean rougissait à vue d'œil, au-dessus du genou, là où il s'était coupé. C'est dans cet état qu'il tituba vers le château. Le lieu paraissait habité, il y avait de la lumière aux fenêtres. Dans le parc à l'abandon, le bois où il jouait enfant se donnait des airs de forêt vierge. La statue néo-classique, une Vénus à l'amphore, était noire de chiures de pigeons, plantée au milieu d'une mare qui jadis avait été un bassin. Désormais, c'était un cloaque gluant où flottaient des nénuphars et on pouvait supposer que, dans les profondeurs, rôdaient d'aveugles salamandres...

Dorian boitilla dans l'obscurité. En contournant le bâtiment, il vit un groupe de gens attablés devant le perron et quelques autres, isolés, qui erraient comme des phalènes autour des lampadaires. Tout le monde fumait mais on ne buvait que des sirops ou des limonades. Alors qu'il s'approchait, une silhouette surgie d'un bosquet d'arbres se rua vers lui. Le type l'empoigna et voulut lui coller un coup de boule. Mais il perdit sa tête en route quand Dorian l'attrapa par la gorge. Le commandant Marek était de retour, il était expert en arts martiaux, ses doublures surtout. Il était surtout en meilleur état physique que son agresseur, dont la dangerosité était plus olfactive qu'autre chose. Ils s'empoignèrent et roulèrent dans les ronces, un chiffonnier pensa Marek, voilà ce que je suis devenu.

— Sale putain, disait l'autre. Grosse roulure.

Et il gueula, comme un putois qu'il était, quand Dorian lui tira violemment les cheveux, enfin les câbles, des dreadlocks. On vint les séparer, enfin Isabelle les sépara, les autres s'attroupaient pour contempler l'algarade. Dorian se releva en titubant, il se sentait misérable. Elle tenait Adam par le col de son tee-shirt, comme on soulève un chaton par la peau du cou.

— C'est Adam, mon plus vieil ami. Quand j'avais douze ans, il m'a un peu mis la main dans la culotte. Alors je lui ai jeté une brique sur la tempe, il a dégringolé l'escalier... Montre-lui Adam...

Le type souleva sa masse de dreadlocks et l'on vit, entre son oreille et la naissance de ses cheveux, une longue cicatrice incurvée. Les résidents se penchaient tous pour bien voir. La jeune femme le lâcha et promena son regard sur le groupe.

— On a dit que je l'avais rendu fou. J'ai même vu un juge pour enfant... Mais tout le monde sait qu'Adam a jamais été dans son état normal, pas vrai ?

Il y eut des rires et Adam lui-même hocha la tête avec un sourire dispensé de quelques dents. Il semblait fier de tout ça, la bagarre et la cicatrice, pareil à un enfant qu'on engueule en public. Et puis il défia Dorian du regard. Plus précisément il le fixa avec CONVOITISE. Dorian contemplait ces gens, assemblée disparate d'épaves vacillantes et de passants ordinaires, qui avaient en commun des yeux qui ne s'attardaient sur rien. Des figurants pensa-t-il, ce sont des figurants. Alors, un peu faraud, il demanda à Isabelle pourquoi elle s'était sauvée comme ça :

— Et qu'est-ce que tu fous là ?
— Faut toujours qu'on t'explique tout ? On est au bois dormant, là.

En fumant paisiblement, elle l'observait, avec sarcasme oui et peut-être une forme de soulagement. C'est alors qu'une autre belle sortit du château, livide, la bouche barrée de rouge à lèvres, vêtue d'un seul déshabillé douteux qui masquait mal ses seins et la noirceur de son pubis. Mal réveillée, elle dévisageait Dorian avec des yeux que ses pupilles mangeaient. Elle le montra du doigt, la veine dans l'axe de son index était noire du dernier shoot.

— C'est qui ce mec, Wapassou ?
— Mon ex.
— Tu me présentes alors ?
— Va mettre la table, c'est ton jour. Et lave-toi les mains.
Elle s'esquiva en jetant à Dorian un regard par dessous.
— C'est pas ici que t'habites, Isabelle ? s'inquiéta Dorian, abasourdi.
Toutes ces femmes le regardaient, il n'y avait qu'Adam pour représenter les hommes, c'était à peu près le seul statut qui lui restait.

— Qu'est-ce que ça peut te foutre, macho de merde… aboya une adolescente avec un truc dans le nez et une pluie de piercings dans l'oreille.
— Te mêle pas, c'est pas ton histoire Métalicorne, intervint une autre, pas si jeune, qui sourit à Dorian, yeux baissés.

Isabelle, posément, expliqua qu'ici c'était un refuge pour les femmes, junkies ou pas, qu'on y venait si l'on avait besoin d'une communauté, où personne jugeait personne. Et si l'on avait besoin de soin. Et de patience. Là, elle le dévisagea, sans indulgence :

— C'est peut-être le meilleur des soins, la patience, monsieur Layeul…

— Je suis pas le bienvenu, alors, soupira Dorian.

Il pensait à son blouson abandonné qui lui avait coûté mille balles. Son beau blouson empalé sur le mur, un chevreau délicat, maintenant déchiqueté, comme sa cuisse. Il ne savait pas ce qui lui faisait le plus mal. Ou alors c'est qu'il avait sacrifié son grand amour.

— On en fait quoi ? dit une femme au crâne rasé, elle riait sottement.

Ceux qui vivent dans le malaise, le comprennent mieux chez les autres.

À côté d'Isabelle, épaule contre épaule, une des pensionnaires, très pâle, lui confia quelque chose à l'oreille. Laquelle s'adressa à l'assemblée pour expliquer que Gelsomina voulait inviter l'intrus à manger les lasagnes avec elles.

— La question qu'on peut se poser les filles, c'est pourquoi ce mec voudrait dîner avec nous ?

Radium expliqua que les ex, c'est toujours collant, Chant d'amour suggéra qu'il voulait juste mater des culs, Azathoth que normalement il fallait s'inscrire le matin pour les repas,

Soleil d'hiver voulait savoir si on allait parler de la fermeture du refuge.

Et Adam grogna que c'était juste « un mort qui entre ». Gelsomina s'exprima la dernière.

— C'est parce qu'il est toujours amoureux de toi et qu'il va pas bien.

Elles regardèrent toutes ce Dorian dont aucune ne savait rien quelques minutes auparavant. Il éprouvait la sensation d'être une créature inconnue débarquant sur un rivage où passaient des villageoises. Isabelle se tourna vers Soleil d'hiver, qui devait avoir entre quarante et soixante-dix ans, les rares cheveux gris et les épaules tombantes. Mal foutue, mal fagotée, mal.

— Ils m'ont sucré les subventions de région, on va voir avec la nouvelle municipalité. J'ai d'autres pistes. On fermera pas Louise, promis.

Puis, s'approchant de Dorian, elle lui suggéra d'enlever son pantalon. Toutes, elles s'esclaffèrent. Lui tremblait, au bord de la syncope et il sentait le sang qui lui imbibait le jean, suintait le long de la cuisse, jusque dans ses chaussettes.

— Tu vois, j'ai une vie de château avec mes serfs. Et maintenant, toi aussi, putain de chiotte, faut que je te répare ?

Prairial

Au fil des jours, le gala de charité pour lequel Dorian s'était porté volontaire prit une ampleur inattendue. On ne soupçonne pas l'énergie et la ferveur déployées par les habitants des petites villes oubliées du monde. Ils ont timidement envie qu'on les chérisse, ils se mettent à aimer passionnément au simple fait qu'on les découvre vivants. Patricia Chontelle organisa sous les auspices de sa radio la production et la promotion de la manifestation. Spirale commença par proposer la salle en préfabriqué datant des années 1960. Elle servait à la fois au catéchisme et aux réunions de la CFTC. Mais la mairie, piquée au vif, surenchérit en offrant gracieusement la salle des fêtes qui avait une capacité de cinq cents places. Le directeur d'Auchan sponsorisa l'évènement, suivi par Castorama Sodhaure, et du concessionnaire de tracteurs local. Ils achetèrent de l'espace dans la presse écrite et sur la radio locale pour faire la promo d'une manifestation si vertueuse.

La nouvelle maire – la veuve de l'édile précédent – fit une déclaration solennelle, le député et le préfet précisèrent qu'ils participeraient à la soirée caritative. Patricia battait le rassemblement et Radio OMG devint le tam-tam officiel de la merveilleuse initiative. Plusieurs articles parurent, jusqu'à *Ouest-France* qui délégua à l'acteur un rédacteur en chef adjoint. C'est là que Dorian confirma qu'il renoncerait à son cachet et que les sommes recueillies, soit par les sponsors, soit par les entrées payantes, seraient intégralement reversées, après amortissement de l'opération, aux familles des victimes de la RN44 bis.

Puis il se tut et éconduit tous les médias. L'événement en prit d'autant plus d'ampleur que chacun louait sa probité et son désintéressement. Non seulement Dorian Layeul pissait sur les puissants mais en plus il mettait son art au service du peuple. Sans qu'il ait fait grand-chose, la foule se montait la mayonnaise, et l'élisait héros du village. Il aurait pu, en cette fin d'hiver, entamer une carrière politique, se présenter à la mairie, puis à la députation et terminer ses vieux jours au chaud.

Pendant des jours il tourna en rond dans sa chambre, à répéter le texte de *L'année dernière quand vint ma mort ?* de Simon Sorreau qu'il avait joué plus de deux cents fois. Il se mit en scène tout seul dans sa chambre du premier dont le plateau était si exigu, avec, comme accessoire unique, un fauteuil de paralytique qui convenait bien au discours sur la survie et surtout au concept de résilience, le mot qui soignait tout le monde en ce début de XXIe siècle. D'abord il le loua, puis l'hôpital lui en procura un spontanément, en précisant que

Loana s'était assise dedans lors de sa première sortie. C'était peut-être celui qu'il avait poussé quand il était allé la voir et qu'elle l'avait dragué en latin. Bref, une relique, une autre, qui ne pouvait que lui porter chance. Il proposa un jour à Spirale de bénir le fauteuil mais le curé lui opposa qu'on avait pas besoin d'objets de superstition dans sa basilique, et que, déjà, il y avait un vieux crâne d'Arabe poussiéreux devant qui des gens prostrés s'inventaient des stigmates. Dorian sentit alors croître son estime pour Amédée. Ils étaient au bord de l'amitié.

Le texte lui revenait doucement et, avec lui, les émois de ses représentations. Au début il se le monologuait à plat, mais très vite il était possédé. Il montait sur le lit et se précipitait vers le cabinet de toilette, parfois il sortait sur le palier et s'aventurait jusqu'en la chambre de Sandrine. Zarbeul s'y trouvait souvent qui faisait une perpétuelle toilette. Toutefois, Dorian arpentait un espace mental qui était bien plus grand.

Après quelques jours de ce régime, il investit l'ancien cabinet du docteur, au rez-de-chaussée, dont le proprio avait fait une salle de musique. Là, le vieux entreposait ses instruments. Au début, Henri l'avait accompagné à la guitare. Il voulait même composer une musique avec son groupe The Doctor mais hélas, il renonçait régulièrement parce qu'il butait toujours sur ce foutu *la* de merde, dont, rien à faire, il oubliait systématiquement le doigté. Il restait là, abattu, la guitare sur les cuisses, à regarder Dorian débiter son texte.

L'acteur avait un peu honte, ce n'était pas du trac, oui de la honte. Il n'avait jamais aimé les intrus à ses répétitions ou ses filages techniques, à peine même s'il tolérait le metteur en scène. Mais avoir Henri dans les pattes, qui le regardait avec un espoir, comme un bon chien attend un geste, le mettait au supplice. Il n'osait pas lui dire, de peur de le blesser ou simplement de provoquer quelque événement imprévisible. La zone espace-temps-rêve des habitants de la maison était déjà suffisamment confuse.

Parfois, le vieux n'était pas là, mais il finissait toujours par rappliquer. Il devait sentir qu'une aire de fiction venait de s'ouvrir, là où il avait tant fait tirer des langues. Souvent, Dorian se disait que les fantômes étaient issus de l'ancien cabinet médical. Combien de ceux qui étaient entrés là en étaient sortis pour mourir ? Un qui rentre…

À voir Henri jouer de ses doigts vermoulus, faire la nique à l'arthrose, contourner le *la*, passer en mineur pour pas affronter le majeur, Dorian finit par essayer de le rééduquer. À chaque séance il l'asseyait, s'installait derrière lui, lui comprimait index, majeur et annulaire sur la seconde case des cordes ré, sol, si et son poing par-dessus la pogne refermée du vieillard ; il passait de longues minutes ainsi, un peu comme quand on appose un serre-joint sur deux objets collés à la glue. Et le tenant ainsi, ils papotaient de B. B King, de Paul Kossoff, et même du grand Jimi.

Un matin de pluie, alors que Dorian assurait la prise de ce *la* pour qu'elle réimprimât dans l'esprit du vieil homme, il profita de l'étreinte qui les liait pour faire sa demande. Oui, il s'entendit demander sa main à elle, alors qu'il comprimait sa main à lui :

— Je suis très amoureux d'Isabelle, je pense à elle jour et nuit, j'en rêve, elle est délicieuse et cintrée à la fois, j'aimerais qu'on se marie. J'aimerais qu'on fasse une jolie fête... Laura, ma fille, va avoir une permission dans trois mois, pour l'été, elle va revenir...

Le vieux ne répondait pas. Un *la* lui barrait la route du consentement ou de la conscience. Mais Dorian, lui, ne pouvait plus arrêter le flux de ses confidences, il *la* voulait pour lui, il voulait *la* marier, même s'il ne lui avait rien demandé encore.

— Et j'aime la regarder faire Wapassou. Elle est bonne, elle sait leur dire les quatre vérités à ses patients, à ses junkies, elle les sort de leur merde mentale...

Le vieux gratta deux accords, son *la* toujours comprimé. Il se concentrait pour entendre les notes jusqu'au bout des doigts. Il finit par répondre...

— Le médecin c'est une hypothèse... Il est là pour réveiller les gens, il tape sur leur genou, il fabrique des haut-le-cœur, il regarde dans le dévers de l'œil, il palpe une ventraille, il émet une théorie sur celui qu'il tripote et après ça passe ou ça casse. Ça dépend de l'équation.

Sans le lâcher, Dorian lui susurrait de lui dire oui. Dis oui. Il lui semblait que si le vieux donnait son feu vert, Isabelle l'épouserait, oui c'était juste ça qu'il voulait maintenant qu'il y pensait. Au lieu de quoi le beau-papy toussa rauque et, en tressautant, son stéthoscope sursauta et rebondit sur les cordes : la guitare émit un *la* plein d'échos thoraciques. Dorian comprima un peu plus la poigne du vieux. Henri tournait la tête vers lui et l'observait avec l'intensité lucide de l'homme qui vient de connaître *la* révélation.

— T'as entendu Wapassou ? Incroyable ce son. Faudrait l'enregistrer et mixer avec les battements de cœur, ça ferait chambre d'écho...

Dorian le lâcha, en opinant du chef. À force de lui comprimer les doigts il commençait à avoir des fourmis. Et puis il avait l'impression que ce point de compression n'empêcherait pas l'hémorragie. Le vieux fit jouer ses doigts pour les désankyloser. Puis il les remit spontanément sur les bonnes cases et joua son *la* instinctivement.

— *La* majeur clair, *la* majeur stéthoscope ! dit-il en faisant rebondir l'objet sur les cordes. Il avait reconnecté, bon Dieu, il avait retrouvé le chemin de sa musique, ici et *la*.
— Henri, je veux épouser ta fille Isabelle, donne-moi sa main, vieux baba à la con.

C'était, oui, horriblement sentencieux et vieillot. Dorian ne lui avait même pas proposé à elle, il lui semblait qu'elle lui rirait au nez mais après l'expérience du *la* retrouvé il se demandait si le vieux n'allait pas enfin le voir pour ce qu'il était : un gendre. Mais cela ne marcha pas.

— Tu veux te marier avec toi-même, tu sais combien c'est narcissique, égocentré. C'est le syndrome de l'escargot, de l'hermaphrodisme pur. Tu as enfin éclos ma fille, après tant d'années où tu étais si insignifiante, regarde-toi tu es une belle femme maintenant, un peu mûre quoi, trop apprêtée. Tu t'es épousée déjà, maintenant tu devrais essayer d'avoir au moins un enfant, s'il n'est pas trop tard… Et si quelqu'un veut bien t'engrosser. Il va y avoir une raréfaction du follicule ovarien, faudrait pas traîner. Tu vas finir par tomber en panne d'œstrogène…

Il scrutait Dorian avec une sourde compassion, comme à chaque fois qu'il voyait Isabelle en lui, c'est à dire depuis toujours. L'espace de quelques instants l'acteur sentit poindre sa ménopause. Henri lui expliqua alors, avec une sorte de patience exténuée, que si elle rencontrait un gentil garçon, il l'emmènerait à l'autel, sa mère y tenait visiblement. Qu'elle serait à son bras, qu'il mettrait même une cravate, c'est dire. Par ailleurs, il y avait une chose que peut-être elle ne savait pas.

— Figure-toi que Jimmy Page jouait parfois de la guitare avec un archet ! On peut bien jouer au stéthoscope sur une Gibson Les Paul…

Une pensée folle traversa l'esprit de Dorian qui se demanda si Chanfarien, en chiant sur la guitare, n'aurait pas trouvé enfin, la voix de sa rédemption.

*

Ils le pomponnèrent dans une loge qui avait vu passer Michèle Thor, Isabelle Aubret, Gérard Lenorman, Ange ainsi qu'une poignée de rockers à la gloire régionale dont on devinait encore les affiches sur les murs : les Médiums, Les sœurs de

Venus, Les bas de Hurlevents, et le célèbre Léo André and his rock's Teddy band. Dorian entendait monter une rumeur qu'il connaissait bien, celle des spectateurs qui se précipitent dans la salle pour trouver les meilleures places. Le son de l'attente qui remuait le cœur.

Ce soir, il jouait l'acte III de *L'année dernière quand vint ma mort ?* dans la salle modulable Pablo Neruda.

Patricia, dans son dos, gazouillait sans discontinuer. La maquilleuse, une intermittente du spectacle, le cheveu rouge et un clou noir dans le nez, haussait les sourcils, et échangeait des regards excédés avec le reflet de Dorian. Lui ne se souvenait plus de son texte, pas même le premier mot. C'était bon signe ce trou noir. Car, quand il entrerait dans la lumière, la première phrase monterait toute seule et, avec elle, l'envie de fuir en Papouasie-Nouvelle Guinée. Un député vint saluer, puis des responsables syndicaux, un écrivain paysan et le directeur général d'Auchan pour le Grand-Ouest. Sous son nuage de poudre, Dorian souriait jaune, c'est en enfer qu'il aurait voulu tous les expédier.

La seule qui comptait ne venait pas, elle savait qu'il avait besoin de cet état d'abandon qui précède l'entrée en scène. Il pouvait l'imaginer, sagement assise au premier rang, aux côtés de leurs deux vieux qui croyaient assister à la kermesse paroissiale. Il restait dix minutes, l'acteur se leva, écarta les quelques personnes qui avaient de dispensables encouragements à lui prodiguer, suivit le long couloir obscur qui l'amenait, côté cour, à l'entrée du plateau. Il resta quelques instants dans la pénombre, sans oser regarder la salle. Patricia lui avait dit que c'était plein. Qu'il n'y aurait pas de places assises pour tous, qu'on allait refuser du monde.

Il écouta son corps, tenta de canaliser sa respiration, de desserrer ce garrot qui lui verrouillait le cou.

Encore quelques instants. Il avait joué devant bien plus de monde dans des salles prestigieuses, à Mogador, aux Bouffes du Nord, à l'Athénée, et même à l'Odéon. Plateaux à Paris, à New York, aux quatre coins de l'Europe et même à Auckland ! Mais là, il entrait en scène avec comme accessoire son corps et comme seuls outils sa voix et ses émotions. Seul, sous une poursuite pendant plus d'une heure. Lui et un texte. Il avait choisi ce monologue de Simon Sorreau qui lui avait valu un Molière. L'histoire d'un type fraîchement décédé, qui revient à lui dans l'au-delà et se remémore les circonstances de sa mort. Un texte d'un humour très noir, bien adapté à cette soirée donnée en l'honneur d'une survivante. Elle devait être dans la salle d'ailleurs, avec les siens. Et maman à la caisse, un œil sur les comptes.

Il ne restait qu'une poignée de secondes, la salle bruissait plus que jamais comme un essaim d'insectes.

Il allait faire son métier, ça faisait longtemps, pourvu qu'il n'ait pas oublié. Donner corps à un autre, un ectoplasme en l'occurrence. Et rester tapi au fond de soi, faire l'instrument pour des émotions surgies du langage. Comme à chaque fois, il s'engagea à être juste. Pas jouer juste. Rendre justice au personnage et rendre à l'auteur ce qui lui appartenait.

La vie lui réserva alors un coup de théâtre. Alors que les lumières s'éteignaient, son téléphone vibra dans sa poche. Mon Dieu, il avait oublié Muezzin. Il s'en empara fébrilement et, juste avant de le déconnecter, put lire le SMS. Il venait de son ex-femme, dont il n'avait pas de nouvelles depuis un an qu'il lui virait mensuellement mille cinq cents euros.

Laura abattue là-bas. On l'opère. Grave. Appelle.

Son cœur s'arrêta quand ses jambes avançaient encore. Il était en scène, son téléphone à la main et ils l'applaudissaient à tout rompre. Il n'avait rien dit, il n'était rien, plus rien. Quand la paix revint sur la salle, dans la lumière bleue, sa voix blanche envoya les premières phrases :

C'est vrai qu'au départ je voulais mourir. J'avais tout organisé. D'abord, je voulais que ça se passe un mardi. Parce que c'est un peu triste de mourir un lundi, et le mercredi y a la femme de ménage. Et puis si on attend trop c'est tout de suite le week-end et on risque de remettre à la semaine suivante…

Ils riaient, ils bougeaient. Ils suspendaient leurs souffles. Lui voyait des dents. Lui voyait tanguer des ombres. Lui sentait se raréfier l'oxygène. Sa voix portait et, quand il chuchotait, eux n'avaient pas besoin de tendre l'oreille pour comprendre un mot juste exhalé, parce qu'ils le devinaient. Dorian les amenait jusqu'au pied de la scène, (ses propres pieds), comme cela se produisait parfois quand le talent, la sincérité, l'émoi collectif ou l'époque rendaient gorge. Il emmena tout son petit monde sur les parterres de l'au-delà ; il pratiqua, comme Spirale, une élévation, celle où s'oublient les coups de la vie et où commencent les émotions des hommes.

J'ai choisi le revolver. C'est bien le revolver, pratique, rapide, précis. Je me disais que c'était une arme miséricordieuse et moderne à la fois. On appuie sur le bouton et tout est réglé. C'est ponctuel une arme à feu, ça donne la mort à la seconde près.

D'ailleurs, mon père disait : les flingues c'est franc de la gâchette. Ça l'a pas empêché de se pendre. Mais c'est comme ça : les armes ressemblent à ceux qui les utilisent. Papa était un indécis… J'ai pas eu le temps d'en parler avec lui mais la corde ça laisse du temps pour gamberger, pour avoir des regrets, et même, paraît-il, un petit plaisir ultime. Je le reconnais bien là, une dernière branlette avant la route. Je me suis demandé si le suicide était épidémique dans la famille. Mais, à bien y réfléchir, la réponse est non. Maman par exemple, elle est morte folle. Enfin je veux dire qu'elle était gâteuse, Alzheimer, sénile, fêlée du bulbe, quoi. À 95 ans, elle était trop vieille pour rester intelligente. Déjà que quand elle était jeune c'était pas un aigle… Alors, avec l'âge, ça s'est pas arrangé. L'intelligence, c'est comme les montagnes, ça subit une érosion constante…

Il prit du plaisir et de la joie, tutoya l'absolu, lui aussi était mort pourtant. Sa princesse avait été dévorée par le Tigre. Elle était dépouille quelque part, entre des mains qui, pour tenter de la sauver, achevaient aussi de la profaner. Et lui contait sur une scène modeste, parmi des gens frustres, une élégie à la mort. La sortie de scène le précipiterait entre les bras des tourments en ce monde de cendres et de larmes ; un Minotaure l'attendait sans doute, dans l'ombre du rideau, pour l'accompagner vers des jours de douleurs.

... Pauvre maman. Elle était pourtant tellement fière d'avoir eu le certificat d'études. Il faut reconnaître qu'en 1940 c'était un peu comme le bac en 1968, ils le donnaient à tout le monde. Le complément d'objet direct, il suffisait d'une attaque de stukas pour qu'il s'accorde plus avec personne. Y en a beaucoup à cette époque qu'on a dû conjuguer au participe passé. Enfin, elle a eu son certificat d'études et peu importe comment. Mais elle n'a pas pu le garder jusqu'au bout. À la fin, si on avait dû la faire repasser, elle aurait échoué et on l'aurait réorientée vers lui maternelle. Pauvre maman, c'est terrible de mourir enfant. Elle me manque tellement. Depuis mardi dernier je me dis que je vais la revoir, mais j'ose pas l'appeler. J'ai trop peur qu'elle apparaisse.

Parfois, dans un éclat de lumière, il voyait Isabelle et, dans ses yeux, un amour exclusif et guerrier. Il voyait les deux vieux hébétés d'un piètre bonheur. Spirale qui fermait les yeux pour habiter les mots. Madame le maire qui, entre deux SMS, le regardait avec convoitise. Il crut apercevoir au fond de la salle Chanfarien, passer comme une inquiétude. Et Loana qui observait, invitée d'honneur, les mains sagement posées l'une sur l'autre. Désormais, il pourrait créer une association au bénéfice des jeunes filles brisées.

Ce fut un triomphe. Le lendemain, *L'Armoise Triomphante* allait titrer sur lui, alors que la centrale nucléaire de Chinon était en urgence absolue :

« LE TALENT, JUSTE LE TALENT ». Avec en sous-titre : « Le Sodhaurite Dorian – capitaine Marek – Layeul livre une magnifique performance dans un gala en faveur de Loana, la survivante de la RN44 bis… »

Quand vint la fin, il s'arrêta tout seul, comme si on l'avait éteint et resta à genoux, comme l'exigeait la mise en scène. Hébété, il regardait la foule qui se leva, Isabelle en pleurs, puis un et deux et dix et tous, les vieux en dernier, une salle tout entière pour une standing-ovation qui dura des heures. Il sentait le poids du téléphone sur son cœur, comme un pacemaker. Au bout d'un moment, sans saluer, il s'enfuit.

Comment trouva-t-il une sortie sans croiser personne ? Il entendait les rappels battre leur plein… Une sortie de secours, une sortie par derrière, comment se retrouva-t-il sur le parking encore désert quand la clameur du spectacle commençait à décroître ? Comment ? Il avait les clés de la Mustang, il s'y précipita, s'assit dans le cuir ancien et pleura.

Sur elle, sur lui, sur leurs corps brisés, sur la mort dont il avait porté le fardeau une heure et demie durant. Il démarra et roula sous la pluie et la nuit, qui, comme souvent, tombaient de concert.

— Je jouais, dit-il, quand son ex décrocha, comme si c'était une excuse.

Jadis il avait haï sa voix, à vrai dire il ne l'avait jamais vraiment aimée, peut- être était-ce la raison fondamentale, parmi un certain nombre d'autres, qui lui avait fait la quitter. Là, pourtant, elle avait le juste timbre, la digne tessiture, pour rappeler que c'était d'elle que Laura était née.

— L'opération s'est bien passée, elle est stabilisée. Mais elle a perdu beaucoup de sang. Le haut de la cuisse, la hanche, criblées d'éclats d'obus. Elle vivra. Des cicatrices, des chirurgies réparatrices et peut-être une raideur dans la démarche. Ou une légère claudication. Elle n'aura peut-être pas d'enfant, les organes ont été touchés...

La mère se tut sur ce commentaire. Elle n'adressa à Dorian aucun reproche, hormis ce silence. La petite allait vivre c'est tout ce qui comptait à ce moment précis. Son fardeau à elle serait toujours que Laura qui avait aspiré son sang, qui avait bu son lait, était avide de son père, son astre, sa lumière, quand la mère ne serait jamais qu'un être maladroit, intrusif, à la féminité contrariée. À ce moment, Dorian éprouva une grande admiration pour son ex, l'abnégation et le sacrifice, pour ostentatoires qu'ils soient, trouvent en certaines circonstances le chemin du sublime.

Ou alors il était juste soulagé.

On lui avait abîmé sa princesse, son soleil, sa Lorelei, répandu son sang, violé de métal ce corps de jeune fille. Il haïssait ces loqueteux et leurs guerres tribales, pour un peu il se serait engagé si l'armée française avait bien voulu de sa haine et qu'il ne se tirât pas dans le pied. Il aurait pu jouer ce rôle de vengeur, implacable car brisé. Des larmes lui coulaient, il espérait que cette détresse et ces fureurs-là n'étaient pas des compositions circonstancielles que le comédien arborait, tu peux me la refaire, en plus monocorde ? Mais non Dorian, c'est ta fille, ton archange, *Lullaby herself*, il est normal que tu contemples le grand vide.

— J'arrive, elle est où ?

Il roulait vite dans le brouillard, dans le ciel tombé de bruines et de miasmes. Trop vite et sans être tout à fait sûr d'être sur la bonne route, il aurait aussi bien pu foncer vers la Belgique. Démuni et pathétique, comme un être à qui le mal est infligé.

— Pas la peine que tu bouges, elle a été opérée là-bas, ils la rapatrieront dès qu'elle sera transportable.

Elle soupira et laissa traîner un autre silence. Dans ce néant, il y avait tout leur vécu, les premières fois et les dernières puis les lourds reproches que chacun réservait à l'autre. Ce vide voulait dire ça aussi. S'ils l'avaient rompu de quelques récriminations, ils auraient été indignes de leur miraculeuse enfant et risqué de la démettre au monde.

Tout en conduisant, alors que défilait sur l'antique lecteur de K7 la play-list d'un siècle amplement révolu, il était au chevet de sa fille. Dans l'hypnose de la route à suivre pointillés et bandes blanches, dans la clarté laiteuse des phares, il infusait des pensées douces dont il était sûr qu'elle les recevait, là-bas, parmi ses tuyaux, l'immaculée blancheur de ses draps, quand séchait le sang beige qu'elle avait versé.

Il lui parlait à haute voix et ses doigts sur le volant effleuraient ses cheveux blonds. Muezzin sonnait, vibrait, sautait sans cesse. Il le prit et le jeta derrière où il continua de grelotter dans un coin.

On partait à l'aube, quatre heures du matin pour le ski, t'avais eu ta troisième étoile à sept ans... Je te prenais sur les épaules, je t'avais fait un nid à l'arrière de la vieille BM, avec mon vieux sac de couchage, tu te souviens ? On voulait pas rater une journée, on fonçait dans la nuit et tu dormais enroulée comme un chat. On prenait l'avion pour Key West, il faisait froid à Roissy, je t'avais offert ta première DS, et plein de jeux que tu avais oubliés dans une chambre d'hôtel.

Quand il coupa le contact, il était garé sur le parking d'un hôtel Formule 1. La radio revint à ce moment comme un message d'outre-tombe :

« Intervention au Yémen, nouvelles victimes de l'opération Fennec, la dix- neuvième depuis le début de l'année. On vient d'apprendre que lors d'une mission de soutien aérien, un Tigre français a été abattu par des tirs des rebelles. Le chef de bord, le capitaine Jean-Claude Varse a été tué, la pilote, la lieutenante Laura Layeul, est grièvement blessée. Selon le communiqué du ministère de la défense, son pronostic vital ne serait pas engagé ».

*

Déjà enfant, Isabelle voyait la Mort. Dans le salon elle la voyait, dans l'escalier aussi pour monter se coucher, aux chiottes parfois. Elle flottait au-dessus des herbes aromatiques à l'époque où Judith s'était crue naturopathe. Elle s'asseyait aux côtés d'Henri, en face des patients. Rien qu'un reflet, une ombre et pourtant il n'y avait pas de soleil. Une palpitation, un drapé moiré, il arrivait que ce fût un visage. Celui d'une jeune fille avec un effrayant rictus. Isabelle était adolescente et voyageait avec la mort. Elle était devenue logique, à la longue on l'habitue à soi, on en fait plus une montagne. C'est pourquoi elle lui parlait à mi-voix : je suis dans le coin, si t'as besoin de moi. Quand elle avait vu Dorian sur scène, quand elle avait entendu le texte qu'il jouait, elle était redevenue cette adolescente qui conversait avec des présences et chuchotait avec des reflets. L'acteur avait cette lividité qu'elle connaissait bien, il se produisait de l'au-delà. Et puis il avait disparu de longues heures, elle s'était retrouvée seule comme s'il n'avait jamais existé. Comme si elle était déjà veuve.

Enfin, il l'avait appelée. Il lui avait dit. Toi seule.
Elle avait pris cette route de nuit, c'était l'heure des spectres.

Arrivée sur le parking de l'hôtel, elle coupa le contact. Il n'y avait qu'une fenêtre allumée au rez-de-chaussée. Il était seul dans une boîte à sommeil.

Elle voyait les feux clignotants orange au carrefour désert. Le trafic était nul. Quelques enseignes dans la zone industrielle bavaient doucement dans la bruine, diluant des bleus et des jaunes. Sur le mur d'un entrepôt, une fresque taguée représentait des gnomes menaçants de leur kalach des parachutistes sautant de soucoupes volantes. L'artiste avait signé MALAS que, par un effet d'optique, lié aux gouttes d'eau sur le pare-brise Isabelle pouvait lire SALAM. Un large slogan bombé en rouge et noir affirmait « Le train d'Aushit arrive à l'heure d'hiver ». Elle sentit l'odeur de l'herbe que fumait Henri.

Quand il lui ouvrit la porte de la chambre 7, elle le prit dans ses bras. Pleure, dit-elle. Ce qu'il fit. Ils s'allongèrent sur le lit, tout habillés, frissonnants, mais dans les bras l'un de l'autre. Là, elle fit ce qu'elle croyait ne jamais devoir faire, le demander en mariage :

— Et je veux mieux que ça comme voyage de noce… »

Thermidor

Pendant plusieurs semaines il n'eut pas de nouvelles directes. Laura avait été rapatriée au Val-de-Grâce, un hôpital qui soudain portait son nom. Isabelle s'était mise en relation avec ses collègues et avait eu accès au dossier. C'était comme une guerre, avec chaque jour le bulletin d'information sur les opérations, l'état des forces en présence. Le service de presse de la vie, et la grande crainte de l'info exclusive, celle de dernière minute.

Dorian craignait qu'Isabelle ne censurât les faits pour l'épargner. Mais c'était une femme en blouse blanche, une technicienne froide qui lui faisait les débriefings, pas sa merveilleuse amante (« appelle-moi ta « fiancée », bordel à cul ! »). La sédation, la fièvre, le staphylocoque, la fièvre, les antibios, un autre antibio, la douleur, antalgique, analgésique, la seconde intervention, la troisième. Le journal des combats marqua ces journées grises.

Longtemps on n'avait pas su si l'on pourrait sauver sa jambe. Plusieurs fois par jour, Dorian regardait la dernière photo que lui avait envoyée Lollipop. La mer Rouge, elle en maillot, la mer rouge de sang. Il regardait sa hanche droite, sa cuisse, l'éclatante courbe de la jeunesse.

— Il y a des prothèses de plus en plus performantes, elle pourra remarcher quoi qu'il arrive.

Quand le Dr Isabelle Morteil avait dit ça, le regardant gravement dans les yeux, il l'avait détestée. Ils étaient conscients tous les deux que cette froide lucidité pouvait les abîmer.

Mais ils avaient sauvé sa jambe, ils l'avaient sauvée. Dorian était allé mettre un cierge chez Spirale et sur le mur de douleur avait rajouté son ex-voto.

— Il y a des chirurgies réparatrices, commenta le Dr Isabelle Morteil en précisant qu'un des meilleurs spécialistes était un vieil ami : il avait fait son internat avec elle.

Quand, enfin, Laura avait repris conscience, elle lui avait fait envoyer un texto :

Je me répare. Sans jérémiades, ça ira plus vite. Donne-moi juste un rendez- vous pour l'été. Je viendrai, ça sera ma mission. Miss you. Lolita.

Dorian avait prononcé ses vœux de silence et avait donné sa date :

Rdv 29 septembre, je me marie, tu es témouine.

Elle avait répondu d'un coeur qui s'envolait. Et il avait pris son mal à elle, en patience. La mère en savait encore moins. Elle était refoulée du Val-de-Grâce et l'appelait, lui, pour savoir s'il savait. Elle ne supportait pas ce silence thérapeutique, son naturel était revenu : elle avait le deuil jaloux. Lui se contentait d'avoir foi en la petite. Comme il l'avait toujours eu.

La vie reprenait son cours, n'était-ce pas ce qu'on disait depuis la nuit des temps ? Un jour, madame le maire convoqua Dorian. Elle fit appeler par son secrétariat qui lui proposa le 13 août à 16 heures, après madame la maire part en vacances. Dorian, après quelques bières en terrasse avec Amédée qui lui confia s'être engueulé avec Dieu, la veille, que ça pouvait plus durer, Dorian fut reçu par la Marianne locale.

Il y avait chez cette femme une modestie ostentatoire. En son temps, elle avait été « madame la mairesse », l'épouse de. Enfin elle héritait du trône et cela constituait une revanche. Il le lisait dans son attitude. La fenêtre était grande ouverte, il faisait si chaud. Madame s'éventait avec un magazine, volaient des particules de l'été, planaient des papillons.

Il commença par s'excuser d'avoir déserté la soirée donnée en son honneur, lors du gala au bénéfice des victimes de la RN44 bis. Elle leva une main aux ongles grenat, baguée d'or à tous les doigts, et jura qu'au regard des circonstances :

— J'ai lu l'article dans *Ouest-France* et Amédée m'a raconté pour votre fille. Elle aura la légion d'honneur, à ce que je sais…

Dans ma position je devrais dire : la France lui est reconnaissante, mais on en a déjà plein le monument aux morts...

Elle lui offrit un café puis un calva. C'est elle qui voulait le calva, mais il ne lui fit pas l'affront de refuser. L'alcool lui susurrait à l'oreille que ce par quoi il passait lui donnait droit à l'intempérance.

— À propos de récompenses, il en faut pour ceux qui sont désintéressés. Et pour ceux qui sont libres. Je vais proposer au conseil municipal de vous attribuer la médaille de la ville...

Il supposa que le fait d'avoir pissé sur un patron médiatique, un chef des « merdias » – comme ils disaient tous désormais – lui conférait une forme de notabilité. On voulait l'inscrire dans le lieu où il avait grandi, il devenait un nouvel Omar ; peut-être que, d'ici quelques années, on trouverait une place pour exposer son fémur, qu'il aurait sa stèle translucide non loin du confessionnal. Il avait beaucoup rêvé de postérité, pas au point de finir en relique. Madame attendait un merci, il en resta médusé. Puis hocha du chef, la médaille, oui.

— Ce n'est pas tout... J'ai tellement admiré votre prestation. J'en avais les larmes aux yeux et j'ai vu mourir et ressusciter Serge, mon mari. Quand vous jouiez, c'était à moi qu'il parlait.

D'en parler pourtant ne lui ramenait pas de larmes, ni d'émotions apparentes. Alors que lui, oui. Il se souvenait de ses deux rencontres avec Serge Leton. Qu'est-ce qu'il avait à lui dire avant de faire le grand saut ? Peut-être qu'il voulait lui proposer de donner son nom à une rue ?

— Bref... reprit la maire, il existe à Sodhaure, vous le savez peut-être, une des plus vieilles rues du pays, celle qui contourne la basilique. La rue Ochsenbein. J'ai l'intention de la débaptiser. Le conseil municipal souhaitait lui donner le nom de mon mari, mais ce ne serait pas correct. Je voudrais que cela devienne la rue Dorian-Layeul.

Dorian aurait bien repris un petit calva, finalement. Il se sentait flotter, obsédé par Serge Leton, comme s'il était là dans la pièce, avec son écharpe tricolore. Maintenant il se demandait si l'homme ne parlait pas à l'oreille de sa femme. Il se leva, pris de vertiges.

— Je veux pas de tout ça... lâcha-t-il, un peu trop véhément.

Elle eut, sur son fauteuil directorial, un mouvement de recul. Craignait-elle un nouvel attentat urinaire ?

— Je veux que vous augmentiez les subventions de ma femme pour le refuge Wapassou...

— Votre femme ? La Morteil ?

Il alla, pour respirer, se pencher à la fenêtre. C'était étouffant ce bureau, ce soleil, l'éternelle négociation pour tout, échange-moi ton bon procédé pendant que je te mitonne une prévarication.

— En tant qu'élue, je ne fais pas ce qu'on me demande, monsieur Layeul.

Il se dévissa la tête pour regarder le ciel. Juste au-dessus, enjambant le parapet de la terrasse, Leton avait pris son envol. Il avait atterri sur les marches, en bas, là où, bientôt, on leur jetterait du riz.

— Je ne suis pas un buste.
Dorian trouvait que si, un peu quand même.

Il l'entendit ensuite formuler ses formules : la municipalité était contrainte de réduire la voilure. Ils avaient entrepris d'importants investissements et la dette pesait trop lourd. Elle ne tenait pas à étouffer les Sodhaurites de trop d'impôts.

— Hélas, il nous faut rogner sur certains budgets d'aides sociales, il y a des nécessités premières.

Des filles déglinguées, camées, putes, junkies, folles, avec à leur tête une femme trop brillante qui jurait comme un charretier, voilà qui n'était pas de première nécessité. La Morteil. Il haïssait « la » maire, il avait envie tout à coup de la tourmenter. Ces gens qui sont imbus d'eux-mêmes pour d'obscures raisons ne sont accessibles à rien, si ce n'est à la souffrance morale qu'on leur fait subir.

— Vous allez aider Wapassou, madame le maire. Parce que c'est ma femme qui fait ce boulot, parce que ce sont mes copines, mon public. Je donnerai d'autres spectacles ici. Mais surtout parce que j'ai été un des derniers à voir votre mari vivant.

Elle se leva, tira sur sa veste de tailleur. L'uniforme était chic et sexy, le visage était blême.

— Qu'est-ce ce qu'il vous a dit ?

Dorian raconta leurs deux rencontres, à la gare et devant la montagne de livres. Et la perspective, à chaque fois, d'un dîner qui n'aurait jamais lieu. Le rendez-vous manqué, en tant que tel, lui prodiguait de la mélancolie. La rencontre moins. C'est le manqué qui l'affectait.

— Il vous a rien dit sur moi ?

Elle s'approchait de lui comme si son mari, derrière elle, la poussait entre les bras d'un autre homme. Ce con de Serge, ce pervers.

Dorian avait toujours au fond de la poche de son jean, la carte professionnelle du maire. Elle avait été lavée avec le pantalon plusieurs fois et n'était plus que parchemin sur lequel le mot restait lisible. Il se retourna vers elle et prononça doucement :

— Chiche ?

La maire avait le maquillage blême, elle devint plus que livide, ses yeux se creusèrent. Elle allait nous faire une syncope. Dorian la ramena vers son fauteuil, l'assit posément, et lui resservit un calva. Elle le but vite au point d'en avoir les larmes aux yeux. Il faisait trop chaud pour le calva, il aurait préféré un blanc bien frais, un Menetou Salon par exemple. Madame veuve Leton ne parvenait pas à déglutir les sanglots qu'elle avait dans la voix quand elle avoua, enfin.

Elle expliqua que ces derniers temps Serge se voyait lui-même. Il se croyait double. Fallait pas y faire très attention, il prenait beaucoup d'anxiolytiques ou des saloperies de ce genre. Mais un jour un des administrés rapportait avoir déjeuné avec lui la veille. Or, au même moment, les époux déjeunaient ensemble. Ça avait empiré : une fois Serge s'était vu rentrer ou sortir de chez des gens…

— Merde, merde, on devenait fou, ou alors c'était lui…

Il était temps pour Dorian de jouer les gourous. Il se pencha vers elle, plein de compassion et lui régurgita une partie de sa confession :

— Vos gros mots sont de grandes œuvres. Serge vous frappait, il vous brûlait… Vous le trompiez. Il était inévitable que vous l'accompagniez sur le toit.

Elle n'avait plus de couleur du tout, encore un peu elle deviendrait transparente et disparaîtrait comme un mauvais souvenir.

— Comment vous savez tout ça ?

*

Un matin de septembre, Muezzin grelotta. C'était encore une lumineuse journée d'été et Dorian répétait *Tartuffe* dans le parc de Wapassou. Il avait pris l'habitude de faire le mur et rejoindre ses copines, il rendait des petits services, faisait des courses et y avait créé un atelier théâtre. Radium et Gelsomina (mais avec son pseudo ce n'était pas étonnant) se révélaient particulièrement douées. Les pensionnaires se prêtaient spontanément à des séances de thérapie par le jeu. Chacune racontait son histoire, chacune se mettait en scène, chacune rejouait sa tragédie. Et puis il leur demandait une autre interprétation, en mode comédie. Progressivement, il vint répéter auprès de ce public bienveillant son *Tartuffe*. Isabelle l'avait poussé à signer pour le spectacle parce qu'il en avait peur, parce qu'il avait envie, parce qu'elle n'allait quand même pas « bosser pour deux, cornecul ». Simon avait jappé de joie, quand, d'enthousiasme, Cabronovski avait insulté tout le monde. Ce serait leur « grand retour ».

Dorian déambulait donc, contournant orties et fougères, avec Gelsomina qui lui donnait la réplique. Et les autres qui suivaient ou qu'ils croisaient, on aurait dit des abeilles patrouillant autour d'une ruche. Elles étaient toutes les Marianne, les Elmire, les Dorine, défroquées de leur propre rôle. Jouer, elles voulaient toutes jouer, même celles qui ne savaient pas. Et tout en se laissant porter par la langue, l'acteur Layeul poursuivait, comme tant d'années auparavant, la même partie de cache-cache, dissimulé sous un saule pleureur ou prenant la pose derrière la statue du bassin.

Et je n'ai pu vous voir, parfaite créature,
Sans admirer en vous l'auteur de la nature,
Et d'une ardente amour sentir mon cœur atteint,
Au plus beau des portraits où lui-même il s'est peint.
D'abord j'appréhendai que cette ardeur secrète
Ne fût du noir esprit une surprise adroite,

Et même à fuir vos yeux mon cœur se résolut,
Vous croyant un obstacle à faire mon salut.

C'est sur « salut », que Muezzin se rappela à son bon souvenir. Dorian répondit...

— Bonjour je suis Marie-Louise, vous avez des problèmes de prostate ? Si vous voulez en savoir plus sur le produit miracle du professeur Blime, appuyez sur dièse à la fin de votre conversation...

Il allait raccrocher, en pestant contre ces imposteurs et leur camelote, quand tout à coup Lullaby était là, tout entière en sa voix d'orchidée :

— Mon astre ?

Il allait oublier toute cette conversation, alors qu'il l'avait tant attendue, regardant chaque jour sur le calendrier de la Poste affiché dans la cuisine de Judith, comme un prisonnier barre les jours jusqu'à sa conditionnelle. Tout oublié, sauf qu'il marchait dans le parc, au hasard. Il était suivi de loin par des pensionnaires plus ou moins décaties. Celles qu'il connaissait peu notamment, Âme brûlée et Magie Noire, qui se moquaient du théâtre et parfois lui singeaient la réplique. Laure du Rhin parlait toute seule, donnait des détails sans doute, racontait ses maux, mais il ne lui resterait que cette promenade au milieu des fougères, contournant les buissons, ses chevilles vacillant sur des mousses. Il y avait au pied d'un chêne un couple de bolets et une limace qui faisait bombance. La lumière descendait doucement de la frondaison le long des troncs en cathédrale, il allait faire beau et encore plus beau et chaud, promesse. Au loin, la cloche sonnait fêlée pour les fêlés, à Sodhaure il serait toujours n'importe quelle heure. Non, il ne se souviendrait pas de ce qu'ils se dirent mais du tout alentour : Laura imprégnait la forêt de sa rage de vivre, elle faisait tout éclore. Des insectes voletaient parmi des spores en suspension, et le parc respirait doucement en l'immobile somnolence des arbres.

Elle ne voulut pas qu'il vînt la chercher. Elle voulut prendre le train et c'est là qu'il l'accueillit, à quelques jours de la noce. Quand elle mit un pied en dehors de l'Intercités, la cloche sonna au beffroi tout proche…

Un mort qui entre pensa Dorian… ce n'était toujours pas l'heure, ce n'était aucune heure, sauf celle des concernés.

*

Elle apparut dans une longue robe d'été bleu marine avec quelques imprimés épars de fleurs violettes, une casquette de marin posée sur ses cheveux d'or. Et quelques fils d'argent en sa chevelure, c'est la première chose qu'il vit en s'approchant ; ainsi qu'en ses yeux une ombre nouvelle.

— Mon astre, dit-elle, dans un souffle, j'ai tellement envie de picoler.

Ils se serrèrent fort. Elle sentait comme jadis, rien n'avait pu venir à bout de ce parfum de jeune fille. Puis marchèrent doucement vers la voiture. Elle s'appuyait sur une canne et boitait à peine. Mais à petits pas, à tous petits pas. Lui ne la touchait pas, il tirait la valise, une demi-foulée derrière. L'orgueil n'était pas blessé, lui, il fallait lui laisser toute sa grandeur. Ce qui reste aux vaincus.

Isabelle attendait, adossée à la Merco.

Elle ne s'était pas maquillée, c'était un signe. Portait un jean de rien et un tee-shirt de pas grand-chose, les cheveux ramassés vaguement sur le haut en un chignon bourré d'épis. Elle avait beau faire, elle était terriblement sexy.

Les deux femmes se regardèrent, curieuses l'une de l'autre. Dorian avait les foies. Quand survient la rencontre des deux personnes que vous aimez le plus au monde, il y a comme une stupeur et un enjeu. Sa femme et sa fille adorées, son amour et son astre. Si jamais elles devaient se défier, il n'était pas sûr d'en sortir vivant. Mais elles furent, pour lui en tout cas, parfaitement protocolaires.

— Là, j'ai une super cicatrice pour une appendicite foireuse, sourit Isabelle, en soulevant son tee-shirt pour montrer la trace rose sur l'aine.

— Petite joueuse, vous pouvez pas lutter, répondit Laura qui brandit sa canne qu'elle leva comme un sceptre.

Elle osa alors relever sa robe, comme se trousse la strip-teaseuse, et révéla la jambe martyrisée, les couleurs de greffons, les zones cicatricielles, les creux, les bosses. Isabelle applaudit. Dorian faillit tourner de l'œil.

Les femmes sourirent et, ainsi neutralisées, s'effleurèrent d'un baiser. Laura était vacillante de douleurs, elle sut gré à Isabelle de l'avoir compris. Et, sur le trajet, elles papotèrent comme des copines de lycée.

Judith arriva en trottinant quand ils pénétrèrent dans la maison. Elle tenait entre ses mains jointes un petit pain au lait et une tablette de chocolat.

— Procure du pain à ceux qui n'en ont pas… Bienvenue ma chérie, je t'ai préparé un goûter pour après l'école, je vous ai guetté par la fenêtre, je n'ai pas mis de beurre, j'ai peur que ça tourne, après c'est pas bon quand c'est rance…

Laura dit merci, merci et serra la vieille dame contre son cœur. Elle avait manqué d'une grand-mère fondante : l'une avait peur des enfants, l'autre était une femme dure et méfiante chez qui seule l'exécution du devoir permettait de surseoir à la folie.

Les deux femmes se cajolèrent comme si elles avaient un passé commun. Parfois, pour mieux câliner, il vaut mieux ne pas avoir d'histoire. Puis surgit le grand-papy qui surplomba tout ça, embarrassé ma foi. Lui en savait un peu plus long sur Laura.

— Je vois que tu t'es foulé la cheville au basket, ma grande, je peux te faire un massage au Synthol, ou une application de miel et de menthe poivrée. Mais du repos, le repos, il n'y a que ça.

Il lui tint le poignet tout en l'embrassant sur le front. Ils attendirent qu'il ait fini son évaluation, apparemment l'état de ce pouls semblait lui convenir car il tourna les talons et disparut on ne sait où. Henri auscultait d'autant plus qu'il aimait.

Ils avaient préparé l'ex-chambre de Sandrine, vidée, briquée et y avaient laissé entrer le soleil pour la première fois depuis des décennies. Il y avait même un petit bouquet de fleurs sur la table de nuit, un peu fanées, cadeau de mamie. Laura y entra en boitillant, essoufflée et grimaçante. Dorian lui tenait la taille et sentait qu'elle s'abandonnait de plus en plus.

— Tu veux que je regarde ? demanda Isabelle.
Laura fit signe que oui, souleva sa robe et la fit passer par-dessus ses épaules. Dorian détourna les yeux, il eut le temps de voir la silhouette amaigrie, quelques bandages entre la cuisse et le flanc et aussi la longue et sinueuse marque rose. Les femmes parlaient à voix basse quand il se réfugia sur le palier. Il pleurait. Il pleurait des larmes chaudes, bientôt, il allait moucher.

*

Dans les jours qui suivirent, Henri cessa de marcher. On ne savait pas trop s'il ne pouvait le faire ou s'il ne le voulait. Il s'auto-diagnostiqua :

— J'ai des nids d'arthrose aux genoux et aux hanches, et je suis criblé d'ostéoporose. Alors, avant que je me casse en mille morceaux, je préfère rouler. Allez me chercher le fauteuil.

On voulut le faire lever, il l'avait encore fait la veille, il avait même biné son carré de potager. Il refusa, en prétextant qu'il avait mal, que son mal était un droit, et qu'il sentait la fissure dans son col du fémur, qu'elle lui parlait, même. Isabelle aurait voulu lui faire passer quelques examens, au moins une radio, mais il ne voulut pas en entendre parler :

— Je suis médecin, je sais ce que je fais, pas la peine de m'infantiliser sous prétexte que tu fais l'actrice après avoir échoué comme rock star.

Isabelle lui fit un doigt d'honneur et accepta son renoncement. Les vieux changent aussi vite que les bébés. On les croit intangibles et tout à coup ils sont moins, et tout à coup ils ne sont plus. C'est ainsi que le fauteuil de Loana, celui avec lequel Dorian avait joué son mort, devint la petite voiture d'un vieil homme qui avait décidé qu'il ne marcherait plus.

En cette radieuse fin d'été, ils vivaient pourtant une gentille petite vie de famille. Laura, quand elle rentrait de ses séances de rééducation, aidait la vieille dame à constituer ses dynasties d'acteurs. Elles travaillèrent longtemps sur l'arbre généalogique des Delon qui posa quelques problèmes de croissance. Nathalie et Anthony, Anouchka et Alain-Fabien, de bien belles ramifications mais que faire d'Ari le greffon rejeté par la vieille souche ? Le travail s'interrompit quand la jeune femme posa à l'ancêtre une question apparemment anodine :

— Delon, c'est quoi comme arbre ? Un saule pleureur ?

Il ne vint aucune réponse à Judith. Elle en resta silencieuse une journée entière, assise dans le jardin sur sa chaise, au point qu'il fallut aller la chercher pour les repas et qu'elle y retournait dare-dare, la dernière bouchée avalée. Elle contemplait le grand cerisier, si haut, si large, si fier. En début de soirée, Dorian vint s'asseoir à côté d'elle et, côte à côte, ils laissèrent venir le crépuscule en piochant dans un plat de cerises.

Le comédien avait l'âme sylvestre quand il était gosse, même s'il était un piètre grimpeur. Il mettait trois heures à monter sur la plus petite branche du pommier et ses copains ricanaient tellement il était empoté. Aussi souple qu'un pied de table, et vertigineux dès qu'il était à cinquante centimètres d'altitude. Les autres il les enviait, de vrais singes. Il s'était toujours demandé ce qui lui manquait. L'audace sans doute. En plus, maman voulait pas qu'il se salît, même quand il était habillé sale, l'écorce et les branches ça te verdit le pantalon, après ça part plus, même avec Bonux. Mais enfin, il montait, bon an mal an. S'installait à cheval sur la plus grosse branche et, en appui sur ses mains, avançait à saute-mouton jusqu'à être bien dégagé du tronc. Il faisait ça dans le grand verger qui appartenait à son grand-père. La famille du Nord.

Papa passait avec les tontons et le patriarche. Ils se moquaient des gamins dans les arbres, peut-être qu'ils avaient gravé des cœurs pour des gamines dans ces bois-là. On leur balançait des cerises vertes, toc sur le crâne du vieux. Aux yeux de Dorian, voir du dessus la calvitie de son père relativisait son autorité. Plus tard, on lui apprendrait qu'au cinéma ça s'appelait une plongée. À l'époque, les mômes vivaient chaque jour en contre-plongée. Lui aurait pu rester dans l'arbre toute une vie, c'est très familier un arbre quand on est dedans. Il ne lui manque que la parole, il n'a pas les yeux pour voir mais il veille. Et les enfants sont un peu ses fruits. Quand la nuit tombait, on la voyait mieux de là-haut, un petit coup de chien et loup. Et puis les mères appelaient, l'heure de la soupe aux poireaux, Mémé a fait revenir les blancs dans du beurre. Les cousins dégringolaient du faîte de l'arbre et l'abandonnaient sur sa branche. Il était encore plus nul pour descendre. Finalement, il s'arrachait à moitié le visage et marchait dans la nuit du potager, les mains écorchées, ça sentait bon la sauge et le printemps en plus, à la surprise générale il passait en cinquième. Quand il arrivait, ils avaient mangé l'entrée.

Et puis, alors qu'ils rêvassaient du jardin d'Eden avec Judith, le charme fut rompu par un diable.

— Cet arbre il fait de l'ombre à mes tomates, faudra le couper, je vous préviens. Ça fait des années que j'le dis.

Chanfarien secouait la clôture entre leurs jardins. Comme depuis des décennies, il avait la vendange mauvaise et le vin tourné. Effrayée, Judith se replia vers la maison. Dorian se leva et le toisa, c'était un geste de défi.

— Qu'est-ce que t'as la fiotte, la peau d'hareng, t'es pas content ? Tu veux que je te démolisse ?

Des comme ça, on en rencontre toujours, ça n'est pas tout à fait humain. On ne sait jamais faire la part des choses : ces gens sont-ils stupides ou foncièrement mauvais ? Dorian en avait croisé partout, vindicatifs, violents, la haine en option hormonale.

Dorian qui gobait les cerises les unes derrière les autres cracha un noyau en la direction du vieux salaud.

— On a de belles photos de vous dans la maison, avec nos caméras de surveillance. Les plans aux toilettes sont très réussis. Vous avez le cul photogénique, j'envisage de le mettre sur les réseaux sociaux...

Le vieux salaud blêmit et secoua son grillage, comme un fauve impuissant dans sa cage.

— Je vais t'écorcher...
— Le procureur de la République en jugera. On m'a dit que vous aviez un passé chargé.
— Cette nuit, je viendrai te tuer, sale boute-en-train...
— Moi je crois que c'est le cerisier qui vous tuera...
Le vieux salaud rentra chez lui en hurlant à la mort pour tous les pédés de la terre. L'euphorie que Dorian éprouvait pour avoir châtié l'abruti était une joie mauvaise mais délicieuse.

*

Plus tard, alors qu'ils jouaient au Scrabble, Judith revint à eux. Ils étaient installés sur la terrasse, éclairés par quelques bougies et une antique lampe à pétrole. Des choses volaient, papillons noirs ou insectes de cendres, une brise tiède frisait les cheveux d'Isabelle. En levant les yeux, on avait une vue sur l'univers. Dorian, contemplant les nébuleuses et les nuages célestes, eut la sensation qu'il avait atteint le point médian de sa vie. Comme quand on franchit ce lieu mystérieux qu'est la ligne de partage des eaux.

Après qu'Henri eut placé *LUPUS* sur *mot compte double,* Judith, qui buvait du *chaï,* livra, ex abrupto, le fruit d'une journée de méditation :

— Delon ça peut pas être un saule pleureur. Le saule c'est Robin Williams. Il a une tête de pleureur... Delon, c'est un bouleau.

Cela fit rire Laura qui se pencha sur la vieille et lui colla un baiser sur le front. Les autres, le nez dans leurs lettres, hochaient distraitement la tête.

Le vieux faisait grincer son fauteuil en réfléchissant. Une bonne partie de lui- même était présent, le jeu le rendait fringuant : il avait prévu d'avance trois pétards d'herbe pure. Judith, au contraire, laissait errer son regard sur le plateau, dubitative. Elle ne participait plus depuis que, lors d'une partie précédente, inerte devant ses lettres, elle avait posé la question de fond :

— À quoi ça sert ?

C'était au tour de Dorian comme le lui fit remarquer Henri :

— Vas-y Wapassou, joue donc...

Triomphalement, le fiancé posa le mot *NOCE*. La fiancée lui prit la main sous la table mais ne fit pas de quartier avec un *ZÉNITH* à près de cinquante points. Mais déjà, le vieillard protestait :

— Tu viens de jouer Isabelle, c'est à Laura !

Dorian pouvait aussi bien aller chercher des bières à la cuisine et Isabelle, dans la lueur dorée des bougies, rester assise à réfléchir, ils ne faisaient qu'une seule et même personne. Pendant ces moments de concentration ou quatre personnes en jouant de leurs lettres invoquaient les sortilèges des mots – ramure, armure, murer, maure, amer, armer, rare, mer, âme – ils se recueillaient comme pour une prière.

— Gainsbourg, il serait quoi comme arbre ? s'interrogea Laura, faisant atterrir de ses doigts délicats les lettres *L, U, N, U, L, E*. Henri proposa un sapin, à cause de la résine mais Judith, toute à ses méditations druidiques, eut le mot de la fin :

— Gainsbourg, c'est un olivier, ça vit longtemps, c'est torturé comme arbre. Et il y a le parfum et les jolies fleurs pour Jane et Charlotte et les feuilles pour Lulu…

Là-dessus, tout en jouant, chacun convoqua sa forêt artistique. On vit Jean- Pierre Cassel en cyprès, l'aplomb, la danse, tout ça ; Depardieu ne pouvait être qu'un baobab, Montand un platane, un peu nœud et méridional, Eastwood avait tout du séquoia, Sinatra en érable, ça bronze et c'est sirop, et de Funès luxuriant comme un palmier…

— C'est une plante, pas un arbre, fit remarquer la vieille avant de suggérer, à cause de sa discrétion, son charme et sa brillance, Trintignant en peuplier.

— Et Marie ? La branche cassée ? murmura Laura.

Cela jeta un froid. On en revint aux lettres. La partie s'étira, la torpeur et la nuit. À un moment, il ne restait qu'une lettre au vieux médecin et il s'assoupit dessus. Sa femme le réveilla :

— Tu sais toujours pas où placer ton Q ?

*

Zarbeul était perché dans son cerisier quand le voisin découpa à la pince le double grillage qu'il avait fabriqué lui-même. Le chat bâilla, il entreprit de se lécher la patte avant droite, s'interrompit, leva la patte arrière, bâilla, se gratta férocement l'oreille, puis somnola. Dans le bombé de son œil, il ne perdait pas de vue le tout petit homme qui s'introduisit dans le jardin et piétina trois plans de courgettes. La proie s'avançait dans le potager portant à bout de bras une tronçonneuse. Le chat le vit s'approcher et ondula sous les frissons, les poils au sommet de son dos légèrement dressés. Il coucha ses oreilles en arrière et fit danser sa langue sur ses babines avant de la laisser un peu sortie, point rose sur son pelage gris. Il sentait monter les effluves de l'intrus, parfum de savon, arôme âcre d'humain mouillé sous les bras et crotté au cul. Le jour se levait à peine, chez les hommes il était 7 h 37, ils rêvaient tous en couleurs délavées. Un petit vent jouait le long de son pelage et Zarbeul se savait invisible. Le cerisier, son arbre, l'irriguait du plus profond de ses racines et il devinait entre les feuilles, l'autre, le mauvais génie. Pendant que l'homme tirait rageusement sur le câble de sa tronçonneuse, le chat marqua l'écorce de ses pattes. Sortir ses griffes en silence c'était une joie de félin, d'ailleurs il se ronronna un peu. Et soudain la machine tempêta, des dizaines d'oiseaux s'envolèrent battant des ailes comme les hommes battaient des mains, comme des épis de maïs s'entrechoquaient sous le vent. Le chat regardait l'homme qui attaquait le tronc de sa lame. On distinguait sur son crâne le vilain moucheté de taches brunes, la peau blême et, juste en-dessous, l'os.

Il y avait une lourde branche en partie cassée depuis les violents coups de vent de la fin d'hiver. Un souffle qui venait de Terre-Neuve et avait glacé tout le monde durant quelques heures. Du bois était tombé un peu partout. La grosse blanche blessée avait fleuri et produit son feuillage comme si de rien n'était. La vie ne renonce jamais, même aux portes de la mort. Quand la lame de la tronçonneuse attaqua le tronc, quand un nuage de sciure s'envola, le chat s'engagea sur la branche et franchit le point de rupture. Il ne pesait que quelques kilos. Mais il était lourd de toute la rancœur des arbres. La branche cassa et tomba sur la tête de l'homme-cochon.

C'était la veille de la noce. Une grosse branche du cerisier était tombée dans la nuit, sans qu'on ait pourtant senti la moindre brise. À l'aube, toute la rue avait été prématurément réveillée par des hurlements. Chanfarien s'en prenait à sa femme, pour ceux qui avaient compris quelque chose à ses clameurs. Une épouse alitée, qu'on avait oubliée car personne depuis longtemps ne la voyait plus. À un moment, quelque chose avait pété dans la tête du cinglé, une hémorragie de sang noir, qui lui avait obscurci définitivement le monde. Il fut évacué en fin de matinée. Il était dur comme du bois mort.

Fructidor

Ils vinrent à pied.

C'était une idée d'Isabelle. Elle voulait qu'ils traversassent une partie de Sodhaure et que les invités se joignissent à la procession, chacun venant de chez soi. Un timing avait été établi après chronométrage, on savait à quelle heure ils passeraient et où, comme pour une visite de la reine d'Angleterre. Et tout le monde de se connecter avec son GPS et la localisation des mariés. Aussi, chacun, en son domicile, avait préparé le moment de la jonction. Judith, dans un moment d'euphorie, avait résumé l'esprit de ce chemin de soi :

— C'est comme si toutes nos rivières allaient se jeter dans leur fleuve !

Et pourtant, au même moment, elle aurait été incapable de donner l'heure… Les fiancés partirent seuls de la maison à 18 h 05, vite, vite on va être en retard. Le boucher devait passer avec son camion frigorifique dont le haillon élévateur permettrait d'amener Henri et son fauteuil, ainsi que Judith.

Ils marchaient main dans la main, rue Fidel-Castro... On les regardait par-dessus les haies, dans les jardins, bienveillants ou curieux. Ceux qui n'étaient pas invités à la noce, quasiment la ville entière, faisaient contre fortune mauvais cœur. Isabelle les saluait tous, Dorian aussi, bonjour, bonjour.

La mariée suscitait bien des critiques. Ces médecins arrogants et bourrés de frics, gagnés sur nos os et nos viscères, vendus aux labos, qui se prennent pour le nombril du monde. Cette blouse blanche fréquentant des drogués pour soi-disant les guérir, mais probablement droguée elle-même, comme toute la famille d'ailleurs. Les parents, hein, qui, vous vous en souvenez, ont toujours eu de drôles de mœurs. Et Henri, le bon docteur avec sa tête de Sioux qui fumait le calumet depuis toujours, ça se savait même chez les gendarmes qui faisaient rien, bien sûr. Oui, oui certes, il se déplaçait à pas d'heure et les dimanches et les jours fériés. D'accord, il restait pour boire des verres, il prodiguait des conseils médicaux mais enfin on racontait aussi qu'il était très porté sur la question. Bon, faut lui concéder que, quand les gens pouvaient pas, il faisait pas payer. Mais enfin, ça excusait pas tout.

Les notables et les sans-grades, les fonctionnaires et les *chomedus*, les employés, les paysans, les aimaient bien au fond ces Morteil, mais habitants d'une commune égarée dans une France quelconque, ils leur en voulaient d'avoir des choix qu'eux n'oseraient jamais revendiquer. Ce n'était même pas une question de culture, d'éducation, pas même une histoire de fortune. Certaines villes pèsent leurs poids de fatalités et de stupeurs.

Et l'autre, le marié. L'acteur. C'est vrai qu'il était bien en commissaire Marek, mais c'était pas Gérard Depardieu non plus. Son physique était un peu fade, il se la racontait pas mal, surtout avec ses sourires gentils et ses bains de foule. Il paraîtrait qu'il aimait s'habiller en femme, des fois. Chez les artistes on est pas toujours très équilibré. Son spectacle c'était pas mal, il avait laissé l'argent à la petite mais enfin il avait bien fait sa pub aussi. Je suis acteur et je te sauve une môme qui ressuscite, ça fait quand même un peu bizarre cette histoire. Sans compter qu'il couchait aussi avec Chontelle qui faisait l'émission de radio.

Les mariés marchaient la tête haute, sourire léger, avenue Henri-Barbusse, n'était-ce pas l'état que procurent les quelques minutes avant un mariage ? Des enfants suivaient à vélo ou en skate, ça les faisait rire. Puis un ou deux invités de la noce, fidèles au rendez-vous, chacun en ses beaux atours. D'autres enfants, en meute. Et des amis qui comptaient, venus de la cité Elsa-Triolet, ceux qui avaient su conjurer la ville ou simplement l'avaient habitée, sans penser à conquérir le monde. La pluie, omniprésente les derniers jours, avait laissé passer les bonnes pressions et d'immenses cumuls de nuages blancs, des Everest de chantilly marquaient le ciel bleu, si bleu, la délicate étoffe de l'infini.

Sur le trajet, elle lui raconta.

Avant qu'ils ne se dissent oui, il fallait qu'elle le dît. Elle lui fit promettre qu'il n'exprimerait rien, ne demanderait jamais de détails et que ce sujet ne serait plus abordé entre eux.

— Vas-y, jure…

Elle le regardait en souriant, radieuse, serrant si fort sa main, mais il ne fallait pas s'y tromper, ce qu'elle allait lui livrer était au moins aussi sacré que la cérémonie à laquelle ils allaient se soumettre. Avait-elle aussi un livre d'amants qu'elle lui aurait dissimulé ? À cet instant, ils passaient justement devant la librairie Berthon, le type cravaté derrière la vitre qui lui faisait un amical signe de tête était-il ce Serge dont Sandrine avait écrit qu'il avait un bon coup de reins, qu'il avait remis le couvert ce jeudi-là, et dans le quart d'heure s'il vous plaît. Isabelle allait-elle parler de monsieur Ah, dont les regrets lui étaient arrivés sur Muezzin comme par désenchantement ?

Elle raconta qu'à dix-huit ans elle avait vu une image qu'elle n'aurait jamais dû voir et l'avait toujours hantée. Depuis toujours, ses parents avaient été des libertins, comme on disait aujourd'hui. Une de leur fête avait duré toute la nuit. La musique, l'alcool, les substances, tu vois ça d'ici. Isabelle venait d'entamer ses études de médecine. Déjà enfant, elle les avait vus danser, s'étourdir, et jouer les bacchanales. Judith buvait trop, Judith se défonçait sans compter. Le père était plus raisonnable mais il était sous cannabinoïdes depuis toujours. Ça tempérait son fond de colère. Bien des fois dans sa vie de petite fille solitaire, elle avait dû faire le ménage au petit matin, réveiller des épaves, jeter des poignées de mégots, aérer des airs viciés.

Cette nuit-là, elle s'était couchée tard pendant qu'ils sonorisaient tout le quartier. Des dizaines de personnes avaient circulé dans la maison et dans le jardin où l'on avait dressé une tente pour y accueillir les invités, la bouffe, le vin. Au petit matin, elle s'était réveillée au milieu d'un cauchemar où sa mère était engloutie par des sables mouvants. Elle avait traversé le champ de bataille et s'était dirigée vers la chambre des parents. Juste une porte qu'on entrebâille. Pourquoi, pourquoi avait-elle voulu savoir ?

Le père regardait. La mère était prise par deux hommes sur le lit conjugal. Quatre adultes nus, dans un état second, émettant des sons. Les deux amants de sa mère, elle les connaissait bien, elle les appelait tonton pour rire, deux musiciens amateurs. Ils étaient invités à la noce, d'ailleurs. Henri fut le seul à la voir. Vers elle, il avait tourné la tête, les yeux éteints. Isabelle se souvenait moins du dégoût que de l'excitation mauvaise que ça lui avait procuré. Le jour même, elle était partie.

— Pendant longtemps je n'ai pas pu faire l'amour, dès que la situation se présentait, je revoyais l'expression de ma mère. Après, c'est le contraire, j'ai baisé tout le monde, je voulais me sentir chose, appartenir à tout le monde.

*

Tête haute, toujours, ils entrèrent dans la mairie. Une petite foule s'était pressée derrière eux, tous n'étaient pas invités, il se trouvait même des paparazzi. Oui, car on mariait le commandant Marek.

Madame la maire Leton avait tenu à présider la cérémonie. Devenue tout miel, soutien officiel de Wapassou, organisatrice d'un nouveau festival de théâtre présidé par Dorian, elle s'était découverte mécène. Depuis son élection avec près de 67 % des suffrages, mieux que pour le troisième mandat de son mari qui avait peiné à atteindre les 55 %, elle avait pour longtemps de quoi faire taire les médisants. Parfois les suspicions, les enquêtes officielles, produisent une réaction d'orgueil chez l'électeur local qui préfère voter contre lui-même. Mais peut-être qu'élue pour de mauvaises raisons, madame Leton deviendrait un bon maire, après tout. Avec Dorian et Isabelle, elle s'approchait de la sphère médiatique. On parlait d'elle sur Twitter et jusqu'à La Roche-sur-Yon.

Les futurs mariés s'installèrent face à l'édile ceint de son écharpe tricolore. Elle arborait un petit tailleur crème qui laissait admirer un décolleté vertigineux que nul électeur n'était censé ignorer. Dorian en fut contrarié. Il aurait préféré être face à son épouse plutôt qu'à devoir subir cette féminité administrative. Il regardait juste au-dessus de l'élue, le buste de Marianne si phrygienne et modeste, et se demandait si le fait d'être marié par Lilith allait leur porter chance.

Leton entama son discours, rappela la loi et formula toutes ces considérations relevant d'une époque où le mariage était sujétion, la république peine-à-jouir, et, pour gardienne de tout ça, une solide morale chrétienne. On se mariait sans écouter les balivernes proférées, les précautions officielles sur l'échec, les droits, blabla, les devoirs, le domicile conjugal, la protection des enfants. À croire qu'on passait son temps à unir des alcooliques en plein delirium tremens, des consanguins enceints les uns des autres, ou des idiots congénitaux. La république restait une marâtre et, dans les replis des hauts rideaux de la salle des mariages se dissimulait Tata Divorce qui prenait des paris sur l'avenir.

Il y avait des photographes. Un officiel, ami d'Isabelle. Des officieux, journalistes vendeurs d'images, il aurait fallu mandater une agence de sécurité pour les interdire d'accès. Une équipe de *France Télévisions* avait surgi. « Isabelle ! Isabelle ! Dorian ! Dorian ! » aboyaient des fans en pleine poussée de familiarité.

— Voulez-vous prendre pour épouse mademoiselle Morteil, Isabelle…

Un instant, il faillit répondre « chiche ! », mais un frisson d'horreur lui souleva l'échine.

Quand ils se dirent oui, la foule applaudit. Dorian faillit se retourner pour saluer et attendre un rappel. Gelsomina s'était faite menue dans sa petite robe d'été, Laura était délicieuse en sa tenue civile : canne et tailleur pantalon noir. Avec deux femmes cassées pour témoins, que pourraient-ils craindre ?

Et maintenant, ils voulaient la basilique pour le lustre, l'emphase, qu'une grand-messe leur fût dite. Et pour Amédée, ambassadeur plénipotentiaire du Paradis, dont ils voulaient entendre slamer le prêche.

L'abbé était somptueux dans son frac sacerdotal vert et rouge, brodé d'or, qui allait à merveille avec son teint de bronze. Face au chœur, Isabelle était bien sage. Si Dorian rêvait de lui lécher l'orée du sein, elle songeait à lui arracher les boutons nacrés de sa foutue chemise.

— J'ai l'habitude de dire que je n'ai pas été ordonné prêtre... On m'a désordonné prêtre...

En bon showman, l'abbé Spirale marqua une pause pour laisser glousser la foule. La basilique était quasiment pleine, il en venait de nouveaux à chaque seconde, on entendait battre la porte capitonnée. Dorian sentait dans son dos la présence obsédante du reliquaire avec ce crâne dont il imaginait qu'il allait tourner ses yeux caves vers eux. Amédée s'adressait aux mariés, alternativement, les bras ouverts, tout gonflé de la chasuble. Il arborait son grand sourire de vicaire, pétri d'enthousiasme pour l'humanité entière, en dépit de ce qu'il en savait.

— Dieu est désordre mes amis, mon Dieu tu es le chaos du bien.
— Oui ! Gloria !

La réponse, sonore et habitée, provenait du premier rang derrière le couple, où les parents de la mariée, et par *flash forward* du marié, occupaient les premières places. « Gloria ! » répéta Judith qui serrait son petit chapeau de paille fleuri contre son cœur. On lui avait fait faire la couleur et la permanente.

— Nous sommes là pour accompagner les vœux de nos amis Isabelle et Dorian, parce que l'amour est combustion, l'amour est ardent, il court dans la forêt primaire avec la vigueur de la panthère, il dévaste tout sur son passage, l'amour doit nous brûler tous, par l'exemple, par la bienheureuse cicatrice afin de nous changer de fond en comble !

— Amen !

Isabelle serrait la main de Dorian à la broyer, il concevait de cette douleur une immense fierté. Pas qu'il eût besoin de l'église, ou même de se marier mais il supposait que le mystère de leur amour rendait sacrées les cérémonies et non le contraire. Qu'importait la glose d'Amédée, le décolleté bleu-blanc-rouge de la maire, la robe de soie et le costard de lin, la procession en ville, les badauds de l'amour, qu'importaient les sourires, les compliments, les enfants, les amis, il leur fallait quelques instants pour briller à leurs propres firmaments.

— Oui c'est ici dans l'antre de l'amour, dans le maelström de la passion, que chacun rende à Dieu ce qui est à Dieu et le répande, cet amour qui vous consume.

— Allelujah ! ouais !

— Vous verrez bientôt mes amis, bientôt mes chéris, apparaître tout autour ceux qui vivent en vous, la grande cohorte de vos ancêtres, vos parents, vos troupeaux…

C'est alors que Zarbeul, surgi de nulle part, sauta sur l'autel et s'en alla flairer le tabernacle dont monsieur le curé avait mal fermé la porte vitrée. Il avait toujours été un chat cambrioleur et, cette fois encore, il ouvrit d'un maître coup de patte le battant et, tout de précaution, sur la pointe des pattes, se lova dans l'espace exigu, s'y tassa, s'y arrondit tout autour du ciboire et promena sur l'assemblée son regard faussement modeste d'avoir su réaliser cet inutile exploit.

Dorian reconnaissait les siens dans les bas-reliefs sous la voûte représentant des saints ou des martyrs. Papa, là-bas en évêque, portant une crosse de pierre, mais dont les yeux tristes, aussi tristes que de son vivant, le contemplaient.

Maman en Vierge modeste, baissant les yeux, au second plan derrière un centurion romain. Il baissa les yeux au moment de se découvrir en Christ mais sentit les épines lui picoter le crâne et le poids considérable de la croix qui lacérait l'épaule de ses échardes. Et Sandie, où était-elle, la Marie-Madeleine ?

Il tourna la tête et la vit, dissimulée dans le confessionnal, rigolant le nez contre le moucharabieh. Il n'était pas impossible qu'elle s'y tripotât et cette pensée jeta Dorian dans une extrême confusion. Les lieux saints qu'il vénérait au fond, lui provoquaient des crises spontanées de Tourette mentale, il se faisait sacrilège et le Tout-Puissant en riait. Il avait expliqué Claudel un jour à un metteur en scène rétif, en défendant la théorie que Dieu se méfie de l'hypocrite, Dieu a les yeux de Dieu pour les rebelles, ceux qui s'insurgent. Dieu croit qu'il ne faut croire en Lui qu'en sa propre contrainte. Dieu se sent inévitable. Et c'est ce que croyait l'Africain qui officiait, le magnifique Amédée, que l'évêché nous le garde.

Pendant la cérémonie, l'extatique Judith ne cessait d'intervenir. Elle s'était levée de sa chaise, avait poussé le prie-Dieu qui l'encombrait et rôdait autour d'eux.

— Le Seigneur vous regarde, il est tendresse, douceur et compassion… disait le prêtre

— Ô Miséricorde ! soulignait la vieille.

Dorian contemplait le chœur, les statues, les verticales de pierres froides et cherchait un Jésus qui ne se laissait pas voir. Le ressuscité concédait les apparitions aux autres mais lui n'entrait ni ne sortait.

— Isabelle et Dorian, vos serments intimes vous seront confirmés en ce jour glorieux…

— Oh Jah ! Oh Jah ! psalmodia Judith.

Isabelle rêvait d'un verre de blanc et d'une cigarette et ses chaussures lui faisaient mal.

— Votre *Oui* va résonner, comme une ouverture au monde céleste.

— Yes ! Yes et sanctus ! *Hare* Krishna ! *Mea maxima* Krishna ! ponctua la belle-mère qui tapa joyeusement dans ses mains. Il y eut des rires gênés dans l'assemblée, il fallait être un pas grand-chose pour proférer du sarcasme en cet instant. Il faut croire qu'il y avait des quasiment rien dans l'assemblée. Henri, engoncé dans son costume noir, étranglé par son nœud papillon, le stéthoscope ballotant sur sa poitrine, roula jusqu'à sa femme pour la rappeler à la raison :

— La ferme Édith ! Tu nous fais honte !

— Je m'appelle Judith !

Au moment où ils prononcèrent les vœux, les *je veux*, les deux *oui*, les fumées d'encens se mirent à sentir le foin. Ou la bonne vieille ganja. Alors que les mariés s'embrassaient, Dorian vit, du coin de l'œil, Henri passer un énorme joint à son pote Diego qui le téta férocement et le transmis aux suivants. Puis le tonnerre gronda, bien au-dessus d'eux, comme si Dieu déménageait.

*

La marée était basse et la plage de sable, un long arc de cercle, qui se concluait sur de subites falaises d'un côté et se perdait sur un cap rocheux de l'autre. Au loin, la ligne blanche de l'Atlantique patientait, la nuit serait longue à tomber. En attendant, le jour traînait sur une éternité blonde.

Leur restaurant et son annexe de la plage, de pierres et de baies vitrées, allaient les recevoir tous.

Du parking, on y accédait par une allée de caillebotis, avec de loin en loin des lanternes qui s'allumeraient automatiquement quand baisserait la lumière. Mais impossible pour le fauteuil roulant d'Henri de l'emprunter, il risquait de s'enliser dans les claires-voies. Il faisait doux, exceptionnellement doux, pour un déclin de septembre. Et le vent s'était absenté. N'était une averse orageuse pendant la mairie, le climat était avec eux.

Ils se sont mis à quatre pour porter le vieux en fauteuil, titubant dans le sable, on l'aurait dit en chaise à porteur. Ils l'ont déposé au cœur du restaurant sur le sol bétonné. Les jeunes étaient épuisés, le vieux pétait le feu recroquevillé sur son véhicule. Il envoyait des vannes à tout le monde, on aurait pu croire que c'était son mariage et pas celui de sa fille. Un

DJ commis d'office alignait des platitudes musicales, Henri l'invectiva, fort de son autorité de guitariste stéthoscopique.

— C'est quoi cette musique de pisse-froid, ces imitateurs, ces tiédeurs, je veux pas un seul putain de chiotte d'instrument électronique de toute ma soirée !

On finit par virer le DJ qui était pourtant honorablement connu pour animer les soirées de *L'hyperbolicus* à La Baule. Dorian lâcha quelques billets et le garçon s'en alla, convaincu d'être nul.

La nuit tombant, alors que les apéros roulaient déjà, mojito, sangria, les lampions multicolores transformèrent la plage en un lieu de féérie hébétée. On se serait cru dans un pays où l'on venait d'enterrer la dernière sirène. Peut-être parce que la marée était basse, que l'océan s'était enfui et qu'on ne voyait au loin que le liséré blanc de son ultime vague. Les enfants s'étaient tenus loin d'Henri parce qu'on les avait menacés de les priver de glace s'ils venaient à l'incommoder. Mais au bout d'un moment, encouragés par la victime qui leur faisait d'effroyables grimaces, ils s'étaient rapprochés et avaient commencé sagement à faire pousse-pousse entre les tables. Le vieux rigolait, mais la bête était diminuée. Pour surmonter ses douleurs, il s'était assigné un cocktail de molécules qui avaient modifié ses goûts et ses couleurs. Il avait perdu du poids, s'était recroquevillé, lui jadis si grand et massif. Et même quand il se dressait et s'offrait un marathon de béquille, il paraissait plus petit que tout le monde quand il avait toujours été le plus grand. Plus grave encore, lui qui avait une cave d'anthologie, ne pouvait plus supporter le vin rouge. Enfin, surtout, et le plus préoccupant, il ne pouvait plus fumer ses pétards. Il en aurait vomi de dégoût. Les drogues légales avaient eu raison de cinquante ans de cannabis, c'était un cas d'école pour la science.

À côté de ça, à quelque chose malheur est bon, il avait recouvré une partie de sa mémoire et il lui arrivait parfois de jouer un *la* majeur. L'automédication avait rendu Henri à lui-même et à quelque chose qui s'apparentait à l'ennui. Mais là, quand les gosses commencèrent à le pousser à toute vitesse dans les allées du restaurant, une frénésie d'outre-tombe lui revint et il se mit à imiter les bruits d'un turboréacteur et des tirs de mitrailleuses lourdes. Soudain c'était Da Nang. Les adultes, quelque peu éméchés, mirent un certain temps à prendre conscience du manège. Mais quand ils virent l'ancêtre propulsé par une grappe d'enfant hurler « Taïaut ! Montjoie Saint-Denis ! On va leur branler la tronche ! » ils prirent confusément conscience que l'atterrissage se ferait sur le ventre.

Richard, le boucher, avait assuré le buffet, il n'avait lésiné sur rien. De la viande bien sûr, des pâtés et charcuteries, des faisans et perdreaux, des saucisses et du lièvre. Son équipe avait mitonné des plats en sauce, noyés de vins et de cèpes, il s'agissait d'un mariage princier, aucun traiteur n'aurait pu rivaliser. On avait fleuri les tables aux nappes blanches, dont une tendre brise soulevait les tombants. S'éparpillaient quelques pétales de rose qui s'en allaient sur la grève pour devenir sel et sable.

Ce fut une *empiffrade* indigne et savoureuse. Ils mangèrent tous « à s'en faire péter la sous-ventrière » comme disait le boucher. La nuit était doucement tombée, le solstice était languide et une certaine lueur sur l'océan ne voulait plus partir.

— Là-bas, c'est toi, dit Dorian qui montrait l'horizon à sa femme, mon Dieu, ma femme.

Ils se prirent par la main. Ils salopèrent leurs chaussures dans un trou d'eau, les abandonnèrent sur place et coururent dans des sables mouvants qui ne les avalèrent pas. Ils auraient voulu chercher les vagues mais elles reculaient devant eux. Puis ils s'embrassèrent contre le mur du crépuscule. Dorian, en étreignant Isabelle, en la serrant fort contre lui, se dit qu'il contemplait leur soleil de minuit. Leur cadeau de mariage, était cet orage qui fracassait le ciel plein ouest, au-delà de la ligne d'écume. Pendant qu'ils se mangeaient la bouche on entendit des *ouh-ouh* venus de la terrasse, pourquoi faut-il railler ceux qui s'aiment et laisser à l'indifférence ceux qui mendient ?

Dorian ne vit pas passer les heures et le regretta un peu. Il s'émerveillait de pouvoir vivre cette douce soirée avec la femme qu'il s'était choisie. Celle dont il avait besoin. Il ne craignait pas l'échec comme en ses précédentes amours. Il acceptait d'éprouver de la béatitude, ce sentiment à quoi tout pouvait surseoir, et ne pas craindre que cela ait un prix. Puisque l'enfer existait – il avait failli perdre sa fille, sa merveilleuse fille, un démon n'était pas passé loin – il lui était alors possible de prétendre au paradis…

Un mort qui entre, un mort qui sort.

Sa boiteuse, il pouvait la voir, là-bas, riant aux éclats. Elle poussait Henri recroquevillé dans son fauteuil, l'emmenant d'un bout à l'autre des zones roulables, jusque sur la jetée. Lui s'était dégotté une torche qu'il faisait clignoter, comme s'il s'était transformé en un phare ambulant. Ils étaient devenus très copains, Lorelei et le vieil Hippocrate. Elle était sa petite-fille, il l'avait reconnue, ne se trompait jamais sur son prénom, n'oubliait aucune de leur conversation. Pis, il était sur le point de devenir militariste.

On a fini par convoquer The Doctor, par invocation collective – La musique ! La musique ! Musique ! – et l'on hissa le leader sur scène. Ils s'y prirent à cinq, les costauds de l'équipe, pour monter à bout de bras et l'homme et son fauteuil. On aurait dit un mariage juif quand la foule en liesse porte les mariés rivés à leurs chaises. L'abbé Spirale était à la manœuvre, fort comme un auroch. Pareil à un *roadie*, il tendit ensuite la Fender Stratocaster puis lui régla le micro. Jésus bissait déjà : qu'enfin le grand Henri retrouve son *la* !

Après un coup de Larsen qui déboucha les tympans de l'assemblée et suscita un cri de Judith, ils engagèrent le jig sans coup férir. Poum, Tchac, poum poum.

Honky Tonk Woman ouvrait le bal. Tout de suite, Laura vint inviter Judith à danser, qui ne se fit pas prier. On avait poussé les tables et libéré un espace devant la scène et, sur la dalle de béton, pieds nus, la fausse grand-mère et la virtuelle petite-fille, yeux dans les yeux, sourire dans sourire, se mirent à onduler. Dorian, malgré les sollicitations, n'avait pas voulu y aller, il bougeait comme un réverbère et l'exercice lui procurait un malaise tel qu'il était convaincu que tout le monde le regardait. On peut danser pour soi ou pour les autres. Avec maladresse ou avec grâce. Mais quand on ne danse pour personne, mieux vaut rester assis.

Au début, Henri a raté tous ses *la*, sans pourtant déroger au tempo. Simplement il restait en pause sur l'accord ou sur la note. Sa rééducation au moins lui permettait de ne pas s'interrompre. Il montrait qu'on pouvait jouer sans *la*, il y a d'autres notes et ce ne sont pas les tonalités qui manquent. Et les autres, eux, étaient *la*. Richard à la basse, Diego à la batterie.

Entendre ces morceaux si familiers, tant de fois fredonnés où, soudain une note manquait à l'appel, créait un déséquilibre, une attente, un souhait, un peu comme un karaoké de l'espoir. Et, tout en dansant, les convives, dont beaucoup étaient fins cuits, se mirent à chanter la note manquante. « *Laaaaaa* ! » Et Henri, qui se sentait abstinent plutôt qu'impuissant, levait vers la noce ses yeux instables comme un blanc d'œuf et leur souriait. L'ambiance montait, chacun y allait de son déhanché et l'on chantait tous les bonheurs de la syncope.

Rock'n roll, Superstition, All right now, Layla, Satisfaction, Born in the USA, tous les hymnes d'un siècle amplement révolu déroulaient comme antan, à une époque où il était difficile d'imaginer qu'ils seraient un jour aussi éventés qu'une sonate de Beethoven. Le groupe ne jouait pas si mal, ils ne jouaient pas si bien. Et si tous avaient tendu les mains pour porter Henri et son fauteuil, il se démenaient maintenant pour supporter The Doctor et son *lead guitar*. Lui désormais leur rendait son cœur, ses tripes et ses boyaux. Et il avait une belle voix de vieux, une belle voix de blues.

Minuit tomba et son jour d'après. Un brouillard monta de la grève qui sentait les algues et le grésil. Sur l'immense plage, la fête battait comme un phare flamboyant. Les guirlandes multicolores scintillaient dans le noir, on aurait cru, en approche, le dernier avion du soir.

Muezzin sonna dans la poche intérieure de Dorian : quel inconnu appelait encore et pour se plaindre de quoi ?

— C'est Samuel, j'apprends que tu te maries et que je suis pas invité. J'ai le contrat pour le spectacle de Cabronovski. La production a tout accepté, j'ai eu 20 % de plus que d'habitude. Sinon, accroche-toi à ton prie-Dieu, Tarantino a appelé. Oui, le Quentin lui-même et c'est pas une blague. Il veut faire un film sur le Maréchal Murat, d'après un vieux scénario de Kubrick. Et c'est toi qu'il veut. Alors si tu veux ressusciter c'est quand tu veux.

Et puis ils jouèrent *Angie*.

Le moment du slow arrive invariablement dans toute soirée, danse hébétée qui procède de l'enlacement pour les couples constitués, du pas de côté pour les autres.

Dorian aperçut sa nouvelle épouse dans les bras d'un confrère anesthésiste, un beau mâle qu'elle avait tenu à inviter. Ils parlaient en godillant, joue contre joue, ou la tête renversée pour lire un regard, le type balançant exagérément les hanches. Elle riait maintenant et ce rire criblait Dorian de balles comme si on l'avait collé au mur et fusillé pour l'exemple. Le type s'appelait Guillaume, un nom de kaiser et d'ailleurs il roulait en Porsche Cayenne avec des sièges en cuir crème. Il aurait pu se dénommer Ahmed, ce Monsieur Ah dont ils n'avaient jamais reparlé et qui brûlait le coeur de Dorian, alors qu'il n'y avait plus trace de lui sur le corps d'Isabelle. Aussi, quand Chontelle lui fit un sourire, il leva son verre et alla piétiner avec elle.

Il l'enlaça sans trop l'étreindre, comme une cousine germaine, mais il sentit pourtant ses rondeurs, sa moiteur et même ses langueurs qui, en d'autres temps, auraient pu l'émouvoir. À deux couples de là, sa femme et le Guillaume parlaient beaucoup, virant à peine, comme de lentes toupies.

— Vous allez rester dans la région, Dorian ? Vous permettez que je te tutoie ? émit Patricia.

Même Spirale dansait, désormais sur *Man's man's world* qu'Henri, appliqué, décalait toujours de ses notes fantômes. L'abbé enlaçait Judith avec ses grands bras et s'esclaffait, de ce rire tonitruant qui parfois laissait croire qu'il était inspiré par son créateur. Le légendaire sens du groove des noirs n'était pas passé par lui ou alors les habits sacerdotaux avaient fini par l'en priver. Il balançait avec des jambes qui semblaient peser une tonne alors que mamie, toute arthritique qu'elle fût, avait de l'élégance dans l'ondulation.

Dorian expliqua que oui, elle pouvait le tutoyer, c'est comme vous voulez, et qu'il cherchait une jolie maison avec un lit immense et une grande baignoire pour y vivre avec son amour. À ce moment, ils passaient à portée du vaisseau Judith-Amédée et, de manège à manège, le prêtre l'interpella :

— Dieu te voit mon ami… Il t'aime, avec le même amour que tu prodigues à ton épouse.

Soudain retentit un son épouvantable : Henri prenait son solo. Il avait exhumé de sous sa chemise blanche son stéthoscope dont il promenait le pavillon sur les cordes, arborant un sourire béat. Il avait posé la guitare à plat sur ses genoux et envoyait des sons saturés surchargés d'échos bizarroïdes que par politesse, les danseurs toléraient.

Puis alors que les slows battaient leur plein, c'était le cas de le dire, (*A whiter shade of pale*, *Nights in white satin*, *Hey Joe*, *I started a joke*, l'épuisante play-list) Henri se leva sur ses jambes flageolantes et lâcha l'intégrale du solo de *While my Guitar gently weeps*, même Clapton n'y avait pas mis autant de vibrato. Le vieux guitariste tint debout comme ça, un peu voûté, sous les vivats de la foule, penché par le poids de la Stratocaster qui menaçait de le faire basculer en avant, telle une statue de Lénine. Mais rien de tel n'arriva. Un grand sourire le transfigura. Isabelle avait cessé de danser, tournée vers son père, une main négligemment posée sur l'épaule de son crétin de cavalier. Elle regardait le vieux dont les joues ravinaient de larmes, sans rien montrer d'autre, aucune crispation du visage, aucune rougeur, aucun tressaillement de chairs. Ils se regardaient, l'indigne Hippocrate, le beatnik enfumé et la jeune et brillante spécialiste.

Ils se regardèrent et se virent.

Puis Henri voulut regratter ses accords mais soudain se retrouva bloqué sur un *sol*. Cloué au sol. Il posa alors son instrument, c'était son concert d'adieu et tout le monde le comprit. On le déjucha de la scène et à peine libéré des mains tendues de ses potes, il fila sur ses roues pour contempler la mer. Les gosses le suivirent. Il y a toujours des marmots planqués sous les tables pendant les réceptions. Ils sont libérés des adultes qui les abandonnent pour mieux se vouer à leurs ivresses. Et la nuit, enfin, leur est offerte.

Les pillards se ruèrent derrière papy et le poussèrent. Il se remit à gueuler « À l'attaque ! ». Alors ils le firent tourner et retourner en bourrique. Plusieurs fois, il faillit verser. Henri vociférait, « petits salauds ! bâtards de canton ! » ; il feignait la terreur, « à l'assassin ! » ; il hurlait aux piranhas. Les mères, du coup, se précipitaient, et les gamins couraient à toute blinde en le poussant. Depuis ses années auto-tamponneuses, Henri n'avait pas autant rigolé. Parmi les mères affolées se trouvait Patricia Chontelle, dont l'aîné était le plus acharné à propulser Henri à la baille ou aux étoiles.

— Gaspard ! Arrête ! Tu vas faire du mal au docteur !

Mais papy voulait qu'on lui fît du mal. Qu'on le laissât déraper, peut-être même s'exploser dans le sable avec son panzer. Gaspard se penchait sur le dossier du fauteuil, un peu comme les marmots debout sur leur caddies, défiant entre les rayons des supermarchés les limitations de vitesse. Patricia chopa son fils et le gifla pour qu'il cessât ses attaques sur le vieillard. Cela mit fin au rallye, les gamins s'égayèrent et Henri resta seul, un peu ensablé, à l'autre bout du chemin. Isabelle s'en alla le récupérer, accompagnée de sa mère qui, tel un gnome, trottait à ses côtés.

— Il aurait tellement aimé avoir des enfants cet homme, ça se voit, dit la vieille éplorée.

Isabelle lui passa le bras autour du cou.

— Tu pourrais bien lui en faire un…

— Vous êtes une amie, mademoiselle, vous le connaissez ?

— Judith, je suis Isabelle, tu me reconnais déjà plus ?

La vieille s'arrêta de trottiner et étudia soigneusement le visage de sa fille qui la dépassait d'une tête.

— Je ne connais pas d'Judith…

— Je suis ta fille ! Bordel !

— Ma fille elle est beaucoup plus masculine que ça… Et qu'est-que ça veut dire reconnaître ? On est supposé reconnaître un enfant à sa naissance, mais qui peut dire qu'on l'a connu, déjà ?

La vieille dame plissait son front, en proie à une intense réflexion, on aurait dit qu'elle avait une pensée sur la langue et ne parvenait à la cracher.

— Maman…

Isabelle lui prit le visage entre les deux mains. Les deux femmes se contemplèrent de longues secondes.

Elles se contemplèrent et elles se virent.

Là-bas, toujours ensablé, et gitant un peu, Henri suivait un satellite doré qui glissait sous les confins. Il mâchouillait un cigare en chantonnant *ground control to Major Tom*…

— Isabelle, tu vas bientôt te marier, c'est ça ?
— Ça vient juste d'arriver maman et tu devrais le faire aussi…
— Oui, j'ai tellement envie d'offrir le temple de mon corps à un homme qui va le diviniser…
— Viens, on va le chercher cet homme.

On libera la table centrale pour les installer face à face. La seconde noce pouvait commencer. Bientôt les invités se regroupèrent en silence autour d'eux. On entendait plus que l'océan qui, de loin, propageait sa rumeur.

Isabelle prit la main de son père et de sa mère et, se tournant vers le vieux, lui murmura :

— Raconte papa, tu nous as jamais raconté votre rencontre… Diego, sur un signe, envoya Janis Joplin, très bas.
— Tu fous quoi ici ? dit spontanément Judith.
— Vacances avant d'entrer à l'internat.
— T'es médecin ? T'as pas des amphètes ?
— Non, je me drogue pas.
— Qui c'est qui se drogue pas, on a tous une came. La clope, les bagnoles, les chevaux, le cul… Toi c'est quoi ?
— Toi !
— T'es con, ça fait chier la drague.
— Je veux pas draguer.
— Tu veux quoi alors ?
— Partir avec toi.
— Je suis super exigeante, sur la destination.
— Je veux partir longtemps, tout le temps…

— On est pas près d'arriver.
— Non je veux pas arriver, je veux continuer à marcher avec toi.
— T'es beau mais t'es dingue… T'aimes Dylan ?
— Dylan Thomas ?
— Mais d'où tu sors ? Judith dit ça en haussant le ton et avec une telle intonation d'ironie joyeuse que l'espace d'un instant on vit apparaître ses vingt ans sur son visage, tous les convives l'auraient juré.
— Bob Dylan ! *The time they're a changing,* le poète, pas le genre à avoir un prix Nobel. Et Ginsberg et Burroughs ? Tu connais ?
— Je m'en fous je veux partir avec toi…
— Faire le tour du monde ? Sweet tu fais quoi ? T'as une clinique ?
— Je m'en fous de ça…
— Baby, t'as le stéthoscope au cou pour la vie, le p'tit cabinet, la petite clientèle, maman sécu, tout ça…
— Non, je veux aller soigner les gens dans le tiers-monde…
— Fais voir ta gueule, elle est belle ta gueule, montre-moi ton sourire quand tu soignes les pauvres…

Isabelle lui passa son smartphone, Judith prit la photo. On la vit. On vit Henri, il avait le même sourire mélancolique, celui de la photo encadrée dans le salon.

À la fin tout le monde applaudit, il y eut des hourrahs, et l'on entama la tournée des bises.

Henri roula un dernier stick pour les amis. Il disait « stick » pour les petits joints d'une feuille qu'il arrivait à rouler d'une main et humectait d'un bref coup de langue. Il ne les fumait plus mais les offrait. Hélas, il lui était venue ces derniers temps une tremblote qui lui faisait répandre son mélange. Et ses machins ressemblaient souvent à un coton-tige que les invités fumaient poliment en se brûlant à moitié. Il déclara pour clore leur petite cérémonie :

— C'est maintenant qu'il faut le curé !

L'abbé Spirale leva ses grands bras de basketteur et, de sa grosse voix de prédicateur, réclama le silence. Il était posté en bout de table, comme un Messie noir, surgi de la nuit, avec pour halo autour de son crâne les guirlandes de lampes multicolores. Il brandit un crucifix qui lui pendouillait sur le poitrail et le dirigea vers Judith puis vers Henri.

— Au nom de notre Seigneur Jésus-Christ, je vous bénis, je bénis votre union, qu'elle soit célestement enchantée, que le peuple séraphique vous accompagne par le sang et le blues, et que vienne la joie !

Un peu plus il se révulsait les yeux, si absolument immergé dans sa bénédiction. Dorian pensa que l'abbé pouvait léviter. Au lieu de quoi il fit émerger son immense sourire d'ivoire, joignit les mains, ferma les yeux et hocha du chef. Et tout le monde de méditer, à défaut de prier.

Judith hochait doucement la tête. Il lui revenait leurs premiers voyages, l'Afrique, puis les boat people. Elle avait fait pas mal de photos, des belles, oh oui, à l'époque elle était douée.

Ça lui revenait maintenant, pareil à une projection de diapos au revers de son os frontal. Ce cliché fait en mer de Chine, l'érotisme morbide de cette boat people, noyée, terriblement belle dans sa nudité. N'émergeaient que ses genoux, le haut de ses cuisses, son Mont de Vénus, son nombril, les pointes de ses seins... Mais pas sa tête. Submergée, renversée en arrière, basculée par l'orgasme du décès.

Judith avait eu un prix pour cette photo mais elle avait été censurée, trop peu publiée, comme si elle était sale, alors que c'était un cliché pur, où l'être rendait l'âme.

Et le chien à trois pattes, c'était au Biafra, ou alors, au Bangladesh, dans ce coin-là, il regardait l'objectif avec une supplique qu'elle n'avait pas trouvée chez bien des humains.

Encore l'homme endormi avec sa Kalachnikov dans les bras, son crâne bandé et taché de sang. C'est Henri qui l'avait soigné, pas ce vieux décati en face d'elle ; non, un jeune médecin soucieux si sexy, soucieux si sexy, c'est joli.

Après ça, elle avait tout arrêté. Elle ne savait même plus où étaient ses boîtiers Nikormat FT2, son 300 mm, elle avait un badge avec le signe de la paix sur la bretelle de son sac reporter. Il y a dix ans, ou même un an, on avait voulu organiser une expo de ses photos à la maison du peuple de Nantes, ils avaient cherché des tirages, des négatifs, tout ça. Il devait y en avoir encore dans une agence. Est-ce qu'ils l'avaient faite cette expo ou pas, finalement ?

Peut-être. Des fois, elle recevait encore des coups de fil, donner un coup, recevoir un coup, vous avez bien collaboré avec Sigma entre 1972 et 1976 ? Sa dernière photo, elle s'en souvenait, ça lui revenait maintenant, c'était un petit cousin de Henri, tout nu, comme un malnutri, un Dachau, hâve, les côtes, les os, et la longue bite qui n'en pendait que plus, un gentil pédé, avec son sida dedans. Il avait dit : faut leur montrer. Tout nu dans la lumière spectrale d'une aube d'hôpital, la porte juste avant la morgue. Jamais publiée non plus. Trop choquante. Même AIDS n'en avait pas voulu. Cette bite, le long couloir de la mort, elle s'en souvient, ça la fascinait.

Un clocher sonna loin dans la campagne. Dorian pensa, désormais, c'était associé au son de la cloche, « un mort qui entre, un mort qui sort ». Et se demanda qui ce soir allait entrer. À trente ans c'est le col de l'utérus, à quatre-vingts celui du fémur. À chaque fois on enjambe une vie, celle qu'on crée, celle qu'on va perdre.

Quelques épaves humaines s'échouèrent encore sur la plage pour imiter le sommeil des crustacés. Certains avaient les yeux ouverts, ils espéraient voir la laitance du jour naître de l'océan. Et puis des invités se lancèrent dans une farandole qui déborda jusqu'au rivage et sinua parmi les trous d'eau. La culture sixties exigeait qu'on dansât possédés, les yeux semi-révulsés en dessinant avec les mains des arabesques sur le ciel. Il était, bien sûr, hors de question de se lancer dans une danse des canards, à-à-à à la queu leu leu… La noce, pourtant, était assez œcuménique pour mélanger tous les rites. Le fait que Spirale représentait un dieu noir avait redonné quelques couleurs au catholicisme social, certains parlaient même de revenir aux

Évangiles. Enfin, c'est le genre de choses que l'on disait quand il était trois heures douze et qu'on allait pas prendre la route dans cet état-là.

Plus tard, bien tard, ils processionnèrent pour pousser les vieux jeunes mariés. Henri tenait fermement son épouse assise sur ses genoux. Elle avait noué ses bras autour de son cou et le regardait avec, dans les yeux, la passion de la jouvencelle contemplant son chevalier. Tout le monde chantait *all you need is love, lalala lala*... On évacuait le marié et la promise pour une nuit de noce dont tous feignaient de croire qu'elle serait la première. En Occident, on avait désolidarisé le mariage du sexe, peut-être que ça lui rendait du sens.

Dorian était béat d'un amour éthéré, il le tenait en sa main. Isabelle lui broyait les doigts, comme à son habitude. Ils regardaient avec tendresse et en s'interdisant toute ironie, les vieux qui éprouvaient le même sentiment qu'eux. Dorian n'aurait trop su les remercier d'avoir couché ensemble pour lui offrir cette femme. Il se demandait combien de fois il avait fallu qu'ils fissent l'amour.

Enfin les plus virils, Spirale en tête, levèrent la charge pour les emmener jusqu'au parking où stationnait la vieille Mustang, impatiente elle aussi de reprendre la route.

La dernière table avant les dunes, si longtemps déserte d'invités, était à présent occupée par un groupe de convives. Ils étaient installés devant leurs assiettes pleines des choux caramélisés de la pièce montée. Et des bulles dansaient dans leurs flûtes de champagne. Mais ils ne mangeaient pas, ils ne buvaient pas non plus. Ils contemplaient sans bouger la longue file des amis et de la famille qui passait devant eux. Seul un sourire millénaire traînait sur leurs lèvres. Bien qu'il fût ivre, Dorian les reconnut en dépit de la faible lumière. Et il fut emplit de reconnaissance : c'étaient, en habit de fête, papa et maman, Sandrine et Diep. Zarbeul assis sur la table reniflait les assiettes.

Judith s'installa côté passager, attacha sagement sa ceinture et, poussant un grand soupir, regarda devant elle la nuit qui jetait ses derniers feux. Dorian et le boucher acheminèrent péniblement Henri et son fauteuil jusqu'à la portière. Ils voulurent le porter mais il leva une main et se redressa doucement, Neptune sortant doucement des eaux. S'appuyant sur sa canne, il se tourna triomphalement vers Laura, l'autre éclopée de l'année, ils échangèrent le sourire entendu des blessés.

— Vous rentrez quand ? demanda Isabelle avec la voix de quelqu'un qui ne souhaite pas entendre de réponse.

— Je sais pas, dit le vieux... je sais même pas quel jour on est.

Elle le prit dans ses bras, il l'étreignit avec une tendre indifférence. Quand ils se détachèrent, elle ne comptait pas ses larmes, certaines avaient mouillé les joues marbrées du vieil homme. Alors, en vacillant un peu, il lui passa le stéthoscope autour du cou.

— Prends-en soin, il connaît bien les cœurs, il en a écouté tellement.

Puis il posa sa main gauche sur l'épaule de Dorian et murmura quelque chose qui ressemblait à :

— Salut, Dorian...

Mais ils avaient dû mal comprendre. Il poursuivait déjà :

— On vient de s'embrasser, on va pas remettre ça...

Puis il monta dans la Mustang avec d'infinies précautions, comme toutes les vieilles gens qui, au ralenti, redécouvrent chacun des mouvements de la vie. Et, quand il fut calé derrière son volant, il arbora un grand sourire, celui de l'homme qui aurait enfin trouvé sa place. Il tourna la clé de contact, la vieille américaine gronda et fuma tout noir. Judith répondit à la question que personne n'avait osé poser :

— On va sur la route de Hué, jusqu'à la rivière des parfums. Et après, tout après, le Bouddha qui s'accroupit pour se désaltérer dans la boue du Mékong.

Henri lui tapota la cuisse, fit un clin d'œil à tous et démarra sans crier gare, projetant du sable et des graviers de ses roues arrière. Ça sentait le pétrole brûlé, ça puait des nuées de napalm. La Mustang sortit du parking et s'engagea sur la route, plein gaz.

On entendit décroître les grondements du moteur, le tempo claudiquant, les *tut-tuts* des chœurs de *Sympathy for the devil* et aussi, mourant dans le lointain, la voix nasillarde de Jagger, à la prometteuse arrogance.

Pour nos fantômes

Les feux rouges disparurent au-delà de la dune. *Pleased to meet you*.

Les jeunes mariés s'embrassèrent longuement. À présent qu'ils étaient en deuil, ils avaient enfin du temps pour s'aimer. Puis, d'un seul mouvement, ils se tournèrent vers le large, face au lac d'argent.

L'océan sera toujours là, sépulture de minuit, douce marée de l'aube.

Composition et mise en pages
Nord Compo à Villeneuve-d'Ascq

Achevé d'imprimer en décembre 2023
dans les ateliers de Normandie Roto Impression s.a.s.
61250 Lonrai
N° d'impression : 2305000
Dépôt légal : décembre 2023

Imprimé en France

Couvertures & design : SmartCreations, Marly CH
Photo de couverture : réalisée d'après un tableau de Micha Y'op
Corrections : Manuela Ackermann-Repond
Responsable d'édition : Delphine Broggio

Retrouvez l'actualité de nos auteurs sur www.jlb-editions.com